dtv

Reihe Hanser

Die junge Todi steht vor einem aufregenden Ereignis: Mit 12 Jahren wird sie endlich von ihrem Vater in die Rituale der Fährtenfinder eingeweiht. Kurz darauf ist Todis Vater spurlos verschwunden. Gemeinsam mit ihrem Freund Oskar begibt sich Todi zum Zaubererturm, weil sie sich Hilfe vom Außergewöhnlichen Zauberer erhofft. Dieser ist niemand anderes als Septimus Heap. Und er hat es gerade mit einem mächtigen Feind zu tun: dem Hexer Oraton-Marr, der den Palast der Schneeprinzessin in seine Gewalt gebracht hat. Im Palast aber ist der magische Lapislazuli versteckt, und der darf auf keinen Fall in die falschen Hände geraten …

Angie Sage, 1952 in London geboren, lebt als Autorin und Illustratorin in Cornwall. Mit ihrer Septimus-Heap-Saga, erlangte sie Weltruhm. Die Reihe wurde in 16 Sprachen übersetzt, stand monatelang auf Platz 1 der New York Times-Bestsellerliste und wurde für den Deutschen Jugendliteraturpreis nominiert.
www.angiesage.com
Auf Facebook
Bei Twitter: @AngieSageAuthor

Mark Zug, geboren 1956 in Fort Wayne, wurde für seine Illustrationen in »Septimus Heap« bekannt. Er lebt in Pennsylvania.

Angie Sage

TODHUNTER MOON

FÄHRTEN FINDER

Aus dem Englischen von
Reiner Pfleiderer

Mit Illustrationen von
Mark Zug

dtv

Für Tom Wishart, in Liebe.

Marwicks Karte
der Alten Wege

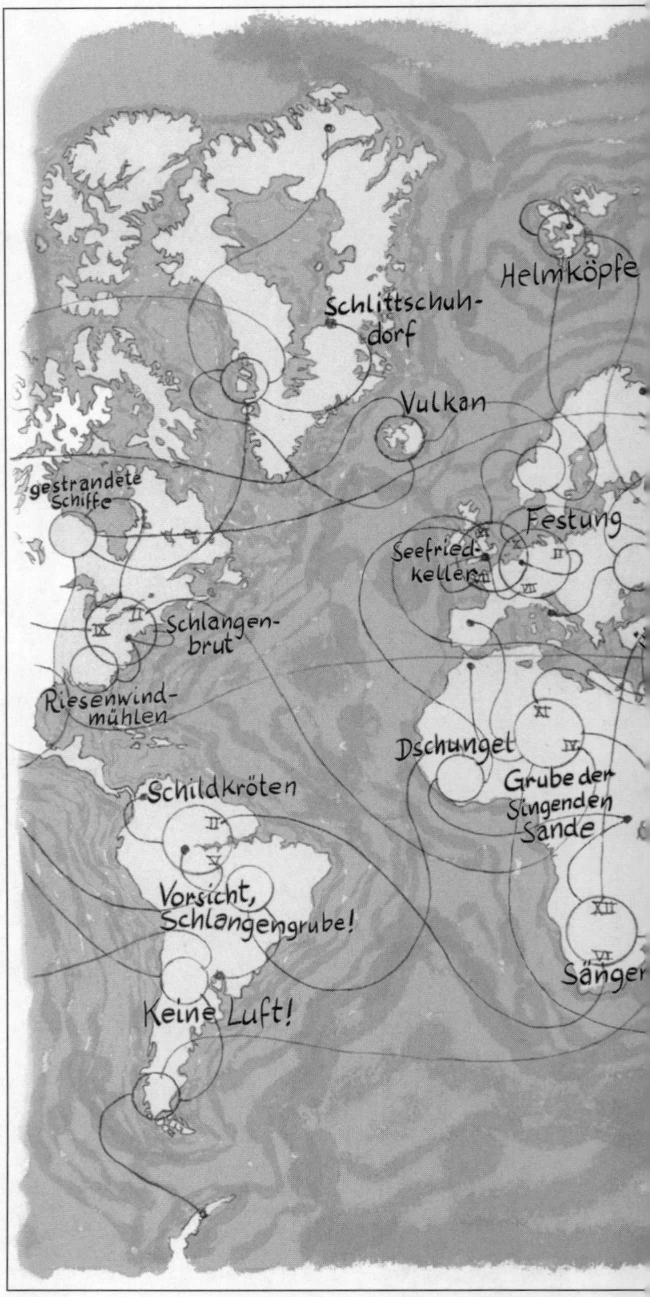

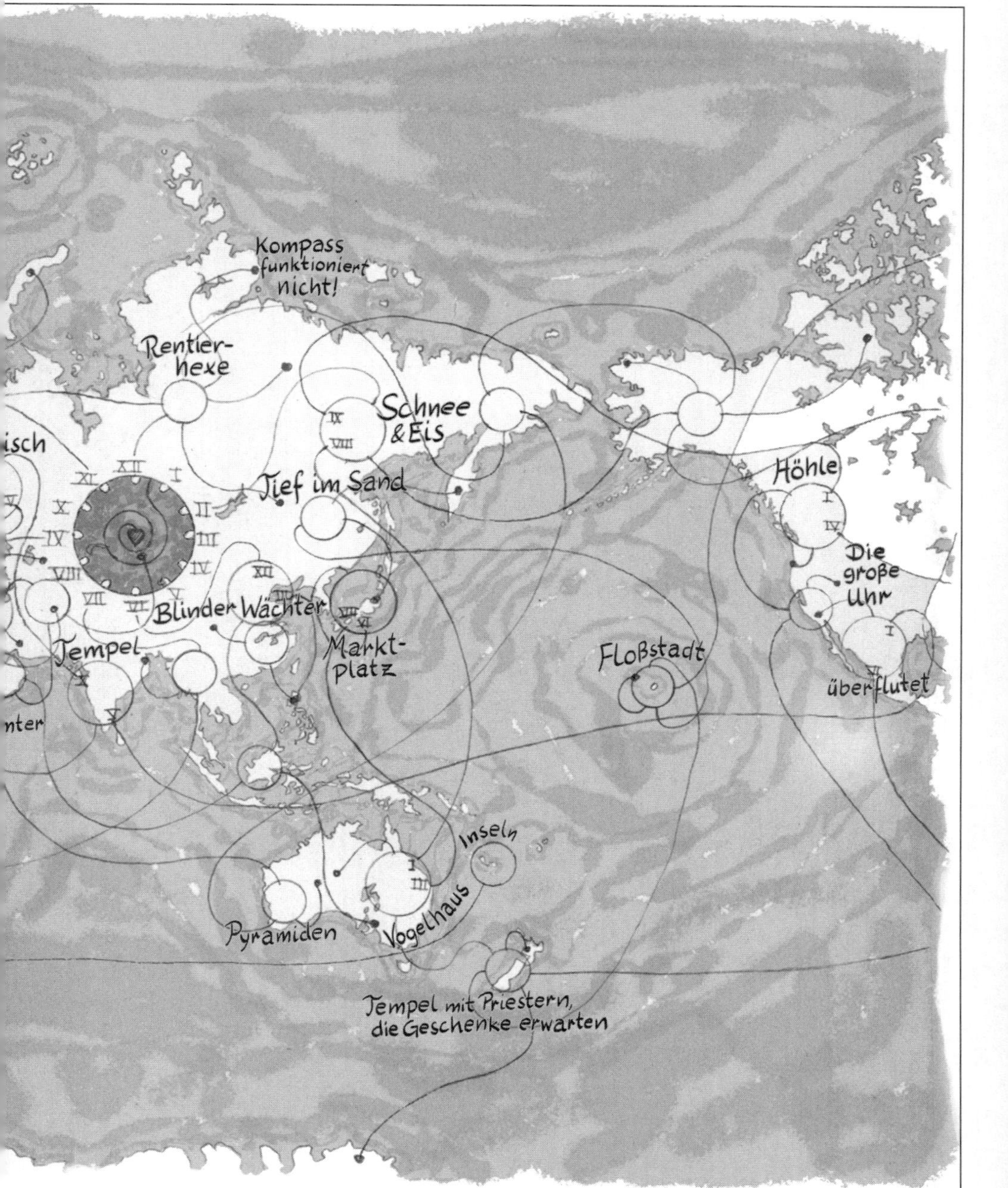

Kompass funktioniert nicht!
Rentier-hexe
Schnee & Eis
isch
Tief im Sand
Höhle
Die große Uhr
Blinder Wächter
Markt-platz
Tempel
Floßstadt
überflutet
nter
Inseln
Pyramiden
Vogelhaus
Tempel mit Priestern, die Geschenke erwarten

Inhalt

Teil 6

TEIL 7

TEIL 8

TEIL 9

TEIL 10

TEIL 11

TEIL 12

MEER
POLAR-
STERN
NORD
ZUM
SCHNEEPALAST
ZUM
FORYXHAUS
KANAL
POSTEN-KANÄLE
HANDELSPOSTEN
FLUSS
MEER
ZU DEN
SIRENENINSELN
KANAL
AUSSENPOSTEN
WUDS
LIMONADEN-
STAND
ZIEGEN-
FELS
DIE TRISTAN
SANDBÄNKE
DER LEUCHTTURM
FÄHRTENFINDER-
DORF
BURG-
RUINE
FLUSS
RUINEN
VON SELT
FERNWALD-FESTUNG
RUINEN VON MAST
NACH
BRUX
FERNWALD
STADT
ACKERLAND
WALD
MARSCHEN
RUINEN
MEILEN
0
5
10
15
20
25
30

~ TEIL 1 ~

Am Strand

In der Ferne schlug eine Glocke. Dan Moon stand an einem uralten Strand und beobachtete, wie sich eine Reihe flackernder Lichter, die mal verschwand, mal wieder auftauchte, durch die Dünen in seine Richtung schlängelte. Es war drei Uhr morgens am Mittsommertag, und er befand sich mit einer Laterne in der Hand inmitten eines Kreises aus Teppichen im Sand und sah zu, wie die Lichter näher kamen. Er fror an den nackten Füßen, und obwohl er einen dicken schwarzen Umhang trug, zitterte er in der nächtlichen Kühle.

Dann tauchte das erste Licht aus den Dünen auf, eine flackernde Kerze in einer Glaslaterne. Getragen wurde sie von einer Gestalt in einem dunklen Mantel, der in kurzen Abständen andere folgten. Sie kamen langsam durch den Sand auf die Stelle zu, die sie Mittsommerkreis nannten. Wortlos setzte sich eine nach der anderen auf die Teppiche, sodass sie einen Kreis um Dan bildeten.

Doch die Gestalten in den dunklen Mänteln waren nicht die Einzigen, die an den Strand kamen. Im Schatten der Dünen hastete eine Frau von gedrungener Statur einen Pfad entlang, den sie tags zuvor abgesteckt hatte. Die Frau, sie hieß Mitza Draddenmora Draa, hatte sich verspätet. Eigentlich hatte sie vor dem Eintreffen der anderen in ihrem Versteck sein wollen, doch sie war aufgehalten worden. Sie hatte Dan Moon dabei helfen müssen, einen Haufen mottenzerfressener Teppiche unter ihrem Bett im Gästezimmer hervorzuziehen.

Und was noch schlimmer war: Sie hatte dabei lächeln und den guten Hausgast spielen müssen, um keinen Verdacht zu erregen. Daher war ihre Laune jetzt nicht die beste. Sie konnte es nicht leiden, zu spät zu kommen, sie konnte Sand nicht leiden, sie konnte Zufußgehen nicht leiden, und am wenigsten konnte sie diese »verflixten Gören« leiden. Aber sie hoffte, dass sich die Mühe lohnen würde.

Von Kopf bis Fuß voll Sand, nachdem sie gestolpert und eine Düne hinuntergepurzelt war, fand Mitza ihr Versteck hinter einem kleinen Sandhügel. Sie hoffte, dass sie nahe genug dran war, um zu hören, was im Mittsommerkreis gesprochen werden würde, aber auch weit genug entfernt, um wieder unbemerkt verschwinden zu können. Sie kauerte sich zwischen das piksende Dünengras und versuchte, nicht an Sandschlangen zu denken.

Dan Moon, dunkelhaarig und dünn wie eine Bohnenstange, spielte mit dem Lapislazuli-Anhänger, den er an einer Kordel um den Hals trug. Er hatte den Mittsommerkreis schon häufiger abgehalten, als er sich erinnern konnte, aber heute Nacht war er nervös – zum ersten Mal durfte sein einziges Kind, Alice TodHunter Moon, daran teilnehmen, denn sie war zwölf Jahre alt geworden und galt nun als volljährig. Alice, die lieber Todi genannt werden wollte, saß zu seinen Füßen und sah ihn unverwandt an. Ihre dunklen Augen funkelten vor Aufregung, und zwischen den Fingern drehte sie den langen dünnen Zopf – die traditionelle FährtenFinder-Elflocke –, der aus ihrem kurzen dunklen Haarschopf herabbaumelte. Fast hätte sie auch am Zopfende gekaut, beherrschte sich aber im letzten Moment.

Dan sah zu, wie der letzte Nachzügler Platz nahm, dann zählte er durch. Alle zwischen zwölf und fünfzehn Jahren aus dem Dorf waren anwesend. Gut. Er blickte auf seine Uhr. Es war ihm wichtig, dass der Zeitplan auf die Sekunde genau eingehalten wurde. Sein Vater hatte darauf keinen Wert gelegt, aber er selbst liebte diesen verzaubernden Effekt, der sich einstellte, wenn zeitlich alles perfekt abgestimmt war. Davon bekam er immer noch Gänsehaut. Er blickte in die ernsten Gesichter seiner Zuhörer, die im Schneidersitz um ihn herumsaßen, eingehüllt in ihre dunklen Mäntel. Die Jüngeren hatten die Kapuzen aufgesetzt, um sich vor dem kalten, ablandigen Wind zu schützen. Doch die älteren waren dafür zu stolz und setzten sich ihm trotzig aus, sodass ihre Gesichter und Haare in dem typischen FährtenFinder-Glanz erstrahlten, der nur im Dunkeln zu sehen war.

Dan hielt die Laterne hoch und betrachtete den Kreis aus flackernden Lichtern. Stille war eingekehrt und mit ihr gespannte Erwartung. Die Nacht begann vielversprechend, dachte Dan. Und es herrschte genau die richtige Stimmung. Er freute sich für Todi – man erinnerte sich sein Leben lang an seinen ersten Mittsommerkreis. Erneut warf er einen Blick auf die Uhr. Dann holte er tief Luft und begann zu sprechen, langsam und laut genug, sodass ihn alle hören konnten – auch Mitza Draddenmora Draa.

»Guten Morgen, FährtenFinder. Und unseren Neulingen ein herzliches Willkommen.« Er lächelte auf Todi und die beiden anderen Zwölfjährigen hinab, die auf dem für erstmalige Teilnehmer reservierten Platz saßen. Todi lächelte schüchtern zurück. Es war ein komisches Gefühl, ihren Vater in einer neuen Rolle zu sehen – nicht als Fischer, sondern als jemanden, zu dem alle buchstäblich aufschauten.

Dan fuhr fort: »Jedes Jahr versammeln wir uns in den frühen Morgenstunden des Mittsommertags, um mehr über unsere Geschichte und die Geheimnisse zu erfahren, die uns FährtenFinder zu dem gemacht haben, was wir sind. Und auch um besser zu verstehen, warum wir etwas anders sind als andere. All diese Dinge bleiben unser Geheimnis, und wenn wir diesen Kreis verlassen, sprechen wir mit niemandem darüber. Hat das jeder verstanden?« Dan drehte sich einmal um die eigene Achse, sah einen nach dem anderen an und erhielt von jedem ein feierliches »Verstanden« als Antwort. Dann richtete er den Blick auf die drei, die zu seinen Füßen saßen. »Zunächst werde ich unseren Neulingen das Gelöbnis abnehmen, unsere Geheimnisse vor allen zu hüten, die keine FährtenFinder sind, aber auch, was noch wichtiger ist, vor allen FährtenFindern, die noch nicht volljährig sind und deshalb an unserem Mittsommerkreis nicht teilnehmen dürfen. Ihr habt vielleicht Geschwister und enge Freunde, die nur ein wenig jünger sind, und denkt euch womöglich, dass es nichts ausmacht, wenn ihr ihnen davon erzählt. Doch es macht sehr wohl etwas aus.«

Todi errötete. Sie wusste, dass Dan an ihre besten Freunde, die Zwillinge Oskar und Ferdie Sarn, dachte. Aber natürlich würde sie niemals ein Gelübde brechen, das sie hier im Kreis abgelegt hatte.

Dan forderte nacheinander jeden Neuling auf, das Gelöbnis zu sprechen. Todi war die Letzte und ziemlich nervös, als sie an die Reihe kam. »Alice TodHunter Moon«, sagte Dan mit einer Stimme, die überhaupt nicht nach ihrem Dad klang, »gelobst du hoch und heilig, die Geheimnisse unseres FährtenFinderkreises zu wahren? Für alle Zeiten und unter allen Umständen?«

Todi antwortete, so laut sie konnte: »Ich gelobe, die Geheimnisse des Kreises zu wahren.«

Dan schmunzelte. »Gut gesprochen, ihr drei.« Dann wandte er sich an die Übrigen. »Heißen wir unseren neuen Bruder und unsere neuen Schwestern willkommen.«

»Herzlich willkommen im Mittsommerkreis«, erklang die Antwort.

Todi lächelte. Jetzt gehörte sie dazu. Das war ein gutes Gefühl.

Dan atmete auf. Der ernste Teil des Abends war beendet, jetzt konnte er das tun, was er am liebsten tat – eine Geschichte erzählen. Langsamen Schrittes im Kreis umhergehend, begann er, mit seiner tiefen, klangvollen Stimme zu sprechen. Todi lauschte gebannt.

»In den Tagen der Vorzeit, jenen fernen Tagen der Vergangenheit, reisten unsere Vorfahren zu den Sternen. Hier auf der Erde waren sie hochbefähigte Wegkundige, die auf den Alten Wegen, wie man sie nannte, reisten. Dafür wurden sie verehrt und FährtenFinder genannt. Wir wissen heute nicht mehr, was oder wo diese Alten Wege waren, aber wir wissen, dass unsere Vorfahren wegen ihrer Fähigkeiten als FährtenFinder dazu auserwählt wurden, diesen schönen Planeten zu verlassen und Wege zu den Sternen zu suchen. Sie taten es gern und stiegen in einen großen geschlossenen Metallbehälter, ein Raumschiff namens *FährtenFinder*, das sie, wie sie wussten, nie wieder verlassen würden. Eine Explosion katapultierte sie von unserem Planeten in den Himmel und brachte sie, am Mond vorbei, auf den Weg zu den Sternen.«

Todi schnappte nach Luft und tauschte erstaunte Blicke mit den anderen Neulingen aus. Sie konnte kaum glauben, dass ein großer Erzähler wie Dan es geschafft hatte, diese Geschichte, die erstaunlichste, die sie je gehört hatte, für sich zu behalten. Sie spähte zu den Sternen hinauf und versuchte sich vorzustellen, wie es wäre, in eine riesige Metallröhre zu steigen und dabei zu wissen, dass man den Himmel oder das Meer nie wiedersehen würde. Todi bohrte ihre nackten Füße in den kalten Sand, als wollte sie sich vergewissern, dass sie noch fest auf der Erde saß, und lauschte der beruhigenden Stimme ihres Vaters, der mit der Geschichte fortfuhr.

»Diese Menschen waren anders als diejenigen, die sie zurückließen. Denn damit die *FährtenFinder*-Kapsel schnell genug reisen konnte, um zu den Sternen zu gelangen, musste ihre Besatzung zunächst in einer Flüssigkeit leben, die sie vor den gewaltigen Beschleunigungskräften schützte. Daher rührt unsere wunderbare Zeichensprache, denn in einer Flüssigkeit kann man nicht sprechen. Und auch das Atmen ist nicht möglich. Deshalb hatten sie hier …« – Dan tippte sich links und rechts an den Nasenrücken – »… solche Dinger, wie sie Fische haben. Kiemen. Dies war eine gezielte Entwicklung in der Natur des Menschen, die an die nächste Generation weitervererbt wurde. Aus diesem Grund haben einige von uns noch heute, viele Tausend Jahre später, solche Kiemen.«

Todi sah ihren Vater verwundert an – so viele Geheimnisse! Sie versuchte sich vorzustellen, wie es wäre, in Wasser unterzutauchen und dann zu atmen. Wie würde sich der erste Atemzug anfühlen? Müsste sie nicht würgen, selbst wenn sie Kiemen hätte? Hätte sie nicht das Gefühl zu ertrinken? Sie würde es wohl nie erfahren. Da ihre Mutter keine FährtenFinderin gewesen war, hatte auch sie selbst höchstwahrscheinlich keine Kiemen. Trotzdem konnte Todi nur mit Mühe ein Schaudern unterdrücken. Wie vielen Kindern von Fischern graute ihr vor dem Ertrinken.

Dan Moon wandte sich wieder direkt an die Neulinge. »Das ist ein gefährliches Geheimnis, das wir vor den Jüngeren bewahren, zu ihrer eigenen Sicherheit. Und als Mitglieder des Kreises werdet auch ihr dieses Geheimnis für euch behalten.«

Todi und ihren beiden Kameraden nickten feierlich.

»Ich weiß«, fuhr Dan fort, indem er wieder in die Runde blickte, »dass einige von euch gern herausfinden würden, ob sie solche Kiemen haben. Und ich will gar nicht erst versuchen, es euch auszureden, denn das würde ohnehin nichts nützen. Aber ich kann euch sagen, dass es nur eine Möglichkeit gibt zu überprüfen, ob ihr Kiemen habt ...« Hier machte er eine Pause, und zwar nicht nur, um die Spannung zu erhöhen, sondern auch, um sicherzustellen, dass seine Erklärung in ihrem Gedächtnis haften blieb. »... *Ihr müsst dazu bereit sein zu ertrinken!*«

Die Neulinge stöhnten auf. Gut so.

Langsam kam Dan in Fahrt. »Und ich will euch auch sagen, warum ihr dazu bereit sein müsst zu ertrinken: Weil Menschenkiemen erst zu arbeiten beginnen, wenn man unter Wasser einen tiefen Atemzug durch die Nase nimmt. Aber wenn ihr das tut und ihr habt keine Kiemen, gibt es kein Zurück. *Ihr werdet ertrinken.* Und die Wahrscheinlichkeit, dass ihr ertrinkt, ist sehr groß. Wir glauben nämlich, dass heute nur jeder zehnte von uns Kiemen besitzt.«

Er blickte wieder in die Runde. Und schmunzelte. Wie üblich atmeten die Neuen unauffällig durch die Nase ein und testeten, ob sie etwas spürten. »Und bevor ihr mich fragt: Nein, ich weiß nicht, ob ich Menschenkiemen habe. Und ich will es auch gar nicht wissen.«

Dan schielte kurz auf die Uhr. Er muss einen Zahn zulegen. »Unsere Vorfahren fanden die verborgenen Wege zu den Sternen. Über Generationen hinweg reisten sie durch ferne Galaxien und suchten nach Welten wie unserer eigenen. Sie tanzten mit Monden und flogen mit Kometen. Sie besuchten zahllose Planeten. Auf einem fanden sie eine alte, erloschene Zivilisation, auf einem anderen Anzeichen intelligenten Lebens, aber auf keinem fanden sie Lebewesen wie uns.«

Dan ließ den Blick über die Zuhörer wandern, die gespannt an seinen Lippen hingen. »Schließlich neigte sich die Expedition dem Ende zu, und die *FährtenFinder* kehrte nach Hause zurück. Sie landete genau an der Stelle, an der sie losgeflogen war und die heute durch die FährtenFinderglocke markiert ist.« Er hielt inne, und auf das Stichwort genau wehte der Klang der Glocke über die Dünen herüber. Todi überlief ein Schauer.

Dan wartete, bis der letzten Glockenschlag verklungen war, ehe er fortfuhr: »Als die Besatzung ausstieg, fand sie nur windumtoste Dünen vor und eine feindselige Menge vom Handelsposten, die gesehen hatte, wie ein Feuerball vom Himmel fiel, und gekommen war, um der Sache auf den Grund zu gehen. An Bord des Raumschiffes waren nur wenige Hundert Jahre vergangen, auf der Erde dagegen Tausende – die *FährtenFinder* und ihre Besatzung waren in Vergessenheit geraten. Die Leute vom Handelsposten hielten sie für seltsame, fremde Wesen und sperrten sie in eine Festung im Fernwald.« Dan deutete mit der Hand zu dem Wald hinüber, der hinter dem Dorf begann. »Das ist der Grund, warum wir uns nie tief in den Fernwald hineinwagen. Für FährtenFinder ist es nicht ratsam, sich dort aufzuhalten.«

Er blickte in die Runde. »Nach vielen langen Jahren verloren die Kerkermeister des Handelspostens das Interesse an unseren Leuten und ließen sie endlich frei. Die FährtenFinder kehrten hierher zurück, errichteten unser Dorf und lebten in Frieden. Aber das alte Misstrauen zwischen uns und den anderen ist bis zum heutigen Tag geblieben. Sie sind uns feindselig gesinnt, geraten leicht in Zorn, und weder im Handelsposten noch im Außenposten kann sich ein FährtenFinder sicher fühlen. Aber nun genug davon!«

Dan lockerte die gedrückte Stimmung mit einem plötzlichen Lächeln auf.

»Es wird Zeit für eine andere Geschichte. Die FährtenFinder haben aus den fantastischen Welten, die sie gesehen haben, viele Geschichten mitgebracht. Bei jedem Mittsommerkreis erzähle ich eine neue und bediene mich dabei unserer Zeichensprache, die sie uns, ihren Kindeskindern, vererbt haben. Und heute Nacht, Brüder und Schwestern, will ich euch vom Planeten der Riesenbäume erzählen.«

Er legte die Spitze seines linken Zeigefingers auf die Spitze seines linken Daumens, sodass ein »O« entstand: das FährtenFinderzeichen für *okay*, wenn es als Frage gemeint war. Als Antwort machten alle im Kreis dasselbe Zeichen mit der rechten Hand, was *okay* im Sinne von »einverstanden« oder »alles in Ordnung« bedeutete. Und so begann Dan Moon.

Todi saß wie gebannt da, während ihr Vater mit flüssigen Handbewegungen den Faden seiner Geschichte spann, auf seinen langen Beinen im Kreis tänzelte und sie mit zu den Sternen nahm. Sie hätte sich gewünscht, dass die Geschichte ewig weiterginge, doch als das flinke Spiel seiner Hände und seiner feingliedrigen Finger an Tempo verlor, da wusste sie, dass er zum Ende kam.

Dan begann wieder zu sprechen, langsam und leise. »Und so sind wir FährtenFinder in das Große Dahinter gereist. Wir haben viele Welten gesehen, aber wir haben keine entdeckt, die so schön ist wie unsere. Wir haben viele Sonnen gesehen, aber keine, die so vollkommen ist wie …« Dan drehte sich um und deutete auf die See hinaus. Auf die Sekunde genau tauchte am Horizont eine schmale orangerote Sichel aus dem Meer auf. »Wie diese! Dies ist unsere Sonne! Dies ist unsere Erde! Hier gehören wir hin.«

Ein Schauer überlief alle Mitglieder des Mittsommerkreises. Dan Moon grinste. Er hatte es geschafft.

In dem wohligen Gefühl, etwas Besonderes zu sein und hierherzugehören, sah der Kreis ehrfürchtig zu, wie der glühende Lichtball aus dem Wasser emporstieg, wie sich der Himmel erhellte und der Morgenstern verblasste. Wie Dan Moon es gesagt hatte, es war vollkommen.

Da bemerkte Todi einen goldenen Lichtblitz am Himmel. Sie hob den Blick und beschirmte die Augen mit der Hand. Da kam noch ein Blitz, ein grüner diesmal, und ihr Herz tat einen Sprung. Dasselbe hatte sie schon einmal gesehen. Vor langer Zeit. Seit vielen Jahren träumte sie davon. Aber niemand, nicht einmal ihr Vater, hatte ihr geglaubt, dass sie es wirklich gesehen hatte.

»Das Drachenboot!«, rief Todi und sprang auf. »Das Drachenboot!« Alle sahen sie missbilligend an, besonders Dan. So benahm man sich nicht im Kreis. Aber nun spähten auch die anderen zum Himmel, und einige standen sogar auf, um besser sehen zu können. Der Mittsommerkreis war aufgehoben.

Das grünlich golden leuchtende Ding kam näher, und nun erkannten auch die anderen, was es war – ein wunderschöner grüner Drache, der gleichzeitig ein goldenes Boot war. Oder war es ein wunderschönes goldenes Boot, das gleichzeitig ein grüner Drache war?

Das Drachenboot kam stetig näher. Seine riesigen Flügel hoben und senkten sich, hoben und senkten sich, und bald war es so nah, dass jeder den nach vorn gereckten Hals des Drachen erkennen konnte, die in der Sonne schillernden Schuppen und den bogenförmig gekrümmten Schwanz mit dem glänzenden goldenen Stachel an der Spitze. Und dann war der schlanke Rumpf über ihnen. Alle winkten ausgelassen – und die beiden Gestalten am Ruder, die eine in Lila, die andere rot gekleidet, winkten zurück.

Dan Moon begriff, dass ihm die Schau gestohlen worden war, aber das machte ihm nichts aus. Der herrliche Anblick begeisterte ihn ebenso wie alle anderen. Er nahm seine Tochter in die Arme, hob sie in die Höhe und sagte: »Na, so was, Alice TodHunter Moon, du hast das Drachenboot ja wirklich gesehen.«

»Lass mich runter, Dad«, murmelte Todi verlegen. »Die gucken alle schon.«

Das Drachenboot

Der Lenker des Drachenboots – ein junger Mann mit strohblonden Locken und grünen Augen, die so strahlten, dass man meinen könnte, sie würden im Dunkeln leuchten – spähte auf den Strand hinab. Er war das erste Land, das sie sichteten, seit sie von ihrer Insel losgeflogen waren.

»He, Jen«, rief er und deutete nach unten. »Da ist wieder dieser Lichtkreis. Vermutlich ist das auch irgend so ein Mittsommerbrauch.«

Jenna Heap, eine junge Frau in einem eleganten, mit weißem Pelz gefütterten roten Mantel und mit langem dunklem Haar, das von einem goldenen Diadem zusammenhalten wurde, schaute über den Rand des Drachenboots. »Sie haben uns gesehen«, sagte sie und erwiderte das aufgeregte Winken der Gruppe am Boden. »Es ist schon hell. Wir müssen später dran sein als sonst.«

Der junge Mann, bei dem es sich um Septimus Heap, Jennas Adoptivbruder, handelte, grinste. »Ich meine mich zu erinnern, dass jemand ein großes Trara darum gemacht hat, ob wir auch genug zu essen dabeihaben.« Er deutete auf zwei große Picknickkörbe, die an Deck festgezurrt waren. »Obwohl wir genug eingepackt haben, um das gesamte Foryx-Haus zu verköstigen.«

Jenna hätte ihm am liebsten die Zunge herausgestreckt, verbot es sich aber. Sie war jetzt einundzwanzig. Und sie war die Burgkönigin. Da gehörte sich so etwas nicht. Und jetzt schon gar nicht mehr, wo Septimus der Außergewöhnliche Zauberer der Burg war, woran Jenna nicht zuletzt sein lilafarbener, mit blauem Pelz gefütterter Mantel und der Gürtel aus Platin und Gold erinnerten. Obwohl sie – und auch er selbst – es noch immer nicht ganz glauben konnte.

Wie die Menschen unten am Strand war Jenna gerade dabei, einen alten Mittsommerbrauch zu pflegen. Viele Tausend Jahre lang hatten die Burgköniginnen an jedem Mittsommertag das Drachenboot in seinem unterirdischen Tempel besucht, in dem es der allererste Außergewöhnliche Zauberer Hotep-Ra versteckt hatte. Doch die Zeiten änderten sich, und als Jenna elf Jahr geworden war, hatten sie und Septimus das Drachenboot in die Burg zurückgebracht. Und nun, da Jenna selbst Königin war und Septimus die Möglichkeit hatte, Hotep-Ra jederzeit zu besuchen, flogen sie das Drachenboot jedes Jahr zu Mittsommer zu seinem ehemaligen Herrn. Es war eine Zeit, auf die sich Jenna und Septimus das ganze Jahr über freuten, kostbare Tage, in denen sie wieder sie selbst sein konnten, einfach nur Bruder und Schwester, einfach nur Jenna und Septimus Heap.

In diesem Jahr war diese Zeit noch kostbarer. Denn Septimus war jetzt Außergewöhnlicher Zauberer und hatte eigentlich gar nicht fliegen wollen. Aber die Burgkönigin hatte darauf bestanden. Septimus trug noch den goldenen und smaragdgrünen Ring, der ihn zum Herrn des Drachenboots machte, und deshalb, so hatte Jenna streng zu ihm gesagt, sei es seine Pflicht.

Also hatte Septimus seine Aufgaben im Zaubererturm der Burg verschiedenen Stellvertretern – sowohl Geistern wie Lebenden – übertragen und hoffte, dass alles seinen geregelten Gang gehen würde. Und als nun der orangerote Ball der Sonne den Himmel mit einem leuchtenden Rosa überzog und ein Schwarm Enten quakend ihren Weg kreuzte, da lachte er laut heraus. Er war ja so froh, dass Jenna darauf bestanden hatte.

Entdeckt

Als Todi und Dan später am Strand entlang nach Hause gingen und die Wellen im Sonnenlicht des Mittsommermorgens glitzerten, sagte Todi: »Dad, was meinst du: Wieso hat sich Tante Mitza in den Dünen versteckt, als wir unseren Kreis abgehalten haben?«

»Hat sie das denn?« Dan sah seine Tochter beunruhigt an.

Todi nickte. »Ja. Als alle dem Drachenboot gewinkt haben, habe ich gesehen, wie sie aufgestanden und davongehuscht ist. Und ich bin mir sicher, dass sie es war, denn sie watschelt wie eine Ente. Ungefähr so.« Sie machte Tante Mitzas Plattfußgang ziemlich treffend nach, aber Dan fand das gar nicht lustig.

»Du solltest mehr Respekt vor Älteren haben, Todi.«

»Aber ich mag sie nicht, Dad. Und du doch auch nicht.«

Dan widersprach nicht. »Trotzdem, Todi, du solltest vor der Stiefschwester deiner Mutter mehr Respekt haben. Wir beide müssen sie gastfreundlich behandeln.«

Todi verfiel in Schweigen. Ihre Mutter war gestorben, als sie sieben war, und sie wusste, dass ihrem Vater alles, was mit ihrer Mutter zu tun hatte, sehr kostbar war – wie ihr selbst auch. Das war auch der einzige Grund, warum er Tante Mitza aufgenommen hatte, als sie letzte Woche plötzlich vor der Tür stand und sagte, sie wolle nach all den Jahren »ihre süße kleine Stiefnichte« besuchen. Aber die stechenden Blicke, die Tante Mitza ihr zuwarf, wenn ihr Vater nicht da war, hatten sie bei Todi nicht beliebt gemacht. Im Unterschied zu ihrem Vater wollte sie mit Tante Mitza nichts zu tun haben. Sie konnte sich nicht vorstellen, dass ihre Mutter ihre Stiefschwester gemocht hatte. Und ganz bestimmt hätte es ihre Mutter nicht geduldet, dass Tante Mitza sie heimlich belauschte.

»Aber Tante Mitza hat mitgehört, was wir im Kreis gesprochen haben, Dad«, sagte Todi. »Sie kennt jetzt unser Geheimnis, über das wir Stillschweigen gelobt haben. Ist das vielleicht Respekt vor uns? Vor unserer Gastfreundschaft? Vor Mum?«

Dan runzelte die Stirn. »Was sie gehört hat, hat sie gehört. Ich kann es nicht ungeschehen machen. Aber du hast recht, Todi. Sie hat es deiner Mutter gegenüber an Respekt fehlen lassen. Morgen werde ich sie bitten zu gehen.«

Aber es war nicht Mitza, die am nächsten Tag ging, sondern Dan.

~ TEIL 2 ~

Das Foryx-Haus

Das Drachenboot flog in gleichmäßigem Tempo nach Osten. Es kannte den Weg genau, sodass Jenna und Septimus nichts weiter zu tun hatten, als zuzusehen, wie die Welt unten vorbeizog, und sich durch den ersten Picknickkorb zu futtern. Es war später Vormittag, als die düstere Festung, in der Hotep-Ra wohnte, vor ihnen auftauchte. Die achteckigen Granittürme des Foryx-Hauses stachen dunkel vom ewigen Schnee der Umgebung ab und thronten auf einem säulenartigen Felsen, den ein tiefer Abgrund umschloss. Jenna und Septimus erschauerten – das Foryx-Haus war ein grausiger Ort.

Das Drachenboot verringerte die Höhe. Es umkreiste das Foryx-Haus einmal, dann senkte es den langen Hals und setzte zur Landung an. Jenna schloss die Augen – dieser Teil des Fluges machte ihr immer Angst. Das Drachenboot hielt auf eine breite weiße Marmorterrasse zu, und obwohl Jenna wusste, dass alles gut gehen würde, hatte sie immer das Gefühl, sie würden gleich auf die harten Steine stürzen. Doch sobald der Kiel des Drachenboots auf dem Marmor aufsetzte, verwandelte sich dieser in eine milchige Flüssigkeit, und sie landeten weich mit einem langen, sanften Zischen.

Septimus strich seine lila Amtstracht glatt und rückte den Gürtel aus Gold und Platin zurecht. Heute trat er Hotep-Ra zum ersten Mal als Außergewöhnlicher Zauberer gegenüber und wollte einen guten Eindruck machen.

Jenna ließ die Strickleiter hinab und umarmte ihn. »Hast du den Questenstein?«, fragte sie – wie jedes Mal.

»Jen, sei keine Nervensäge! Klar habe ich ihn.«

»Lass sehen«, verlangte sie, denn sie erinnerte sich noch allzu gut an jenen schrecklichen Tag, an dem Septimus den Questenstein auf dem Boot vergessen hatte. Sie war ihm nachgerannt und hatte ihn erst im allerletzten Moment eingeholt.

Septimus griff in die Tasche und zog einen schillernden schwarzen Stein hervor. Er war rund und glatt und trug auf der einen Seite ein eingraviertes goldenes *Q*. Septimus drehte ihn um und zeigte Jenna Hotep-Ras Symbol, das mit einem Zauber in die Rückseite geritzt worden war. Der Stein war Septimus' Schlüssel in die Freiheit. Mit seiner Hilfe konnte er gefahrlos in seine Zeit zurückkehren.

»Gut«, sagte Jenna. »Nervös?«

Septimus lächelte angespannt. »Ein wenig«, gestand er. »Ich frage mich, ob ich ihm diesmal begegne – ich meine, *mir.*«

»Hältst du es für möglich?«

»Ja. Beim letzten Mal, als ich ihm begegnet bin – ich meine, *mir* –, hat meine Amtstracht noch ziemlich neu ausgesehen.«

»Es wird schon gut gehen«, sagte Jenna in beruhigendem Ton. »Du darfst ihn nur nicht berühren – ich meine, dich. Das ist ganz wichtig, stimmt's?«

»Ja. Damals habe ich ihn nicht berührt und er mich auch nicht, deshalb müsste eigentlich alles glattlaufen. Andererseits, das war damals. Vielleicht ist es diesmal anders, wer weiß. Gut, dann gehe ich jetzt. Bis später.« Damit schwang er sich auf die Strickleiter, und Augenblicke später eilte er über die Marmorterrasse zu der abstoßenden grauen Festung.

Jenna beobachtete, wie er die Treppe zu der mächtigen Tür hinaufstieg, die aus dicken Ebenholzbrettern bestand und von Eisenbeschlägen und Nieten zusammengehalten wurde. Sie sah wie ein Gefängnistor aus – und in gewisser Weise war sie das ja auch. Das einst von Hotep-Ra erbaute Foryx-Haus war der Ort, an dem sich alle Zeiten begegneten. In diesem Haus stand die Zeit still, wie die Nabe in der Mitte eines sich drehenden Rades. Seinen Bewohnern stand es zwar jederzeit frei zu gehen, aber sie konnten sich nicht aussuchen, in welcher Zeit sie draußen landeten. Das vermochte nur, wer einen vollendeten Questenstein besaß – und Septimus besaß den einzigen.

Eine Schneeböe fegte über den Marmor, und durch die wirbelnden Flocken sah Jenna, wie Septimus nach dem Klingelzug griff und daran zog. Die Tür schwang auf, und der kleine Pförtner, der ein wenig an eine Fledermaus erinnerte, ließ ihn ein. Dann fiel die Tür wieder zu, und Septimus war verschwunden.

Jenna hasste diesen Teil ihres Besuchs. Sie hatte jedes Mal Angst, Septimus nie wiederzusehen. Um sich abzulenken, ging sie daran, eine rot-goldene Plane über das Deck des Drachenboots zu spannen. So konnten sie sich, wenn Septimus mit Hotep-Ra wiederkam, unter die Plane setzen und den Inhalt des von ihr mitgebrachten zweiten Picknickkorbs verspeisen, ganz gleich, wie heftig es schneite oder windete. So machten sie es immer. Und diesmal, sagte sie sich streng, würde es nicht anders sein.

Doppelgänger

Im Innern des Foryx-Hauses gelangte Septimus in einen kleinen Vorraum mit schwarz-weißem Schachbrettboden und einem eindrucksvollen geschnitzten Stuhl in Form eines Drachen. Er stieß die Flügeltür auf – die sich immer viel leichter öffnen ließ, als erwartet – und schlüpfte in die große, von Kerzen erleuchtete Eingangshalle. Hier verharrte er einen Augenblick und atmete die seltsam abgestandene Luft dieses Hauses ein, in dem sich alle Zeiten begegneten. Die Halle war von Kerzenrauch vernebelt und wimmelte von Menschen, die kreuz und quer durcheinanderliefen. Manche sammelten Mut, um hinauszugehen, andere, die gerade erst hereingekommen waren – oder es zumindest glaubten –, irrten verwirrt umher, doch die meisten dämmerten in einem Zustand zeitloser Benommenheit vor sich hin und wussten kaum noch, wer oder wo sie waren.

Septimus konnte in dem Qualm zwar kaum etwas erkennen, bahnte sich jedoch einen Weg durch die Menge. Beklommen spähte er immer wieder zu der Galerie mit der Balustrade hinauf. Dann setzte sein Herz für einen Schlag aus – *da war er.* Oben auf der Galerie stand sein jüngeres, vierzehnjähriges Ich und starrte erschrocken zu ihm herunter. Septimus schluckte. Gleich würde er sich selbst gegenüberstehen, so wie schon einmal vor sieben Jahren. Seit damals hatte er viel darüber gelernt, was es zu beachten galt, wenn man sich selbst in einer früheren Zeit begegnete. Wie zum Beispiel, dass keiner den anderen berühren durfte. Oder dass nur einer sprechen durfte. Aber das Wichtigste war: Die Begegnung musste genauso ablaufen wie beim letzten Mal, denn sie hatte ihn zu dem gemacht, der er heute war. Septimus holte tief Luft und stieg die Treppe hinauf, die in seine

Vergangenheit führte. Es gab so vieles, was er dem vierzehnjährigen Septimus gerne sagen würde. Er wünschte, er hätte damals mehr erzählt, tröstete sich aber mit dem Gedanken, dass es ihm zumindest gelungen war, ihm das Allerwichtigste zu verraten.

Die breite Treppe schwang sich elegant nach oben. Auf den oberen Stufen lichtete sich der Kerzenrauch, und Septimus hob den Kopf und sah ... *sich selbst in die Augen*. Sein jüngeres Ich hatte sich gerade von Hotep-Ra verabschiedet und zum Gehen gewandt. Es wirkte genauso verstört, wie sich sein jetziges Ich fühlte.

Zwei Stufen unter Hotep-Ra blieben die beide Septimusse stehen.

Wir dürfen uns nicht berühren. Der ältere Septimus hob die Hand, um den jüngeren davon abzuhalten, näher zu kommen. Er versuchte, sich ruhig und gefasst zu geben, hatte aber das Gefühl, wie ein Volltrottel zu erscheinen. So war er sich damals vorgekommen und heute wieder.

Nur einer darf sprechen. »Warte«, begann er, »sag nichts. Ist angeblich etwas gefährlich, zeitlich. Ich habe mich schon gefragt, wann wir uns mal begegnen würden – ob es diesmal passieren würde.« Er war froh, dass anscheinend alles genauso ablief wie damals, vor sieben Jahren. »Marcia geht es gut«, fuhr er fort. »Und das ist alles, was du im Moment wissen willst.«

Der junge Septimus lächelte erleichtert, zögerte kurz und rannte dann die Treppe hinunter. Septimus sah sich selbst dabei zu, wie er sich in seiner verlotterten grünen Lehrlingstracht unten in der Halle durch die Menge zwängte.

Wir dürfen nicht das Geringste anders machen. Er wartete, bis der andere sich noch einmal umdrehte, und winkte ihm. Der jüngere Septimus winkte zurück und verschwand. In eine andere Zeit, in eine andere Welt.

Abgang

Es gibt so vieles, was ein frisch gebackener Außergewöhnlicher Zauberer den allerersten Außergewöhnlichen Zauberer fragen möchte, und Septimus bildete da keine Ausnahme. Er verbrachte viele Stunden Foryx-Haus-Zeit mit Hotep-Ra in den Gemächern des alten Zauberers, zumindest kam es ihm so vor. Als er endlich alle seine Fragen gestellt hatte, sagte Hotep-Ra ungeduldig: »Ich finde, es ist Zeit zum Essen, du nicht auch, Septimus?« Hotep-Ra hatte Jennas Picknickkörbe schätzen gelernt.

Die beiden Außergewöhnlichen Zauberer bahnten sich einen Weg durch das Gedränge in der vernebelten Halle und traten in den Vorraum. Auf dem Drachenstuhl saß jetzt ein Mädchen in einem ausgefallenen weißen Pelzmantel. Sie hatte leuchtend blaue Fingernägel, und ihr weißblondes Haar war zu kleinen Zöpfen geflochten, die zu einem dicken Pferdeschwanz gebunden waren. Das Mädchen sprang auf und packte Septimus am Arm. »Bitte sagen Sie mir«, stieß sie in einem breiten Akzent hervor, »sind Sie der Mann mit dem magischen Stein? Kehren Sie immer in die Zeit zurück, aus der Sie gekommen sind?«

Septimus umschloss den Questenstein in seiner Hand ganz fest, denn er fürchtete, das Mädchen könnte versuchen, ihn sich zu schnappen. »Ja, allerdings.«

Das Mädchen sah ihm tief in die Augen. Er war wie gebannt. »Bitte, ach bitte«, sagte sie. »Ich flehe Sie an, bringen Sie mich hier heraus.«

Hotep-Ra wähnte das geliebte Picknick mit seinem Drachenboot und seiner Lieblingskönigin in Gefahr. »Madam, es besteht überhaupt keine Notwendigkeit, dass Sie jemand hier ›herausbringt‹, wie Sie sich auszudrücken belieben. Es steht Ihnen jederzeit frei zu gehen.«

Das Mädchen funkelte den alten Mann zornig an. »Ich möchte nicht in eine x-beliebige Zeit. Ich möchte in seine Zeit.«

Septimus konnte sie gut verstehen. Auch er hatte einmal schreckliche Ängste ausgestanden, weil er nicht gewusst hatte, in welcher Zeit er draußen landen würde, aber das würde Hotep-Ra niemals nachempfinden können. »Selbstverständlich können Sie mit mir hinaus«, sagte er. »Es wäre mir ein Vergnügen.« Und er hätte ihr seinen Arm angeboten, wenn sie sich nicht schon bei ihm untergehakt hätte.

Taxi

Jenna war noch mit dem Spannen der Plane beschäftigt, als sie Septimus aus dem Foryx-Haus kommen sah, zusammen mit – *wer war das denn?* Sie runzelte die Stirn. Was fiel Septimus ein, jemanden mitzubringen – wohl irgendeine neue Freundin – und ihnen die kostbaren gemeinsamen Stunden zu verderben? Sie konnte Hotep-Ra am Gesicht ablesen, dass er davon ebenso wenig begeistert war wie sie.

Ihr Gast stellte sich als Schneeprinzessin Driffa, die Allererhabenste und Allergütigste, vor. »Aber meine Freunde«, sagte sie, während sie sich auf dem Drachenboot niederließ, ihre Pelzstiefel fortschleuderte und lange weiße Füße mit leuchtend blauen Zehennägeln entblößte, »nennen mich einfach Driffa.« Sie schenkte den dreien ein strahlendes Lächeln. »Und ich hoffe doch, Sie werden sich als meine Freunde betrachten.«

»Aber natürlich«, antwortete Septimus. Jenna und Hotep-Ra lächelten frostig.

Hotep-Ra taute beim Anblick von Lachsschaum und Holunderblütensekt etwas auf, sprach aber wenig – die Schneeprinzessin redete genug für sie alle. Sie erzählte, dass sie ins Foryx-Haus gegangen sei, um eine Vorfahrin aufzusuchen, die sie gebeten habe, sich mit ihr dort zu treffen. Die Vorfahrin, ihre Ur-ur-ur-und-so-weiter-Großmutter, habe ihr eine schreckliche Mitteilung gemacht und dann gesagt, sie solle auf »einen schönen blonden Jüngling in Lila warten, der im Besitz eines magischen Steines ist«. Danach habe sie gefühlte Jahrhunderte warten müssen, bis Septimus endlich aufgetaucht sei.

Jetzt legte die Schneeprinzessin ihre schmale weiße Hand auf die von Septimus und sagte: »Ich werde Ihnen nie genug dafür danken können, dass Sie mich da herausgeholt haben. Niemals.« Ermattet lehnte sie sich zurück, sodass ihr die Schneeflocken ins Gesicht fielen. Sie atmete tief ein. »Ah«, seufzte sie. »Ich hatte ganz vergessen, wie Schnee riecht.«

Septimus sah Driffa verzückt an. Hotep-Ra und Jenna tauschten einen gereizten Blick.

Der alte Zauberer blieb nicht lange. Jenna winkte ihm zum Abschied, und als die dunkle Tür des Foryx-Hauses hinter Hotep-Ra zufiel, hörte sie Septimus sagen: »Er wäre uns ein Vergnügen, Sie nach Hause zu bringen, Driffa. Ich wollte die Östlichen Schnee-Ebenen schon immer kennenlernen.«

Jenna verkniff sich die Bemerkung »Seit wann das denn?« und bedachte Septimus mit einem ihrer missbilligenden Königinnenblicke. Er blieb ohne Wirkung.

Schneeprinzessin Driffa, die Allererhabenste und Allergütigste, war kein angenehmer Passagier. Während des Flugs lag sie die meiste Zeit auf dem Deck des Drachenboots und stöhnte laut. Sie protestierte jedes Mal, wenn Jenna sie weckte, um nach dem Weg zu fragen, und wenn sie nach unten sah, um festzustellen, wo sie sich gerade befanden, bekam sie prompt einen Übelkeitsanfall und erbrach sie über die Reling. »Alles über das schöne Blattgold«, beschwerte sich Jenna bei Septimus. Es dauerte zwei brütend heiße Tage und zwei bitterkalte Nächte, ehe sie die Östlichen Schnee-Ebenen erreicht hatten. Als der Ort in Sicht kam, in dem Driffa ihr Zuhause erkannte – eine schneebedeckte, von Bergen umringte Hochebene, auf der die Luft merklich dünner war und ein dumpf wimmernder Wind blies, war es Abend.

»Da!«, rief Driffa. »Ich sehe sie. Unsere Blaue Zinne!«

Septimus und Jenna spähten durch die Schneewolken und erhaschten einen Blick auf eine Art Turm aus reinem Lapislazuli, der aus dem Schnee emporragte. Dann gerieten sie in ein Schneegestöber, und alles verschwand wieder hinter einem trüben weißen Vorhang.

Driffa wandte sich an Septimus, und ihre dunkelblauen Augen funkelten vor Erregung. »Fühlen Sie ihren wunderbaren Zauber?«

Septimus fühlte in der Tat einen Zauber, aber wunderbar hätte er ihn nicht gerade genannt. Er kam ihm eher wie ein böser Zauber vor. Doch er wollte die Schneeprinzessin nicht verstimmen und griff zu einer dieser nebulösen Zauberer-Floskeln, die er sich in letzter Zeit angeeignet hatte, um sich aus heiklen Situationen herauszuwinden. »Ich bin überzeugt, dass es an diesem bezaubernden Ort so manches gibt, was einen verzaubern kann.«

»Oh«, entgegnete Driffa und errötete.

»Du meine Güte«, stöhnte Jenna leise. Seit Septimus von seiner langjährigen Freundin Rose wegen eines Schreibers namens Foxy den Laufpass bekommen hatte, war er, wie sie fand, ständig am Flirten.

Der kurze Blick auf die Blaue Zinne – ob nun bezaubernd oder sonst was – hatte genügt, um der Schneeprinzessin den Weg zu weisen. Das Drachenboot setzte zum Sinkflug an und durchstieß die Wolken. Bergausläufer tauchten unter ihnen auf, von denen schöne, schneebedeckte Türme emporragten und schmale, in warmen Laternenschein getauchte Fußpfade. Aber dann brach erneut ein Schneesturm los, und alles entschwand ihrem Blick.

Septimus fand keinen Platz zum Landen, ging aber so tief, dass das Drachenboot nur noch einen Meter über dem Schnee schwebte. Jenna ließ die Strickleiter hinab und schlüpfte in die Rolle der huldvollen Königin, die sie nach sieben Jahren Übung aus dem Effeff beherrschte: »Schneeprinzessin Driffa, Allererhabenste und Allergütigste«, sagte sie, »es war uns ein Vergnügen und eine Ehre, Sie in Ihr schönes Land zurückzugeleiten. Wir wünschen Ihnen viel Glück unter den Ihrigen. Leben Sie wohl.«

Fest entschlossen, Jennas kleine Abschiedsrede noch zu übertreffen, erwiderte die Schneeprinzessin: »Oh, Burgkönigin und Außergewöhnlicher Zauberer, Sie sind wahrhaft großzügige Menschen, und ich bin vom Scheitel bis zur Sohle voll des Dankes. Möge Ihnen stets ein sanfter Schneefall und ein blauer Himmel beschieden sein. Möge der Grula-Grula mit Ihnen sein.«

Septimus stutzte. Grula-Grula? Er hätte die Schneeprinzessin gern gefragt, wen oder was sie damit meinte, aber ein Blick in Jennas Gesicht verriet ihm, dass die Burgkönigin kein längeres Verweilen ihrer Passagierin wünschte. Gehorsam half er Driffa auf die Leiter.

Sie hielt seine Hand so lange wie irgend möglich, ehe sie sich in den weichen Schnee hinabplumpsen ließ. Das Weiß ihres Pelzes verschmolz mit dem der wirbelnden Schneeflocken, und sie war verschwunden.

»Hoffentlich kommt sie zurecht«, sagte Septimus.

»Solche Leute kommen immer zurecht«, erwiderte Jenna.

Septimus lenkte das Drachenboot in geringer Höhe zur Mitte der Schnee-Ebene, um noch einmal einen Blick auf die faszinierende Blaue Zinne zu werfen. Als sie näher kamen, riss die Wolkendecke kurz auf.

»Mensch«, stieß Jenna hervor, »was ist denn das?«

Neben der Blauen Zinne war etwas, was wie ein gigantischer Ameisenhaufen aussah. Ein riesiger Berg aus schwarzem Abraum lag da im Schnee, und aus einer breiten Spalte im Boden tauchte eine Reihe von Gestalten auf, die Schubkarren voll mit Erde und Steinen schoben.

Septimus runzelte die Stirn. »Das da unten ist mit Sicherheit schwarze Magie.«

Plötzlich schoss ein Feuerball durch die Luft und direkt auf sie zu. Septimus warf die Ruderpinne herum, um ein Ausweichmanöver einzuleiten, aber das war gar nicht nötig. Das Drachenboot hatte früher schon Feuerblitze gesehen und wusste, was da nahte. Es legte sich rasch auf die Seite und wendete, und der Feuerball wirbelte vorüber, so heiß, dass der Schnee an Deck schmolz.

Zwei weitere Geschosse folgten, aber das Drachenboot war bereits außer Reichweite. Wieder hüllte sie der Schneesturm ein, und Jenna ging nach vorn zum Bug. Sie legte der Drachin die Arme um den eiskalten Hals und flüsterte: »Bring uns nach Hause.«

Warten

Zwei Nächte später flog das Drachenboot wieder über die sandige Halbinsel der FährtenFinder. Diesmal war kein Lichtkreis zu sehen. Dennoch war jemand unten auf dem dunklen Strand.

Es war Todi. Sie saß neben dem leeren Boot ihres Vaters und wartete.

Am Morgen zuvor war Dan Moon in aller Frühe zum Fischen hinausgefahren. Es war ein schöner Tag gewesen, und Todi hatte ihm geholfen, die Netze zu verstauen und das Boot, die *Wega*, den Strand hinunterzuschieben. Sie sah zu, wie ihr Dad langsam hinaussegelte, und als das rote Segel hinter der Landzunge verschwand, ging sie zurück und frühstückte bei ihren Freunden, der Familie Sarn. Obwohl Tante Mitza an diesem Morgen ausgegangen war, wollte Todi nicht nach Hause, falls sie unerwartet zurückkäme.

An diesem Tag waren viele FährtenFinder zum Fischen hinausgefahren. Am Abend ging Todi mit mehreren Dorfbewohnern wieder an den Strand. Ein Boot nach dem anderen kehrte zurück, bis nur noch das ihres Vaters fehlte. Es wurde dunkel, und Wind kam auf – aber noch immer keine Spur von ihrem Vater. Oskar und Ferdie Sarn stießen zu ihr. Sie brachten Decken und heißen Tee mit. Es wurde eine lange Nacht, doch das Meer vor ihnen blieb leer.

Im Morgengrauen hatte Todi ein Boot auf den Strand zutreiben sehen. Seine Form war unverwechselbar. Es war das Boot ihres Vaters. Aber sie hatte auf den ersten Blick erkannt, dass niemand an Bord war. Das Segel hing schlaff herab, die *Wega* schaukelte führerlos auf den Wellen.

Jerra Sarn – Oskars und Ferdies älterer Bruder – war mit Todi hinausgefahren, um die *Wega* zu bergen, und gemeinsam hatten sie das Boot auf den Strand gezogen. Es war leer gewesen bis auf Dan Moons Fischerweste, die in einer Wasserlache am Boden gelegen hatte. Keine Netze, keine Fische, und von ihm selbst nicht die geringste Spur.

Todi hatte die Weste ihres Vaters angezogen und weiter am Strand ausgeharrt. Die Sarns hatten ihr abwechselnd Gesellschaft geleistet, aber Todi war es egal gewesen, wer bei ihr saß – der einzige Mensch, den sie jetzt hatte sehen wollen, war ihr Vater gewesen. Und so hatte sie unerschütterlich dagehockt, aufs Meer hinausgestarrt und Ausschau nach ihrem Vater gehalten. Ferdie und Oskar hatten nicht verstanden, warum sie das tat, aber Todi hatte sich an das Versprechen gehalten, das sie dem Kreis gegeben hatte, und hatte es ihnen nicht erklärt. Nur Jerra Sarn, der den Mittsommerkreis vor drei Jahren das letzte Mal besucht hatte, hatte verstanden, worauf Todi hoffte.

Und so saß Todi auch da, als das Drachenboot über sie hinwegflog, und stellte sich vor, wie ihr Vater jeden Augenblick aus dem Wasser auftauchen, an Land waten und zu ihr sagen würde, ja, er habe FährtenFinderkiemen. Immer wieder malte sie sich aus, wie er vor ihr stehen würde – zitternd, mit Seetang behangen, aber am Leben. Und wie sie ihm dann den Strand hinaufhalf und ihn nach Hause brachte, wo er ihr erzählte, wie er am Meeresgrund entlang nach Hause gegangen war, nach Hause zu seiner kleinen Alice. Und dann würde er zu ihr sagen, dass nun alles wieder gut sei.

Doch als die Sonne am zweiten Tag über dem Meer aufging, war Dan Moon immer noch nicht nach Hause gekommen, und Todi wartete weiter.

~ TEIL 3 ~

Ein Sturm zieht auf

Die Dämmerung brach an. Der Wind wehte Todi die Elflocke ins Gesicht und wuschelte durch ihr kurzes schwarzes Haar, als sie mühsam versuchte, das sperrige Boot ihres Vaters aus dem Wasser zu ziehen.

Ein barfüßiger rothaariger Junge, der wie Todi eine gestreifte Kapuzenjacke und schwarze Dreivierteihosen trug, kam den abfallenden Strand herunter und schrie vergeblich gegen das Tosen der Brandung an.

»Todi! He, Todi! Warte, ich helfe dir.«

Plötzlich sah Todi, wie neben ihr zwei sonnengebräunte Hände das Tau packten und kräftig daran zogen. Sogleich fühlte sich das Boot leichter an und löste sich aus dem Sog der zurücklaufenden Wellen. »He, Oskar! Danke.«

Gemeinsam zerrten sie die *Wega* aus dem Wasser und schleppten sie durch den Sand bis zu einer Kette, die sich über den Strand bis zu einem Pfahl schlängelte, der tief in die Düne getrieben war. Salzwasser glitzerte in Oskars sommersprossigem, sonnenverbranntem Gesicht, und Lachfältchen bildeten sich um seine blauen, auffallend gelb gefleckten Augen.

»Ganz schön schwer«, keuchte er, während Todi das Boot mit zwei Seemannsknoten an der Kette festmachte. »Einen guten Fang gehabt?«

Todi fuhr sich mit der Hand über die Augen und wischte das klebrige Salz weg. »Ja«, sagte sie mit einem müden Lächeln, beugte sich in das Boot und ergriff einen großen Korb, der randvoll mit Fischen war. »Auch wenn Tante Mitza anderer Meinung sein wird.«

Oskar verzog das Gesicht. »Manchen Leuten kann man es eben nie recht machen. Warte, ich helfe dir.« Er fasste ins Boot, und mit vereinten Kräften wuchteten sie den Korb heraus. »Nimmst du die Netze mit?«, fragte er.

»Nein, die sind noch in Ordnung.«

Sie stapften, den Korb mit den Fischen zwischen sich tragend, den steilen Strand hinauf. Am Fuß der Dünen angekommen, stellten sie den Korb ab, drehten sich um und blickten auf das weite, leere Meer hinaus. Die Sonne ging gerade unter, und ein blassgrünes Wolkenband zog über den rosafarbenen Himmel. Der Nachmittagswind war abgeflaut, aber das Meer war »kribbelig«, wie Todi es nannte – ein aufgewühltes, dunkles Blau. »Es wird Sturm geben«, sagte sie.

Sie folgten dem Bohlenpfad, der durch die Dünen zu den Häusern führte, die verstreut in deren Windschatten lagen. Die Wohnstätten der FährtenFinder waren einfache Bauten aus teerbestrichenen Brettern, die auf hohen Stelzen ruhten und aus übereinandergesetzten Zimmern bestanden. Jetzt, im Dämmerlicht, sahen sie merkwürdig aus, wie dunkle Tiere, die zwischen den Dünen umherstaksten, und die Kerzen in den Fenstern flackerten wie wachsame Augen.

Todi und Oskar erreichten den Glockenplatz, in dessen Mitte ein großes Holzgestell emporragte, in dem die FährtenFinderglocke hing. Angeblich stammte diese Glocke aus dem Raumschiff, das ihre Vorfahren zu den Sternen getragen hatte.

Von dem Platz gingen viele Wege ab. Einer davon führte zu Todis, ein anderer zu Oskars Haus. »Ich würde dich ja fragen, ob du mitkommen und bei uns essen willst«, sagte Oskar, »aber …«

»Aber ich darf nicht«, beendete Todi den Satz für ihn. »Trotzdem danke, Oskie. Ich würde ja gern, das weißt du.« Sie dachte an die grässliche Tante Mitza, die darauf bestand, dass sie nach Hause kam. Sie dachte an den mürrischen Blick, der sie dort erwartete, und ohne groß nachzudenken, platzte sie heraus: »Wie wär's, wenn du mit zu mir kommst und bei *mir* isst?«

Oskie sah sie erschrocken an. »Aber was ist mit Tante Mitza?«

Todi zuckte mit den Schultern. »Was soll mit ihr sein? Ich habe jede Menge Fische gefangen. Ich werde sie zubereiten – wie üblich. Sie wird sie essen – wie üblich. Was hat sie da zu meckern?«

Oskar dachte im Stillen, dass Tante Mitza zunächst einmal seinetwegen meckern würde, sagte aber nichts. Wenn Todi wollte, dass er zu ihr zum Abendessen kam, dann würde er es tun. Seine Mutter würde nicht begeistert sein – neuerdings wollte sie, dass ihre Kinder zu Hause waren, bevor es dunkel wurde. Aber er würde sie schon irgendwie herumkriegen. »Ich geh nur schnell Ma Bescheid sagen, Todi. In zehn Minuten bin ich bei dir.«

Todi lächelte. »Prima!«

Sie schleppte den Fischkorb weiter den schmalen Pfad entlang, der feucht und grau im Dämmerlicht lag. An seinem Ende stand ihr Haus, groß und stolz auf seinen Stelzen, mit hellgrünen Fensterläden, ihrem gemütlichen Mansardenzimmer mit Blick aufs Meer und einem schönen Reetdach, das ihr Vater nur wenige Wochen vor seinem Verschwinden erneuert hatte.

Ihre Arme schmerzten, als sie endlich am Fuß der Trittleiter ankam, die zur Eingangstür hinaufführte. Sie setzte den Korb ab und spähte nach oben. Die Tür stand offen, und ein Lichtschein fiel heraus. Das sah so einladend aus, dass sie eine jähe Hoffnung durchzuckte – vielleicht war ihr Vater wieder da, und wenn sie jetzt durch diese Tür ginge, würde er sie hochheben und in die Arme nehmen! Zwei Monate war es mittlerweile her, dass er vom Fischen nicht zurückgekehrt war. Manchmal kam es Todi vor, als wäre es gestern gewesen, und manchmal, als würde er nie wiederkommen.

Tante Mitza war die ganze Zeit über geblieben und hatte alles nur noch schlimmer für Todi gemacht. *Weil es meine Pflicht ist hierzubleiben, Alice, darum*, sagte sie immer, wenn Todi sie fragte, warum sie nicht *verschwand und sie in Ruhe ließ*. Und sie wusste, dass Tante Mitza auch jetzt im Haus war, dass sie wie immer in ihrem Sessel saß und in Richtung Fernwald stierte.

Todi schüttelte die traurigen Gedanken an ihren Vater ab, schleppte den Fischkorb die Leiter hinauf und blieb an der Tür stehen, um Atem zu schöpfen. Ihr Vater war natürlich nicht zurück. *Er* hätte nicht zugehört, wie sie sich mit dem schweren Korb abplagte, ohne einen Finger zu rühren und ihr zu helfen. Sie spähte in die Nische neben der Tür, wo immer seine großen Seemannsstiefel gestanden hatten – sie war so leer wie seit jenem Tag, an dem er im Morgengrauen gegangen war. Trauer und Verzweiflung stiegen in ihr hoch. Krachend ließ sie den Korb zu Boden fallen.

Tante Mitza fuhr aus ihrem Ohrensessel hoch und kam an die Tür gestürzt. Ihre schwarzen Augen funkelten in ihrem platten roten Gesicht, das dadurch noch strenger wirkte, dass ihre dunklen Haare straff nach hinten gekämmt und zu einem Dutt geknotet waren. Sie schäumte vor Wut. »Was fällt dir ein?«, schrie sie. »So den Korb hinzuknallen. Willst du, dass ich einen Herzanfall bekomme?«

»Nein«, antwortete Tod und dachte im Stillen, dass das gar keine schlechte Idee wäre. »Ich bringe nur den Fisch herein. Wie *immer.*«

Tante Mitza starrte sie zornig an. Todi erwiderte ihren Blick, fest entschlossen, nicht als Erste zu blinzeln. Tante Mitza sah weg. »Das wird dir noch leidtun«, zischte sie, drehte sich auf dem Absatz um und kehrte zu dem Sessel zurück.

Todi zuckte mit den Schultern. Sie ergriff den Korb und trug ihn in die Kochecke. Dann wählte sie drei stattliche Makrelen fürs Abendessen aus und legte sie auf den Fischstein. Den restlichen Fang brachte sie hinaus in den Fischbehälter – einen Kasten, der an der Außenwand angebracht und mit Eis gefüllt war, das Todi jeden Morgen aus dem Eishaus holte und klein hackte. Wie sie es sich von ihrem Vater abgeschaut hatte, legte sie die Fische vorsichtig auf ein Eisbett und streute weiteres Eis darüber. So gekühlt, hielten sie ungefähr fünf Tage, aber am ersten Tag schmeckten sie am besten.

Das nervöse Klappern von Tante Mitzas Stricknadeln im Ohr, machte sie Feuer im Herd, nahm die Makrelen aus, schuppte sie und legte die Fische in die große schwarze Pfanne, um sie langsam zu braten. Dann ging sie zum Tisch an dem Fenster, das auf das Marschland der alten Lagune hinterm Haus hinausging, wo früher einer ihrer Lieblingsplätze zum Lesen gewesen war. Sie breitete ihre beste rot karierte Tischdecke über das raue Holz, legte drei Gedecke auf und machte sich auf Ärger gefasst. Er ließ nicht lange auf sich warten.

»Drei?«, rief Tante Mitza, der nie etwas entging.

»Ich habe Oskar Sarn zum Abendessen eingeladen.«

»Nun, dann kannst du ihn gleich wieder ausladen.« Tante Mitza warf ihr Strickzeug von sich und lief zur Tür. Todi wusste, was sie vorhatte – sie wollte die Trittleiter hochziehen, damit Oskar nicht heraufsteigen konnte. Sie rannte ihr nach, aber das war gar nicht nötig. Genau in diesem Augenblick spähte nämlich Oskars fröhliches Gesicht bereits zur Tür herein.

Für Oskar wurde es nicht das lustigste Abendessen aller Zeiten, aber für Todi tat er alles, auch wenn das bedeutete, dass er einen ganzen Abend in Gesellschaft der gefürchteten Tante Mitza verbringen musste. Doch der Abend wurde nicht so lang, wie Oskar es erwartet hatte. Sowie der Fisch gegessen war – und noch bevor Oskar darauf hinweisen konnte, dass sie den Kuchen, den ihm seine Mutter als Nachtisch mitgegeben hatte, gar nicht ausgepackt hatten –, schob Tante Mitza mit einem lauten, scharrenden Geräusch ihren Stuhl zurück und stand auf. »Es ist spät«, sagte sie. »Oskar Sarn, es wird Zeit für dich, nach Hause zu gehen.«

Todi runzelte die Stirn. »Es ist überhaupt nicht spät«, protestierte sie. »Oskar ist gerade erst gekommen.«

Tante Mitza verschränkte die Arme und funkelte Todi an. »Alice TodHunter Moon. Wenn ich sage, es ist spät, dann ist es spät.« Sie blickte finster zu Oskar. »Und wenn du weißt, was gut für dich ist, gehst du jetzt auf der Stelle nach Hause, Oskar Sarn.«

Oskar fühlte sich schrecklich. Er wollte Todi mit dieser Frau, die sie ganz offensichtlich nicht ausstehen konnte, auf keinen Fall allein lassen. Aber ihm war auch klar, dass er für Todi alles nur noch schlimmer machte, wenn er blieb. Also stand er, ohne Tante Mitza eines Blickes zu würdigen, vom Tisch auf und schenkte Todi ein angespanntes Lächeln. »Wir sehen uns dann morgen«, sagte er.

Tante Mitza wieherte vor Lachen, als hätte er einen Witz gemacht. »Sag Lebewohl, Oskar Sarn«, sagte sie. »Sag Lebewohl.«

Niedergeschlagen stieg Oskar die Leiter hinunter. Vom Meer blies jetzt ein kräftiger Wind herüber und fegte Sandkörner von den Dünen, die wie Nadeln auf seiner Haut piksten. Er hüllte sich in seinen Nachtmantel. Seine Mutter hatte darauf bestanden, dass Jerra ihn nach dem Essen abholen und nach Hause begleiten sollte, aber sein Bruder würde frühestens in zwei Stunden auftauchen, und so lange wollte er auf keinen Fall hier warten. Zum Schutz vor dem Wind zog er den Kopf ein und marschierte zügig den Weg zurück, der auf der Sandbank entlangführte.

Während er, begleitet vom Seufzen der Dünengräser, dahinstapfte, sah er die ganze Zeit Todis Gesicht vor sich. Und wie sie ihm zum Abschied gewinkt hatte – sie hatte so … er suchte nach dem richtigen Wort … sie hatte so *einsam* ausgesehen, aber das traf es nicht ganz. Nein, dachte er, da war noch etwas anderes gewesen, etwas Neues, das darunter lag. Ja, jetzt hatte er es. Sie hatte *verängstigt* ausgesehen.

In den Dünen

Im Unterschied zu Todi hatte Oskar noch beide Eltern – und bis vor Kurzem waren sie auch eine glückliche Familie gewesen. Aber dann, einen Monat nachdem Dan Moons Fischerboot leer vor der Küste getrieben hatte, waren Oskar und sein kleiner Bruder Torr, mit dem er das Zimmer teilte, mitten in der Nacht durch Schreie ihrer Mutter geweckt worden. Ferdie, Oskars Zwillingsschwester, war verschwunden. Wenn er die Augen schloss, konnte er immer noch das sperrangelweit offen stehende Fenster in Ferdies Zimmer sehen, den sanften Sommerregen, der in ihr leeres Bett hereinwehte.

Zusammen mit den Nachbarn hatten sie die ganze Nacht nach Ferdie gesucht. Im Sand vor ihrem Fenster fanden sie Spuren riesiger Tiere, die zum Hauptbohlenweg führten, dort aber endeten. Am nächsten Tag hatte sich Oskar allein auf die Suche gemacht. Er war ein guter Fährtenleser, und obwohl es in der Nacht geregnet hatte, fand er ein paar Spuren, die in den Fernwald führten. Ein Suchtrupp machte sich gleich auf den Weg in den Fernwald, aber dort verlor sich die Spur. Ferdie war verschwunden geblieben.

Jetzt aber, als er im immer stärker werdenden Wind nach Hause marschierte, war er in Gedanken nicht mit Ferdie beschäftigt, sondern mit Todi. Er dachte an den ängstlichen Ausdruck in ihren Augen und wurde das Gefühl nicht los, dass irgendetwas Schlimmes mit ihr passieren würde.

Oskar brauchte Zeit zum Nachdenken, er musste in Ruhe überlegen, was er tun sollte. Nach Hause konnte er jetzt nicht. Die Trauer seiner Eltern würde jeden Gedanken an Todi ersticken. Aber er hatte noch genug Zeit für den langen Umweg durch die Salzmarschen – den ausgetrockneten See direkt hinter dem Dorf – und würde rechtzeitig zu Hause sein, ehe sich Jerra auf den Weg machte. In den Marschen streiften die Geister alter FährtenFinder umher, deren Gegenwart ihm immer ein Gefühl der Ruhe gab, das er liebte. Vielleicht würde er heute Nacht welchen begegnen. Und vielleicht konnte er sie sogar um Rat fragen. Ein alter Geist wusste doch bestimmt, was in seiner Lage zu tun war.

Heute war Dunkelmond, und in einer solchen Nacht stellten die FährtenFinder seit alters Kerzen in ihre Fenster, die sie bis zum

Morgen brennen ließen. Und so hatte Oskar das Gefühl, durch einen Zauberwald zu laufen, als er nun dem Bohlenweg folgte, der sich zwischen den baumdicken Pfählen der Häuser hindurchschlängelte, denn über ihm flackerten überall Kerzen wie winzige Sterne. Es war schön, aber auch gespenstisch ruhig. Seit Ferdies Verschwinden gingen die Leute nach Einbruch der Dunkelheit kaum noch aus dem Haus, und alle Leitern waren hochgezogen, weshalb man sich gegenseitig nicht mehr so leicht besuchen konnte wie früher.

Das leise Gemurmel angeregter Unterhaltungen drang zu Oskar herunter, als er an den verstreut liegenden Häusern am Rand des Dorfes vorbeikam. Der Wind blies ihm jetzt in den Rücken und beschleunigte seine Schritte. Bald ließ er Häuser und Lichter hinter sich und bog auf einen schmalen, abschüssigen Pfad ab, der in das kühle Dunkel zwischen den Dünen führte. Aber die Dunkelheit störte Oskar nicht. Er hätte den Weg auch mit geschlossenen Augen gefunden. Er genoss das Gefühl, unsichtbar zu sein, das ihm sein Nachtmantel verlieh, und seine Füße fanden wie von allein die verwitterten, im Sand verankerten Bohlen. Geräuschlos ging er weiter, und bald verriet ihm das leise Piepsen von Wasservögeln, die in der Marsch nach Würmern pickten, dass er fast am Ziel war.

In dem Moment vernahm er neben dem Piepsen noch ein anderes und merkwürdiges Geräusch – ein heiseres Hecheln. Ruckartig blieb er stehen. Da er wusste, dass seine Haut und sein rotes Haar wie bei vielen FährtenFindern nachts schimmerten, zog er die Kapuze über den Kopf. Dann kauerte er sich in den Sand und lauschte in die Nacht.

So wie Todi das Meer lesen konnte, so konnte Oskar das Land lesen. Er fühlte Sandkörner herabrieseln, hörte irgendwo über sich das Knistern dürrer Dünengräser und spürte, wie der Boden unter den Schritten großer, aber leichtfüßiger Kreaturen vibrierte. Vermutlich waren es Vierbeiner, und aus ihren zaghaften Bewegungen schloss er, dass sie unsicher waren, welche Richtung sie einschlagen sollten.

Mit einem Mal blieben die Kreaturen stehen, und Oskar begriff, dass sie jetzt direkt über ihm waren. Er erstarrte. Er wusste, dass ihn das kleinste Zucken eines Muskels verraten konnte – und diese Kreaturen waren ihm wirklich nicht geheuer, weshalb es ihm ratsam erschien, nicht von ihnen bemerkt zu werden.

Klick-klicker-klick.

Eine Reihe leiser Klicklaute drang von der Kuppe der Düne zu ihm herunter. Oskar spitzte die Ohren. Er konnte drei unterschiedliche Laute heraushören, die wie bei einem Gespräch hin und her gingen. Ihn schauderte. Die Klicklaute klangen so fremd, so unmenschlich mechanisch, dass sie eine uralte, tief in ihm verwurzelte Angst wach riefen. Und diese Angst wurde noch größer, als ihm ein Gespräch wieder in Erinnerung kam, das er zufällig mit angehört hatte, ein Gespräch, das seine Eltern eines Abends kurz nach Ferdies Verschwinden geführt hatten. »Aber wenn ich es dir doch sage, Jonas, ich habe ein Klicken gehört«, hatte er seine Mutter sagen hören. »So etwa …« Daraufhin hatte sie mehrmals in rascher Folge mit der Zunge geschnalzt. »Ich dachte, es wäre eines von Oskies mechanischen Spielzeugen. Du weißt ja, wie gern sich Ferdie von Oskie Sachen geborgt hat – nein, *borgt!* Ach, wäre ich doch nur hineingegangen und hätte nachgesehen! Wäre ich doch nur …«

Klick. Klick-klicker-klick.

Oskar stockte der Atem. Diese Kreaturen, die nur wenige Meter über ihm waren, hatten Ferdie geholt.

Klick. Klick-klicker-klick.

Und nun waren sie wieder da. Auf wen hatten sie es diesmal abgesehen?

Klick. Klick-klicker-klick.

Plötzlich fiel Oskar ein, was Tante Mitza zu ihm gesagt hatte, als er ging: »Sag Lebewohl, Oskar Sarn. Sag Lebewohl.«

Da wusste er die Antwort. Sie wollten Todi holen.

Ein Wettlauf

K*lick. Klick-klicker-klick.*

Oskar war starr vor Schreck. Panik stieg in ihm hoch, und er sah nur eine Möglichkeit, diese Panik in den Griff zu bekommen: Er musste sehen, was da über ihm war. Die Wirklichkeit konnte nicht schlimmer sein als die Bilder, die ihm durch den Kopf schossen. Ganz langsam spähte er nach oben – und bereute es augenblicklich.

Trotz der Dunkelheit sah er mehr, als ihm lieb war. Drei Wesen mit breiten, flachen Köpfen, ähnlich denen von Riesenschlangen, standen auf der Kuppe der Düne. Größer als Menschen und sehr schmal, aber muskulös und so gespenstisch weiß wie Tiefseebewohner, die nie das Licht erblickten, hockten sie auf zwei kräftigen Hinterbeinen, während sie mit den Vorderbeinen, die in menschenähnlichen Händen endeten, unentschlossen in der Luft herumfuchtelten. Ihre großen Köpfe wippten im Takt zu den Klicklauten, und als plötzlich eine gespaltene, schleimig glänzende schwarze Zunge aus einem Maul vorschnellte, wurde Oskar vor Angst beinahe schlecht.

Es wusste sofort, dass er Garmins vor sich hatte. In einem seiner

Lieblingsbücher, *Fabeltiere und Fantasiewesen: die Fakten*, war eine Zeichnung von ihnen. Er war entsetzt. Nie im Leben hätte er gedacht, dass es Garmins wirklich gab.

Klicker-klick. Klicker-klick.

Aber die Garmins waren so real wie er selbst. Oskar sah die Seite in seinem Buch förmlich vor sich:

GARMIN
Raubtier. Nicht giftig. Nachtaktiv. Höhlenbewohner.
Körperbedeckung: weiße Haut, minimale Behaarung.

Das bisschen Trost, das Oskar aus dem Merkmal »nicht giftig« schöpfte, wurde durch »Raubtier« zunichtegemacht. Er versuchte sich gerade in Erinnerung zu rufen, was »nachtaktiv« genau bedeutete, als von oben ein Sandregen auf ihn niederprasselte. Die Garmins hatten sich wieder in Bewegung gesetzt. Mit ihren kräftigen Hinterbeinen sprangen sie zügig über die Dünen hinweg – in Richtung von Todis Haus. Oskar vergaß zu atmen. Die Garmins waren so schnell, dass sie im Nu dort sein würden. Er musste ihnen zuvorkommen.

Seine einzige Chance, vor ihnen Todi zu erreichen, waren die sogenannten Höhlen – der direkte Weg durch die Dünen. Viele waren mit Brettern überdacht und einige tatsächlich durch den Sand gegraben. Die Garmins mussten die Hänge hinauf- und hinablaufen, aber die Höhlen führten auf kürzestem Weg mitten durch sie hindurch. Oskar rannte, so schnell er konnte, und näherte sich bald der ersten Höhle. Seine Eltern hatten ihm verboten, sie zu betreten, weil sich vor Jahren hochgiftige Sandschlangen dort eingenistet hatten, aber das war ihm jetzt egal. Am Eingang der Höhle angekommen, zog er seinen Lichtstab aus der Tasche, klappte ihn auf und rannte weiter. Das matte grüne Licht des Stabs war gerade hell genug, um zu verhindern, dass er gegen eine Sandwand lief, und etwaige noch hier lebende Sandschlangen zu verscheuchen – das hoffte er zumindest.

Er spürte den feuchten kalten Sand unter seinen nackten Füßen und hörte das dumpfe Klatschen seiner Schritte. Bald hatte er die erste Höhle durchquert und stürmte in der Nachtluft der nächsten entgegen. Der Weg führte durch eine Senke zwischen zwei steilwandigen Dünen. Grashalme schnitten ihm in die Beine, aber er spürte es nicht, sondern nur die Angst, zu spät zu kommen.

Drei lange Minuten später tauchte Oskar aus einer besonders niedrigen Höhle auf und gelangte auf die alte Aschenbahn, die von den Gezeitentümpeln am Ende des Fischerstrands nach oben führte. Er blieb kurz stehen, um Atem zu schöpfen und sich zu orientieren. *Todis Haus müsste von hier schon zu sehen sein*, dachte er. Und tatsächlich, das war es. Zur Oskars Überraschung war das hohe, allein stehende Haus kinderleicht zu entdecken – es war hell erleuchtet wie ein Mittwinter-Festbaum, denn in jedem Fenster brannten Kerzen.

Das machte Oskar stutzig. Tante Mitza war für ihren Geiz bekannt. Selbst bei Dunkelmond durfte bei ihr nur ein Fenster erleuchtet sein. Und jetzt brannte auf jedem Fensterbrett eine ganze Reihe Kerzen, sodass das Haus strahlte wie ein Leuchtturm in der Nacht. Da begriff Oskar. Das Haus *war* ein Leuchtturm, ein Leuchtturm, der den Garmins den Weg wies. *Tante Mitza hatte alles geplant*. Halb krank vor Angst rannte Oskar die Aschenbahn hinauf und in eine dunkle und besonders tiefe Höhle. Rund dreißig Sekunden später stieß er eine Falltür auf und taumelte ins Freie, direkt unter Todis Haus.

Er klappte den Leuchtstab zu und steckte ihn in die Tasche. Dann starrte er auf die Lichtkegel, die die Kerzen auf den Sandboden rings um das Haus warfen, und lauschte angestrengt auf ein Klicken. Alles war still. Bis ein Knarren des Dielenbodens über ihm sein Herz zum Pochen brachte, doch dann begriff er, dass dies nur Tante Mitza war, die schwerfällig durchs Zimmer stapfte. Er musste rasch handeln. Einen Bogen um das aus dem Boden ragende Ziegeldach des Eiskellers schlagend, schlich er leise vorwärts, wobei er unablässig lauschte. Ein Klatschen, und er blieb wie angewurzelt stehen – bis er merkte, dass es nur ein Fischernetz war, das gegen die Hauswand schlug. Er huschte weiter.

Oskar erreichte die Baumstamm-Stelze am linken vorderen Hauseck, wo Todis Dachzimmer lag. In alle Stelzen eines FährtenFinderhauses und die darüber liegenden runden Eckpfosten der Seitenwände waren flache Kerben gehauen, damit man bequem Netze zum Trocknen aufhängen konnte. Oskar erinnerte sich, wie Dan Moon einmal nach dem Fischen genau diese Stelze hinaufgeklettert war, oben seine Netze aufgehängt und fröhlich zu ihm heruntergerufen und sich nach seinem Befinden erkundigt hatte. Der Gedanke an Dan stimmte ihn traurig. Wie Todi konnte er noch immer nicht glauben, dass er tot sein sollte.

Lautlos wie eine Katze schwang Oskar sich zur ersten Kerbe hinauf und begann zu klettern. Bald erreichte er den ersten Stock, wo er vor nicht allzu langer Zeit noch zu Abend gegessen hatte. Im selben Moment trat eine Gestalt an das Fenster, das auf den Fernwald hinausging. Tante Mitzas Silhouette hob sich gegen das Licht ab. Sie stand da und blickte in die Nacht hinaus.

Oskar erstarrte wie eine Eidechse in der Sonne, auf die ein Schatten fällt. Er umklammerte den Eckpfosten und wartete darauf, dass Tante Mitza sich wieder ins Zimmer zurückziehen würde. Aber sie rührte sich nicht von der Stelle – nur ihr Kopf drehte sich nervös hin und her. Bald bekam Oskar ein taubes Gefühl in den Fingern und Zehen und begriff, dass er weiterklettern musste, wenn er nicht abstürzen wollte. Er holte tief Luft, betete, dass Tante Mitza nicht ausgerechnet jetzt in seine Richtung blicken möge, und stieg weiter nach oben, indem er abwechselnd die nackten Füße rechts und links in die Kerben setzte. Seine starken Hände zogen ihn immer höher.

Todis Haus hatte vier Stockwerke, wenn man das Erdgeschoss und die Mansarde mitzählte. Als Oskar endlich die Traufe erreichte, die unter dem Reetdach entlanglief, brannten die Muskeln seiner Arme und Beine, und seine Finger waren wund und bluteten. Zwei Fingernägel hatte er sich abgebrochen. Aber er verspürte nur ein Gefühl des Triumphs – *er hatte es geschafft*.

Während er sich mit der Hand an einem Netzhaken festhielt und sich mit den Füßen auf dem Rahmen der Luke über der Mansardenstiege abstützte, überlegte er, wie er zu Todis Fenster hinüberkommen sollte. Es war nicht weit – keine zweieinhalb Meter –, aber da war nichts, woran er sich festhalten konnte. Er versuchte, nicht an die Höhe zu denken, stemmte den rechten Fuß gegen die gebogene Spitze des nächsten Netzhakens und schwang sich nach oben, sodass er flach auf dem Dach zu liegen kam. Dann kroch er wie ein Krebs – und ohne einen Blick nach unten zu riskieren – Zentimeter für Zentimeter über das piksende Schilf, bis er nur noch eine Armlänge von Todis kleinem Mansardenfenster entfernt war. Er wollte sich gerade hinunterbeugen und nach dem Sims greifen, als ihm fast das Herz stehen blieb. Tief unten am Boden huschten drei weiße Gestalten durch einen Lichtkegel.

Klick-klicker-klick.

Die Garmins waren da.

Die Garmins

Alice TodHunter Moon war kein Mädchen, das so leicht losschrie. Aber es bedurfte ihrer ganzen Selbstherrschung – und ihrer Entschlossenheit, niemals zu schreien, wenn Tante Mitza sie hören konnte –, um nicht laut loszukreischen, als sie jetzt eine blutige Hand mit abgebrochenen Fingernägeln nach ihrem Fenstersims greifen sah. Sie schnappte sich einen Netzhaken und stürzte zum Fenster, um die Hand wegzuschlagen. Als sie gerade ausholen und die Scheibe zertrümmern wollte, tauchte Oskars Gesicht hinter dem Fenster auf – blass und mit entsetzt aufgerissenem Mund, denn Oskar sah den Netzhaken auf sich zukommen.

Knirschend fuhr der Haken in den dicken Mittelpfosten des Flügelfensters. Vor lauter Schreck verlor Oskar den Halt und rutschte die Dachschräge hinunter. Todi riss das Fenster auf und packte ihn mit geübtem Griff am Hemd, zog den Freund ins Zimmer und setzte ihn auf dem Fußboden ab – sie hatte schon etliche Fische an Land gezogen, die größer waren als er. Oskar lag japsend am Boden und glotzte Todi so ziemlich auf die gleiche Art an wie der letzte Riesenbarsch, den sie gefangen hatte.

Todi sank auf die Knie. »Oskie!«, rief sie. »Oskie, he, was tust du denn hier?«

»Todi«, stieß Oskar hervor. »Du … wir … wir müssen hier raus. Es waren Garmins, die Ferdie geholt haben – und jetzt wollen sie dich holen. *Sie sind hier.*«

Todi reagierte sofort. Sie sprang auf, riss Oskar vom Boden hoch und stürzte, ihn hinter sich herziehend, zur Mansardenleiter. Oskar protestierte. »Nein«, flüsterte er. »Durchs Fenster!« Aber Todi hörte nicht. Sie war schon auf der Leiter, kletterte flink wie ein Affe hinunter und winkte Oskar, sich zu beeilen. Ihm blieb nichts anderes übrig, als ihr zu folgen. Er schwang sich auf die oberste Sprosse, und kaum hatte Todi unten den Treppenabsatz erreicht, sprang er ihr nach und hielt sie fest.

»Todi, warte. Hör zu. *Sie sind schon im Haus.*«

Sie wurde bleich. Aus der Etage unter ihnen drang das vertraute leise Grummeln Tante Mitzas, und dann waren furchterregende Laute zu vernehmen, die Todi noch nie gehört hatte – eine rasche Abfolge von *klick-klick-klicker-klick-klick-klick-klick*. Ihr und Oskar liefen kalte Schauer über den Rücken. Diese Laute hatte nichts Menschliches – und sie kamen aus erschreckender Nähe.

Aber Todi schien noch immer nicht zu begreifen, was vor sich ging. »Tante Mitza!«, stieß sie hervor. »Sie werden sie kriegen.«

Oskar lächelte grimmig und schüttelte den Kopf. »Nein, Todi. Tante Mitza hat das eingefädelt. Sie wollen *dich*.«

Todi sah ihn entsetzt an.

Sie standen vor der Treppe, die nach unten in die Küche führte. Und in diesem Moment betrat die massige, dunkle Gestalt Tante Mitzas die unterste Stufe.

Langsam geriet Oskar in Panik. »Todi«, zischte er, »wir müssen hier raus.« Endlich begriff sie. Sie packte Oskar am Arm und schob ihn durch eine der Türen im oberen Flur. Hinter ihnen erzitterte die Treppe – Tante Mitza kam herauf. Und hinter ihr, wie sie wussten, die Garmins.

Das Zimmer, in das sie geschlüpft waren, roch muffig. Hier standen das große Bett, in dem Todis Eltern früher geschlafen hatten, und ein kleiner Stuhl, über dem Kleider Tante Mitzas hingen. Die windige Tür wackelte im Schloss, als Tante Mitza draußen über den Treppenabsatz stapfte. Todi wollte gerade zum hinteren Fenster springen, da geschah etwas, was sie vor Schreck erstarren ließ: Tante Mitzas schwere Schritte erschütterten die Tür so heftig, dass der Riegel aus der Halterung sprang und die Tür langsam aufschwang.

Todi und Oskar tauschten einen entsetzten Blick. Hinter dem Türspalt erschien Tante Mitzas breiter Rücken. Sie war halb von ihnen abgewandt und spähte, eine Kerze in der Hand, die Treppe hinunter. Todi – die viele schreckliche Abende damit zugebracht hatte, sich über ihre Stieftante den Kopf zu zerbrechen – versuchte zu erahnen, was sie als Nächstes vorhatte. Noch nie war es so wichtig gewesen, das Richtige zu tun. Tante Mitza stand reglos da, was vermuten ließ, dass sie zu sehr mit den Garmins beschäftigt war, um sich um eine lästige Tür zu kümmern. Aber Todi war sich auch darüber im Klaren, dass die kleinste Bewegung Tante Mitzas Aufmerksamkeit erregen würde – sie durften keinen Mucks machen, nur dann konnten sie hoffen, hier davonzukommen. Todi schielte zu Oskar und sah ihm an, dass er zu demselben Schluss gekommen war.

Aus dem Dunkeln drang das leise Tapsen von Pfoten. Tante Mitza hob die Kerze hoch, um den Flur zu beleuchten, und dann sah Todi die Garmins zum ersten Mal. Nur mit einiger Mühe unterdrückte sie die Panik, die in ihr hochstieg.

Tante Mitza trat einen Schritt zurück, um den riesigen Kreaturen Platz zu machen, und deutete auf die Leiter, die ins Mansardenzimmer hinaufführte. Einem der Garmins troff ein dünner Geiferfaden aus dem Maul, als könnte er das Bevorstehende kaum erwarten. Erstaunlich flink für seine Größe erklomm er die Sprossen, die beiden anderen folgten ihm. Ihre riesigen flachen Köpfe wippten bei jedem Schritt. Oskar ballte die Fäuste. Wäre er nur ein paar Minuten später gekommen, würde sich Todi jetzt ganz allein diesen Kreaturen gegenübersehen. Der Gedanken verursachte ihm Übelkeit.

Tante Mitza trat an den Fuß der Leiter, spähte nach oben und wartete, wie Oskar wusste, auf Todis Schrei. Das war ihre Chance zu entkommen.

Er tippte Todi auf die Schulter und formte stumm mit den Lippen: *Nichts wie raus hier!*

Verschwunden

Ganz leise entriegelte Todi das Schlafzimmerfenster und öffnete es. Salzige Nachtluft strömte in das muffige Zimmer, und Oskar blickt Todi nervös an. Der Meeresgeruch konnte draußen auf dem Treppenabsatz doch nicht unbemerkt bleiben, oder?

Aber Tante Mitza hatte andere Sorgen. Sie vernahm das dumpfe Trappeln von Pfoten, als die Garmins das Zimmer oben nach ihrem Opfer durchsuchten, dann das Splittern von Holz, als Möbelstücke zu Boden geschleudert wurden, und die ganze Zeit über ein immer lauter anschwellendes *Klick-klicker-klick*. Nur kein Kreischen, kein Schreien, keine Hilferufe. Nichts dergleichen. Aber wie sie ihre

Stiefnichte kannte, würde sich Todi ganz bestimmt zur Wehr setzen. Unruhe überfiel Tante Mitza. Warum dauerte das so lange?

Inzwischen war Todi durchs Fenster in den Regen hinausgestiegen, der vom Meer aufs Land zog, und hangelte sich an dem Fischernetz, das auf der Rückseite des Hauses hing, nach unten. Oskar folgte ihr rasch. Als er auf das Netz kletterte, hörte er, wie die Garmins die Mansardenleiter herunterpolterten, dann eine Reihe tiefer, drohender Klicklaute und gleich darauf Tante Mitzas schrille, angsterfüllte Stimme: »Aber sie ist oben. Ganz bestimmt. Sie muss sich in ihrem Geheimschrank versteckt haben, dieses hinterhältige Gör. Ich gehe rauf und hole sie.«

Während Tante Mitza die Stiege hinaufstürmte und das Fenster zum Klappern brachte, krabbelte Oskar am Netz nach unten, wo Todi auf ihn wartete. Er packte sie an der Hand, zog sie unters Haus und weiter zu der Falltür, die in die Höhle führte. Todi erschauerte. Ihr grauste es vor den Höhlen.

»Nicht da runter.«

»Doch«, zischte Oskar. »Es muss sein.«

Todi sah zu, wie Oskar die Falltür aufklappte und in der Dunkelheit verschwand, dann holte sie tief Luft und folgte ihm die kurze Leiter hinunter. Die Höhle war so gruselig, wie sie es erwartet hatte, aber Oskar ging zielsicher voran, und der Lichtschein seiner Lampe nahm ihr ein wenig die Angst, auf eine Sandschlange zu treten. Ein paar Minuten später hatten sie die Aschenbahn im Freien erreicht.

Böiger Wind und peitschender Regen nahmen ihnen den Atem, als sie sich umdrehten und zu Todis Haus zurückblickten. Die Kerzen brannten noch, und nichts schien sich verändert zu haben. Todi versuchte zu begreifen, was soeben geschehen war, aber das Haus sah aus, als wäre nichts gewesen.

»Komm weiter«, drängte Oskar. »Hier sind wir nicht sicher. Mir nach.«

Todi nickte, rührte sich aber nicht von der Stelle. Oskar fasste sie an der Hand und zog. »Todi, bitte! Komm weiter.«

»Ja, ja.« Aber Todi blieb stehen wie von ihrem Haus hypnotisiert.

Und dann gellte ein Schrei durch die Nacht über den windumtosten Dünen. Er kam aus dem Haus. Oskar sträubten sich die Nackenhaare.

Der Schrei löste Todis Erstarrung. Sie rannten los, sausten hinunter in die Haupthöhle, die breit genug war, um nebeneinanderzulaufen, und blieben erst stehen, als Oskar am zehnten Ausstieg auf eine Leiter zeigte, die nach oben führte. Er kraxelte blitzschnell hinauf, stieß die Falltür auf und kroch hinaus ins Freie. Kurz danach kam Todi.

Oskar knallte die Falltür zu und seufzte vor Erleichterung. Er war zu Hause. In Sicherheit. Er nahm Todi an der Hand und führte sie unter dem Haus hindurch zur Außentreppe. Gerade als sie aus dem Schatten traten, fing die Treppe an zu wackeln, und zwei Füße kamen in Sicht.

»Jerra!«, rief Oskar.

Oskars großer Bruder wirbelte herum, einen überraschten Ausdruck auf dem runden sonnenverbrannten Gesicht. »He, Oskie – was machst du denn hier? Ich denke, du bist bei Todi. Mum bekommt einen Anfall, wenn sie erfährt, dass du allein zurückgekommen bist.« Er stutzte, als er sah, dass Oskar nicht allein war. »Wer ist da bei dir?«, fragte er.

Todi trat vor. »Ich«, antwortete sie. »Hallo, Jerra.«

»He, Todi«, sagte Jerra, und da er wusste, dass Todi normalerweise zu Hause bleiben musste, fragte er erstaunt: »Was willst du denn hier?« Und schob dann eilig nach: »Äh … ich meine, es ist schön, dich zu sehen, wirklich toll, aber normalerweise …«

»Schluss, Jerra«, unterbrach ihn Oskar. »Wir müssen ins Haus. Schnell. Und verriegle die Tür.«

Jerra sah ihn erschrocken an – Oskar war sonst immer so ruhig. »Schon gut, Oskie«, sagte er.

Todi wunderte sich über ihre zittrigen Knie, als sie die Treppe hinaufstieg, und trat wackelig in das gemütliche, von Kerzen erleuchtete Zimmer. Oskars Mutter werkelte in der Kochnische am anderen Ende des Raums, doch als sie leichte Mädchenschritte an der Tür hörte, drehte sie sich um. Sie erblickte Todi und strahlte. Rasch legte sie das Messer beiseite, mit dem sie gerade Meerkohlblätter klein hackte, und wischte sich die Hände an ihrer Schürze ab. Dann lief sie Todi entgegen und umarmte sie.

Das war zu viel für Todi. Ohne es zu wollen, stiegen ihr Tränen in die Augen. Seit dem Verschwinden ihres Vaters hatte sie sich verboten zu weinen. Sie hatte nämlich Angst, dass sie nicht mehr würde aufhören können, wenn sie erst einmal damit anfing.

Doch in dem Moment kamen Oskar und Jerra hereingestampft, das rettete sie. »Ma, wir müssen die Tür verriegeln«, sagte Jerra und griff nach der Eisenstange, die an der Wand hing.

»Und die Fenster«, setzte Oskar hinzu und eilte durchs Zimmer.

Rosie Sarn sah ihre Söhne entgeistert an. »Du liebe Zeit«, rief sie, »was ist denn geschehen?«

Tageslicht

Todi erwachte nur langsam. Es dauerte eine Weile, bis sie begriff, warum das graue Dämmerlicht von der falschen Seite ins Zimmer fiel, warum der heulende Wind das Fenster nicht zum Klappern brachte und warum das Meer so viel leiser war. Nach mehreren langen, schläfrigen Minuten kam die Erinnerung. Todi lag in Ferdies Zimmer – in Ferdies Bett. Vorsichtig schlug sie die Augen auf und sah sich im Raum um, dessen Fensterläden geschlossen waren. Sie blickte zum Fußboden, nur um sich zu vergewissern, dass Ferdie nicht in dem kleinen Ausziehbett neben ihr lag, in dem sie in den glücklichen Tagen vor dem Verschwinden von Dan Moon immer geschlafen hatte, wenn Todi bei den Sarns übernachten durfte.

Aber da waren kein Ausziehbett und keine Ferdie. Todi sank ins Kissen zurück und blickte an die Holzdecke. Ein kleiner grüner Filzdrache baumelte an einer kurzen Kette direkt über ihr. Sie hob die Hand und streichelte ihn. Der Drache war Ferdies Glücksbringer – sie hatte ihn überallhin mitgenommen und nachts immer bei sich gehabt. Aber in der Nacht, als die Garmins sie geholt hatten, war sie nicht mehr dazu gekommen, ihn an sich zu nehmen. Die Vorstellung, wie schrecklich das für sie gewesen sein musste, erschütterte Todi und ließ sie wieder an die letzte Nacht denken. Sie wusste, dass sie großes Glück gehabt hatte. Oskar hatte für sie getan, was er für Ferdie nicht hatte tun können.

Als das Haus der Sarns zum Leben erwachte und die ersten Geräusche seiner Bewohner zu hören waren, schwand Todis Angst, und ihr wurde bewusst, dass sie sich zum ersten Mal seit dem Verschwinden ihres Vaters geborgen fühlte. Sie ließ sich vom Rauschen des Windes und des Regens draußen noch einmal in einen wohligen Halbschlaf wiegen und genoss das Gefühl, hier drinnen sicher zu sein.

Beim Frühstück übernahm Rosie Sarn die Regie. Der lange, gescheuerte Tisch war für sieben Personen gedeckt, und Rosie, klein und rund, das dunkle lockige Haar zu einem dicken Zopf geflochten, saß an seinem Kopfende und schnitt von einem langen Brotlaib Scheiben herunter, während Jonas Sarn am Herd stand und Sardinen briet. Neben Rosie saß der fünfjährige Torr, dessen Haare wie immer in alle Richtungen abstanden, und blickte mit seinen strahlend blauen Augen fragend in die Runde, denn er spürte, dass letzte Nacht etwas Aufregendes vorgefallen war, was ihm keiner erzählen wollte. Neben ihm saß Oskar, und neben Oskar stand ein leerer Teller, der das ganze Frühstück über leer bleiben würde – dies war Ferdies Platz, den Rosie Sarn weiterhin für jede Mahlzeit deckte.

Todi saß Torr gegenüber und schwieg. Neben ihr hantierte der große, schlaksige Jerra ungeschickt mit seinem Messer. Niemand sprach ein Wort. Denn es gab so viel zu sagen, aber sie alle hatten das Gefühl, wenn sie erst einmal zu reden anfingen, würden sie nicht mehr damit aufhören können. Rosie reichte die Brotscheiben den Tisch hinunter, und Jonas kam mit einer Pfanne brutzelnder Sardinen. Sie aßen schweigend, und nur das Klappern der Messer und das Brodeln des Kaffeewassers störten die Stille. Torr blickte von Gesicht zu Gesicht und versuchte zu erraten, was geschehen war. Er brannte vor Neugier. Und während er noch an seiner letzten Sardine kaute, fragte er: »Todi, ist Tante Mitza fortgegangen?«

»Torr, bitte sprich nicht mit vollem Mund«, ermahnte ihn Rosie.

Torr schluckte die restliche Sardine hinunter. »Ist sie? Tante Mitza mag uns nämlich nicht, stimmt's, Todi? Darum hast du nicht mehr bei uns übernachten dürfen. Aber jetzt bist du hier.« Torr lächelte. »Und das finde ich sehr, sehr schön.«

Todi erwiderte sein Lächeln. »Torr, du kannst dir gar nicht vorstellen, wie schön es ist, hier zu sein«, sagte sie und blickte unsicher zu Rosie. Sie wusste nicht, wie viel sie vor Torr sagen durfte. Sie wollte ihm keine Angst machen. Rosie schüttelte warnend den Kopf.

Aber Torr ließ nicht locker. »Dann ist Tante Mitza also fortgegangen?«, bohrte er weiter und fügte hinzu: »Ich hoffe es, weil die war gemein.« In der Erwartung, dafür gerügt zu werden, dass er jemanden gemein genannt hatte, schielte er zu seiner Mutter, aber Rosie sagte nichts.

Der gellende Schrei aus den Dünen hallte in Todis Kopf wider – und nicht zum ersten Mal heute Morgen. »Ich glaube«, sagte sie langsam, »ich sollte vielleicht nachsehen, ob … ob Tante Mitza tatsächlich … äh … fort ist.«

Jonas, kein Mann vieler Worte, sprach für alle: »Wir kommen mit.«

Die Schatulle

Tante Mitza war fort.

Todi, Oskar, Jonas und Jerra standen in den Überresten des Zimmers, in dem Oskar vor etwas mehr als zwölf Stunden gesessen und zu Abend gegessen hatte. Sie hatten das Haus durchsucht und nur Verwüstung vorgefunden. Es sah aus, als hätte ein Sturm im

Innern des Hauses getobt und merkwürdigerweise sein Äußeres verschont. Nur hinterließ ein Sturm frische, klare Luft, wenn er weiterzog, dachte Todi, und hier im Haus roch es alles andere als frisch.

Oskar rümpfte angewidert die Nase. »Das stinkt ja eklig.«

»Es riecht nach Angst«, sagte Todi düster. »Die arme Tante Mitza. Sie muss entsetzliche Angst ausgestanden haben.«

Oskar sah sie verwundert an. *»Die arme Tante Mitza?* Todi, für all das hier ist Tante Mitza selbst verantwortlich. Sie hat diese Kreaturen hierhergeholt. Und eigentlich hättest du entsetzliche Angst ausstehen sollen. Und du hättest heute Morgen …« Oskar schluckte. Die Vorstellung, hierherzukommen und festzustellen, dass Todi nicht mehr da war, war zu viel für ihn.

Jonas übernahm das Kommando. »Genug jetzt, Kinder«, sagte er in seinem sanften FährtenFinder-Tonfall. »Wir sollten uns nicht darüber den Kopf zerbrechen, was hätte passieren können, sondern was nun geschehen soll.« Er wandte sich an Todi, wobei er sie wie alle Erwachsenen mit ihrem richtigen Namen ansprach. »Alice, hier kannst du nicht bleiben. Unser Haus ist jetzt auch dein Haus. Willst du irgendetwas mitnehmen?«

Todi nickte. »Eine Schatulle. Aus meinem Zimmer.«

»Oskar«, sagte Jonas, »geh mit Alice nach oben und hilf ihr.«

Todis Zimmer war in einem fürchterlichen Zustand. Alles war kurz und klein geschlagen. Sie fühlte sich an ein von der Brandung zu Kleinholz zerlegtes Schiffswrack erinnert, das sie einmal gesehen hatte, und erschauderte. Hier hatte jemand in blindem Zorn gewütet.

Oskar war ebenso bestürzt. Er befürchtete, Todis Schatulle könnte irgendwo zertrümmert am Boden liegen wie alles andere.

Aber Todi schien diese Sorge nicht zu teilen. Sie stakste durch die Trümmer zum Fenster und schob mit dem Fuß einen Haufen zerfetzter Bettwäsche und die Überreste eines Stuhls beiseite, sodass die blanken Dielen darunter zum Vorschein kamen. Dann kniete sie sich hin und zückte eine Art kurzen Bleistift. Sie drückte auf das Ende des »Stifts«, der daraufhin aufschnappte und zum Schraubenzieher wurde. Oskar grinste – den hatte er Todi zu ihrem zwölften Geburtstag geschenkt. Todi löste die Schrauben eines kleinen Dielenbretts, hob es heraus und fasste in den Hohlraum darunter. Sie schaute zu Oskar auf und lächelte. »Noch da«, sagte sie.

Es war eine kleine Schatulle aus Lapislazuli. Sie lag hübsch auf Todis Hand – dunkelblau mit goldenen Streifen – und schimmerte in einem Sonnenstrahl. Die Ecken waren mit Silberkappen geschützt und die Kanten mit Leisten aus getriebenem Altsilber verstärkt.

»Wie schön sie ist«, sagte Oskar.

Todi lächelte. »Ja. Ein altes Familienerbstück. Ich habe sie von … von Dad bekommen.« Sie klappte die Schatulle auf. Darin lag in einem vertieften Bett aus hellblauem Filz ein silberner, fein gearbeitete Stab in Form eines langen schmalen Dreiecks, auf dessen spitzem Ende eine Pfeilspitze saß. Der untere Schenkel des Dreiecks umschloss eine hohle Lapislazuli-Halbkugel und war mit einer dicken silbernen Schlaufe versehen. Daneben lag ein gepolstertes Lederdreieck mit einer Onyx-Kugel an einer seiner Spitzen. Todi nahm den Stab heraus und hielt ihn Oskar hin. »Das ist ein *FährtenFinder*.«

»Genau wie wir«, sagte Oskar.

»Ja. Dad hat ihn mir kurz vor dem Mittsommerkreis geschenkt, so wie er ihn damals von seinem Vater bekommen hat. Er hat gesagt, dass er immer dem ältesten Kind vererbt wird, und zwar seit den Zeiten, als wir zu den …« Todi brach ab, denn sie merkte, dass sie drauf und dran war, ein Geheimnis des Mittsommerkreises auszuplaudern. »Na jedenfalls«, fuhr sie rasch fort, »gehört es so zusammen …«

Sie nahm das Lederdreieck vorsichtig mit Zeigefinger und Daumen bei der Onyx-Kugel und hob es aus der Schatulle. Dann stülpte sie die hohle Halbkugel des *FährtenFinders* über die Onyx-Kugel. Die filigrane Pfeilspitze drehte sich sachte, pendelte hin und her, und Oskar hatte den Eindruck, dass die Halbkugel tatsächlich über der Onyx-Kugel schwebte.

»Das ist ein Kompass«, sagte er. »Der schönste, den ich je gesehen habe.«

»Aber es ist kein normaler Kompass«, erwiderte Todi, »denn er hat keine Windrose.«

Oskar runzelte die Stirn. »Stimmt. Aber es sieht so aus, als würde er einem trotzdem die Richtung anzeigen.«

Todi grinste ihn schief an. »Ich wünschte, er würde mir den Weg zu meinem Dad zeigen«, sagte sie traurig.

Oskar wechselte rasch das Thema: »He, du hast ja einen richtig tollen Schlangenring!«

Todi legte den *FährtenFinder* behutsam in die Schatulle zurück und nahm den Ring, der in einer Ecke lag, heraus. Er bestand aus zwei dicken, miteinander verschlungenen Reifen aus Gold und Silber – den Schlangen. Die Köpfe der Schlangen waren an der Oberseite des Rings umeinandergeschlungen und schauten zum Träger auf. »Der hat meiner Mutter gehört«, sagte Todi.

»Oh«, machte Oskar, der es jetzt bedauerte, dass er auf den Ring hingewiesen hatte. Alles erinnerte Todi an Menschen, die sie verloren hatte. Er hatte bisher noch gar nicht daran gedacht, doch mit einem Mal wurde ihm bewusst, dass Todi mittlerweile eine Waise war. »Waise« war ein trauriges Wort, das nach Einsamkeit klang.

Todi hielt den Ring noch in der Hand. »Ich werde ihn tragen, wenn er mir passt«, sagte sie.

»Ich glaube, er passt dir jetzt schon«, erwiderte Oskar in der Hoffnung, sie etwas aufzuheitern. »Am Daumen.«

»Oh«, sagte Todi, »da könntest du recht haben.« Sie steckte den Ring an ihren rechten Daumen, und zu ihrer Überraschung schmiegten sich die Schlangen aus Gold und Silber eng an. Er passte, und irgendwie kam sich Todi damit erwachsener vor. »Oskie«, sagte sie, »ich habe mir etwas vorgenommen.«

»Was denn?« Oskar blickte sie besorgt an.

»Alles Mögliche.«

»Wie alles Mögliche?«

»Alles Mögliche eben ... zum Beispiel, dass ich nicht mehr darauf warten will, dass etwas passiert. Dass ich selbst etwas unternehmen will. Oskie, du und ich, wir werden uns auf die Suche nach Ferdie machen. Wir werden sie finden und nach Hause holen.«

Ein breites Lächeln erschien auf Oskars Gesicht. »Darauf kannst du wetten.«

Pläne

Jonas ging an den Strand, um nachzusehen, ob sein Boot bei dem nächtlichen Sturm Schaden genommen hatte, während sich Todi, Oskar und Jerra auf den Rückweg zum Haus der Sarns machten. Weiße Wolken jagten über den tiefblauen Himmel, und es roch nach feuchtem Sand. Die Sonne schien warm herunter, und die Luft war nach dem Sturm frisch und klar. Ein leichter Wind strich über das Dünengras.

»Jerra«, sagte Todi, »wir werden Ferdie finden.«

Jerra grinste. »Ja, ich schätze, die Chancen stehen nicht schlecht.« Dann stutzte er und blieb stehen. »Aber woher wisst ihr das?«

Oskar merkte immer, wenn sein Bruder Heimlichkeiten hatte. »Jerra, was ist los?«

»Ich glaube, ich habe herausgefunden, wo Ferdie ist.«

»Warum hast du uns nichts gesagt?«, fragte Oskar fassungslos.

»Äh … tja, das ist eine lange Geschichte«, murmelte Jerra. »Ich wollte gerade meine Hummerreusen einholen und fiel dabei über Bord, als … he, seht mich nicht so an, ihr zwei!«

Oskar und Todi starrten ihn schockiert an. Aus dem eigenen Boot zu fallen galt als Schande.

»Es war halb so schlimm«, beteuerte Jerra. »Ich bekam im Fallen das Tau zu fassen, und zufällig fischte Annar, ein Mädchen vom Handelsposten, gerade in der Nähe und half mir zurück ins Boot. Dann haben wir uns ein bisschen unterhalten. Ich habe ihr von Ferdie erzählt …«

Oskar starrte ihn wütend an. »Du hast mit einer Fremden vom Handelsposten über unsere Schwester geredet?«

»Auf See gibt es keine Fremden, Oskie«, entgegnete Jerra bestimmt. »Und überhaupt, warum denn nicht? Ich will Ferdie genauso finden wie du, klar?«

»Was hat dir das Mädchen, diese Annar, gesagt?«, fragte Todi.

»Sie hat mir von einem Schiff namens *Tristan* erzählt, das in dem Fluss am Außenposten vor Anker liegt – nicht weit vom Handelsposten entfernt. Wie es heißt, sollen sich seltsame weiße Kreaturen an Bord aufhalten, die nur nachts zum Vorschein kommen.«

»Garmins!«, riefen Oskar und Todi gleichzeitig.

Jerra berichtete weiter: »Laut Annar geht seit einiger Zeit das Gerücht um, dass sich Gefangene an Bord befinden. Vor ein paar Wochen ist Annars Schwester verschwunden, und Annar ist zur *Tristan* gesegelt, um nachzusehen, ob sie dort ist.«

»Und?«, fragte Todi. »War sie dort?«

Jerra schüttelte den Kopf. »Nein. Aber jetzt kommt's ...« Er senkte die Stimme zu einem Flüstern. »Einer von der Besatzung hat zu Annar gesagt, dass das einzige Mädchen an Bord eine rothaarige FährtenFinderin sei, die seit ungefähr einem Monat dort gefangen gehalten werde.«

»Ferdie!«, stieß Todi hervor. »Das muss sie sein.«

»Ja«, sagte Jerra. »Das glaube ich auch.«

Todi stutzte. Sie musste daran denken, was ihr Vater beim Mittsommerkreis erzählt hatte. »Jerra«, fragte sie, »kann man wirklich glauben, was jemand vom Handelsposten sagt?«

»Ich glaube Annar jedenfalls«, antwortete Jerra. »Und Menschen, die vom Fischen leben, sind anders, Todi. Auf See sind wir alle Brüder und Schwestern. Da spielt es keine Rolle, woher wir kommen.«

Todi erinnerte sich, dass ihr Vater etwas Ähnliches gesagt hatte. Und während sie auf den Weg einbogen, der zum Haus der Sarns führte, sagte sie: »Wir müssen los und dieses Schiff finden. Wir müssen nachsehen, ob Ferdie dort ist.«

Jerra blickte leicht verlegen drein. »Ich habe schon alles vorbereitet. Ich bin mit Annar am Ziegenfels verabredet – das ist eine

Insel in der Nähe des Außenpostens. Annar wird mich durch die Sandbänke lotsen.«

»Und Oskar und mich«, ergänzte Todi. »Wir kommen nämlich mit.«

Jerra lächelte. »Ich habe gehofft, dass du das sagen würdest. Ich wollte euch sowieso noch fragen. Die Sache ist nämlich die, dass Annar kein zweites Mal auf das Schiff kann. Die würden sie wiedererkennen. Aber auf dem Schiff arbeiten auch Kinder, und für Erwachsene sehen alle Kinder gleich aus. Ihr müsst einfach nur so tun, als ob ihr dazugehört, dann beachten sie euch gar nicht.«

»Und wie tut man so, als ob man dazugehört?«, fragte Oskar.

»Überlasst das Annar«, antwortete Jerra geheimnisvoll.

Der Pfad führte um eine Düne, und das Haus der Sarns kam in Sicht. Rosie Sarn stand am Fenster und hielt besorgt Ausschau.

»Ma wird uns nur ungern gehen lassen«, sagte Oskar.

»Wir werden ihr erst mal von Ferdie erzählen«, meinte Jerra. »Überlasst das mir, einverstanden?«

Rosie Sarn war außer sich vor Freude, als sie erfuhr, dass Jerra möglicherweise wusste, wo Ferdie war, aber ihre Freude währte nicht lange. Als sie hörte, dass sich zwei ihrer Kinder in Gefahr bringen wollten, schlug sie mit der Faust auf den Tisch. »Kommt nicht infrage. Ich will euch nicht auch noch verlieren. Jonas wird gehen.«

»Nein, Mum«, widersprach Jerra, und Oskar kam es so vor, als wäre sein Bruder über Nacht erwachsen geworden. »Dad hilft uns dabei nicht. Oskie und Todi müssen mit. Anders geht es nicht.«

Jonas ergriff die Hand seiner Frau. »Wir müssen Jerra vertrauen, Liebling.« Rosie seufzte. Sie wusste, dass sie verloren hatte.

Beim Essen erklärte Jerra seinen Plan. Jetzt hatte Jonas Bedenken. »Das klingt ja alles gut und schön, Jerra«, sagte er, »aber du weißt, wie die Leute am Außenposten sind. Sie sperren FährtenFinder ein, ohne lange Fragen zu stellen. Rosies Onkel hat jahrelang bei ihnen im Gefängnis geschmort. Er war ein Wrack, als er endlich herauskam.«

»Warum haben sie ihn eingesperrt, Dad?«, fragte Oskar.

Jonas seufzte. »Das ist eine lange Geschichte. Du wirst es nächstes Jahr erfahren, wenn du am Mittsommerkreis teilnimmst.« Jonas verstummte. Er musste plötzlich daran denken, dass Dan Moon den Kreis nun nicht mehr leiten konnte. »Ihr müsst Nachthandschuhe und Nachtmäntel tragen und immer die Kapuzen aufsetzen. Ihr dürft nie vergessen, dass man uns Sarns, Moons und Starrs leicht erkennt, weil unsere Haut und unsere Haare schimmern.«

»Ich habe das Problem nicht«, sagte Todi. »Ich habe den Teint meiner Mutter.«

»Stimmt«, pflichtete Rosie ihr bei. »Du musst aber trotzdem vorsichtig sein, Todi.«

»Wie auch immer«, meinte Jerra. »Bei Einbruch der Dunkelheit werden wir auf dem Nachhauseweg sein. Mit Ferdie.«

Das war für Rosie zu viel. Sie begrub das Gesicht in den Händen. »Oh, Ferdie«, schluchzte sie. »Meine arme, arme Ferdie.«

Erinnerungen

Am späten Abend, als Todi in Ferdies Bett einzuschlafen versuchte, musste sie daran denken, wie sie das Drachenboot zum ersten Mal gesehen hatte. Ihre Mutter hatte damals noch gelebt, war aber, wie sie inzwischen wusste, bereits sehr krank gewesen. Auch damals hatte Todi nicht schlafen können. Sie hatte mit Freude dem fröhlichen Plaudern ihrer Eltern gelauscht, das leise von unten heraufdrang – auch wenn es immer wieder von langen Hustenanfällen ihrer Mutter unterbrochen wurde, die sie besorgt stimmten. Da sie ihre Eltern nicht stören wollte, stand sie auf, ging zum Fenster, kletterte auf den Stuhl und schaute hinaus. Es war eine schöne sternenklare Nacht, und der Vollmond stand hoch am Himmel. Todi hatte das Gefühl, ihn stundenlang anschauen zu können. Irgendwann wurde ihr kalt, und sie wollte gerade wieder ins Bett gehen, da erblickte sie etwas, was sie zunächst für einen riesigen Vogel hielt. Und dann erkannte sie, dass es ein Drache war. Zu ihrer Freude stieß der Drache im Sturzflug herab und segelte elegant über ihr Haus hinweg. Da sah sie mit Erstaunen, dass der Drache auch ein Boot war, mit einem schönen goldenen Rumpf. Am Ruder stand ein Junge – ein großer Junge, älter als Jerra. Er trug eine grüne Robe mit glitzernden lila Bändern an den Ärmeln, und sie wusste sofort, dass er ein Zauberer war. Todi war begeistert gewesen.

Ihre Mutter, Cassi TodHunter Draa, stammte ursprünglich aus einer Zaubererfamilie in den Heißen Trockenwüsten des Südens. Sie hatte ihr oft erzählt, wie sie in einem großen runden Zelt unter den Sternen aufgewachsen war und dass die Draas zu den mächtigsten Zauberern im Land gehört hatten. Todi hatte davon geträumt, selbst einmal Zauberin zu werden. Und sie hatte sich gesagt, dass sie das auch könnte. Sie bräuchte nur solche lilafarbenen Bänder wie der Junge mit dem Drachen. Immer wieder hatte sie ihren Eltern damit in den Ohren gelegen, ihr solche Bänder zu schenken, und als sie zu ihrem siebten Geburtstag welche bekam, war sie außer sich vor

Freude. Wenige Monate später feierte Ferdie ihren siebten Geburtstag, und Todi schenkte ihr eines ihrer kostbaren lila Bänder. Ferdie hatte sich sehr darüber gefreut, und sie hatten den ganzen Sommer in den Dünen Zauberer gespielt.

Jetzt hob Todi den Arm und betrachtete traurig das dünne, verblasste lila Band, dass sie noch am Handgelenk trug – genau wie Ferdie. An Drachen und lila Bänder denkend, fiel Todi in tiefen Schlaf.

Sechs Stunden später rüttelte Oskar sie wach. »Zeit zum Aufbruch, Todi«, sagte er. »Zeit, Ferdie zu retten.«

~ TEIL 4 ~

Die Flotte Lotte

Es war drei Uhr am Morgen, und vier Gestalten stapften im Dunkeln durch die Dünen, dem Rauschen der sanften Wellen entgegen, die sich am Strand brachen. Noch herrschte Flut, aber bald würde die Ebbe einsetzen und sie rasch an der Halbinsel vorbei auf die offene See hinaustragen. Jonas begleitete sie, um dabei zu helfen, die *Flotte Lotte,* Jerras Boot, zu Wasser zu lassen, aber Rosie war zu Hause bei dem kleinen Torr geblieben. Und als alle fort waren und Stille im Haus einkehrte, da überkam sie ein Gefühl der Verzweiflung – ihre Familie schwand so schnell, dass es ihr vorkam, als hätte ihr Haus ein Leck bekommen.

Die *Flotte Lotte* nahm Fahrt auf, blieb aber in der Nähe der Küste, sodass sie die Lichter der FährtenFinderhäuser sehen konnten, und hielt auf den Leuchtturm zu, der das Ende der Halbinsel markierte.

Es war eine kalte Nacht, und Todi und Oskar saßen eingewickelt in dicke, wasserdichte Decken in der kleinen Kajüte im Bug des Bootes. Oskar zog einen kleinen grünen Filzdrachen aus der Tasche. »Sieh mal«, sagte er. »Den habe ich mitgenommen. Für Ferdie. Als Glücksbringer.«

Die *Flotte Lotte* glitt zügig durch das dunkle Wasser, sodass sie bald den Leuchtturm erreichten. Dort änderte Jerra den Kurs und steuerte in die tiefe Fahrrinne zwischen den vorgelagerten Sandbänken, die auf die offene See hinausführte. Im Osten färbte bereits ein milchiges Grün den Himmel, und sie wussten, dass ihr Boot bald weithin zu sehen sein würde. Wären sie mit einem traditionellen FährtenFinderboot in Fischgründe gefahren, die so nahe an dem Handelsposten und dem Außenposten lagen, hätte es Ärger gegeben, aber die *Flotte Lotte* war ein Sonderfall. Vor ein paar Jahren hatte Jerra sie havariert am Strand entdeckt und danach viele glückliche Sommer damit zugebracht, sie zu reparieren. Und nun sollte sich das bezahlt machen, denn sie war ein Außenpostenboot mit einem Außenpostennamen. Jerra war deswegen aufgezogen worden, denn herkömmliche FährtenFinderboote wurden nach Sternen benannt, aber er hatte es abgelehnt, den Namen zu ändern. »So heißt sie nun mal, und dabei bleibt es. Wie soll sie denn auf einen anderen Namen hören können?«, hatte er gesagt.

Jerra setzte jetzt am Heck eine Außenpostenflagge, an der Rosie die ganze Nacht genäht hatte, breitete einen gemusterten Teppich aus ihrer Küche auf den rauen Decksplanken aus und ließ Oskar traditionelle Außenposten-Goldtressen an die Kajüte nageln. »So«, sagte er mit einem Grinsen. »Jetzt sieht sie so ausstaffiert aus wie alle anderen Außenpostenboote. Arme *Lotte*!«

Die blasse, umschleierte Sonne stieg höher in den Himmel, eine frische Brise kam auf, und die Flagge – zwei große goldene Sterne auf dunkelblauem Grund – flatterte stolz am Heck, als die *Flotte Lotte* auf den Ziegenfels zusteuerte. Das war eine kleine felsige Insel, deren Umrisse mit viel Fantasie und wenn man die Augen halb zukniff, an einen Ziegenkopf erinnerten. Ihrem Namen alle Ehre machend, flog die *Flotte Lotte* förmlich über das Wasser, und bald sichteten sie ein elegantes kleines Boot, dessen Segel weiß gegen den grauen Granit abstachen.

»Da ist sie«, rief Jerra und winkte aufgeregt. »Da ist Annar!«

Durch das Fernrohr sah Todi ein dunkelhaariges Mädchen in einem dicken blauen Fischerpullover. Sie reichte das Fernrohr an Oskar weiter und flüsterte: »Sie sieht in Ordnung aus, Oskie.«

Annar wartete mit ihrem Boot, der *Seeschwalbe,* an einem kleinen Steinkai auf der geschützten Seite des Ziegenfels, doch als sie die *Flotte Lotte* erkannte, segelte sie ihnen entgegen.

»Oben am Fluss herrscht heute Morgen dichter Nebel«, sagte sie, als die Boote nebeneinanderlagen. »Bleibt dicht hinter mir, sonst verliert ihr mich aus den Augen.«

Als sie sich der Mündung des Flusses näherten, hüllte sie weißer Nebel ein, und Annar hisste einen roten Wimpel, damit sie ihr leichter folgen konnten. Bald flaute der Wind ab, und die restliche Strecke musste gerudert werden.

Als sie den Außenposten erreicht hatten, vertäuten sie die *Flotte Lotte* und die *Seeschwalbe* an der Kaimauer, und einen Augenblick später standen sie auf dem Kai. Annar und Jerra umarmten sich und strahlten. Oskar sah Todi an und zog die Augenbrauen hoch, als wollte er sagen: *Jerra hat eine Freundin.*

»Das sind mein Bruder Oskar und unsere beste Freundin Todi«, stellte Jerra sie beide vor.

»Hallo, Oskar. Hallo, Todi«, sagte Annar etwas schüchtern.

Todi bemerkte, dass Annar unter einer großen Hinweistafel stand, auf der jeder Absatz mit »ES IST VERBOTEN« begann. Einer stach ihr besonders ins Auge: *ES IST VERBOTEN, hier anzulegen, wenn Sie unerwünschter Ausländer sind. Unerwünschte Ausländer sind unter anderem: FährtenFinder, Mottenhüter und Wollkämmer. Zuwiderhandlung wird mit Gefängnis nicht unter zehn Jahren bestraft.*

Über das Wort »FährtenFinder« hatte jemand »Fischschleim« gekritzelt.

Annar folgte Todis Blick. »Tut mir leid«, sagte sie. »Das ist gemein. Aber wir müssen herkommen, um einen Passierschein für den Fluss zu lösen.«

Doch das Kaibüro hatte noch nicht geöffnet. Annar schaute sich nervös um. »Suchen wir uns ein ruhigeres Plätzchen«, schlug sie vor und führte sie zu einer Reihe verlassener Fischernetzschuppen, die außen an die hohe Mauer gebaut waren, die den Außenposten von dem Wald und dem Fluss dahinter trennte. Sie setzten sich in die Sonne und beobachteten das Kaibüro in der Hoffnung, dass bald jemand käme und aufschließen würde.

»Ich habe eure Sachen hier«, sagte Annar und reichte Todi und Oskar zwei rot-weiß gestreifte Pullover, auf deren Rücken in großen blauen Buchstaben *Tristan* gestickt war. »Zieht sie später an. Hier mag man die Leute von der *Tristan* nicht.«

Todi hörte aufmerksam zu, als ihnen Annar die *Tristan* beschrieb. Annar tat dies so gut, dass Todi das Schiff förmlich vor sich sah. Oskar hingegen hatte Mühe, sich zu konzentrieren. Er hatte einen Bärenhunger und lechzte nach einem Frühstück. Immer wieder spähte er zu einer Hütte hinüber, auf deren schwarze Bretterwand »Imbissbude« gepinselt war. Sie stand mitten auf dem Kai, hatte eine lustig gestreifte Markise und verkaufte frische Speckbrötchen. Der Duft des gebratenen Specks trieb Oskar fast in den Wahnsinn. Als Annar ein zweites Mal die genaue Anordnung der Decksluken auf der *Tristan* durchging, ließ sein Magen ein lang anhaltendes Knurren vernehmen – und bevor ihn jemand daran hindern konnte, war er auf den Beinen und strebte der Imbissbude zu.

»Mist!«, fluchte Jerra und sprang auf. »Was hat er vor?«

Oskar war bereits unter der Markise und trat an die Theke. Jerra sah Annar entsetzt an. »Er darf da nicht hin.«

»Ich hole ihn«, sagte Annar und steuerte, mit Jerra und Todi im Schlepptau, auf die Bude zu. »Schön gemächlich. Bloß nicht auffallen. Wir benehmen uns ganz natürlich, klar?«

Jerra nickte und versuchte, ganz ungezwungen zu gehen. Todi trottete verwirrt hinterher. Sie fand, dass sich Oskar von allen am natürlichsten verhielt. Was war denn verkehrt daran, dass er sich ein Speckbrötchen holte?

Sie sollte es bald erfahren.

Ein junges Seefahrerpärchen, das unter der Markise saß, schaute von seinem Frühstück auf. Sie lächelten Oskar an – wie es Leute tun, wenn sie längere Zeit auf See waren und wieder festen Boden unter den Füßen haben. Ihre Gesichter waren von Sonne und Wind gebräunt. Der junge Mann hatte freundliche, leuchtend grüne Augen und strohblondes Haar, in das Zöpfchen und Perlen geflochten waren.

Die junge Frau stammte, nach ihren weißblonden Haaren und blauen Augen zu schließen, aus dem Land der langen Nächte. Auf ihrem Schoß saß eine kleine rote Katze, die sie mit Fisch fütterte. Die beiden grüßten auch Annar, aber die war zu sehr auf Oskar konzentriert, um ihren Gruß zu erwidern. Sie legte ihm einen Arm um die Schultern. Oskar sah sie irritiert an. Er fand, dass ihn Annar dafür noch nicht gut genug kannte.

»Komm, Oskar«, sagte sie. »Wir müssen gehen.«

»Aber ich habe gerade vier Speckbrötchen bestellt«, protestierte er in seinem verräterisch melodischen FährtenFinderakzent.

»Ich bringe sie dir«, sagte Annar. »Geh jetzt, dein Bruder möchte mir dir sprechen.«

Oskar runzelte die Stirn. »Kann das nicht warten?«

»Nein«, entgegnete Annar streng.

Todi sah, wie der Koch hinter der Theke auf Oskars Hand starrte, als der ihm vier große Kupferpennys für die Brötchen hinhielt. Im Schatten der Markise glänzte Oskars Haut wie ein frisch aus dem Wasser gezogener Fisch. Jetzt verstand Todi Jerras Sorge.

Der Koch zuckte zurück. »Leg das Geld da hin, *Fischjunge*«, stieß er leise hervor und deutete auf die verzinkte Theke. Aber Oskar begriff nicht, was vor sich ging, und blieb stehen.

»Ich hole ihn«, knurrte Todi.

Als sie zu Oskar und Annar an die Theke trat, sah sie zwei Außenpostenbeamte auftauchen und in Richtung Kaibüro gehen. Die Goldtressen ihrer Uniformen glitzerten in der Sonne, und ihre weißen Lockenperücken stachen hell von den schwarz gestrichenen Schuppen dahinter ab. Auch der Koch der Imbissbude hatte sie bemerkt.

»He!«, brüllte er. »Fischschleim-Alarm! Fischschleim!«

Todi sprang vor und packte Oskar. »Lauf, du Idiot!«, zischte sie. Sie und Annar nahmen Oskar in die Mitte und bugsierten ihn rasch von der Theke weg. »Ferdies Drache«, protestierte Oskar. »Euretwegen habe ich ihren Drachen fallen lassen.«

Todi und Jerra schoben Oskar über den Kai und folgten Annar, die zwischen die Fischernetzschuppen schlüpfte. Davor ertönte das dumpfe Dröhnen schwerer Schritte. Annar duckte sich hinter einen Haufen alter Netze. Todi, Oskar und Jerra folgen rasch ihrem Beispiel. Sie hörten, wie die Verfolger in einiger Entfernung stehen blieben, eine Weile warteten und dann weggingen. Offensichtlich wollten sich die Beamten ihre schmucken Uniformen nicht schmutzig machen.

Nach langen bangen Minuten krochen sie vorsichtig aus ihrem nach Fisch riechenden Versteck.

»Du Blödmann«, fuhr Jerra seinen Bruder an. »Du dummer, kleiner Besserwisser. Du …«

»Das reicht, Jerra«, unterbrach ihn Todi. »Oskie weiß, dass es dumm von ihm war. Darüber zu streiten ist überflüssig.«

Oskar war verzweifelt. »Ferdies Drache. Ihr Glücksbringer!«

»Oskie«, sagte Todi, »du musst den Drachen vergessen.«

»Folgt mir jetzt«, sagte Annar.

Oskar zögerte. »Aber der Drache«, jammerte er.

Jerra packte ihn am Pullover und zog ihn mit sich fort. »Halt den Mund, Oskar. Deinetwegen wären wir beinahe für zehn Jahre ins Kittchen gewandert.«

Oskar sah Jerra mit großen Augen an. »Wieso?«

»Idiot. Hast du das Schild nicht gelesen? Uns ist der Zutritt hier verboten, kapiert?«

Ein Ruf hinter ihnen ließ sie zusammenzucken. »He!«

Sie fuhren herum und sahen zu ihrem Entsetzen, wie der junge Seefahrer, der an der Imbissbude gesessen hatte, im Laufschritt auf sie zukam, dicht gefolgt von seiner Freundin, die ihre Katze im Arm hielt.

»Lauft!«, befahl Jerra.

»Nein, wartet«, entgegnete Todi. »Seht doch, ich glaube, sie hat … ja, sie hat Ferdies Drachen.«

Jerra zögerte. Die junge Frau mit der Katze streckte ihnen etwas Kleines, Grünliches entgegen.

»Bitte, Jerra«, flehte Oskar. »Bitte warte.«

»Lass uns warten«, sagte Todi. »Ich glaube, die sind in Ordnung.«

Dem Urteil seines Bruders vertraute Jerra gewöhnlich nicht, dem Todis aber sehr wohl.

Dann war das Pärchen bei ihnen. »Das hast du verloren«, sagte die junge Frau zu Oskar und reichte ihm lächelnd Ferdies Filzdrachen.

»Oh, danke«, sagte Oskar. »Vielen, vielen Dank.«

»Ist mir ein Vergnügen«, erwiderte sie mit dem melodischen Akzent einer Nordhändlerin.

Der junge Mann schaute sich argwöhnisch um und sagte mit gesenkter Stimme: »Ich habe gesehen, dass ihr Ärger bekommen habt. Manche Fremde sind hier nicht willkommen.«

»Das ist uns bekannt«, erwiderte Jerra in schroffem Ton.

»Hört zu«, fuhr der junge Mann etwas verlegen fort, »ich glaube, dass die beiden Beamten, die euch gesehen haben, Verstärkung holen. Sie haben die Suche keineswegs aufgegeben. Ich müsst von hier verschwinden.«

»Aber das geht nicht!«, platzte Oskar heraus. »Wir müssen meine Schwester befreien!«

»Oskar«, knurrte Jerra, »wirst du wohl den Mund halten?«

Doch Oskars Bemerkung erinnerte den jungen Mann an eine Zeit, als er und sein kleiner Bruder auf der Suche nach *ihrer* Schwester gewesen waren. Er wusste noch sehr gut, wie verzweifelt er gewesen war – dieselbe Verzweiflung las er jetzt in den Augen dieser Kinder. »Und wo ist eure Schwester?«, fragte er sanft.

Jerra versetzte Oskar einen Tritt, damit er den Mund hielt. Keiner antwortete.

»Ihr könnt mir vertrauen«, sagte der junge Mann. »Ich heiße Nicko.

Nicko Heap. Und das ist meine Freundin Snorri Snorrelsen. Ich kenne mich hier aus. Und ich kenne die hiesigen Gepflogenheiten. Glaubt mir, ihr seid in Gefahr.«

»Deswegen wollen wir ja verschwinden«, erwiderte Annar etwas giftig und deutete auf das Tor in der hohen Mauer, die den Außenposten umgab. Doch in diesem Moment kamen vier kräftige Beamte durch das Tor marschiert, schlossen es hinter sich und bezogen davor Posten.

»Auf dem Weg sicher nicht«, sagte Nicko.

»Kommt mit uns«, schlug Snorri vor. »Wir haben ein Boot. Wir bringen euch hier weg.«

Jerra blickte Annar fragend an, und als die nickte, sagte er: »Danke, Snorri. Danke, Nicko.«

Auf dem Weg zum Kai bemerkten sie eine weitere Gruppe von Beamten, die, wie üblich mit weißen Perücken und goldüberladenen Uniformjacken herausgeputzt, auf der Kaimauer standen und zu den vertäuten Booten hinabblickten. Sie hatten die *Flotte Lotte* entdeckt.

Als er näher kam, sah Jerra, dass zwei Männer auf seinem geliebten Boot herumtrampelten, über die handgenähte Flagge und die primitive Tarnung lachten und es – zusammen mit der *Seeschwalbe* – an einer Barkasse des Außenpostens festbanden.

»He!«, schrie Annar. »Finger weg von meinem Boot!« Und bevor sie jemand daran hindern konnte, war sie zum Kai geflitzt und legte sich mit den Beamten an.

Jerra musste daran gehindert werden, ihr nachzulaufen. »Nicht«, sagte Nicko und hielt ihn am Arm fest.

»Du bringst sie nur in Gefahr, wenn du ihr nachgehst«, sagte Snorri ernst zu ihm.

Nicko und Snorri trieben sie weiter zu einem großen, von Wind und Wetter gezeichneten Boot mit dem Namen *Abenteurer*, das bei den größeren Fischerbooten festgemacht war. Sekunden später waren sie an Bord, und Snorri warf die Leinen los. Während sie ablegten, musste Jerra hilflos zusehen, wie seine geliebte *Flotte Lotte* – zusammen mit der *Seeschwalbe* – von der Barkasse fortgeschleppt wurde. Und, was noch schlimmer war, wie Annar von den großspurigen Beamten mit ihren lächerlich aufgetürmten Perücken, neben denen ihre schlanke Gestalt beinahe zwergenhaft wirkte, abgeführt und zum Kaibüro gebracht wurde.

Das Gespräch zweier Seeleute, welche die *Flotte Lotte* und die *Seeschwalbe* abschleppten, wehte übers Wasser herüber.

»Jetzt gibt es für sie kein Entkommen mehr«, sagten sie lachend. »Dummer Fischschleim.«

Der Limonadenstand

Die *Abenteurer* war in sicherer Entfernung vom Außenposten an einem Anlegesteg im Fluss vertäut, und Nicko machte Frühstück. Oben an Deck zeigte Snorri zwei Beamten, die unmittelbar nach dem Anlegen an Bord gekommen waren, ihren Besucherausweis. Unten in der Kabine knurrte Oskars Magen laut.

Beim Frühstück – einer köstlichen, kräftigen Bohnensuppe mit Fisch, in der knusprige Käsebrotstückchen schwammen – machten sie sich näher miteinander bekannt. Snorri erzählte, wie sie Nicko in dessen Heimat jenseits des Meeres kennengelernt hatte und nach ein paar Jahren in das Land der langen Nächte, ihre eigene Heimat, zurückgekehrt war. Nicko erzählte, wie er sich auf die Suche nach Snorri gemacht und sie nach langer Fahrt endlich gefunden hatte und dass sie jetzt auf dem Weg in seine Heimat – die er die Burg nannte – seien, wo sie heiraten wollten. Todi fand das sehr romantisch. Oskar hingegen fand es übertrieben, eine so weite Reise zu machen, nur um ein Mädchen zu finden, hütete sich aber, etwas zu sagen.

Dann waren die FährtenFinder mit dem Erzählen an der Reihe. Todi übernahm das Reden, während Nicko und Snorri mit immer düstereren Mienen zuhörten. Sie erzählte von Ferdie, den Garmins und Tante Mitza. Und je mehr sie erzählte, desto schlimmer hörte sich das alles an, fand sie. Als sie geendet hatte, war ihr angst und bange. Ein Blick auf Oskar verriet ihr, dass es ihm genauso erging.

Auch Jerra machte ein ernstes Gesicht, nur waren seine Gedanken bei Annar. Was sie wohl darüber dachte, dass er tatenlos zugesehen hatte, wie sie abgeführt wurde? Und überhaupt: Wie sollten sie ohne Annar die *Tristan* finden?

Am Ende des Stegs war ein Limonadenstand, den eine dicke, freundlich lächelnde Frau betrieb. Nach dem Frühstück beschlossen Todi und Oskar, sie nach der *Tristan* zu fragen. Todi befahl Oskar, in der Sonne zu bleiben, und trat allein unter die schattige Markise. Sie legte ein paar Kupferpennys auf den Tisch, und die Limonadenverkäuferin zog zwei bauchige grüne Flaschen aus einer Eiswanne und reichte sie ihr.

»Entschuldigen Sie«, sagte Todi, »aber wir suchen ein Schiff namens *Tristan*.«

Die Frau runzelte die Stirn. »Die *Tristan*?«

»Ja. Wir haben dort … äh … eine Verabredung. Wissen Sie vielleicht, wo …«

Die Limonadenverkäuferin lehnte sich so weit über die Theke, dass Todi ihren süßen Limonadenatem riechen konnte. »Ich gebe dir einen guten Rat, Schätzchen. Wenn ihr auf diesem Schiff eine Verabredung habt, dann haltet sie nicht ein. Fahrt nach Hause. Verstanden?« Dann schrie sie plötzlich laut los: »Weg hier, elendes Geschmeiß. Weg.«

Oskar erstarrte. Er war durchschaut – aber wie war das möglich? Er stand doch mitten in der Sonne. Panisch fuhr er herum und wollte wegrennen, aber Todi hielt ihn fest. »Nein«, zischte sie, »sieh doch – da!«

Ein kleiner Affe in einer roten Jacke hüpfte über einen Haufen Zitronen und wich geschickt den Schlägen der Limonadenverkäuferin aus. Er schnappte sich eine Zitrone, sprang auf das Zuckerfass und schaufelte sich eine Handvoll Zucker in den Mund.

»Dreckiges Biest!«, schrie die Frau, sprang auf den Affen zu und stieß dabei gegen die Zitronen, die daraufhin zu Boden kullerten. Der Affe kreischte vor Lachen und flitzte davon.

»Todi!«, sagte Oskar. »Sieh mal, was der Affe hat!«

»Was?«, fragte Todi, die damit beschäftigt war, Zitronen aufzulesen und der Limonadenverkäuferin zu reichen.

»Danke, Schätzchen«, sagte die Frau. »Wie du siehst, hat man mit diesem Schiff bloß Ärger.«

»Todi!«, wiederholte Oskar in dringlichem Ton.

Aber Todi hörte nicht hin und fragte die Limonadenverkäuferin: »Dann stammt der Affe von der *Tristan?*«

»Ja. Schätzchen. Und er ist nicht die einzige widerliche Kreatur an Bord.« Wieder beugte sie sich mit vertraulicher Miene vor. »Auf diesem Schiff gehen grausige Dinge vor sich. *Grausige Dinge.*«

Die Frau kaute auf den beiden Worte herum wie auf einer sauren Zitrone.

»Entschuldigung«, sagte Todi mit einem Blick auf die übrigen heruntergefallenen Zitronen, »aber wir müssen jetzt los.«

Oskar zappelte ungeduldig in der Sonne. »Hast du gesehen, was der Affe um den Arm hatte?«, fragte er.

»Nein, was denn?«

»Ferdies lila Band!«

»Ach, Oskie!« Todi bemerkte etwas Rotes, das zwischen den anderen Ständen dahinhuschte. »Da ist er! Ihm nach!«

Oskar zögerte. »Aber was ist mit Nicko und Snorri? Sollten wir ihnen nicht Bescheid sagen?«

»Dazu ist keine Zeit«, erwiderte Todi. »Wir müssen dem Affen folgen.«

Snorri sah, wie sie davonrannten. »Sie jagen einem Affen nach«, sagte sie zu Nicko, als sie in die Kabine hinabstieg.

»Ein bisschen komisch sind sie schon, findest du nicht?«

Der Affe

Dem Affen zu folgen war nicht so schwierig, wie Todi befürchtet hatte. Er hüpfte den staubigen Weg hinunter, der am Fluss entlangführte, und entgegenkommende Fußgänger sprangen zur Seite, um ihm Platz zu machen. Todi fiel auf, dass viele die Zeigefinger überkreuzten und sich vors Gesicht hielten – das Schutzzeichen der Seefahrer gegen den bösen Blick.

Plötzlich hockte sich der Affe hin und biss in die Zitrone. Kreischend schnellte er in die Höhe und schleuderte die Frucht empört in den Fluss.

Oskar kicherte. »Geschieht ihm recht.«

Der Affe bog vom Weg ab und lief am sandigen Ufer weiter, das die Ebbe freigelegt hatte. Auf dem gelben Sand war seine leuchtend rote Jacke so gut zu sehen, dass Todi und Oskar auf dem Weg bleiben konnten.

Der Markt lag jetzt hinter ihnen, und dichter Wald säumte den Fluss, der eine scharfe Biegung nach links machte. Und als sie um die Biegung herum waren, brauchten sie dem Affen nicht länger zu folgen. Vor ihnen lag ein schönes, elegantes Schiff in einem leuchtend blauen und goldenen Anstrich. Die weißen Segel waren sauber aufgerollt, die Taue tadellos aufgewickelt, die Holzteile glänzten, und die Fenster am platten, breiten Heck, hinter denen Rollos heruntergelassen waren, blitzten in der Sonne. Und direkt unter der Heckreling prangte in schnörkeligen goldenen Buchstaben der Name des Schiffes: *Tristan*.

Todi war schockiert. »Aber … es ist ja schön.« Sie hatte erwartet, dass man dem Schiff das Böse, das in seinem Innern lauerte, irgendwie ansehen würde.

Auch Oskar war bestürzt. Er hatte geglaubt, dass er beim Anblick der *Tristan* sofort Ferdies Nähe spüren würde. Aber er spürte gar nichts. Seine Zwillingsschwester hätte ebenso gut Tausende von Kilometern entfernt am anderen Ende der Welt sein können.

Unterhalb von ihnen flitzte der Affe durch das Flussbett zum Schiff, dessen blauer Rumpf wie eine Felswand emporragte. Dann tauchte er in den Schatten der Bordwand ein.

»Sieh mal«, sagte Todi. »Da hängt eine Strickleiter für den Affen.«

»Die könnten wir benutzen, um an Bord zu kommen«, flüsterte Oskar.

Unter den Bäumen bemerkten sie mehrere efeuumrankte Ruinen. Dorthin gingen sie. In einem alten, gespenstisch dunklen Torbogen, in den die Zahl *IV* gemeißelt war, zogen sie die Pullover mit der Aufschrift *Tristan* an.

»Dahinter muss eine Art Gang sein«, flüsterte Todi.

Oskar spähte hinter sich. »Ja, du hast recht.«

»Siehst du den gruseligen weißen Nebel da hinten?«

»Unheimlich«, sagte Oskar erschaudernd.

»Ja«, bestätigte Todi. »Lass uns gehen.«

Die Gefangene

Oben auf der Strickleiter balancierend, spähte Oskar über die Reling auf das Schiff. Alles war genau so, wie Annar es beschrieben hatte. Der einzige Mensch an Deck war ein Matrose, der die Landungsbrücke auf der anderen Seite bewachte, und der drehte ihnen den Rücken zu. Oskar schaute zu Todi hinunter und machte das FährtenFinderzeichen für *Alles in Ordnung*. Mit einer geschmeidigen Bewegung, als wäre er hinter einer Dünenratte her, schwang er sich über die Reling und glitt lautlos hinunter aufs Deck, das sich unter seinen nackten Füßen warm und glatt anfühlte. Er duckte sich hinter eine erhöhte Luke und wartete auf Todi.

Todi erklomm die Strickleiter ebenso schnell wie der Affe. Innerhalb von dreißig Sekunden war sie über die Reling geschlüpft und leichtfüßig neben Oskar gelandet. Dann krochen sie, hinter aufgerollten Tauen, umgedrehten Booten und Stapeln von Packkisten Deckung suchend, langsam vorwärts. Bald gelangten sie zu einem erhöhten länglichen Oberlicht, das ihnen die Möglichkeit gab, ungesehen zu der offenen Ladeluke zu huschen, die ihnen Annar beschrieben hatte.

Die Lukenleiter führte zwei Decks tiefer in einen Raum, in dem es dunkel, heiß und stickig war. Ein unangenehm vertrauter Geruch stieg ihnen in die Nase – der Geruch nach feuchtem Hund, den Garmins verströmten. Als sie vorsichtig von der Leiter stiegen, sahen sie drei große Käfige im Halbdunkel. In jedem hockte ein Garmin. Die Kreaturen erhoben sich und umklammerten mit ihren affenartigen Vorderpfoten die Gitterstäbe. Ihre Augen funkelten gelb aus ihren breiten weißen Gesichtern. Sie öffneten die Mäuler und entblößten eine Reihe flacher weißer Zähne und zwei lange Fangzähne, von denen in langen Fäden zähflüssiger Speichel troff. Einer ließ eine gespaltene schwarze Zunge vorschnellen.

Klicker-klick-klick. Klick-klick.

»Los, weiter«, flüsterte Oskar.

Sie kletterten durch die nächste Luke in den untersten Laderaum. Dort unten gab es keine Bullaugen mehr, und alles, was Todi sehen konnte, war Oskars schimmerndes Haar. Sie zog einen Leuchtstab aus der Tasche und knipste ihn an. Sein mattes grünes Licht fiel auf weitere Käfige, die sich an beiden Seiten des Laderaums reihten.

»Sie sind leer«, flüsterte Oskar, der im Dunkeln viel besser sehen konnte als Todi. »Und sie riechen nicht nach Garmin.«

Ein schrecklicher Gedanke kam Todi. »Du glaubst doch nicht, dass sie Menschen darin gefangen halten?«, flüsterte sie.

»Keine Ahnung«, antwortete Oskar beklommen. Der Gedanke,

dass Ferdie wie ein Hund eingesperrt sein könnte, war ihm unerträglich. »Ferdie«, flüsterte er mit heiserer Stimme. *»Ferdie.«*

Das leise Rascheln von Stroh irgendwo in der Dunkelheit brachte sein Herz zum Klopfen. »Ferdie?« Es kam keine Antwort. »Hast du das gehört?«, fragte er Todi leise.

Sie nickte. Langsam schlichen sie an dunklen Käfigen entlang. Vor jedem blieben sie stehen, aber das gespenstische grüne Licht des Leuchtstabs enthüllte nur rohes Holz und Stroh. Sie arbeiteten sich weiter in Richtung Bug vor, und als sie beim allerletzten Käfig an der vorderen Schottwand ankamen, krächzte eine Stimme: *»Wasser!«*

»Wer ist da?«, flüsterte Oskar.

»Wasser. *Wasser.«* Die Stimme klang rau und trocken, und Oskar wusste, dass sie unmöglich Ferdie gehören konnte. Im Schein der Lampe sahen sie einen Mann mit überkreuzten Beinen im Stroh sitzen und mit einer schmalen Hand einen Gitterstab umklammern. Er sah sie prüfend an. »Wasser«, flüsterte er.

Oskar zog die kostbare Flasche Limonade aus dem Rucksack und gab sie dem Mann. Der Mann fummelte umständlich am Verschluss herum, da bemerkte Oskar mit Schrecken, dass er nur einen Arm hatte. Oskar fasste in den Käfig und klappte den Deckel auf. Gierig trank der Mann, und während er die Limonade hinunterstürzte, tauschten Oskar und Todi einen Blick. Ob Ferdie in derselben Lage war? Schließlich war der Mann fertig und gab Oskar die leere Flasche zurück.

»Ich danke dir. Danke.«

»Können wir Ihnen helfen – sollen wir Sie befreien?«, fragte Todi.

»Befreien?« Der Mann starrte sie aus großen Augen an. Dann tat die Limonade ihre Wirkung, sein ausgedörrtes Gehirn begann wieder zu arbeiten, und er begriff, dass die beiden Kinder vor ihm nicht zur Besatzung gehörten. Und dass sie ebenso verzweifelt waren wie er.

»Ja. Der Riegel sitzt an der Seite. Ein einfacher Mechanismus. Wenn du daran ziehst, geht die Tür auf.«

Die Käfigtür schwang auf, und der Mann kroch heraus. Langsam und mühsam richtete er sich auf – er hatte sich seit vielen Tagen nicht mehr richtig strecken können. Er sah Todi und Oskar an. »Ich danke euch von ganzem Herzen«, sagte er. »Samuel Starr, zu euren Diensten.« Er verneigte sich.

»Sind Sie der Einzige hier?«, fragte Todi.

»In diesen abscheulichen ekelhaften Käfigen bin ich der Letzte, ja«, antwortete er und strich mit der Hand über die Schottwand, als würde er etwas suchen. Dann grinste er. »Mit nur einem Arm bin ich für sie zu nichts zu gebrauchen.«

»Ach, Oskie«, seufzte Todi, »ich war mir so sicher, dass wir sie hier finden würden.«

Oskar war so enttäuscht, dass er kein Wort herausbrachte.

Klirr. Etwas Metallisches fiel zu Boden. Samuel fluchte.

»Bitte um Verzeihung für meine unflätigen Ausdrücke«, sagte er. »Bitte, ich wollte einen Schlüssel von der Wand nehmen, den sie hier an einem Haken aufbewahren. Aber er ist mir heruntergefallen. Könntest du mir leuchten?«

Im Schein des Leuchtstabs sah Todi einen großen Eisenschlüssel am Boden liegen. Sie hielt ihn dem Mann hin, doch der wehrte ab. »Tu du es bitte, meine Hand zittert noch. Stecke ihn in das Schloss da.« Er deutete mit zittrigem Finger auf eine kleine Tür in der Schottwand, die Todi und Oskar noch gar nicht aufgefallen war. Sie führte in den Kettenkasten, jene Kammer tief unten im Bug eines Schiffes, in der normalerweise Anker und Kette aufbewahrt werden. Rechts an der Tür waren die dunklen Umrisse eines Schlüssellochs zu erkennen.

»Meine Vorfahren waren FährtenFinder. Und eine von uns ist da drin – ein Mädchen. Ein FährtenFindermädchen. Sie war schon da, als ich kam. Ich kann nicht fort, wenn ich weiß, dass sie noch hier ist.«

Oskar wurde totenbleich. Todi reichte ihm den Schlüssel.

»Hier, Oskie«, sagte sie. »Tu du es.«

Im Kettenkasten

Oskars Hand zitterte, als er den Schlüssel im Schloss umdrehte. Die Tür öffnete sich geräuschlos, und ein matter Lichtstrahl fiel auf ihre Gesichter. Oskar wurde ganz mulmig. Er hatte Angst vor dem, was er vorfinden würde. Er würde es nicht ertragen, Ferdie nicht hier zu finden. Aber wenn sie hier war … in welchem Zustand würde seine Schwester nach zwei Monaten Gefangenschaft an einem solchen Ort sein?

Die schwere Tür – dick und vernietet wie die Schottwand – schwang weiter auf. Todi gab Oskar ihre Lampe und schob ihn durch die Öffnung.

Oskar ging einen Schritt in den Raum und blieb stehen. Er versuchte zu begreifen, was er sah: Ein Laterne baumelte von der Decke, und in ihrem Schein saß, mit dem Rücken zur Tür, eine kleine Gestalt – mit Sicherheit zu klein und zu dünn für seine kräftige Schwester – in einem Meer aus schimmerndem Gold. Der rechte

Arm der Gestalt bewegte sich mechanisch hin und her, hin und her. Oskar brauchte einen Moment, bis ihm klar wurde, dass sie nähte. Komisch. Er fühlte sich an eine Szene aus dem Märchenbuch erinnert, aus dem ihnen ihre Mutter an dunklen Winterabenden immer vorgelesen hatte. Aber das ergab doch keinen Sinn.

Die Gestalt hatte sich nicht umgedreht, als die Tür aufgegangen war, und Oskar hatte das Gefühl, dass sie mit Absicht nicht reagierte. Irgendetwas an der gespannten Wachsamkeit ihres Körpers sagte ihm, dass sie genau wusste, dass jemand eingetreten war, und diesen Jemand bewusst ignorierte. Und das machte ihm Hoffnung – genauso würde sich nämlich Ferdie verhalten.

Seine Kehle war staubtrocken. Er schluckte schwer und krächzte: »Ferdie?«

Die Gestalt fuhr in die Höhe und wirbelte herum. Goldener Stoff wallte in weichen Kaskaden zu Boden.

»Oskie?«, flüsterte sie.

»Ferdie! Ach, Ferdie.« Oskar lief auf sie zu, aber Ferdie verzog entsetzt das Gesicht.

»Nicht, Oskie! Pass auf, der Stoff, das Gold, es …«

Aber Oskar hörte nicht. Er wollte jetzt nur eines: Ferdie umarmen und nach Hause bringen, alles andere war ihm egal. Er trampelte über den weichen goldenen Stoff und schlang die Arme fest um sie. Da erschrak er: Sie fühlte sich stocksteif an.

Einen Moment lang starrte sie ihn aus eingesunkenen, dunklen Augen an, dann brach sie in Schluchzen aus. »Du hast ihn ruiniert. Was wird nun mit mir geschehen?«

Oskar wusste nicht, was er sagen sollte. Hinter ihm erklang Todis Stimme.

»Du kommst nach Hause, Ferdie«, sagte sie sanft. »Über diesen Stoff brauchst dir keinen Gedanken mehr zu machen.«

»Aber das ist Myladys Ballkleid«, protestierte Ferdie. »Ich muss heute Nacht noch alle Knöpfe annähen.«

»Ferdie, bitte – du musst gar nichts annähen«, sagte Oskar. »Denn heute Nacht wirst du wieder zu Hause bei Mum und Dad sein.«

»Mum ... Dad ...« Ferdie sprach die Worte probehalber aus, als hätte sie vergessen, was sie bedeuteten.

Todi wurde nervös. »Ferdie, wir müssen fort, bevor sie uns entdecken.« Begleitet von einem Stöhnen Ferdies, trampelte sie nun ebenfalls über den edlen goldenen Stoff. »Ferdie steht unter Schock«, raunte sie Oskar zu. »Wir müssen sie uns einfach schnappen und verschwinden.«

Oskar nickte. Er nahm den einen Arm seiner Schwester, Todi den anderen, und gemeinsam versuchten sie, Ferdie in Bewegung zu setzen.

»Nein! Lasst mich!«, schrie sie wie unter Schmerzen.

Langsam bekam es Oskar mit der Angst zu tun. Er hatte so oft von dem Augenblick geträumt, wenn er Ferdie finden würde, dass der Traum fast schon Wirklichkeit geworden war. Und jedes Mal hatte er sich vorgestellt, wie sie in seine Arme flog und wie sie dann zusammen nach Hause liefen. Aber so hatte er es sich nie vorgestellt. Was war nur mit Ferdie los? Warum wollte sie nicht mitkommen?

Ferdie raffte den glänzenden goldenen Stoff zusammen, und im ersten Moment dachte Oskar, sie hätte den Verstand verloren und wollte ihn mitnehmen. Aber dann, als sie den Stoff hochhob und ihre Füße darunter zum Vorschein kamen, erkannte er die schreckliche Wahrheit – ihr linker Knöchel war am Boden festgekettet.

Hinter ihnen fluchte eine heisere Stimme. »Der Kleinen so etwas anzutun!«, schimpfte Samuel Starr. »Was für eine Niedertracht!«

Oskar kniete neben Ferdie nieder. Ein dickes Stahlband war um ihren Knöchel geschlungen und mit einer Kette verbunden, die mit einer im Boden versenkten Metallplatte verschweißt war.

»Pst!«, zischte Samuel von der Tür her. *»Pst!* Da kommt jemand.« Er trat in den Kettenkasten und zog die Tür zu. Dann eilte er zu Ferdie, hob die Kette hoch und rüttelte wütend daran. »Wir müssen sie losmachen!«

Oskar griff in die Tasche. *Bitte,* dachte er, *bitte mach, dass er da ist.*

Von draußen ertönte das dumpfe Klatschen nackter Füße, als jemand von der Leiter sprang. Dann ein Scheppern. Irgendetwas wurde an den Gitterstäben der Käfige vorbeigeschleift. Im Schein der Laterne sah Todi, wie Samuel Starr erbleichte. »Es ist Fütterungszeit«, flüsterte er. »Der Kerkermeister wird entdecken, dass ich nicht mehr da bin. Ich … ich muss hinaus. Ich muss mich stellen. Das verschafft euch Zeit, eure Schwester loszumachen.«

»Nein«, flüsterte Ferdie. »Gehen Sie nicht. Bitte, Samuel.«

So manche einsame Nacht und so manchen einsamen Tag hatte Ferdie damit zugebracht, beim Nähen Samuels krächzender Stimme zu lauschen, die durch die dünne Schottwand zu ihr drang, seinen Geschichten, seinen Seemannsliedern. Zu wissen, dass nicht weit entfernt ein guter Mensch war, hatte ihr Hoffnung gemacht und ihre schlimmsten Ängste in Schach gehalten. Und jetzt konnte sie den Gedanken nicht ertragen, dass Samuel sich stellte und einem ungewissen Schicksal auslieferte.

Darum blieb Samuel Starr. Und als sie hörten, wie der Kerkermeister überrascht aufschrie – wahrscheinlich beim Anblick des leeren Käfigs – und dann zur Leiter zurückrannte und klappernd wieder nach oben kletterte, da wussten sie, dass ihnen wenig Zeit blieb.

»Ein Gefangener ist ausgebrochen!«, hörten sie oben rufen und gleich darauf vielbeiniges Getrappel.

In der letzten Tasche, die Oskar fieberhaft durchwühlte, fand er endlich, was er suchte: seinen Dietrich. Er beugte sich über Ferdies Fußfessel. »Die wird nicht aufgehen, Oskie«, sagte Ferdie leise. »Du solltest fliehen, bevor sie auch dich erwischen. Geh zurück zu Mum und Dad. Sag Ihnen, dass es mir gut geht und dass ich eines Tages irgendwie wieder nach Hause kommen werde. Ganz bestimmt. Ich verspreche es.«

»Halt einfach nur still, ja?«, knurrte Oskar.

Während über ihnen der Ruf »Ein Gefangener ist entflohen« durch das ganze Schiff hallte, strich Oskar mit den Fingern über das scheinbar glatte Stahlband. Als er die verräterische Verbindungsstelle gefunden hatte, fuhr er mit dem Fingernagel daran entlang, bis er eine kleine Vertiefung ertastete. Dort steckte er den Dietrich hinein. Zwei geschickte Drehungen, dann den Dietrich nach unten gedrückt, und er spürte, wie im Innern der Fessel etwas nachgab. Und sie sprang auf. Ferdie schnappte erstaunt nach Luft. Sie schüttelte den Fuß und war frei.

Alle starrten verwundert auf die aufgesprungene Fessel, die auf dem goldenen Stoffhaufen lag. Dann holte sie das Getrappel nackter Füße im Laderaum nebenan in die Wirklichkeit zurück. Noch waren sie nicht außer Gefahr.

»Hast du im Kettenkasten nachgesehen, du Narr?«, fragte eine zornige Stimme.

»N…nein, Sir. Ich hielt es für das Beste, Ihnen zuerst Meldung zu machen.«

»Damit er sich verstecken und dann in aller Ruhe hinausschleichen konnte, wie? Sieht mir fast so aus, als hättet ihr das gemeinsam geplant. Mylady dürfte es brennend interessieren, von deinem neuen Freund zu erfahren.«

»Nicht doch!«, erwiderte die andere Stimme angsterfüllt. »Er ist nicht mein Freund, Sir. Das schwöre ich.«

»Na schön, dann lass uns nachsehen. Vergewissern wir uns, ob dein feiner Freund wirklich ausgeflogen ist.«

Die Schritte näherten sich dem Kettenkasten. Todi und Oskar sahen einander erschrocken an – sie saßen in der Falle. Samuel warf sich mit seinem ganzen Gewicht gegen die Tür. »Die kommen hier nicht rein«, knurrte er. »Nur über meine Leiche.«

Ferdie war es, die das Heft in die Hand nahm. »Nein«, flüsterte sie. »Sie sollen ruhig hereinkommen. Ihr versteckt euch alle unter dem Ballkleid. Sie auch, Samuel. Los, Beeilung. *Runter mit euch.*«

Sofort war Oskar wieder der kleine Bruder. »In Ordnung, Ferdie. Macht schon, Todi, Samuel. Schnell.«

Sie hielten für Samuel die Stoffbahnen hoch. Er kroch mit einiger Mühe darunter, Todi und Oskar hinterher. Unterdessen hatte Ferdie wieder auf dem Hocker Platz genommen und zu nähen begonnen. Als die Tür aufflog und ein bulliger Matrose und ein großer Mann in Uniform erschienen, schaute Ferdie seelenruhig auf.

»Ja?«, fragte sie in gebieterischem Ton.

Oskar grinste unter dem Stoffberg. Das war typisch Ferdie – als wäre ihr Gefängnis ein Palast. Allerdings pochte sein Herz so laut, dass er befürchtete, jemand könnte es hören.

»Die Tür ist nicht verschlossen«, hörte er eine Stimme argwöhnisch sagen.

Oskar erschrak. Wie wollte Ferdie das erklären?

Sie antwortete ruhig. »Ja. Ein grässlicher Mann mit nur einem Arm war hier. Er wollte mich befreien.«

Oskar kniff entsetzt die Augen zu. Was hatte sie vor? Wollte sie Samuel verraten?

»Ach ja?«, fragte die Stimme.

»Allerdings.« Ferdie klang missbilligend. »Ich habe ihm gesagt, dass er gehen soll. Ich muss Myladys Ballkleid fertig nähen.«

»Oh.« Die Stimme klang irgendwie verunsichert.

Oskar musste erneut grinsen. Er hatte ganz vergessen, wie pfiffig seine Zwillingsschwester war. Aber dann machte ihm Ferdie noch mehr Angst.

»Soll ich Ihnen was sagen?«, hörte er sie in vertraulichem Ton fragen.

»Ja?«, lautete die neugierige Antwort.

»Dieser Mann war wirklich schlimm. Er ist hier hereingeplatzt und wäre beinahe auf Myladys Kleid getreten. Es war ihm völlig egal. Er hätte es ruiniert. Ich habe zu ihm gesagt, dass er die Tür schließen und mich in Ruhe lassen soll.«

»Sieh mal einer an!«, entgegnete der Mann.

Oskar ahnte, dass seine Schwester achtlos mit den Schultern zuckte. »Ein Glück, dass wir den los sind, wenn Sie mich fragen. Ein übler Kerl.«

»Wie recht Sie haben, Miss. Er ist in der Tat ein übler Kerl. Dann verlassen wir Sie jetzt, damit Sie Myladys Kleid fertig nähen können. Bitte entschuldigen Sie die Störung.«

»Entschuldigung angenommen«, erwiderte Ferdie von oben herab.

Die Tür wurde geschlossen, und in der stickigen Luft unter dem Stoffberg lagen mucksmäuschenstill drei Menschen und lauschten, voller Bewunderung für Ferdie Sarn, den sich entfernenden Schritten.

Entwischt

Sobald die Schritte verklungen waren, schlüpften Todi und Oskar unter der goldenen Wolke hervor. Samuel folgte langsamer. Unter verhaltenem Stöhnen richtete er sich auf und machte vor Ferdie eine steife Verbeugung. »Umwerfend!«, murmelte er.

Ferdie lächelte und erwiderte die Verbeugung. Auch Oskar lächelte, froh, dass Ferdie wieder ganz die Alte war.

Aber Todi war unruhig. »Wir müssen hier raus, bevor noch jemand kommt«, sagte sie.

»Richtig«, stimmte Samuel zu. »Im nächsten Deck gibt es Ladeluken mit Tauen, an denen ihr hinunterklettern könnt.«

Oben im Frachtraum angekommen, setzte wieder das *Klick-klicker-klick* ein, als sie an den Käfigen vorbeihuschten. Sie schauten stur geradeaus, entschlossen, nicht in die gelben Augen zu blicken, die jeden ihrer Schritte beobachteten. Samuel führte sie zu einer Ladeluke an der Bordwand des Schiffes. Sie war oben mit zwei großen Riegeln gesichert und in der Mitte mit einem Griff versehen, an dem ein kurzes dickes Tau baumelte. Auf Samuels Anweisung hin hielten Todi, Oskar und Ferdie das Tau fest, während er die Riegel öffnete. Das Gewicht der Lukenklappe überraschte sie. Sie kippte nach außen, und ein heller Lichtstreifen fiel durch den Spalt. Langsam ließen sie die Klappe hinab. Der Spalt weitete sich, und gleißende Helligkeit strömte in den dunklen Frachtraum und löste ein aufgeregtes, erwartungsvolles *Klick-klicker-klick* aus. Ferdie blinzelte. Nach zwei Monaten bei Laternenlicht tat ihr die Sonne in den Augen weh.

Die Lukenklappe ragte wie eine Zugbrücke aus der Bordwand, nur dass diese Zugbrücke nirgendwohin führte. Aber Samuel bekümmerte das nicht. Er ergriff ein Tau und befestigte es mit einem Seemannsknoten, den er gekonnt mit einer Hand knüpfte, an einem Ring, der aus einem Deckenbalken ragte. Das andere Ende warf er aus der Luke.

»Los!«, befahl er den dreien. »Und wenn ihr unten seid, lauft, was ihr könnt.«

Todi machte den Anfang, damit sie für Ferdie das Tau halten konnte. Nach wenigen Sekunden stand sie unten auf dem grasbewachsenen Fußpfad im kühlen Schatten des Schiffs. Geschwächt von ihrer zweimonatigen Gefangenschaft kletterte Ferdie deutlich langsamer herunter. Oskar folgte ihr wieder rasch, und dann spähten alle drei nach oben und warteten auf Samuel.

Samuel lehnte sich aus der Luke und machte eine scheuchende Handbewegung. Todi verstand, was er meinte. »Er will uns sagen, dass wir ohne ihn gehen sollen.«

»Nein«, stöhnte Ferdie. »Nein!«

»Ferdie«, sagte Todi, »mit nur einer Hand kann er nur sehr langsam klettern. Er will, dass wir sofort verschwinden.«

Ferdie blickte traurig zu Samuel hinauf. Er winkte, und Ferdie blies ihm einen Kuss zu. Doch plötzlich wurde er von hinten gepackt und ins dunkle Innere des Schiffs zurückgerissen. »Mylady! Mylady!«, rief jemand. »Ihr Nähmädchen flieht!«

Da rannten sie los.

Todi riskierte einen kurzen Blick nach hinten, und da sah sie die Lady zum ersten Mal. Eine große, beleibte Frau mit einem goldenen und silbernen Tuch um den Kopf und einer dicken Kette aus blauen Steinen um den Hals starrte zu ihnen herunter. Ihr blaues Seidenkleid bauschte sich im Wind, und ihr roter Mund öffnete sich zu einem Schrei: »Schnappt sie euch!«

Schwere Schritte polterten die Landungsbrücke herunter. Die Verfolgungsjagd begann.

Die Verfolgungsjagd

Ferdies Füße berührten kaum den Boden, als Todi und Oskar, die sie in die Mitte genommen hatten, den Weg zurückrasten, der zum Landungssteg führte. Sie hörten, wie ihre Verfolger immer näher kamen, und dann, hinter der Flussbiegung, entdeckten sie die Katastrophe. Nickos und Snorris Boot, ihre einzige Hoffnung auf Rettung, war nicht mehr da.

»Sie sind fort!«, keuchte Oskar entsetzt. »Was sollen wir jetzt tun?«

Ein Blick aufs Wasser verriet Todi, was geschehen war. Die *Abenteurer* ankerte in der Flussmündung – Nicko und Snorri hatte tieferes Wasser aufsuchen müssen, um nach Einsetzen der Ebbe nicht aufzulaufen. Oskar war in seiner Verzweiflung langsamer geworden, und Todi musste feststellen, dass sie jetzt nicht nur Ferdie hinter sich herzog, sondern auch ihn. Wütend brüllte sie ihn an: »Leg einen

Zahn zu, Oskie! Sie ankern draußen in der Mündung. Vielleicht schaffen wir es bis zum Steg. Dort liegt ein Ruderboot!«

Oskar verstand sofort und lief wieder schneller, aber der staubige Weg vor ihnen zog sich in die Länge. Der Steg schien kilometerweit weg, und Ferdie ging die Kraft aus.

Das Getrappel der Verfolger kam immer näher. Todi spähte nach hinten und bereute es sofort. Gerade bogen vier Matrosen mit gestreiften *Tristan*-Pullovern um die Kurve. Ihre Messer blitzten in der Sonne.

»Die Kinder haben keine Chance«, sagte die Limonadenverkäuferin zu einem Kunden.

»Oh!«, sagte der Kunde. »Sie haben sie! *Sie haben sie!«*

»Wen denn, Süßer?«, fragte die Limonadenverkäuferin, doch der Kunde rannte einfach davon. »He, Sie haben Ihre Limonade vergessen!«, rief sie ihm nach.

Erleichtert sah Todi eine vertraute Gestalt auf sie zurennen, und dann war Jerra bei ihnen und riss Ferdie hoch in seine Arme, als würde sie überhaupt nichts wiegen.

»Mir nach!«, rief er und hielt auf den Steg zu.

Oskar und Todi folgten ihm die Treppe hinunter, und Jerra scheuchte sie in ein ramponiertes rotes Ruderboot, an dessen Bug der Name *Bütte* gepinselt war. Vorsichtig hob er Ferdie hinein, dann schob er die *Bütte* mit Todis Hilfe ins Wasser und sprang hinterher.

Sie waren gerade losgerudert, als die Schritte der Verfolger über den Steg trommelten. Todi und Jerra legten sie kräftig in die Riemen, aber die Verfolger stiegen in ein gefährlich schnittig aussehendes blaues Boot, an dessen Bug der Name *TT Tristan* prangte.

Im Nu hatten sie abgelegt, und Todi und Jerra waren sich darüber im Klaren, dass vier Ruderer sie schnell einholen würden. Unterdessen machte die *Bütte* ihrem Namen alle Ehre und schaukelte schwerfällig wie ein Fass im aufgewühlten Wasser der ablaufenden Flut in Richtung der *Abenteurer*. Der Vorsprung auf die Verfolger schmolz merklich.

Nicko hatte den Anker gelichtet, und Snorri segelte der *Bütte* entgegen. Sobald sie in Reichweite war, warf Nicko eine Leine. Oskar fing sie auf, band sie fest, und Nicko zog die *Bütte* längsseits der *Abenteurer*. Snorri ließ eine Strickleiter herunter, und Jerra trug Ferdie, so schnell er konnte, nach oben.

Rums! Der Boot der Verfolger rammte die *Bütte* und drückte das kleine Ruderboot gegen die Bordwand der *Abenteurer*. Aber Jerra ließ sich davon nicht beirren und hangelte sich wieder die Leiter herab. Er zog Oskar an der Jacke zu sich hinauf, dann half er Todi, nach oben zu klettern.

Die *Bütte* mochte vielleicht keine Schönheit sein, aber sie war stabil gebaut, im Unterschied zu dem schlanken Boot der Verfolger, das bei der Kollision in der Mitte auseinandergebrochen war. Die *TT Tristan* sank wie ein Stein und brachte die vier Verfolger in die peinliche Lage, dass sie sich an der Leine, die außen um den Rumpf der *Bütte* geschlungen war, festhalten und um Hilfe flehen mussten.

Nicko liebte die *Bütte*, aber er wusste, was er zu tun hatte. Er kappte das Tau, das er Oskar zugeworfen hatte, und die *Bütte* trieb mit der Strömung davon.

Die *Abenteurer* setzte Segel und nahm Kurs auf die Fahrrinne, die durch die Sandbänke in der Flussmündung führte. Die *Bütte* schaukelte langsam und traurig hinterher, bis es einem ihrer unfreiwilligen

Besatzungsmitglieder gelang, an Bord zu klettern, und die lange Ruderpartie ans Ufer begann.

Der Schall trägt weit auf dem Wasser, und als die *Abenteurer* die Mündung hinter sich ließ und vorsichtig zwischen den Sandbänken hindurchmanövrierte, hörte Ferdie das Brüllen der Lady den Fluss herunterwehen.

»Ich will sie wiederhaben! Fangt sie!«

~ TEIL 5 ~

Die Abenteurer

Als die *Abenteurer* in die Tiefwasserrinne einschwenkte, die aufs offene Meer hinausführte, bot sich Jerra ein Anblick, mit dem er nicht gerechnet hatte – die *Seeschwalbe*. Annar erwartete sie. Jerra grinste. Mit einem Mal war alles nahezu perfekt.

Annar winkte und kam ihnen entgegengesegelt. Wenig später lag sie längsseits. »Alles in Ordnung?«, fragte sie.

»Ja!«, rief Jerra hinunter. »Wir haben Ferdie!«

»Wahnsinn.« Annar hatte eigentlich nicht damit gerechnet, dass sie Ferdie finden würden. Sie hatte nicht einmal erwartet, Jerra wiederzusehen, so überzeugt war sie davon gewesen, dass die Lady alle gefangen nehmen würde. Aber sie war unterdessen auch nicht untätig gewesen. »Ich habe die *Flotte Lotte* zurückgeholt!«, rief sie. »Komm rüber, ich bringe dich zu ihr.«

Jerra lachte laut. Jetzt war wirklich alles perfekt.

Die Besatzung der *Abenteurer* verabredete mit Jerra, ihn später am Ziegenfels zu treffen, und segelte los. Ferdie saß mit Todi und Oskar im Bug, genoss die Sonne, die salzige Gischt und das berauschende Gefühl der Freiheit. Niemand sprach ein Wort. Sie saßen einfach nur da, einer den Arm um die Schultern des anderen, und genossen das Gefühl von vollkommenem Glück und tiefer Erleichterung.

Schließlich legten sie am Kai des Ziegenfels an und warteten. Nicko und Snorri, mit der Geduld derer ausgestattet, die lange auf

See gewesen waren, vertrieben sich die Zeit mit Angeln und ließen sogar eine Hummerreuse auf den Meeresboden hinab. Aber Oskar brannte vor Ungeduld. Er borgte sich das Fernrohr, erklomm den Ziegenfels und hielt nach der *Flotten Lotte* Ausschau. Doch erst als die Dämmerung anbrach, sah er Jerras kleines grünes Boot mit seinem weißen Segel nahen. Zu seiner Überraschung war auch Annar an Bord.

»Folgt ihnen auch niemand?«, fragte Ferdie ängstlich.

Oskar schüttelte den Kopf. »Nein, niemand.«

Es war fast dunkel und das Meer durch den auffrischenden Abendwind recht kabbelig, als die *Flotte Lotte* übermütig um den Ziegenfels herumgesegelt kam. Ein appetitlicher Duft – Nicko kochte Fischeintopf – wehte aus der Kombüse herauf, aber Jerra schlug alle Einladungen aus, als er an Land gegangen war.

»Wir müssen zurücksegeln«, sagte er. »Ich habe Mum versprochen, dass wir bei Einbruch der Nacht zu Hause sind.«

Oskar musterte die *Flotte Lotte* skeptisch, die neben der *Abenteurer* sehr klein wirkte. »Da passen wir doch gar nicht alle drauf«, sagte er.

»Aber natürlich«, widersprach Jerra ungeduldig.

Auch Ferdie hatte Bedenken. Sie sehnte sich nach ihren Eltern, aber die Vorstellung, zu fünft mit der *Lotte* übers offene Meer zu segeln, erschreckte sie. »Jerra«, sagte sie, »das ist zu gefährlich. Nach all dem, was passiert ist, möchte ich jetzt nur noch heil nach Hause kommen.«

»Ferdie hat recht«, bestätigte Annar. »Die *Lotte* wird langsam sein und mit fünf Leuten tief im Wasser liegen. Wenn der Wind weiter auffrischt, könnte das brenzlig werden.«

Todi stimmte zu. »Um diese Jahreszeit weht an der Landzunge

immer eine steife Brise«, sagte sie. »Ich glaube nicht, dass es sicher wäre.«

»Er wäre geradezu gefährlich, wenn ihr mich fragt«, erklärte Nicko. »Snorri und ich können doch morgen früh mit Todi, Oskar und Ferdie nachkommen.«

»Das ist sehr freundlich von dir, Nicko«, erwiderte Jerra, »aber ich habe versprochen, dass wir heute Abend zurückkommen.«

»Das wirst du ja auch, Jerra«, entgegnete Annar. »Aber es stimmt, was Nicko sagt, mit mehr als zwei Leuten auf der *Lotte* ist es heute zu gefährlich. Lass uns sofort aufbrechen. Mit einer leichten *Lotte* bist du bald zu Hause und kannst deinen Eltern sagen, dass Ferdie frei ist.«

Und so segelten Jerra und Annar los. Todi, Oskar und Ferdie sahen ihnen nach, bis das weiße Segel ihren Blicken entschwand, dann gingen sie unter Deck, wo eine große Schüssel mit dampfendem Fischeintopf wartete.

Am Ziegenfels

Ferdie erwachte in den frühen Morgenstunden. Besorgt starrte sie in die Dunkelheit und fragte sich, warum die *Tristan* so schaukelte und stampfte. Panik überkam sie. Was, wenn das Schiff sank? Wie sollte sie sich retten, wo sie doch an den Fußboden gekettet war? Sie tastete mit der Hand nach der verhassten Fessel an ihrem rechten Fußgelenk, doch zu ihrer Verwunderung war da gar nichts. Mit einem Ruck setzte sie sich auf – und dann fiel ihr wieder ein, wo sie war, und ein Glücksgefühl durchströmte sie. Zu aufgeregt, um wieder einzuschlafen, schlüpfte sie unter der Decke hervor, stieg vorsichtig über Todi hinweg und kletterte zur Luke hinauf, die Nicko offen gelassen hatte, damit frische Luft hereinwehen konnte.

Todi erwachte, als sie spürte, dass der Platz neben ihr leer war. Sie spähte nach oben und sah Ferdies nackten Fuß durch die Luke verschwinden. Auf Zehenspitzen schlich sie an dem schlafenden Oskar vorbei und folgte Ferdie nach oben.

Sie fand ihre Freundin auf dem Kabinendach sitzend, den Blick in den schönen Sternenhimmel gerichtet, den sie seit über zwei Monaten nicht mehr gesehen hatte. Ferdie lächelte sie an. »He, Todi«, flüsterte sie. »Kannst du auch nicht schlafen?«

Todi schüttelte den Kopf und setzte sich neben sie. Es war eine laue Spätsommernacht, und in einträchtigem Schweigen lauschten sie dem leisen Knarren des Boots und dem sanften Plätschern der Wellen. Hinter ihnen ragte beruhigend der Ziegenfels empor, der sie vor dem Außenposten und dem unheilvollen Fluss verbarg. Vor ihnen lag die weite Fläche des Meeres und in der Ferne, am unsichtbaren Horizont, ihr Zuhause. Versonnen beobachtete Todi, wie das Wasser an der Ankerkette vorbeiströmte, sie war verzaubert von den winzigen phosphoreszierenden Punkten, die darin leuchteten.

Ferdie konnte den Blick nicht vom Himmel wenden. »Sind die Sterne nicht wunderschön?«, flüsterte sie.

Todi hob den Kopf. »Ja.«

»So war es auch in der Nacht, als … als sie mich geholt haben«, sagte Ferdie und spielte nervös mit dem kleinen grünen Drachen, den ihr Oskar frohlockend zurückgegeben hatte.

»Ach, Ferdie«, sagte Todi, »denk nicht mehr daran.«

Ferdie schüttelte den Kopf. »Ich will ja gar nicht daran denken, aber ich muss. Ständig sehe ich die grässlichen weißen Köpfe vor mir. Höre ständig dieses Klicken … Ich dachte, Oskie macht irgendwelchen Quatsch mit seinen Spielsachen. Deshalb habe ich das Fenster aufgemacht, um nachzusehen. Und da …« Sie erschauderte. »Und da habe ich sie gesehen. Riesige weiße Schlangenköpfe, die auf und ab wippten … Ich weiß noch, wie einer auf mich zusprang, und dann war plötzlich etwas Weißes und Schleimiges um mich herum, das klebte an mir wie Leim … und ich konnte mich nicht mehr bewegen. Ich konnte nicht schreien. Ich bekam keine Luft mehr. Irgendwas schnürte mich zusammen. Und mir war ganz kalt. Als wäre ich in Eis eingeschlossen … *Iiih!«* Ferdie schrie plötzlich auf und fuhr in die Höhe. *»Was ist das?«*

Todi sprang auf. »Was?«, stieß sie mit klopfendem Herzen hervor. »Wo?«

Unten in der Kabine schreckte Nicko aus dem Schlaf hoch und stieß sich den Kopf an dem Balken über seiner Koje. Snorri hechtete die Leiter hinauf. Zwei besorgte Gesichter erschienen in der Luke.

»Was ist los?«, fragte Nicko.

»Da … da vorn ist etwas«, stammelte Ferdie und deutete zum Bug. »Ein Tier.«

»Ullr«, seufzte Snorri erleichtert. »Komm her, Ullr, komm und sag Hallo.« Die schwarze Gestalt eines Panthers erhob sich geschmeidig und schnürte lautlos über das Deck heran. Snorri tätschelte die große Katze. »Ullr hält nachts für uns Wache«, sagte sie.

Todi und Ferdie blickten sie verdutzt an – wo kam der Panther so plötzlich her?

»Deine Katze heißt auch Ullr«, sagte Todi.

Snorri schmunzelte. »Das da *ist* meine Katze. Ullr ist ein Gestaltwandler. In der Nacht wird er ein Panther. Am Tag ist er meine kleine rote Katze.«

Ferdies Schrei hatte Nicko beunruhigt. Nachdem Snorri, Todi und Ferdie wieder unter Deck gegangen waren, kletterte er auf den Ziegenfels und hielt für den Rest der Nacht Wache, während Ullr auf dem Boot blieb. Nicko spähte aufs Meer hinaus, aber alles war ruhig. Nur das leise Plätschern der Wellen war zu hören, die gegen Felsen schwappten. Aber am Horizont, dort, wo er das FährtenFinderdorf vermutete, machte er ein rotes Glühen aus wie von den ersten Strahlen der aufgehenden Sonne. War es für den Sonnenaufgang nicht noch zu früh? Nicko runzelte die Stirn. Er hatte das ungute Gefühl, dass da etwas nicht stimmte.

Briefe

Ein klarer, strahlender Morgen dämmerte herauf. Zügig und leise holten Nicko und Snorri den Anker ein, setzten die Segel und stachen in See.

Während Snorri das Ruder übernahm, holte Nicko seinen Schnippfeuer-Kocher an Deck. Eigentlich fand er Magie langweilig, obwohl er aus einer alten Zaubererfamilie stammte. Er beherrschte zwar ein paar einfache Zauber für den Notfall, aber als praktisch veranlagter Mensch zog er es vor, die Dinge selbst zu tun. Der Schnippfeuer-Kocher gehörte zu den wenigen magischen Geschenken, die er akzeptiert und auf seine Fahrt mitgenommen hatte, aber auch nur aus Sicherheitsgründen. Der Kocher arbeitete nämlich mit einer Flamme, die in einem magischen Kräftefeld eingeschlossen war, sodass keine Funken entweichen konnten, und die immer gleichmäßig brannte, einerlei, wie stark der Wind blies. Zehn Minuten später waren Todi, Oskar und Ferdie an Deck und tranken Nickos heiße Schokolade.

Oskar und Ferdie sprachen aufgeregt darüber, wie sehr sich ihre Eltern über ihre Rückkehr freuen würden und wie großartig es doch sei, dass Ferdie tatsächlich entkommen war. Derweil saß Todi still im Bug und streichelte Ullr, der sich wieder in die kleine rote Katze zurückverwandelt hatte, als die sie ihn kennengelernt hatte. Während die *Abenteurer* durch die Wellen rauschte und sie der Heimat immer näher brachte, beobachtete Todi den Horizont. Sie hatte gar nicht das Gefühl, nach Hause zu kommen. Was erwartete sie denn im Dorf? Nur ein leeres, verwüstetes Haus. Die Sarns würden zwar darauf bestehen, dass sie bei ihnen wohnte, und Todi mochte sie sehr. Aber sie hatte das Gefühl, dass sie sich bei ihnen immer wie eine Fremde vorkommen würde. Die Geschichte der Sarns war nicht die ihre. Und Rosie und Jonas waren liebenswerte Leute, dennoch konnten sie niemals ihre Eltern werden.

In diesem Augenblick wurde Todi bewusst, dass sie jede Hoffnung, ihr Vater könnte eines Tages zurückkehren, aufgegeben hatte. Sie starrte in die schäumenden Wellen, die sich am Bug brachen, und weinte stille Tränen.

Zwei Stunden später, als die *Abenteurer* am Leuchtturm vorbeisegelte, sahen ihre Besatzungsmitglieder Rauchsäulen über den Dünen aufsteigen. Und als sie näher kamen, stieg ihnen beißender Brandgeruch in die Nase. Stumm reichten sie das Fernrohr vom einen zum anderen, und was sie sahen, erfüllte sie mit Entsetzen:

verkohlte Überreste von FährtenFinderhäusern, die schwarz gegen den blauen Himmel abstachen.

Snorri steuerte so dicht wie möglich ans Ufer heran, dann drehte sie die *Abenteurer* in den Wind, sodass sie zum Stehen kam, und Todi warf den Anker. Langsam schaukelte die *Abenteurer* um die Kette herum, bis der Bug in Richtung Ufer zeigte.

Minuten später blitzte ein weißes Segel auf, und der grüne Bug der *Flotten Lotte* hielt auf sie zu. Als das kleine Boot näher kam, bestätigte ihnen der Ruß auf Jerras Gesicht und seinen Kleidern, was sie befürchtet hatten.

Erschöpft manövrierte Jerra die *Flotte Lotte* längsseits der *Abenteurer*, holte das Segel ein und warf Todi eine Leine zu. Willige Hände halfen ihm an Bord. Kaum an Deck, brach er zusammen. Snorri brachte ihm ein klares Getränk, das nach Laub roch. Jerra trank einen Schluck, spuckte ihn angewidert aus und setzte sich auf.

»Feuer«, krächzte er. »Fast alles ist niedergebrannt.«

»Aber … aber wie?«, flüsterte Ferdie.

»Garmins – ein ganzes Rudel«, antwortete Jerra. »Sie sind letzte Nacht gekommen und haben das Dorf in Brand gesteckt.«

Nicko schüttelte den Kopf. »Garmins? Seit wann können Garmins mit Feuer umgehen?«

»Menschen waren bei ihnen«, sagte Jerra. »Sie haben die Stelzen mit einer Flüssigkeit bespritzt und dann mit Feuerstäben angezündet, so hat es der alte Morris von nebenan erzählt. Die Flammen schossen nur so in die Höhe – zehn, fünfzehn Meter hoch. Keiner in den Dachgeschossen hatte eine Chance.«

»War jemand in unserem Dachgeschoss?«, fragte Ferdie leise.

»Alles in Ordnung, Ferdie. Mum, Dad und Torr konnten fliehen, sagt der alte Morris. Als Annar und ich die *Flotte Lotte* auf den Strand zogen, standen die meisten Häuser schon in Flammen. Wir halfen beim Löschen, so gut es ging, aber es war zu spät. Von den meisten Häusern blieben nur noch verkohlte Stümpfe übrig.«

Todi schüttelte den Kopf. »Warum haben sie das getan?«

»Aus Rache«, sagte Oskar.

Ferdie wusste sofort, dass er recht hatte. Sie war schuld an der Katastrophe, weil sie der Lady davongelaufen war.

Die *Abenteurer* schaukelte in der sanften Dünung, und die Morgensonne warf tanzende Funken auf die Wellen. Es war – trotz der Zerstörung an Land – ein schöner Tag. Eine Windböe aus Osten drückte die *Abenteurer* herum, sodass sich ihr Bug in den Wind drehte – und in Richtung Burg. Bei deren Anblick überkam Nicko Unruhe. Am liebsten hätte er auf der Stelle die Segel gesetzt und Snorri nach Hause gebracht.

Mit zitternder, rußgeschwärzter Hand zog Jerra zwei zusammengeknüllte Zettel aus der Tasche. »Die habe ich gefunden«, sagte er. »Mum und Dad haben sie in das alte Bleirohr am Fuß der Trittleiter gestopft.« Er strich ein Papier auf seinem Knie glatt und reichte es Oskar und Ferdie. Es war die Handschrift ihrer Mutter. Das hastig hingeworfene Gekritzel und die Rußflecken sprachen Bände.

Lieber Jerra, lieber Oskie, liebe Ferdie,
in aller Eile: Hoffe, Ihr seid alle in Sicherheit und bei Ferdie. Garmins und Menschen sind gekommen und haben Feuer gelegt. Keine Sorge, uns geht es gut. Eine weise Frau hat uns einen Platz gezeigt, wo wir fürs Erste sicher sind. Wir sind bald zurück.

In Liebe, Mum

Ferdie schüttelte verzweifelt den Kopf. Sie konnte es nicht fassen. Schließlich hatte sie sich schon so auf das Wiedersehen mit ihren Eltern gefreut. »Ich möchte bei ihnen sein«, schluchzte sie. »Ich möchte einfach nur, dass wir wieder zusammen sind. Als Familie.«

Todi hörte traurig zu. Wenn Ferdie über ihre Familie sprach, fühlte sie sich nur noch einsamer.

Jerra hielt ihr den anderen rußigen Zettel hin. »Für dich«, sagte er.

Todi faltete ihn auseinander und las mit zunehmender Verwunderung.

Liebe Todi,
Deine Mutter hat oft von einem Turm mit einem goldenen Dach gesprochen, irgendwo jenseits des Meeres. Sie wollte, dass Du dort hingehst. Das war ihr sehr wichtig, aber ich weiß nicht, warum. Dein Vater wollte es Dir an Deinem vierzehnten Geburtstag sagen. Deshalb sage ich es Dir jetzt, nur für den Fall …

In Liebe, Rosie

Todi wurde ganz still, weshalb Oskar besorgt fragte: »Todi, was ist?«

Da las sie den Brief laut vor. Nicko und Snorri tauschten einen Blick.

»Mann«, sagte Oskar. »Wo das wohl sein mag?«

Todi schüttelte traurig den Kopf. »Ich weiß es nicht. Und es gibt niemanden, den ich fragen kann.«

»Das ist der Zaubererturm«, erklärte Nicko.

Todi sah ihn erstaunt an. »Woher willst du das wissen?«

»Er muss es sein. Die Beschreibung passt. Er liegt jenseits des

Meeres, und er hat eine goldene Pyramide auf der Spitze. Wie ein Dach.«

»Bist du dort gewesen?«, fragte Todi.

Nicko grinste. »Klar. Mein Vater arbeitet dort. Und ein paar von meinen Brüdern.«

»Davon hat Nicko nämlich eine Menge«, sagte Snorri schmunzelnd.

»Stimmt«, bestätigte Nicko. »Manchmal verliere ich selbst den Überblick.«

Snorri blickte Todi forschend an. Sie sah ein schmächtiges dunkelhaariges Mädchen, das seine Elflocke zwischen den Fingern drehte und wie versteinert zu den rauchenden Ruinen seines Dorfes hinüberblickte. Snorri wusste, dass man manchmal den Ort verlassen musste, an dem man aufgewachsen war. Sie fasste Todi an der Hand und sagte: »Der Zaubererturm steht in der Burg, Todi. Die Burg ist ein schöner Ort mit lauter netten Leuten. Nicko und ich sind auf dem Weg dorthin.«

Todi drehte an ihrem goldenen und silbernen Schlangenring. Sie dachte daran, was sich ihre Mutter für sie gewünscht hatte. Sie dachte an das Haus, das die Garmins verwüstet hatten, und an die Leere, die sie an Land erwartete. Und da begriff sie, dass sie zum ersten Mal, seit ihr Vater verschwunden war, etwas Gutes fühlte – einen Funken Hoffnung. Sie wandte sich von dem zerstörten Dorf ab und fragte Snorri: »Nehmt ihr mich mit? Bitte!«

Abschied

Arm in Arm standen Oskar und Ferdie zwischen den verkohlten Überresten ihres Hauses. Nichts war mehr übrig bis auf vier rußgeschwärzte Stelzen, die verbogenen Metallverstärkungen der Trittleiter und das alte Postrohr, das aus dem Boden ragte. Sie sahen zu, wie Jerra in den Trümmern herumstocherte und ein paar Gegenstände aufhob, die das Feuer verschont hatte. Er legte sie auf einen flachen Stein und betrachtete sie niedergeschlagen. »Drei Gabeln, Dads altes Taschenmesser und ein paar Fischmesser. Mehr hat der Haushalt der Sarns nicht mehr vorzuweisen.« Wütend stampfte er auf, und eine beißende Aschewolke stieg in die Luft und brachte alle zum Husten. Dann sah er Ferdies untröstliches Gesicht – er hatte seiner Schwester eine ganz andere Heimkehr gewünscht. Also unterdrückte er seine Wut.

»Aber denen werden wir es zeigen, stimmt's, Ferdie? Wir bauen das Haus wieder auf, genau so, wie es vorher war. Und Mum, Dad und Torr werden bald zurückkommen, dann wird alles wieder gut. He, Annar!«

Annar kam atemlos angerannt. Jerra legte einen Arm um sie. »Annar und ich wollen uns auch ein Haus hier bauen. Unten an der Marsch, damit Annar nachts die Lichter des Handelspostens sehen kann.«

»Ein Haus bauen? Zusammen?« Oskar und Ferdie blickten ihn erstaunt an.

»Ja«, antwortete Annar. »Wie sind sehr glücklich miteinander.«

»Ja«, bestätigte Jerra. »Das sind wir.«

Ferdie und Oskar sahen einander an – auf einen Schlag hatte sich die Familie Sarn völlig verändert. Oskar wusste nicht so recht, ob ihm das gefiel, aber Ferdie umarmte Jerra und dann, schüchterner, Annar. »Das ist schön«, sagte sie. »Ich kann es nicht erwarten, dass Mum, Dad und Torr zurückkommen. Sie werden sich sehr freuen.«

»Danke, Ferdie«, sagte Annar mit einem verschämten Lächeln. »Aber eigentlich bin ich hier, um euch zu sagen, dass eine Zusammenkunft stattfindet. In einem Haus mit grünen Fensterläden ganz am Ende eines Wegs. Das müssen sie wohl übersehen haben. Die Leute sind schon dorthin unterwegs.«

»Das ist Todis Haus!«, rief Oskar. »Ach, Jerra, glaubst du, sie bleibt, wenn sie erfährt, dass ihr Haus noch steht?«

Jerra schüttelte den Kopf. »Ich glaube nicht, Oskar. Für Todi ist hier alles mit schlechten Erinnerungen verbunden. Sie möchte neu anfangen.«

»Aber Todi liebt ihr Haus. Und jetzt, wo Tante Mitza fort ist, gehört es ihr allein. Ach, bitte, Jerra, können wir nicht zu ihr und es ihr sagen? Bevor es zu spät ist? *Bitte!*«

Jerra ertrug es nicht, seinen kleinen Bruder so unglücklich zu sehen. »Wir können gerne zu ihr, wenn du unbedingt willst, Oskie«, sagte er. »Aber ich glaube nicht, dass das etwas ändert.«

»Bitte, Jerra«, sagte auch Ferdie leise. »Ich vermisse Todi jetzt schon.«

Während Annar zu der Zusammenkunft ging, eilte Jerra mit seinen beiden Geschwistern zum Strand. Doch als sie oben auf den Dünen ankamen und aufs Meer blickten, sahen sie, dass sich die Segel der *Abenteurer* bereits im Wind blähten.

»Die Ebbe hat eingesetzt«, erklärte Jerra. »Sie stechen in See.«

Als Landratte verstand Oskar nicht, was das bedeutete. Er rannte die Düne hinunter und rief Jerra zu: »Beeil dich! Wir müssen sie einholen! Beeil dich!«

Jerra und Ferdie liefen ihm hinterher. »Die *Abenteurer* nutzt den Wind und die Strömung«, sagte Jerra. »Sie segelt schnell. Mit der *Flotten Lotte* holen wir sie nie und nimmer ein. Das ist unmöglich, Oskie. Tut mir leid …«

Der Gedanke, Todi nie wiederzusehen, war Oskar unerträglich. Er raste die Düne wieder hinauf, winkte wild mit beiden Armen und rief: »Todi! Warte! Fahr nicht. Bitte, fahr nicht. Todi! Todi!«

Auf der *Abenteurer* sah Todi Oskar oben auf der Düne winken. Sie winkte zurück.

»Wiedersehen, Oskie«, flüsterte sie. »Wiedersehen!«

VII

~ TEIL 6 ~

Zur Burg

Am nächsten Morgen erwachte Todi früh. Nicko schnarchte noch in seiner Kabine, also stieg sie leise die Leiter hinauf und tapste hinaus aufs Deck. Sie blieb stehen und atmete tief ein – herrlich.

Es war kurz vor Tagesanbruch, und im matten Dämmerlicht lag ein dünner Nebelschleier über dem grünen Fluss und hüllte die *Abenteurer* in eine weiche Decke. Todi verharrte ein paar Minuten reglos und lauschte dem Piepen der Wasservögel und dem leisen Plätschern von tauchenden Enten. Nach der unruhigen Fahrt übers Meer war sie von der Stille des Flusses wie verzaubert.

Als sich ihre Augen schließlich an das Halbdunkel gewöhnt hatten, sah sie, dass Snorri und Ullr bereits an Deck waren und still im Bug saßen. Sie ging nach vorn und setzte sich neben Snorri und ihren Panther, der ganz schwarz war – bis auf einen roten Tupfer an der Schwanzspitze.

Snorri schaute auf und begrüßte sie mit einem Lächeln. »Es ist ein schöner Morgen, Todi«, flüsterte sie.

Todi lächelte. Ja, er war schön, obwohl sie kaum etwas sah, nur den Nebel ringsum und die Baumwipfel, die aus ihm herausragten. Doch als sie sich neben Snorri gesetzt hatte, bemerkte sie eine schmale Lücke zwischen dem Nebel und dem Wasser, das grün und still dalag. Alles wirkte so geheimnisvoll – eben wie es sein sollte, wenn man auf dem Weg zu einem magischen Turm mit einer goldenen Pyramide auf der Spitze war.

Ein Klatschen ertönte, als ein springender Fisch die Wasseroberfläche durchbrach, und das brachte Todi zum Lachen. »Alles ist so anders«, sagte sie. »Ich habe noch nie so einen Fluss gesehen.«

Ullr lag zwischen ihnen, friedlich, aber wachsam, als würde er darauf warten, dass etwas geschah. Vorsichtig legte ihm Todi eine Hand auf den Rücken. Sie spürte die starken Muskeln unter dem warmen glatten Fell und konnte kaum glauben, dass dieses kräftige Raubtier tagsüber Snorris magere rote Katze sein sollte.

Langsam lichtete sich der Nebel und enthüllte einen grünlich gelben Himmel. Und als Todi zu dem flachen, ebenen Land hinüberblickte, das Nicko die Marram-Marschen genannt hatte, blitzte der erste Sonnenstrahl über den Horizont, und sie spürte, wie den Panther ein Zittern durchlief. Erschrocken zog sie die Hand weg.

»Keine Angst«, murmelte Snorri und streichelte Ullrs Kopf. »Er verwandelt sich nur.«

Todi sah zu, wie der rote Fleck an der Schwanzspitze des Panthers sich auszubreiten begann und das schwarze Fell ein gestromtes Rot annahm. Gleichzeitig veränderte Ullr vor ihren Augen seine Gestalt und schrumpfte, sodass das Tier, das neben ihr saß, wenige Augenblicke später wieder eine kleine rote Katze mit schwarzer Schwanzspitze war.

Snorri tätschelte Ullr. »Guten Morgen, kleiner Kater«, sagte sie.

Todi schüttelte verwundert den Kopf. Ullr war das erste magische Tier, dem sie so nahe kam. Dunkel erinnerte sie sich an Geschichten, die ihre Mutter erzählt hatte – Geschichten von magischen Verwandlungen. Ihr Vater hatte darüber gelacht, aber sie hatte immer daran geglaubt, so merkwürdig diese Geschichten auch klangen.

Eine Stunde später, nach einem Frühstück mit Eiern und Speck, frischte der Wind auf, und die *Abenteurer* setzte die Fahrt flussaufwärts fort. Todi saß im Bug, lehnte sich gegen das Bugspriet und beobachtete das vorbeirauschende grüne Wasser. Die Morgensonne hatte den Nebel vollends vertrieben, und Todi betrachtete verträumt die vorbeiziehende Landschaft. Am rechten Ufer erstreckte sich Ackerland mit weiten grünen Feldern und Obstgärten, zwischen denen sich Wege schlängelten. Da und dort grasten runde, wollige Schafe, und gelegentlich erspähte Todi einen Bauern, der seinem Tagwerk nachging, oder eine Rauchsäule, die sich aus dem Schornstein eines abgelegenen Gehöfts kringelte.

Links bot sich ein weit weniger einladendes Bild. Das Ufer war von hohen, dunklen Bäumen gesäumt, die so dicht nebeneinanderstanden, dass Todi nur wenige Meter weit sehen konnte. Von Zeit zu Zeit drang das ferne Heulen eines Tieres übers Wasser und jagte ihr einen kalten Schauer über den Rücken. Trotzdem fühlte sie sich auf der *Abenteurer* sicher, zum ersten Mal wieder seit Langem. Die einsamen, beklemmenden Abende mit Tante Mitza gehörten der Vergangenheit an, und obwohl sie immer ein trauriges Gefühl der Leere überkam, wenn sie an ihren Vater dachte, glaubte Todi nicht, dass sie sich davon unterkriegen lassen würde.

Stunden vergingen, und als die Sonne höher stieg, kroch Nervosität in Todi hoch. Sie segelten immer tiefer in ein fremdes Land hinein, und sie fragte sich, was sie in der Burg wohl erwarten würde. Wie waren die Menschen dort? Wo würde sie wohnen? Und wie würde sie leben? Nicko hatte gesagt, sie bräuchte sich keine Sorgen zu machen, er und Snorri würden sich schon um alles kümmern. Aber so langsam dämmerte ihr, dass sie die beiden erst vor zwei Tagen kennengelernt hatte. Sie wusste kaum etwas von ihnen.

Als die *Abenteurer* die letzte Biegung nahm und zu ihrer Linken plötzlich eine schroffe Felswand emporwuchs, bekam Todi ein heftiges Kribbeln im Bauch. Doch kaum hatten sie den Felsen passiert, tauchte eine große, im Sonnenschein liegende Burg vor ihnen auf, und das Kribbeln verflog wieder. Auf dem Bugspriet sitzend und die Füße über dem Wasser baumelnd, beobachtete Todi fasziniert, wie die Burg immer näher kam – die alte Ringmauer, die Häuser, die sich ineinander verschachtelt an sie schmiegten und farbenfroh in der Nachmittagssonne leuchteten.

Schließlich wurde ein langes, niedriges Gebäude sichtbar, das mit Zinnen bekrönt und ganz aus gelben Steinen errichtet war – der Palast, wie ihr Nicko erklärte. Der Rasen davor reichte bis ans Wasser herab, in das ein Landungssteg ragte, auf dem sich rot-weiß gestreifte Pfähle mit vergoldeten Spitzen reihten. Und über den Rasen kam eine junge, rot gekleidete Frau in Richtung Fluss geschlendert. Auf ihrem Kopf saß ein glänzendes goldenes Diadem.

»He – Jen!«, rief Nicko.

Die junge Frau blieb stehen und spähte ungläubig zu ihnen herüber, dann stieß sie einen durchdringenden Schrei aus, rannte winkend auf den Landungssteg zu und rief: »Nicko! Nicko!«

»Meine Schwester Jenna«, sagte Nicko lächelnd zu Todi. »Ein sehr unziemliches Verhalten für eine Königin, wenn du mich fragst.«

Fast wäre Todi vom Bugspriet gefallen. »Eine *Königin?* Dann bist du ein Prinz?«

Nicko lachte. »Ha, das muss ich Jen erzählen. Nein, ich bin kein Prinz. So ist das nicht.«

»He, Nik!«, rief die Königin und sauste so schnell den Steg entlang, dass ihr rot-goldener Mantel hinter ihr flatterte. »Legt hier an, Nik!«

Nicko blickte zu Snorri. »In Ordnung?«, fragte er.

Snorri grinste. »In Ordnung.«

»Alles klar«, rief Nicko zurück und legte das Ruder herum. »Wir drehen bei.«

Todi sprang an Deck und half Snorri mit den Segeln. Die *Abenteurer* schwang sanft in Richtung Steg, und die Segel flatterten, als sie aus dem Wind drehte. Snorri warf der Königin die Leinen zu. Die fing sie mühelos auf und schlang sie um die vergoldeten Pfosten, sodass die *Abenteurer* parallel zum Steg zu liegen kam.

Snorri klappte das Fallreep herunter, und zu Todis Erstaunen raffte die Königin ihr langes rotes Seidenkleid, unter dem ein Paar sehr zweckmäßige braune Lederstiefel zum Vorschein kamen, kletterte an Bord und schlang die Arme um Nicko. »Ach, Nicko, dass du nach all der Zeit wohlbehalten wieder da bist! Wir dachten schon, du kommst nie wieder. Ich muss gleich Mum Bescheid sagen! Ach, Nicko!«

Todi beobachtete die Szene, doch plötzlich zog etwas anderes ihre Aufmerksamkeit auf sich – etwas sehr Großes und Grünes bewegte sich hinter einer hohen Hecke am anderen Ende des Palastrasens. Wildes Geschrei ertönte, und durch eine Lücke in der Hecke kam ein junger Mann in einem Lederwams gestürmt, der einen dicken Wasserschlauch in Richtung Fluss zog. Jetzt schlugen Flammen hinter der Hecke in die Höhe.

»Oh«, rief Snorri. »Das ist der verflixte Drache. Hoffentlich kommt er dem Boot nicht zu nahe.«

»Feuerspei!«, schnaubte die Königin. »Er hat den Drachenzwinger in Brand gesetzt. *Schon wieder.* Verzeihung« – sie lächelte Todi kurz entschuldigend an –, »ich muss gehen!« Damit sprang sie vom Boot und rannte in Richtung Feuer, doch der junge Mann, den Todi zu Recht für den Drachenhüter hielt, stellte sich ihr in den Weg.

»Barney, lass mich vorbei!«, rief die Königin.

Der junge Hüter trat beiseite, und Todi sah, wie ein prachtvoller Drache mit erhobenem Kopf in den klaren blauen Himmel stieg. Seine glatten grünen Schuppen glänzten in der Sonne, und seine riesigen, lederartigen Flügel schlugen langsam auf und ab.

»Komm runter, Feuerspei, du ungezogener Drache«, schrie die Königin und hüpfte auf und ab. »Komm sofort wieder runter!«

Der Drache legte den Kopf auf die Seite, als würde er darüber nachdenken. Dann öffnete er das Maul, und eine gewaltige Stichflamme schoss daraus hervor und zuckte in den Himmel. Todi blieb fast das Herz stehen. Der Drache ging in den Sturzflug und jagte dicht über dem Palastrasen hinweg direkt auf die *Abenteurer* zu.

»Nein!«, schrie Snorri und warf sich wie alle anderen an Bord aufs Deck, doch in letzter Sekunde zog der Drache nach oben, und sein hellgrüner Bauch rauschte nur Zentimeter über die Mastspitze hinweg. Und dann schwebte er jenseits des Flusses, an Bord hatte er nur den strengen Geruch von Drachenachselschweiß hinterlassen.

»Komm zurück!«, schrie die Königin. »Feuerspei, komm zurück, du blöder Drache!«

Aber Barney Pot, der Drachenhüter, wusste, dass sein Schützling nicht umkehren würde. »Königin Jenna«, sagte er, »es ist nun sieben Jahre her, dass Feuerspei seine Erwachsenensporen bekommen hat. Er hat sich aufgemacht, um eine Gefährtin zu suchen.«

Jenna seufzte. »Ich weiß, Barney. Du hast mich ja gewarnt. Aber wir werden Feuerspei sehr vermissen.«

»Ja, das werden wir«, bestätigte Barney, warf das Ende des Schlauchs in den Fluss und rannte davon, um die Pumpe zu betätigen, während die Königin traurig zum Himmel blickte.

An Bord der *Abenteurer* erhob man sich vom Deck, und Nicko sagte kichernd: »Willkommen in der Burg, Todi.«

Der Palast

Den restlichen Tag verbrachte Todi im Palast und lernte an einem einzigen Nachmittag mehr Leute kennen als in ihrem ganzen bisherigen Leben. Am Abend, als sich Nickos Familie in einem Saal mit Blick auf den Fluss zum Essen versammelte, schwirrte ihr der Kopf. Nicko hatte tatsächlich eine sehr große Familie, und er hatte ihr jedes einzelne Mitglied vorgestellt. »Bis auf meinen kleinen Bruder«, erklärte er, »der seine Arbeit nicht verlassen kann. Du wirst ihn morgen kennenlernen, wenn wir in den Zaubererturm gehen.« Er lächelte. »Ich habe dich für eine Führung angemeldet.«

Er wurde ein lautes, fröhliches Essen an einer langen schmalen Tafel. An den beiden Enden saßen Nickos Mutter und sein Vater, beide mit strohblond gelocktem Haar wie er, nur schon leicht angegraut. Todi fand Sarah und Silas Heap für die Eltern einer Königin erstaunlich schmuddelig. Aber irgendwie war alles in dieser Burg etwas merkwürdig – etwa dass die Eltern der Königin noch lebten, aber nicht selbst in der Burg herrschten.

Beim Essen saß Todi neben Sarah Heap. Sarah war überglücklich, dass sie ihren zweitjüngsten Sohn nach vier langen Jahren der Ungewissheit wieder bei sich hatte, und daher sehr gesprächig. »Weißt du, Alice«, sagte Sarah, die fand, dass Todi ein sehr merkwürdiger Name für ein Mädchen war, »meine sieben sind nette Jungs, aber Jungs bleiben eben Jungs. Ich hatte sie kaum einmal alle wohlbehalten bei mir. Und in den ersten zehn Jahren hielt ich meinen Jüngsten für tot – ja, das war schrecklich, Alice, wirklich schrecklich, der arme kleine Septimus –, und kaum hatte ich ihn gefunden, schlug mein Ältester, Simon, etwas über die Stränge. Wie sie das in dem Alter eben manchmal tun. Und gleichzeitig lebten vier im Wald bei Hexen von sehr zweifelhaftem Ruf. Das war nicht gerade ideal, das kann ich dir sagen. Obendrein war Nicko in einer anderen Zeit gefangen und konnte nicht zurück, und ich dachte schon, ich würde ihn nie wiedersehen. Aber am Ende kam er dann, dem Himmel sei Dank, doch nach Hause.«

Todi sah Sarah fassungslos an, den Löffel auf halbem Weg zum Mund. Ihr fehlten die Worte, was sich gut traf, denn Sarah Heap hatte noch viel zu sagen.

»Eine Zeit lang haben sich meine Jungs dann gut gemacht, Alice. Die Zwillinge Edd und Erik fingen im Zaubererturm eine Lehre an. Simon heiratete Lucy, ein reizendes Mädchen. Nicko arbeitete auf der Bootswerft. Und mein vierter Sohn Jo-Jo …« Todi sah einen missfälligen Ausdruck über ihr Gesicht huschen. »Nun ja, Jo-Jo bekam eine Stelle in einem hochinteressanten Laden hier, und mein Zweitältester, Sam, ging in die Marram-Marschen, um dem jungen Marwick zu helfen. Und dann ist da natürlich noch mein Jüngster, Septimus. Er hat seine Sache immer sehr gut gemacht. Wir sind wirklich sehr stolz auf ihn. Aber nichts ist von Dauer, habe ich recht? Nicko beschloss, übers Meer zu fahren und seine alte Freundin Snorri zu suchen – sie ist ein reizendes Mädchen, Alice, aber er war vier volle Jahre weg. Kannst du dir das vorstellen? Wir dachten schon, er würde nie wiederkommen. Und dann sind auch noch Sam und Marwick verschwunden. Einfach weg. Wie vom Erdboden verschluckt. Und jetzt der arme kleine William. Ich kann es noch immer nicht fassen … Ich war eine so stolze Großmutter … O weh.« Sarah zückte ein großes weißes Taschentuch und schnäuzte sich laut. »Wie traurig …« Zu Todis Erleichterung wurde ihr Redefluss durch die Königin beendet, die ihr eine Schüssel mit Vanillesoße hinhielt, in der etwas Pampiges schwamm.

»Mum! Sieh doch, dein Lieblingsnachtisch.«

Während Sarah erklärte, dass sie keinen Bissen hinunterbringe, und die Schüssel an Silas weiterreichte, wandte sich die Königin höflich an Todi. »Na, Todi, was würdest du gerne tun, jetzt, wo du in der Burg bist?«

Todi schwirrte der Kopf, und im ersten Moment hatte sie keine Ahnung, warum sie überhaupt in die Burg gekommen war. Dann fiel ihr wieder der Brief von Rosie Sarn ein. »Na ja … meine Mutter wollte, dass ich in den Zaubererturm gehe.«

»Das überrascht mich nicht«, sagte die Königin. »Deine Mutter hat wahrscheinlich erkannt, dass du magisch veranlagt bist.«

»Wirklich?«, fragte Todi erfreut.

»Ja. Du hast etwas Magisches an dir. Und ich muss es wissen – ich bin mit einem Stall voller Brüder aufgewachsen, die alle magisch veranlagt sind. Da spürt man so was.« Die Königin schüttelte verwundert den Kopf. »Schon seltsam. Es liegt nicht nur an den grünen Augen, da ist noch etwas anderes. Ich selbst habe es natürlich nicht.«

»Aber meine Augen sind nicht grün!«, sagte Todi enttäuscht.

Königin Jenna musterte sie im Kerzenlicht. »Stimmt. Aber das macht nichts.«

Todi sah sie verwirrt an. »Aber haben Sie nicht eben gesagt, dass man grüne Augen haben muss?«

»Zu Anfang nicht«, erklärte die Königin. »Wenn du magisch veranlagt bist – was auch immer das bedeuten mag –, dann färben sich deine Augen grün, sobald du mit Magie in Berührung kommst. Und da, wo du herkommst, hattet ihr wohl keine Magie, oder?«

Todi lächelte. »Nein. Wir hatten nur das Meer. Und Fische. Jede Menge Fische.«

»Na, siehst du«, entgegnete die Königin. »Fische sind ganz und gar nicht magisch, nach dem, was ich gehört habe.« Sie lächelte. »Deine Mutter hat bestimmt recht. Das haben Mütter meistens.«

Todi war es nicht gewohnt, über ihre Mutter zu sprechen. »Wirklich?«, fragte sie zögerlich.

Die Königin sah sie belustigt an. »Ja, fast immer. Deshalb solltest du deine Mutter benachrichtigen, dass du gut angekommen bist.«

»Meine Mutter ist tot«, platzte es aus Todi heraus.

Die Königin sah sie betroffen an. »Oh.«

»Tut mir leid«, sagte Todi rasch. »Ich wollte nicht …« Ihre Stimme brach. Es war das erste Mal, dass sie diese Worte ausgesprochen hatte.

»Ich verstehe«, sagte die Königin und beugte sich vertraulich über den Tisch. »Meine Mutter ist auch tot. Sie wurde ermordet, als ich erst einen Tag alt war.«

»Was?«, stieß Todi hervor. »Das ist ja schrecklich!«

»Ja. Jedenfalls für sie. Aber ich hatte Glück. Ich fand eine andere Mutter.« Sie deutete mit dem Kopf auf Sarah Heap, die gerade an einem Kräutertee nippte. »Und einen anderen Vater – obwohl ich später herausfand, dass mein echter noch lebt. Und außerdem bekam ich einen Haufen Brüder.« Sie blickte zu Nicko, der gerade die Hände zusammenschlug wie eine Robbe ihre Flossen und dazu Grunzlaute von sich gab. »Brüder, die immer sehr laut und sehr albern sind.«

Nickos Robbenimitation galt einem jungen Mann, der neben der Königin saß. Er war Todi als der Obermagieschreiber vorgestellt worden. Sie hatte keine Ahnung, was ein Obermagieschreiber war, aber sie fand, dass der junge Mann sehr nett aussah. Er hatte dunkles, strähniges Haar, das er sich von Zeit zu Zeit aus den Augen strich, und trug eine lange dunkelblaue Jacke mit goldenen Ärmelaufschlägen, die ihm ausgezeichnet stand. Er hatte sie schon ein paarmal angesprochen, sie gefragt, woher sie komme und wie sie Nicko kennengelernt habe, aber vor lauter Schüchternheit hatte sie nur einsilbige Antworten gegeben. Die Königin hatte dieses Problem nicht. Sie ergriff die Hand des jungen Mannes und sagte: »Beetle!«

Und er lächelte die Königin auf dieselbe Art an, wie Jerra immer Annar anlächelte. Da kam sich Todi noch einsamer vor.

»Beetle«, wiederholte die Königin. »Wie wär's, wenn wir Todi nach dem Essen den Zaubererturm zeigen? Es ist so ein schöner Abend.« Sie wandte sich Todi zu. »Der Zaubererturm sieht bei Nacht einfach großartig aus. Du wirst begeistert sein.«

»Danke«, sagte Todi, »ich würde ihn mir gerne ansehen.« Sie drehte an dem goldenen und silbernen Ring an ihrem Daumen. *Ich werde in den Zaubererturm gehen,* sagte sie im Stillen zu ihrer Mutter. *So wie du es gewollt hast.*

Der Zaubererturm

Der Anblick des Zaubererturms bei Nacht ist für jeden ein unvergessliches Erlebnis, und Todi bildete keine Ausnahme. Als sie mit den anderen aus dem Palasttor trat und die Zaubererallee hinunterschaute, die breite, von Fackeln beleuchtete Prachtstraße, die zu dem Gebäude hinführte, verschlug es ihr den Atem. Der Zaubererturm ragte hoch in den klaren Nachthimmel und ließ die Sterne verblassen. Er war von erhabener Schönheit und erstrahlte in einem silbernen Glanz, in dem sich zahllose bunte Lichter spiegelten – blaue, lilafarbene, grüne und rötliche. Aus der goldenen Pyramide war jetzt eine bunte Pyramide geworden, die in so vielen Farben schillerte, dass sie zeitweilig fast durchsichtig aussah.

Zusammen mit Nicko, Snorri, der Königin und dem Obermagieschreiber schritt Todi nun langsam die Zaubererallee hinunter, und je näher sie dem Zaubererturm kam, desto unwirklicher erschien ihr alles. Noch vor wenigen Tagen hatte sie, für immer ihrer Eltern beraubt, allein in ihrem Haus mit einer Frau zusammengelebt, die sie nicht ausstehen konnte. Jetzt hatte sie ein neues Leben, neue Freunde sowie eine sehr kostbare Botschaft von ihrer Mutter – und jeder Schritt, den sie tat, brachte sie dem Ort näher, wo sie nach dem Wunsch ihrer Mutter leben sollte.

Sie gingen in der Mitte der Allee, und die Fackeln, die links und rechts auf baumhohen Pfählen brannten und deren Flammen in der stillen Nachtluft züngelten, warfen tanzende Schatten auf das glatte Kalksteinpflaster. Auf beiden Seiten reihten sich interessante kleine Geschäfte, die meist etwas mit Magie zu tun hatten, zu dieser späten Stunde aber geschlossen waren.

Todi war schweigsam und vollauf damit zufrieden, dass ihre vier Begleiter sich unterhielten. Obwohl sie viel älter waren als sie, gaben sie ihr durch ihre Freundlichkeit und Ungezwungenheit das Gefühl dazuzugehören. Ihr fröhliches Geplauder erinnerte Todi an die Familie Sarn, und auf einmal vermisste sie Oskar und Ferdie ganz schrecklich. Wie schön wäre es, jetzt zusammen mit ihnen zu diesem magischen Turm zu gehen.

Sie näherten sie einem prächtigen silbernen Durchgang – dem Großen Bogen, der in den Hof des Zaubererturms führte –, als sie vor einem der Geschäfte stehen blieben. Auf dem Ladenschild stand: *Nummer 13: Magisches Manuskriptorium und Zauberprüfstelle.* Im Schaufenster, das von Laternen hell erleuchtet war, türmten sich ordentliche Papier- und Bücherstapel. Offensichtlich wohnte Beetle hier, denn er steckte einen großen Schlüssel in das Schloss an der Ladentür.

»Ich verschwinde«, sagte er zu den anderen. »Ich muss morgen früh raus. Ich muss mich um einen Grula-Grula kümmern.«

Nicko lachte. »Willst du mich auf den Arm nehmen?«

Beetle machte ein bekümmertes Gesicht. »Schön wär's«, erwiderte er. »Aber leider hat sich da drüben einer eingenistet.« Er deutete auf ein Geschäft auf der anderen Straßenseite.

BOTTS ZAUBERERMÄNTEL: ALTE UND NEUE, GRÜNE UND BLAUE. TADELLOSE GEBRAUCHTMÄNTEL SIND UNSERE SPEZIALITÄT.

»Ich habe Miranda Bott versprochen, sie von ihm zu befreien.«

»Ist das nicht Sache des Zaubererturms?«, fragte Nicko. »Die haben ausbruchsichere Räume für solche Kreaturen.«

»Miranda will sie nicht reinlassen«, erklärte Beetle. »Sie ist auf

Zauberer nicht gut zu sprechen, seit dieser Dunkeldrache ihren Onkel Bertie gefressen hat.«

Todi hörte verwundert zu. Was in dieser Burg alles geschah!

»Dafür konnten doch die Zauberer nichts«, sagte Nicko.

»Mach das mal Miranda klar«, erwiderte Beetle, der es offenbar vergeblich versucht hatte. »Deshalb muss ich selbst den verflixten Grula herausholen und in die Fremdenkammer im Zaubererturm bringen.«

»Darum bist du nicht zu beneiden«, sagte Nicko.

»Nein«, seufzte Beetle, wandte sich Todi zu und gab ihr die Hand. »Hat mich gefreut, dich kennenzulernen«, sagte er lächelnd. »Willkommen in der Burg. Ich wünsche dir einen angenehmen Aufenthalt.« Er umarmte Snorri und Nicko zum Abschied, gab der Königin einen Kuss und verschwand in dem seltsamen kleinen Laden, dessen Tür mit einem übermütigen *Ping* hinter ihm zufiel.

Sie gingen weiter zum Großen Bogen. Als sie die Fackeln, die auf beiden Seiten brannten, passiert hatten und in das Halbdunkel traten, sah Todi mit Erstaunen, dass das Bogeninnere mit demselben golddurchsetzten blauen Stein ausgekleidet war, aus dem ihre kostbare Schatulle bestand.

»Lapislazuli«, erklärte ihr die Königin. »Ist er nicht schön?«

Todi nickte sprachlos und tastete nach der kostbaren Schatulle, die sie in einer zugeknöpften Tasche der Fischerweste ihres Vaters verwahrte. Sie dachte an den FährtenFinder mit der Lapislazuli-Halbkugel, der darin lag, und sie spürte, dass er in irgendeiner Beziehung zu dem Ort hier stand. Hätte sie doch nur ihre Eltern fragen können. Sie hätten ihr so viel erzählen können. Aber ihr Wissen war für immer verloren. Sie musste diese Sachen selbst herausfinden.

Die Königin hatte unterdessen ohne Unterlass weitergeredet wie eine Reiseleiterin. »Hier gibt es eine Menge Lapislazuli«, sagte sie gerade. »Das ist eines der Dinge, die unsere Burg zu etwas Besonderem machen. Oh, schau doch, sieht der Turm heute Nacht nicht märchenhaft aus!«

Todi trat in den Hof des Zaubererturms und blieb wie gebannt stehen. Ihr wurde ganz schwindlig, als sie den Turm jetzt plötzlich so nah vor sich sah. Einundzwanzig Stockwerke hoch ragte er in den Nachthimmel und funkelte und blinkte von Lichtern in allen Farben. Die vielen Hundert kleinen Fenster erstrahlten in Lila, und Todi spürte, dass hinter diesen Fenstern zahlreiche Menschen lebten.

Sie überquerte den Hof, als würde sie durch Wasser waten, dann folgte sie dem roten Mantel der Königin benommen eine Treppe hinauf, die aus strahlend weißen Marmorstufen bestand und zu der großen silbernen Eingangstür des Zaubererturms führte.

Langsam und geräuschlos schwang die Tür auf, und dort, am Ende der Treppe, stand eine Gestalt in einer langen Robe, die sich dunkel gegen die zuckenden Lichter hinter ihr abhob. Wie aus weiter Ferne hörte Todi die Königin rufen: »He, Septimus!«

Ein glitzernder Funkenstrom ergoss sich aus den Türen und tanzte Todi entgegen. Gleichzeitig vernahm sie ein Klingeln. Hört sich so Magie an?, dachte sie. Ein fernes Brausen erfüllte ihren Kopf, und dann wurde alles dunkel.

»Ach herrje!«, sagte die Königin. »Sie ist ohnmächtig geworden.«

Erwacht

Todi öffnete die Augen und hatte keine Ahnung, wo sie war. Sie blieb reglos liegen, betrachtete die seltsam verschwimmenden Muster überall um sich herum und versuchte, daraus schlau zu werden. Sie roch etwas Süßes und Berauschendes. Sie hörte Glöckchen klingeln, oder war es ein ferner Gesang? Oder beides?

Langsam nahm die Welt wieder klare Formen an. Todi begriff, dass sie in einem Bett lag – in einem hohen Bett mit großem Kopfbrett, das hinter ihr emporragte. Und es stand in einer Art dunklem Zelt, dessen Wände sich bewegten, als würde der Wind dagegen blasen. Schlaftrunken überlegte sie. Also … sie lag in einem Bett. In einem Zelt. Folglich musste sie sich im Freien befinden. Aber warum?

Ob sie vielleicht von Garmins gefangen worden war? Todi setzte sich auf. *Ein Zelt ist kein gutes Gefängnis,* sagte sie sich. Außerdem war das Bett viel zu bequem. Sie schlug die federleichte Decke zurück und schwang die Beine hinaus, aber ihre Füße reichten nicht bis zum Boden. Da fiel ihr auf, dass sie ein langes grünes Nachthemd trug, das sich sehr weich und ziemlich merkwürdig anfühlte. Sie hatte in ihrem ganzen Leben noch nie ein Kleid getragen. Als typisches FährtenFindermädchen war sie mit Kapuzenkitteln aus Leinen, dicken Seemannspullovern und Segeltuchhosen aufgewachsen.

Sie glitt aus dem Bett. Der Fußboden fühlte sich überraschend weich und warm an. Ihre Kleider vermochte sie nirgends zu entdecken, aber die alte Fischerweste ihres Vaters lag ordentlich zusammengefaltet am Fußende des Bettes. Nervös griff sie in die Tasche – und atmete auf. Die Schatulle mit dem FährtenFinder war noch da. In einer anderen Tasche umschlossen ihre Finger etwas fast ebenso Kostbares, das sie als Andenken an zu Hause mitgenommen hatte: einen Kieselstein, den ihr Vater beim letzten Streichen der Fensterläden mit grüner Farbe bespritzt hatte. Sie zog die von Salzflecken gesprenkelte Jacke über das Nachthemd, dann schob sie die Vorhänge auseinander und spähte hinaus.

Ein Geruch von Weihrauch und Gewürzen stieg ihr entgegen und erweckte in ihr das seltsame Gefühl, sich an etwas längst Vergessenes zu erinnern. Zu ihrem Erstaunen stellte sie fest, dass sie sich in einem Raum befand, und was noch seltsamer war: in einem riesigen Raum mit zahlreichen Zelten. Sie trat aus ihrem Zelt, ließ die weichen Stoffbahnen hinter sich zufallen und blickte an die hohe, gewölbte Decke, die mattblau schimmerte wie ein bewölkter Nachthimmel. Dann schaute sie sich um. Ihr Zelt gehörte zu einem Kreis aus zwölf Zelten, die alle rund waren und deren spitz zulaufende Dächer mit einer langen glänzenden Schnur an der Decke befestigt waren. Todi schüttelte den Kopf. Träumte sie noch? Und wenn nicht – *wo war sie?*

Sie ging ein paar Schritte. Der Boden unter ihren nackten Füßen war seltsam weich – wie Matsch. In der Mitte des Kreises blieb sie stehen und horchte. Von allen Seiten drangen Atemgeräusche an ihr Ohr, und sie begriff, dass in jedem Zelt jemand schlief. Jetzt war Todi hellwach, und in ihr wuchs das Gefühl, dass sie hier an einem guten Ort war.

Im Halbdunkel bemerkte sie eine große bogenförmige Tür, deren Umrisse grünlich blau schimmerten. Sie beschloss nachzusehen, was dahinter war. Leise auftretend, um die Schläfer in den Zelten nicht zu stören (obwohl das unnötig war, denn der weiche Boden dämpfte jedes Geräusch), gelangte sie an die Tür und gab ihr einen Stoß. Geräuschlos schwang sie auf.

Todi betrat einen breiten Korridor, der in schummrigem blauen Licht lag. Vier weitere Türen gingen von ihm ab, und sie las die Schilder, die auf ihnen angebracht waren: *Mädchenschlafsaal Altlehrlinge*, *Jungenschlafsaal Junglehrlinge*, *Jungenschlafsaal Altlehrlinge* und *Gemeinschaftsraum Lehrlinge*. Sie drehte sich nach der Tür um, durch die sie gekommen war: *Mädchenschlafsaal Junglehrlinge*. Aha, dachte sie, sie war also in einer Art Schule.

Aus dem Augenwinkel nahm sie eine Bewegung wahr, und sie wich an die Wand zurück, um nicht gesehen zu werden. Hinter einem lila Fenster am Ende des Korridors war ein Licht angegangen und beschien eine Art riesigen silbernen Korkenzieher, der von der Decke bis zum Fußboden reichte und sich gleichmäßig um die eigene Achse drehte. Neugierig schlich sie näher und blieb dann abrupt stehen – *da war etwas auf dem Korkenzieher, und es kam durch die Decke*. Sie drückte sich erneut dicht an die Wand. Dieses Etwas waren die Füße eines Menschen. Sie drehten sich mit dem Korkenzieher langsam nach unten, bis Todi die ganze Gestalt sehen konnte. Sie trug eine lange blaue Robe und hob sich als Silhouette gegen das lila Fenster ab. Immer weiter kreiste sie nach unten, wodurch sie bald im Fußboden versank. Als schließlich auch ihr Kopf verschwunden war, schlich Todi näher und sah sich das silberne Ding genauer an. Er war eine rotierende Wendeltreppe.

Das Licht hinter dem lila Fenster erlosch, und Todi vermutete, dass es nur anging, wenn jemand auf der Treppe war. Und während sie sich noch diese Treppe besah, fügten sich Erinnerungsfetzen in ihrem Kopf wie ein Puzzle zusammen. Sie erinnerte sich an eine breite Straße mit hohen silbernen Pfählen, auf denen Fackeln brannten. An einen herrlichen blauen Torbogen, an eine strahlend weiße Treppe, die zu einer hohen silbernen Flügeltür hinaufführte. Sie erinnerte sich, wie diese Tür aufgegangen war, wie ein Strom lilafarbener und blauer Sterne auf sie zugetanzt war. Sie erinnerte sich an ein magisches Summen … und dann brach ihre Erinnerung ab. Und setzte erst wieder ein, als sie in dem Zelt aufgewacht war.

Ich glaube, dachte Todi, ich bin im Zaubererturm.

Dandra Draa

Aufgeregt betrachtete Todi die rotierende Treppe. Ob sie es wagen konnte, damit zu fahren? Sie beobachtete eine Weile, wie die geriffelten Silberstufen im Abstand weniger Sekunden aus der Decke auftauchten und dann nach unten kreisten. Schließlich gab sie sich einen Ruck und wollte gerade den Fuß auf die Treppe setzen, als sie bemerkte, dass jemand von oben herunterkam. Rasch sprang sie ins Halbdunkel zurück.

Ein derbes, ausgetretenes Paar glänzender brauner Stiefel erschien aus dem Loch in der Decke und gleich darauf, leicht auf den Stiefeln aufliegend, eine lila Robe mit einer schimmernden lila Seidenborte am Saum. Sich erinnernd, dass nur der Außergewöhnliche Zauberer Lila trug, hob Todi ehrfürchtig den Blick, während der Mann, an dessen Ärmeln lila Bänder baumelten, langsam nach unten geschwebt kam. Er war in ein Buch vertieft, trug einen Gürtel aus Gold und Platin, den magische Zeichen und Symbole schmückten, und ein tränenförmiges Amulett aus Gold und Lapislazuli um den Hals. Dann wurde sein Gesicht sichtbar, und Todi unterdrückte einen erstaunten Ausruf. *Es war Nicko.* Nur … nur dass er jetzt rasiert war. Und keine

Zöpfchen mehr hatte. Und etwas größer war. Nein, das war gar nicht Nicko, er sah ihm nur sehr ähnlich. Und noch während Todi verwirrt auf die strohblonden Locken des jungen Mannes starrte, die das lila Licht wie einen Strahlenkranz umgab, fiel ihr etwas ein, was Nicko über den Zaubererturm gesagt hatte: *Ja, mein Vater arbeitet dort. Und ein paar von meinen Brüdern.* Todi grinste. Dann war also einer von Nickos Brüdern der Außergewöhnliche Zauberer. Das sieht Nicko ähnlich, dass er es nicht erwähnt hat, dachte sie.

Der Außergewöhnliche Zauberer entschwand ihrem Blick, und die Treppe war wieder frei. Todi holte tief Luft und setzte den Fuß darauf – und hatte das Gefühl, ihr würde jemand den Teppich unter den Füßen wegziehen.

Was sie nicht wusste: Die Schlafsäle der Lehrlinge lagen im Stockwerk direkt über der Haupteingangshalle, die unter dem Namen Große Halle bekannt war. Das bedeutete, dass sie schon sehr bald wieder würde abspringen müssen.

Die Nachtbeleuchtung, die in den oberen Wohnetagen schummrig war, wurde heller, als die Große Halle unter ihr auftauchte. Todi schwebte an der gewölbten Decke mit ihrem nächtlichen Sternenhimmel (eine Idee des neuen Außergewöhnlichen Zauberers) vorbei, dann an den flimmernden Wandbildern, die Heldentaten und wichtige Augenblicke in der Geschichte des Zaubererturms darstellten, und tauchte in die friedliche Stille der Großen Halle ein.

Knapp über dem Fußboden sprang sie ab und landete auf einem merkwürdigen Untergrund, der sich wie Sand anfühlte. Verwirrt schaute sie nach unten und sah, dass ihr Name auf der grießigen Fläche erschien. *WILLKOMMEN, ALICE TODHUNTER MOON, LEHRLING.*

Sie schnappte nach Luft. *Sie war Lehrling?* Seit wann das denn? Todi konnte sich an nichts erinnern. Noch während sie auf die wabbligen grünen Buchstaben starrte, verblassten die Wörter, und andere traten an ihre Stelle: *VERZEIHUNG. DAS HÄTTE ICH NICHT SAGEN DÜRFEN. MEIN FEHLER*. Todi starrte immer noch auf den Boden und fragte sich, was er wohl als Nächstes schreiben würde, als sie jemanden neben sich wahrnahm. Wie aus dem Nichts stand da plötzlich eine große Frau mit einer Adlernase und kurzem dunklen Haar, das eine auffallend weiße Strähne durchzog. Sie trug eine lange, irgendwie dienstlich wirkende hellblaue Robe mit glänzenden roten Bändern an Saum und Ärmeln, die kunstvoll mit grünen Schlangen bestickt waren. Freundlich lächelte sie Todi an.

»Alice!«, sagte sie und ergriff ihre Hände. »Geht es dir wieder besser?«

Todi nickte.

»Wanderst du immer noch in der Nacht herum?«, fragte die Schlangenfrau mit einem breiten Lächeln, ließ Todis Hände los und trat, immer noch lächelnd, einen Schritt zurück. »Ach, wie ich sehe, erinnerst du dich nicht an mich. Na ja, damals warst du ja auch erst vier.«

Aber Todi erinnerte sich sehr wohl. Sie erinnerte sich an die leuchtend grünen Augen und das halb belustigte Lächeln.

»Ich bin Dandra«, stellte sich die Frau vor. »Dandra Draa.«

»Die Freundin meiner Mutter«, sagte Todi.

»Ja, das war ich.« Dandra korrigierte sich. »Oder vielmehr, bin es noch immer. Und werde es immer bleiben, Alice. Ich habe ihr versprochen, dir eine zweite Mutter zu sein und dafür zu sorgen, dass du, sobald du vierzehn bist – das ist ein gutes Einstiegsalter –, in den

Zaubererturm kommen und ausprobieren kannst, ob dir das alte Gewerbe gefällt.« Dandra bemerkte Todis fragenden Blick. »Das alte Gewerbe – manche nennen es auch Zauberei. Oder Magie. Hexerei. Weiße Kunst. Bezeichne es, wie du willst. Wenn du Talent dafür hast, bist du hier richtig.« Sie schüttelte den Kopf. »Wie schnell die Zeit vergeht. Kaum zu glauben, dass du schon vierzehn bist.«

»Bin ich gar nicht«, sagte Todi. »Ich bin zwölf.«

»Aber du trägst den Schlangenring am Daumen«, sagte Dandra verwirrt. »Daran habe ich dich erkannt, als sie dich die Treppe heraufgebracht haben.« Sie lächelte. »Aber selbst ohne Cassis Ring hätte ich dich sofort als ihre Tochter erkannt. Du siehst ihr so ähnlich. Aber warum bist du jetzt schon hier, Alice?«

»Es ist etwas passiert«, antwortete Todi.

Dandra sah ihren verkniffenen Mund, ihre verdächtig schimmernden Augen und begriff, dass sie im Moment nicht mehr dazu sagen konnte. »Verstehe«, murmelte sie, betrachtete die Tochter ihrer besten Freundin, und ihr ging ein Stich durchs Herz. Wie mager und mitgenommen sie aussah. Wie verloren sie dastand und diese seltsame Elflocke, wie auch ihr Vater eine hatte, zwischen den Fingern drehte. Dazu die zerzausten Haare und die dunklen Ringe unter den Augen.

»Komm, Alice«, sagte sie, »ich bringe dich in den Schlafsaal zurück. Ich glaube nicht, dass du allein das richtige Bett finden wirst, jetzt, wo sie ihn mit diesen albernen Zelten vollgestopft haben.«

Aber Todi wollte nicht gehen. Mit gierigen Blicken nahm sie den wundersamen Raum in sich auf – die unglaublich hohe silberne Flügeltür, welche die gesamte Höhe der Halle einnahm, die sieben goldenen Trägerbalken, die sich wie elegante Bäume vom Boden zu der dunkelblau leuchtenden, gewölbten Decke hinaufschwangen und sie und ihren Sternenhimmel in tortenähnliche Stücke zerschnitten, die Bilder an den Wänden, die kamen und gingen, wobei Todis Aufmerksamkeit besonders von einem gefesselt wurde, das einen kleinen grünen Drachen mit Reiter zeigte, der gegen einen Monsterdrachen mit sechs Flügeln und sechs Augen kämpfte.

»Kann ich nicht noch ein bisschen hierbleiben?«, fragte sie.

Dandra nahm ihre Rolle als Todis zweite Mutter sehr ernst. »Es ist schon reichlich spät«, sagte sie, »und du brauchst deinen Schlaf. Du kannst dir morgen früh alles ansehen.«

Todi ließ den Kopf hängen. Sie hasste es, wie ein kleines Kind ins Bett geschickt zu werden. Dandra wandte sich zur Treppe, und Todi wollte ihr gerade folgen, als ein kalter Luftzug in die Halle wehte. Die große Silbertür schwang auf, und der Außergewöhnliche Zauberer kam herein, schritt über den Gruß hinweg, den der Fußboden schrieb – *WILLKOMMEN SEPTIMUS HEAP, AUSSERGEWÖHNLICHER ZAUBERER* –, und steuerte geradewegs auf Todi und Dandra zu. Bevor Todi Luft holen konnte, stand er direkt vor ihr, und Dandra Draa sagte: »Außergewöhnlicher, das ist unser neuer Gast, Alice TodHunter Moon …« – sie sah Todi fragend an –, »… die immer noch lieber Todi genannt werden will?«

Todi lächelte. »Ja, bitte.«

Der Außergewöhnliche Zauberer erwiderte ihr Lächeln. »Hallo, Todi. Ich hoffe, dir geht es wieder besser?«

»Ja, danke«, antwortete sie höflich.

»Ich bringe nur Alice – ich meine, Todi – rasch nach oben ins Bett«, sagte Dandra. »Ich bin gleich wieder hier. Wir haben doch noch zehn Minuten, nicht wahr?«

»Acht«, erwiderte der Außergewöhnliche Zauberer mit einem Blick auf seine Uhr. »Na, dann gute Nacht, Todi.« Er lächelte sie erneut an und stutzte, als er sah, was sie für ein Gesicht machte. Es erinnerte ihn daran, wie er sich selbst einmal gefühlt hatte – hilflos und verwirrt. Und auf einmal erschien es ihm herzlos, Todi nach oben in einen fremden Schlafsaal zu schicken. Dort musste sie sich ja einsam vorkommen. Außerdem begegnete man selten einem Menschen, der so empfindlich auf Magie reagierte, dass er in Ohnmacht fiel. Er musterte das spindeldürre, verwildert aussehende Mädchen und glaubte, ein kurzes grünes Aufblitzen in ihren Augen zu sehen. »Oder würdest du lieber mitkommen und zusehen, was wir heute Nacht tun, Todi?«

Ihre Miene verriet ihm, wie die Antwort ausfallen würde.

»Ja, bitte.«

Marcia Overstrand

Todi folgte dem Außergewöhnlichen Zauberer die breite weiße Marmortreppe hinunter ins Freie, fest entschlossen, diesmal einen klaren Kopf zu bewahren und dem magischen Summen zu trotzen. Am Fuß der Treppe stieß ein älterer, weißhaariger Zauberer mit einem Pferdeschwanz zu ihnen. Auch er war lila gekleidet, was Todi im ersten Moment verwirrte. Soweit sie wusste, gab es in der Burg nur einen Außergewöhnlichen Zauberer – warum also waren da plötzlich zwei? Dann fiel ihr auf, dass die Lichter des Turms durch die verblichene lila Robe des Zauberers hindurchschimmerten, und als er sich bewegte, bemerkte sie, dass er mehrere Zentimeter über dem Boden schwebte. Schaudernd begriff sie, dass sie einen Geist vor sich hatte. Todi hatte noch nie einen Geist gesehen. Zu Hause erzählte man sich, dass unten in der Marsch noch ein paar alte FährtenFindergeister herumspukten, aber angeblich zeigten sie sich nur selten und sahen sehr sonderbar aus. Der hier wirkte wie ein netter alter Mann. Als er bemerkte, dass sie ihn anstarrte, lächelte er sie an, und feine Fältchen legten sich um seine Augen.

»Ein neuer Lehrling, Septimus?«, fragt er den Außergewöhnlichen Zauberer mit einer Stimme, die so klang, als würde er in einem großen leeren Raum sprechen.

Der Außergewöhnliche Zauberer bemerkte Todis verlegenen Blick und grinste. »Vielleicht, Alther. Vielleicht. Vorläufig ist sie unser Gast. Wie mir Dr. Draa mitgeteilt hat, stammt sie aus einer alten Zaubererfamilie. Alther, erlauben Sie mir, Ihnen Alice Tod-Hunter Moon vorzustellen. Alice, das ist Alther Mella, ein weiser Freund und der ehemalige Lehrer von jemandem, den wir gleich treffen werden – also hoffentlich.«

Alther verneigte sich. Todi wusste nicht recht, was sie tun sollte. Sie vermutete, dass man einem Geist nicht die Hand geben konnte, also machte sie ebenfalls eine Verbeugung.

»Wie liegen wir in der Zeit, Septimus?«, fragte Alther mit seiner sonderbar widerhallenden Stimme.

Septimus sah erneut auf die Uhr. »Wir nähern uns den Mitternachtsminuten«, antwortete er.

Sie standen seitlich neben der weißen Marmortreppe, die weit über ihre Köpfe hinaufragte, und Todi blickte direkt auf eine Art Torbogen, der unter der Treppe saß wie ein Schrank unter einer Wohnhaustreppe. In den Schlussstein des Bogens war eine *VII* gemeißelt, die Zahl Sieben, wie Todi vom Zahlensystem der FährtenFinder wusste. Sie spähte in den Torbogen hinein und sah tief in seinem Innern einen gespenstischen weißen Nebel wirbeln. Todi fühlte sich an den Bogen im Wald erinnert, unter dem Oskar und sie die Pullover der *Tristan* angezogen hatten.

»Komisch«, flüsterte sie Dandra Draa zu. »Sieht so aus, als wäre da drin irgendetwas Merkwürdiges.«

Dandra sah sie an. »Wo drinnen?«, fragte sie.

»In dem Torbogen«, antwortete Todi.

Alle Blicke richteten sich auf sie, und sie wurde ganz verlegen. Offensichtlich war Reden jetzt unerwünscht. Gleich würde etwas Wichtiges passieren. »Verzeihung …«, sagte sie kleinlaut.

Doch der Außergewöhnliche Zauberer sah sie weiter auf eine sehr verstörende Weise an. »Du kannst den Bogen sehen?«, fragte er.

Sie nickte.

»Was siehst du dahinter?«

»Äh … na ja, eine Art Gang mit so einer wirbelnden weißen Wolke ganz hinten …« Todi verstummte. Wenn er doch nur aufhören würde, sie so anzustarren.

»Und hat der Torbogen irgendwo ein Symbol?«, bohrte der Außergewöhnliche Zauberer weiter nach.

»Äh … ja. Eine Sieben. Aber sie ist auf die alte Art geschrieben. Mit einem V und zwei senkrechten Strichen.«

»Woher kennst du diese Ziffern, Todi?«

»Die lernen wir von klein auf. Das sind FährtenFinderziffern. Oh! Da ist jemand drin.« Todi schnappte nach Luft. Ganz hinten in dem weißen Nebel konnte sie eine dunkle Gestalt ausmachen.

Der Torbogen begann, in einem lila Licht zu erstrahlen, das immer heller wurde. Todi sah die Gestalt näher kommen, und im nächsten Moment trat eine große, dunkelhaarige Frau in einem reich bestickten Mantel in die Nachtluft heraus. Ihre grünen Augen funkelten von den magischen Reflexionen um sie herum.

»Marcia!«, rief der Außergewöhnliche Zauberer erleichtert. »Sie haben es geschafft!«

»Selbstverständlich« erwiderte sie. »Alther! Dandra! Was für ein wunderbares Empfangskomitee.« Sie wirbelte herum und deutete mit einer leicht theatralischen Geste auf den Torbogen, der immer noch lila leuchtete. »Und?«, fragte sie. »Könnt ihr ihn jetzt sehen?«

»Jetzt schon«, antwortete der Außergewöhnliche Zauberer – etwas mürrisch, wie Todi fand. Dann verblasste das lila Licht, und Todi beobachtete, wie der Torbogen wieder zu einem dunklen Raum unter der weißen Treppe wurde. »Er ist wieder verschwunden«, klagte der Außergewöhnliche Zauberer.

Marcia Overstrand blickte ihn ungehalten an. »Er ist natürlich *nicht* verschwunden, Septimus«, sagte sie. »Er ist immer noch da, du kannst ihn nur nicht sehen.«

»Ich auch nicht«, gestand Dandra.

»Na ja, Dandra, Sie haben jetzt wahrscheinlich Wichtigeres im Kopf«, meinte Marcia diplomatisch und wandte sich an den Geist. »Und Sie, Alther?«

Der Geist seufzte. »Ich spüre die magischen Störungen, Marcia. Aber sehen kann ich nichts. Bedaure.«

»Das wird schon noch«, antwortete Marcia. »Das kann man lernen.« Sie zog ein Stück lila Kreide aus der Tasche. »Ich werde die Umrisse nachzeichnen. Für den Fall, dass mich mal jemand besuchen möchte …« Sie warf dem Außergewöhnlichen Zauberer einen giftigen Blick zu. »Faule Ausreden lasse ich nicht mehr gelten.«

Während Marcia die Umrisse des Bogens nachzog, wandte sich der Außergewöhnliche Zauberer an Todi. »Siehst du ihn noch?«, fragte er.

Todi nickte.

»Natürlich sehe ich ihn noch, Septimus«, rief Marcia, die sich auf die Zehenspitzen stellen musste, damit sie an den Scheitelpunkt des Bogens herankam. »Wie könnte ich ihn sonst zeichnen?«

»Ich habe eigentlich mit unserem jungen Gast hier gesprochen«, sagte Septimus.

»Was?« Marcia fuhr herum und spähte in das Halbdunkel neben der Treppe. Jetzt erst bemerkte sie das schmächtige, barfüßige Mädchen, das eine schmuddelige alte Weste mit vielen Taschen über einem Lehrlingsnachthemd trug. »Du liebes bisschen«, rief sie. »Wer ist das?«

»Marcia, das ist Alice TodHunter Moon, die Einzige von uns, die deinen flüchtigen Torbogen sehen kann. Todi, das ist Marcia Overstrand.«

Todi fand es ziemlich einschüchternd, dass der Außergewöhnliche Zauberer sie in das »Uns« einschloss und in einem Atemzug mit einer Gruppe gestandener Zauberer nannte.

Marcia runzelte die Stirn. »Du kannst den Bogen immer noch sehen?«, fragte sie Todi.

»Ja«, antwortete Todi, bemüht, selbstsicher zu klingen, denn sie hatte das Gefühl, dass Marcia ihr nicht glaubte.

»Schau mal einer an«, sagte Marcia.

Da hallte plötzlich ein ferner Glockenschlag durch die Nacht.

Bim … bim … bim … Alle verstummten und zählten mit. Todi blickte zum Außergewöhnlichen Zauberer. Er wirkte nervös. Beim zwölften Schlag wandte sich Marcia ihm zu und sagte: »Septimus, ich weiß, wir haben ausgemacht, dass du heute in den Mitternachtsminuten allein durch den Bogen gehst, aber das hier ist wahrlich hochinteressant. Könnten wir die Sache vielleicht verschieben und uns stattdessen ein wenig unterhalten? Oben, Septimus? In deinen Gemächern?«

Todi sah einen Ausdruck der Erleichterung über das Gesicht des Außergewöhnlichen Zauberers huschen, den er aber sofort unterdrückte. Sie konnte gut verstehen, dass er nicht durch den Torbogen gehen wollte. Der Nebel darin war ihr nicht geheuer.

»Mit Vergnügen, Marcia«, entgegnete er.

Ein paar Minuten später schwebte Todi in vornehmer Gesellschaft auf der Wendeltreppe nach oben, begleitet nicht nur vom amtierenden Außergewöhnlichen Zauberer, sondern auch von dessen beiden Vorgängern. Das Ganze kam ihr sehr unwirklich vor – und nur ein bisschen beängstigend.

In der Turmspitze

Im siebten Stock des Zaubererturms drehte Dr. Dandra Draa ihre letzte nächtliche Runde durchs Krankenrevier und machte sich Vorwürfe. Sie hätte nicht zulassen dürfen, dass die Außergewöhnlichen ihren Schützling entführten. Sie war nämlich der Ansicht, dass Zwölfjährige nach Mitternacht nicht mehr auf sein sollten. Also beschloss sie, sich gleich nach ihrer Runde in die Gemächer des Außergewöhnlichen Zauberers hinaufzubegeben und darauf zu bestehen, dass Todi wieder zu Bett ging.

»Was würde Cassi sagen?«, murmelte sie vor sich hin. »Würde sie das Mädchen so spät noch aufbleiben lassen?« Sie seufzte. Die ehrliche Antwort war, dass Cassi, ein Freigeist, nicht das Geringste dagegen gehabt hätte. Ja, sie wäre sogar begeistert gewesen, denn ihre Tochter hatte nicht nur bewiesen, dass sie die magischen Fähigkeiten des Draa-Zweigs der Familie geerbt hatte, sondern war auch schon so früh von zwei mächtigen Zauberern als Talent erkannt worden.

Schmerzliche Erinnerungen an ihre letzte Begegnung mit der Freundin kamen Dandra in den Sinn. Dandra – Zauberin und ausgebildete Ärztin aus den Heißen Trockenwüsten des Südens – war vor einigen Jahren von Marcia darum gebeten worden, ihr bei einer schwierigen Entzauberung zu helfen. Dandra hatte ihre Heimat nur allzu gern verlassen, weil die Situation dort für sie unerträglich geworden war. Auf ihrem Weg in die Burg hatte sie im Haus der TodHunter Moons Zwischenstation gemacht. Der Anblick ihrer alten Freundin hatte sie schockiert: bleich und abgemagert, tränende rote Augen, dazu ein trockener Husten. Cassi TodHunter Draa war offensichtlich schwer krank, und Dandra wusste, dass es keine Hilfe für sie gab. Cassi litt unter der gefürchteten Sandkrankheit, die durch das Einatmen eines kleinen, aber hochgefährlichen Sandflohs hervorgerufen wurde – der in Dandras Heimat verbreitet, in dem FährtenFinderdorf aber bis dahin unbekannt war. Dandra blieb ein paar Tage bei Dan und Cassi und lernte ihre kleine Tochter Alice kennen, die ein ausgesprochener Wildfang war. Es war einer der traurigsten Augenblicke in Dandras Leben, als sie von der kleinen

Familie Abschied nahm, denn sie wusste, dass sie die drei nie wieder zusammen sehen würde. Ihr blutete das Herz für Dan und Alice – oder Todi, wie das Mädchen genannt werden wollte –, als sie ihnen von der Fähre des Handelspostens aus zum Abschied winkte und die allerletzte Etappe ihrer Reise zu der legendenumwobenen Burg antrat. Sie hatte Cassi versprochen, ihrer kleinen Tochter eine zweite Mutter zu sein, falls Alice jemals beschließen sollte, in die Fußstapfen der Zaubererfamilie Draa zu treten und in den Zaubererturm zu kommen. Aber Dandra hatte nicht damit gerechnet, Todi jemals wiederzusehen. Sie hatte bezweifelt, dass Dan sie fortlassen würde, denn das Mädchen war das Einzige, was ihm von seiner geliebten Cassi geblieben war. Dandra seufzte. Und jetzt war offenbar auch der arme Dan tot. Wer hätte das gedacht? Traurig setzte Dr. Dandra Draa ihre mitternächtliche Runde durchs Krankenrevier fort.

Unterdessen schwirrte Todi oben in den Gemächern des Außergewöhnlichen Zauberers der Kopf vor Aufregung und Magie. Sie saß auf einem Schemel am Kamin, in dem ein magisches Feuer mit bunten Flammen brannte. Der Raum war erfüllt von tanzenden Schatten und flüchtigen lila Lichtern, die Todi nur am äußersten Rand ihres Gesichtsfeldes wahrnehmen konnte. Und jedes Geräusch hallte merkwürdig von den Wänden wider. Bis auf schwere lila Vorhänge an den Fenstern und einen kleinen flauschigen Teppich vor dem Kamin wirkte der Raum ziemlich kahl und war spärlich möbliert, als wäre sein Bewohner erst kürzlich eingezogen.

Vor dem Kamin stand allerdings ein ungewöhnliches lila Sofa, auf dem Marcia Platz genommen hatte. Jetzt lehnte sie sich zurück, schleuderte die wunderlichsten Schuhe, die Todi je gesehen hatte –

sie waren aus lila Schlangenhaut und mit kleinen grünen Jadeknöpfen besetzt –, von den Füßen und seufzte zufrieden. »Es ist schön, wieder hier zu sein«, sagte sie und wackelte mit den Zehen. »Hier ist es so warm.«

Der Geist Alther Mella schwebte an ihre Seite, und der junge Außergewöhnliche Zauberer setzte sich zu Todis Überraschung neben sie auf den Fußboden. »So«, sagte er zu ihr. »Wenn ich dich Todi nenne, musst du mich Septimus nennen. Einverstanden?«

Todi lächelte schüchtern. »Einverstanden.«

»Ebenso ist Marcia einfach nur Marcia und Alther einfach nur Alther. Wir benutzen unsere Titel nicht, wenn wir unter Leuten sind, die etwas von Magie verstehen.«

»Außer sie sind Nervensägen«, warf Marcia ein.

»Marcia war bis vor sechs Monaten noch Außergewöhnliche Zauberin«, erklärte Septimus, »hat inzwischen aber interessantere Beschäftigungen gefunden. Wie zum Beispiel durch alle möglichen seltsamen Torbogen zu gehen – Torbogen, die keiner von uns sehen kann. Bis auf dich, Todi, wie es scheint.«

»Oh«, sagte Todi verlegen. Sie konnte einfach nicht fassen, was hier vor sich ging. Also saß sie ganz still da, sog die magische Luft ein und hörte Marcia und Septimus zu, die sich auf eine Weise neckten, wie es nur alte Freunde konnten.

»Septimus, du übertreibst«, protestierte Marcia. »Es ist nur dieser eine Bogen im Zaubererturm, den man nicht sehen kann. Alle anderen sind klar und deutlich zu erkennen. Ich weiß nicht, warum du so viel Aufhebens davon machst. Ich vermute, dass auf diesem Bogen irgendein Unsichtbarkeitsschirm liegt, und du weißt ja, wie ein Unsichtbarkeitszauber in Marmor eindringt. Man bekommt ihn einfach nicht mehr heraus, was man auch versucht. Aber mit etwas Übung kann man den Bogen sehen.«

»Möglich.« Septimus klang nicht überzeugt.

Aber Marcia kam jetzt erst richtig in Fahrt. »Und um das einmal klarzustellen, Septimus, ich habe keineswegs ›interessantere Beschäftigungen‹ gefunden, wie du dich ausdrückst. Es war Zeit für mich, meinen Abschied zu nehmen. Das Schlimmste, was eine Außergewöhnliche Zauberin tun kann, ist, länger im Amt zu bleiben, als sie willkommen ist. Denk nur an diese Brynna Jackson. Die hat sich an ihre Position geklammert, bis sie dreiundneunzig war. Danach hat im Zaubererturm jahrelang ein heilloses Durcheinander geherrscht.«

»Aber von dreiundneunzig warst du noch eine Ecke entfernt«, entgegnete Septimus.

»Eine Ecke, ja«, räumte Marcia ein. »Aber ich war einundzwanzig Jahre im Amt. Man sollte abtreten, wenn man auf dem Höhepunkt seiner Macht ist.« Sie lehnte sich erneut zurück und schnupperte genüsslich die Luft. »Weißt du, Septimus, irgendwas musst du richtig machen, denn ich habe hier noch nie so viel Magie im Raum gespürt. Das ist ungemein anregend.«

Ein freundschaftliches Schweigen trat ein, während sie die bunten Flammen betrachteten, die in der Dunkelheit zuckten und züngelten. Todi unterdrückte ein Gähnen. Es war ein sehr langer Tag gewesen, und so langsam forderte der Schlaf sein Recht.

Alther hatte es bemerkt, und Todi überlief ein kalter Schauer, denn wenn ein Geist zu sprechen anfing, gab es keine Vorwarnung. Er holte nicht vorher Luft – und das war sehr sonderbar. »Wir sollten das Kind nicht länger aufhalten als nötig«, sagte der alte Zauberer, und seine Stimme hallte hohl durch den Raum.

»Nein«, stimmte Marcia zu, »natürlich nicht. Sag mir, Todi, bist du zufällig FährtenFinderin?«

Todi sah Marcia erstaunt an. Woher wusste sie das? Sie hatte das Gefühl, als würde ihre Haut im Dunkeln leuchten wie die der meisten FährtenFinder. »Ich bin eine halbe FährtenFinderin«, antwortete sie. »Mein Vater ist – ich meine, war – FährtenFinder.«

Marcia nickte. »Und deine Mutter stammt aus einer Zaubererfamilie?«

Langsam wurde es Todi unheimlich. Woher wusste Marcia so viel über sie? »Meine Mutter war eine Draa. Aber sie lebt nicht mehr. Dr. Draa ist eine entfernte Cousine von ihr. Und sie war mit meiner Mutter befreundet.«

Septimus merkte, dass es Todi schwerfiel, über ihre toten Eltern zu sprechen. »Genug der Fragen zu den Eltern, Marcia«, mahnte er. »Ich glaube nicht, dass Todi heute Nacht über sie reden möchte.«

»Gewiss«, sagte Marcia. »Aber du kommst aus einem FährtenFinderdorf, Todi?«

Froh, nicht mehr über ihre Eltern sprechen zu müssen, erzählte Todi von ihrem Dorf und den schrecklichen Vorfällen, die sich dort ereignet hatten. Eine ernste Aufmerksamkeit legte sich über den Raum, während die Außergewöhnlichen ihrem Bericht lauschten.

Als Todi zum Ende kam, sagte Septimus: »Todi, das ist ja furchtbar. Du darfst den Zaubererturm als dein Zuhause betrachten, so lange du möchtest.«

Marcia beugte sich ungeduldig vor. »Der Grund, warum ich dich gefragt habe, ob du FährtenFinderin bist, ist folgender: Vor ein paar Jahren hat ein Freund von uns namens Marwick etwas ziemlich Aufregendes entdeckt – ein Netz von Wegen, das sich über die ganze Welt erstreckt. Und der Zugang zu diesem Netz ist immer ein Torbogen. Die meisten Torbogen befinden sich in einem sogenannten Knoten – das ist eine Kreuzung, an der sich mehrere Wege überschneiden. Die Torbogen in einem Knoten kann jeder sehen. Sogar Septimus.« Sie warf ihm ein Lächeln zu. »Aber daneben gibt es andere Torbogen, die nicht in einem Knoten stehen und den meisten verborgen bleiben. Laut Marwick befinden sich diese Bogen stets am Ende eines Geheimwegs, wie er sie nannte. Und ein solcher Weg führt nicht zu einem Knoten, sondern nur zu einem einzigen Ort. Und dann sagte Marwick noch etwas sehr Merkwürdiges zu mir. Er sagte, dass er gern FährtenFinder wäre. Auf meine Frage, wie er das meine, antwortete er, dass FährtenFinder alle verborgenen Torbogen sehen könnten.«

»Hast du irgendwelche anderen Bogen gesehen, Todi?«, fragte Septimus.

»Nein«, antwortete Todi, doch dann fiel ihr wieder der gruselige Torbogen ein, unter dem sie und Oskar die *Tristan*-Pullover angezogen hatten – vor einer halben Ewigkeit, wie es ihr vorkam. »Oder doch«, fügte sie hinzu. »Könnte sein, dass ich einen gesehen habe. In einem Wald beim Außenposten.«

»Beim Außenposten? Mal sehen, welcher das gewesen sein könnte«, sagte Marcia und zog aus ihrem wallenden Mantel einen langen, röhrenförmigen Behälter, der mit einem Korken verschlossen war. Sie entfernte den Korken, nahm eine schmutzige, zerknitterte Papierrolle heraus und rollte sie vorsichtig aus. Was zum Vorschein kam, sah für Todi wie die Zeichnung eines Fischernetzes aus, die jemand mit geschlossenen Augen angefertigt hatte.

»Das hat Marwick gezeichnet«, erklärte Marcia. »Es handelt sich, wie er mir sagte, um eine Karte der Alten Wege. Und sie bildet die ganze Welt ab.«

»Die ganze Welt?«, stieß Todi hervor.

»Verblüffend, nicht wahr?«, sagte Marcia. »Anfangs habe ich ihm nicht geglaubt. Und du auch nicht, Septimus, stimmt's?«

Septimus schüttelte den Kopf. Er machte sich deswegen immer noch Vorwürfe. Aber wenigstens, dachte er, hatte sein älterer Bruder Sam Marwick geglaubt. Traurig betrachtete er das Gekrakel seines alten Freundes Marwick. Die Karte rollte sich von selbst wieder zusammen, und Marcia strich rasch mit der Hand drüber. Ein flimmerndes lila Licht folgte ihrer Hand, und das Papier entrollte sich gehorsam wieder und blieb dann flach wie eine Glasscheibe liegen.

Marcia setzte eine Brille mit kleinen runden Gläsern auf und hockte sich neben Septimus auf den Teppich. Alther schwebte vom Sofa heran und spähte von oben aus der Luft auf die Karte hinunter. Todi fiel es schwer, sich zu konzentrieren, wenn über ihr ein Geist schwebte, dessen Robe keine Anzeichen davon erkennen ließ, dass sie der Erdanziehungskraft unterworfen wäre.

Die Karte hatte nicht die geringste Ähnlichkeit mit den Seekarten, die Todi benutzte. Genau in der Mitte saß ein Kreis, der sorgfältig blau ausgemalt war. Er war mit zwölf römischen Ziffern versehen wie das Zifferblatt einer Uhr und enthielt eine Spirale und ein herzförmiges Symbol. Marcia tippte mit einem langen, eleganten Finger darauf. »Laut Marwick ist dies das Herz der Wege. Es liegt genau im Zentrum des Netzes und soll aus reinem Lapislazuli bestehen und von einer Schlange oder dergleichen angefertigt worden sein. Höchst sonderbar. Allerdings hat er es nie gefunden ... soweit wir wissen, jedenfalls.«

»Möglicherweise sind er und Sam jetzt dort«, murmelte Septimus.

Todi hatte eine Frage: »Aber wenn Marwick zuvor nie dort war, wie konnte er dann wissen, wie es aussieht?«

»Nun ja, Marwick lebte auf einer Insel in den Marram-Marschen«, erklärte Septimus. »Bei deiner Fahrt den Fluss herauf bist du an den Marschen vorbeigekommen. Eine wilde und unheimliche Gegend. Früher war dort in einem alten unterirdischen Tempel das Drachenboot versteckt.«

»Aber warum war das Drachenboot unter der Erde versteckt?«, fragte Todi.

»Das«, sagte Marcia bestimmt, »ist eine andere Geschichte, die nicht hierhergehört.«

»In diesem alten Tempel fand Marwick eine Kugel aus Lapislazuli, die mit einem Netz von Linien überzogen war«, erzählte Septimus. »Er hat sich von mir die beste magische Lupe geliehen, um sich die Sache genauer anzusehen, und sie nie wieder zurückgegeben.« Er grinste wehmütig. »Unser Marwick war ein wenig zerstreut. Na, jedenfalls stellte er fest, dass die Linien alle miteinander verbunden waren, und vermutete, dass sie eine Karte darstellten. Er fertigte eine Zeichnung davon an und dachte nicht weiter darüber nach – bis er eines Tages hinter einem Regal ein kleines Buch mit dem Titel *Die Alten Wege der Welt* entdeckte. Das Buch enthielt eine Karte, die genauso aussah wie die, die er gezeichnet hatte. Das Buch entpuppte sich als eine Art Reiseführer, und das weckte Marwicks Interesse. Aus der Karte schien hervorzugehen, dass es irgendwo auf seiner Insel einen Torbogen gab, und so begann er, danach zu suchen. Er entdeckte ihn, als er den alten Tempel ausfegte. Er sagte, er habe eine

Art Delle in der Wand bemerkt, sei direkt darauf zugegangen und irgendwo in einem Dschungel herausgekommen.

Marwick konnte es nicht fassen. Er war Tausende Kilometer von zu Hause entfernt und hatte für die Reise doch kaum mehr als einen Augenblick gebraucht. Wie sich herausstellte, war er in einem Kreis aus zwölf überwucherten Torbogen gelandet, die von eins bis zwölf durchnummeriert waren.« Septimus lächelte Todi an. »Mit euren FährtenFinderziffern. Marwick unternahm weitere Erkundungen und fand dabei heraus, dass jeder Bogen zu einem anderen Knoten führte – oder manchmal auch zu einem einzelnen verborgenen Bogen. Marwick war begeistert. Er und mein Bruder Sam dehnten ihre Expeditionen aus und landeten an Orten auf der ganzen Welt. Marwick sagte, es sei leicht, wieder nach Hause zu finden, man müsse sich nur die Ziffer des Bogens merken, durch den man gekommen sei. Er und Sam nahmen die Karte immer mit und notierten sich alle Ziffern«, Septimus fuhr mit dem Zeigefinger eine der Linien nach, »wo die Bogen hinführten und welche Wege noch funktionierten – denn allem Anschein nach funktionierten nicht mehr alle. Natürlich müsste die Karte eigentlich dreidimensional sein. Aber auch so ist sie ziemlich erstaunlich.«

Todi betrachtete die Karte fasziniert, die Ziffern in verschiedenen, verblassten Farben und die krakeligen Kommentare neben einigen Knoten – *Vorsicht Schlangengrube, Tief im Sand, Tempel mit Priester (der Spende erwartet)*. Sie hatte das seltsame Gefühl, dass sich hier eine ganze Welt vor ihr ausbreitete.

Jetzt übernahm Marcia wieder: »Von Zeit zu Zeit besuchten mich Marwick und Sam und brachten meine Karte auf den neuesten Stand. Es war faszinierend, Todi. Und nachdem ich viele Jahre in der Burg zugebracht hatte, packte mich das Fernweh. Ich wollte reisen und die Welt sehen.«

Todi konnte Marcia gut verstehen.

»Letztes Jahr, als ich noch Außergewöhnliche Zauberin war, unternahm ich mit einem guten Freund eine Reise und entdeckte dabei einen schönen alten Turm namens Seefried. Und tief unten im Keller des Turms fand ich zu meinem Erstaunen einen Knoten, den ich sofort als solchen erkannte. Er war mit Erde zugeschüttet und als Abfallgrube benutzt worden, aber er ging mir nicht mehr aus dem Kopf. Das war meine Chance auf einen eigenen Zugang zu den Alten Wegen. Meine Chance, die Welt zu bereisen. Und so verkaufte ich den Rest meiner Sammlung an zerbrechlichen Zaubertöpfen – sie erfreuten sich gerade größer Beliebtheit – und kaufte den Seefried.«

Eine geisterhafte Stimme aus der Luft über der Karte ließ Todi zusammenzucken. »Aber erst nachdem sie sich vergewissert hatte, dass ich dort einmal auf einer Party war. In meiner wilden Jugend.« Der Geist kicherte.

Was Todi hier hörte, klang sehr seltsam und war schwer zu begreifen. Sie lehnte sich an die Wand neben dem Kamin, und erst die Berührung mit dem warmen Mauerwerk bestätigte ihr, dass sie nicht träumte.

Marcia lachte. »Was Alther sagt, ist nicht so verrückt, wie es sich vielleicht anhört, Todi. Denn eine Regel des Geisterdaseins lautet …«

»… als Geist du stets nur dorthin darfst, wo du im Leben schon mal warst«, beendete Alther den Satz für sie. »Was bedeutet, dass man keine neuen Orte mehr aufsuchen kann. Niemals. Merke dir das, junge Todi. Und besuche in deinem Leben so viele Orte wie möglich. Sapperlot, Septimus, wenn ich von diesen Alten Wegen gewusst hätte, hätten mich keine zehn Pferde von ihnen fernhalten können. Man stelle sich vor, wo ich jetzt überall hinkönnte.«

Septimus schüttelte den Kopf. »Es hat auch seine Nachteile, Alther. Ich befürchte, dass wir allen möglichen Eindringlingen Tür und Tor öffnen, wenn wir diese Wege benutzen. Wir haben keine Ahnung, wer oder was auf diesen Wegen in den Zaubererturm gelangen kann.«

»Ich hätte gedacht«, entgegnete Marcia, »dass es dort sicherer ist, seit ich im Seefried wohne. Alles, was hierherkommt, muss vorher meinen Knoten passieren.«

Die schwere lila Tür schwang lautlos auf, und Dandra Draa betrat den Raum.

»Oh, Dandra!«, rief Marcia schuldbewusst.

»Marcia«, sagte Dandra streng, »es ist fast ein Uhr. Ich finde wirklich, Alice sollte jetzt ins Bett.«

Todi fand das auch. Ihr schwirrte der Kopf vor lauter Magie und all dem Neuen, das sie zu begreifen versuchte. Sie war so müde, dass sie auf der Stelle hätte einschlafen können.

Marcia, Septimus und Alther wünschten ihr eine gute Nacht, und als Dandra sie zur Tür brachte, sah Todi, wie Septimus und Marcia auf eine kleine, hell erleuchtete Küche zusteuerten. »Ich habe einen wirklich leckeren neuen Kaffee«, sagte Septimus. »Wie wär's mit einer Tasse?«

»Liebend gern«, antwortete Marcia.

Septimus war einen halben Kopf größer als Marcia, und die Amtstracht des Außergewöhnlichen Zauberers stand ihm gut, wie Todi fand. Das lange lila Gewand fiel elegant von seinen breiten Schultern, und der Zauberergürtel aus Platin und Gold saß locker um seine Hüften. Als er an der Küchentür stehen blieb, um Marcia den Vortritt zu lassen, legte die ihm die Hand auf die Schulter und sagte: »Ich hoffe, dieser Kaffeekessel benimmt sich inzwischen anständig.«

Septimus stöhnte. »Der ist in Ungnade gefallen. Ich habe ihn in den Wandschrank gesperrt. Das ist ein Ein-Frau-Kessel, Marcia. Du kannst ihn nachher mit nach Hause nehmen.«

Marcia lachte. »Armer alter Kessel. Septimus, wie konntest du ihn nur wegschließen?«

»Ganz einfach«, erwiderte Septimus. »Ich habe den Schlüssel umgedreht.«

Todi hörte das Lächeln in seiner Stimme, während er in der Küche verschwand. Sie spürte, dass es zwischen Septimus und Marcia eine freundschaftliche Verbindung gab, in die niemand eindringen durfte. Und mit einem Mal fühlte sie sich einsam. Im Moment hatte sie niemanden, der ihr nahestand. Sie war wirklich sehr weit weg von zu Hause.

Da legte ihr Dandra den Arm um die Schultern und zog sie aus dem Zimmer. »Zeit fürs Bett«, sagte sie streng.

Todi schlief im Mädchenschlafsaal für Junglehrlinge im ersten Stock, aber im Traum war sie wach und lief ängstlich unter Wasser umher. Sie suchte ihren Vater wie jede Nacht, nur wurde sie diesmal von dem gefürchteten Geräusch verfolgt: *Klicker-klick-klick … klick-klick … klicker-klick*.

Und im Traum verstand sie, was diese Laute bedeuteten: »Wir wissen, wo du bist, Alice TodHunter Moon. Wir wissen, wo du bist, und wir kommen dich holen.«

Turmbesichtigung

Todi erwachte spät und hatte das Gefühl, dass sie die Letzte im Schafsaal war. Sie blieb noch eine Weile still liegen und lauschte dem geschäftigen magischen Summen im Zaubererturm, dessen Bewohner bereits ihrem Tagwerk nachgingen, dann schlug sie die Decke zurück und sprang aus dem Bett auf den weichen, warmen Fußboden. Am Bettende fand sie ihre Segelhose und ihren gestreiften Pullover, beide frisch gewaschen, und ihre Leinenschuhe. Sie lächelte, erfreut über das Wiedersehen mit dem abenteuerlustigen Teil ihres Ichs.

Zehn Minuten später lief sie auf dem Lehrlingskorridor Dandra Draa in die Arme.

»Aha«, sagte Dandra, »habe ich mir doch gedacht, dass du auf bist. Ich bin heute deine Führerin. Was hältst du davon: zuerst frühstücken, dann den Zaubererturm besichtigen?«

Todi hielt ziemlich viel davon.

Am Ende dieses Tages war Todi ganz schwummrig im Kopf. Dandra hatte ihr jeden Winkel des Zaubererturms gezeigt, zu dem Nichtzauberer Zutritt hatten, und das waren viele. Jetzt war sie müde und erschöpft. Die ständige Gegenwart von Magie – so lieb sie ihr auch war – zehrte an den Kräften. Deshalb brach sie, als sie nach der Besichtigung der Versiegelten Zelle in die Große Halle zurückkehrte, vor Erleichterung fast in Tränen aus, als sie dort ein vertrautes Gesicht sah. »Nicko!«, rief sie.

Nicko saß auf einer Wartebank. Er sprang auf, als er seinen Namen hörte. »He, Todi!«, rief er zurück. »Wie fühlst du dich – etwas komisch?«

»Ein wenig schon«, gab sie zu.

»Das wundert mich nicht«, sagte Nicko. »Seit Sep... ich meine, seit der neue Außergewöhnliche Zauberer im Amt ist, summt es hier wie in einem Bienenstock.« Er grinste Dandra an. »Ihnen fällt es vielleicht gar nicht auf, aber ich bekomme davon Kopfschmerzen.«

Dandra lächelte. »Sie waren zu lange auf Ihrem Boot, Nicko.«

»Möglich«, räumte Nicko ein. »Apropos Boot, Todi – Snorri und ich haben uns gefragt, ob du nicht vielleicht mit uns auf der *Abenteurer* zu Abend essen willst. Dann kommst du mal aus diesem magischen Gesumse heraus.«

»Ich würde gern zum Abendessen auf die *Abenteurer* kommen«, sagte Todi. »Und Snorri wiedersehen. Und Ullr.« Sie wandte sich Dandra zu. »Darf ich?«

»Natürlich«, antwortete Dandra, griff in einen kleinen Kasten, der hoch oben an der Wand hing, zog eine längliche lila Karte heraus und reichte sie Todi. »Die Losung für heute Nacht. Die brauchst du, um wieder hereinzukommen.«

Todi steckte die Karte in eine der vielen Taschen an der Fischerweste ihres Vaters. Er war ein gutes Gefühl, eine Losung für den Zaubererturm zu bekommen, als gehörte sie schon richtig dazu.

Auf der *Abenteurer* war alles so schön unkompliziert und vertraut. Todi saß in der Kabine und tunkte knuspriges Brot in einen Eintopf, den Nicko gekocht hatte, während Nacht-Ullr im Eingang lag und Wache hielt.

»Und, Todi?«, fragte Snorri mit ihrem leiernden Akzent. »Wie war dein Tag?«

Todi trank einen Schluck Limonade. »Toll.«

»Und die Freundin deiner Mutter?«

»Ich hab Dandra sehr gern. Seht mal, was sie gemacht hat. Das ist richtige Magie!« Sie zog den Kieselstein mit den Farbspritzern aus der Tasche und hielt ihn in der ausgestreckten Hand. Nicko blickte lächelnd zu Snorri. Er ahnte, was jetzt kam.

Todi streichelte den Kieselstein ganz sanft. Daraufhin öffnete er langsam zwei kleine schwarze Augen und streckte vier Stummelbeine von sich. »Das ist ein Tierstein«, sagte sie.

»Ganz recht«, sagte Nicko. »Und Tiersteine sind gefräßige kleine Biester, deshalb gib ihm nicht zu viel Futter, sonst wird er sehr schwer und träge.«

»Ach, habt ihr auch einen?«, fragte Todi.

»Nein, aber Jen – ich meine, die Königin – hat viele. Sie leben im Steingarten des Palastes. Du solltest deinen dort hinbringen, damit sie sich kennenlernen. Mit den grünen Flecken wirst du ihn immer wiedererkennen.«

»Hat er einen Namen?«, fragte Snorri.

»Noch nicht«, sagte Todi. »Ich muss ihn erst mal selbst kennenlernen.« Sie streichelte ihren Tierstein noch einmal, und er schloss die Augen, zog die Stummelbeine ein und wurde wieder ein einfacher Stein mit grünen Farbspritzern.

»Dann hattest du also einen schönen Tag, Todi?«, fragte Nicko.

»Ja«, antwortete Todi. »Dandra hat mir so viel von meiner Mutter erzählt und … und auch von meinem Dad. Sie hätte gern, dass ich bleibe. Ich kann bei ihr wohnen und mir überlegen, was ich tun will. Das hat sie meiner Mutter versprochen.« Todi seufzte. »Aber … ach, es ist so albern, ich weiß, aber ich denke die ganze Zeit …«

»An zu Hause?«, fragte Snorri.

Todi nickte. »Ich glaube, mir war gar nicht richtig klar, dass ich vielleicht für immer fortgehe. Aber jetzt, wo ich hier bin, denke ich ständig an Oskie und Ferdie. Und an Rosie und Jonas, an den kleinen Torr und an Jerra ... Sie waren so gut zu mir. Und ich bin einfach davongelaufen und habe sie im Stich gelassen. Ich kann gar nicht glauben, dass ich das getan habe.« Todi begrub das Gesicht in den Händen.

Snorri nahm sie in den Arm. »Du bist nicht davongelaufen. Du bist gegangen, weil es der Wunsch deiner Eltern war.«

Todi schüttelte den Kopf. »Ich bin davongelaufen. Und habe meine Freunde in einem totalen Durcheinander zurückgelassen.«

Nicko beugte sich vor. »Todi, du hast dich zwischen zwei Wegen entschieden. Und das ist das Dumme bei solchen Entscheidungen – es gibt immer den anderen Weg, den man nicht gewählt hat. Vielleicht wäre er besser gewesen, vielleicht wäre er schlechter gewesen, aber das ist nicht der springende Punkt. Man kann nicht beide wählen. Und manchmal, wenn die Zeit drängt, muss man sich schnell entscheiden. Und man tut das, was man in dem Moment für das Beste hält. Das ist hart, aber so ist es nun mal. Ich persönlich finde, dass du das Richtige getan hast.«

Todi schüttelte den Kopf. Sie wünschte, sie könnte sich so sicher sein.

»Sieh mal, Todi«, sagte Snorri, »das Leben ist wie eine Fahrt übers Meer. Du steuerst dein Boot, so gut du kannst, aber manchmal gerätst du in einen Sturm. Dann bleibt dir nur eines: weiter mit ruhiger Hand das Steuer zu führen und auf besseres Wetter zu hoffen.«

Nicko grinste. »Bisher hast du deine Sache ziemlich gut gemacht. Noch bist du nicht auf ein Riff aufgelaufen.«

Aber irgendwo mitten in einem dunklen Wald bahnte sich Unheil an. Mitza Draddenmora Draa stand nervös in einem Kreis von Garmins und hielt ein altes T-Shirt von Todi in der Hand. Sie warf es dem Rudel hin und brüllte: »Sucht!«

Die Losung

Es war spät am Abend, als Todi mit Nicko und Snorri durch die Bootswerft zurückging. Sie durchquerten den Tunnel, der unter der dicken Ringmauer hindurchführte, und gelangten auf einen von Laternen beleuchteten Pfad, der sich zwischen hohen schmalen Häusern, wie sie typisch für die Burg waren, hindurchschlängelte. Der Pfad endete an einer imposanten Mauer, hinter der der lichtüberflutete Zaubererturm emporragte. In die Mauer war eine Pforte eingelassen, und Nicko stieß sie auf. Sie führte in den Hof des Zaubererturms, und Todis Kummer schwand sofort, als sie die erfrischende Wirkung der dahinter wirbelnden Magie spürte.

Sie umarmte erst Nicko und dann Snorri. »Danke«, sagte sie. »Danke für alles.«

»Wir bringen dich noch zur Tür«, erklärte Snorri.

Aber Todi wollte jetzt lieber allein sein und die Magie, die den Hof erfüllte, genießen. Stolz hielt sie die lila Karte mit der Losung hoch. »Ist nicht nötig, danke. Ich habe die Losung für heute Nacht.«

Nicko verstand – er wollte manchmal auch mit seinem Boot und dem Meer allein sein. »Ist schon in Ordnung«, sagte er zu Snorri und dann an Todi gewandt: »Wir sind morgen auf der Bootswerft. Besuch uns doch, ja?«

Todi lächelte. »Gerne.«

Nicko reckte die Daumen nach oben und schloss die Pforte von außen.

Todi schlenderte versonnen über den Hof, genoss das Gefühl, sich durch Magie zu bewegen – es war wie unter Wasser gehen. Ein lila Schimmern lag in der Luft. Blaue, grüne und orangefarbene Lichter fielen in weitem Bogen vom Zaubererturm auf den Boden wie der Sprühregen eines riesigen Feuerwerks. Manche Lichter landeten vor ihren Füßen, prallten vom Boden ab und stiegen glühend wieder auf wie verirrte Sternschnuppen. Die Luft prickelte und kribbelte auf Todis Haut, als sie sich der schimmernden weißen Marmortreppe näherte, die zu der silbernen Tür hinaufführte.

Am Fuß der Treppe blieb sie stehen und schaute zu dem Turm hoch, wie verzaubert von den unzähligen lila Fenstern, die so unmerklich waberten, dass sie die Bewegung nur sehen konnte, wenn sie den Blick von ihnen etwas abwandte. Besonders eines – das Unbeständige Fenster, das ihr Dandra am Morgen gezeigt hatte – fesselte ihre Aufmerksamkeit. Während sie zu ihm hinaufschaute, um festzustellen, ob es gerade da war, gewahrte sie eine andere Bewegung aus dem Augenwinkel. Sie wirbelte herum und erblickte zu ihrem Entsetzen eine blasse, flachköpfige Gestalt, die im Schatten des Zaubererturms lauerte. Ein Garmin.

Noch nie war ihr eine Treppe so lang vorgekommen. Sie rannte nach oben, und dort angekommen, stellte sie erschrocken fest, dass sie die Losung vergessen hatte und *die lila Karte nicht mehr in der Hand hielt.* Sie musste sie fallen gelassen haben, als sie die Treppe hinaufgestürmt war. Von Panik erfasst, drehte sie sich langsam um. Da lag die Karte, sich dunkel vom weißen Marmor abhebend, auf der untersten Stufe. Aber nicht weit dahinter stand die hoch gewachsene Gestalt des Garmins.

Ganz verwirrt von dem Ansturm all der magischen Kräfte auf dem Hof, stand der Garmin da und wiegte den großen schweren Kopf hin und her. Todi spürte, dass er sie noch nicht bemerkt hatte. Sie hatte nur ein paar Sekunden, um die Karte zu holen – und sie durfte nicht zögern, sonst war die Gelegenheit vertan. Also huschte sie, obwohl sich alles in ihr dagegen sträubte, die Stufen wieder hinunter, der lila Karte und dem Garmin entgegen. Auf der vorletzten Stufe angekommen, schnappte sie sich die Karte und drehte sich um, um wieder nach oben zu rennen. Die jähe Bewegung wurde ihr zum Verhängnis.

Klick-klick-klick.

Ein metallisches Aufblitzen gelber Augen zog sie in den Bann. Sie versuchte wegzusehen, aber alle Kräfte hatten sie verlassen. Ihr Körper schien ihr nicht mehr zu gehorchen.

Klick-klicker-klick. Klick-klicker-klicker-klick.

Keine halbe Minute später ging die silberne Tür des Zaubererturms auf, und Dandra Draa stürzte heraus. Sie blieb kurz stehen und lauschte, dann eilte sie die Treppe hinab. Die Magie im Hof war gestört – *hier stimmte etwas nicht.*

~ TEIL 7 ~

Böswilliges Eindringen

Marcia Overstrand saß an ihrem liebsten Platz auf der Welt – vor einem Fenster hoch oben in dem kreisrunden Hauptraum ihres Seefrieds.

Die ehemalige Außergewöhnliche ging selten vor den frühen Morgenstunden zu Bett, und so manche Nacht wanderte sie, nur mit einer brennenden Kerze bewaffnet, im Turm umher und lernte auf diese Weise jedes nächtliche Knarren, jeden dunklen Winkel und jeden Mondstrahl kennen, der sich durch ein Schießschartenfenster stahl. Nach dem Trubel im Zaubererturm, wo es von Leuten wimmelte, die ihre Zeit in Anspruch nahmen, genoss sie das Alleinsein und den Luxus, endlich Zeit zum Nachdenken zu haben und sich eines Tages vielleicht wieder ihren ganz persönlichen magischen Vorlieben widmen zu können – wenn sie sich endlich von den rastlosen Jahren, in denen sie für alles verantwortlich gewesen war, erholt haben würde.

Um das Fenster zu erreichen, hatte Marcia ein paar schmale Stufen in die von drei Meter dicken Mauern umschlossene Fensternische hinaufsteigen müssen. Jetzt saß sie auf einem Teppich und mehreren Kissen und betrachtete die Szenerie unter ihr. Die schmale Mondsichel spendete nur wenig Licht, aber Laternen erhellten die alten, buckligen Erdwälle, die den Turm umgaben. Dahinter lag ein schöner, neu errichteter Kai aus Stein mit einer Reihe von Laternen, die ebenfalls brannten, um einem Schiff namens *Cerys* den sicheren Weg in die breite, unruhige Bucht zu weisen.

Marcia genoss die Ruhe und den Frieden des alten Gemäuers und blickte verträumt in die Nacht hinaus, in dem Wissen, dass niemand an die Tür klopfen und von ihr verlangen würde, *auf der Stelle etwas zu unternehmen*. Früher hatte Marcia den Gezeiten und allem, was mit Schiffen zu tun hatte, nicht die geringste Aufmerksamkeit geschenkt, inzwischen aber kannte sie die Gezeitentafel in- und auswendig. Im Moment herrschte Flut, und sie fragte sich, ob die *Cerys* heute Nacht wohl wieder nach Hause kommen würde.

Nebelschwaden wälzten sich vom Meer heran, überzogen bald die weißen Steine des Kais und krochen das Gras herauf, blieben aber in Bodennähe, sodass Marcia immer noch den Sternenhimmel sehen konnte. Wegen des aufgezogenen Nebels vermutete sie, dass sie den Seefried eine weitere Nacht für sich allein haben würde. Sie machte es sich zwischen den Kissen bequem und griff zu einem zerlesenen Buch, das ihr Marwick zum Einzug geschenkt hatte, ein kostbares Exemplar von *Die Alten Wege der Welt*. Es wurde empfindlich kühl, und sie zog ihren dicken Wollumhang enger um den Körper, blätterte bis zu Kapitel 13, das den unheilvollen Titel »Böswilliges Eindringen« trug, und begann zu lesen.

Aber Marcia war nicht ganz allein in ihrem Turm. In den unteren Etagen wohnten drei Trommlinge. Trommlinge waren kleine, menschenähnliche Wesen, die ursprünglich aus der Großen Feuerkammer unter der Burg stammten. Anfangs hatte Marcia einen tiefen Argwohn gegen die Trommlinge gehegt, denn sie waren das Resultat von Menschenversuchen, die die alten Alchimisten angestellt hatten und die sie selbst missbilligte. Doch in den sieben Jahren seit der

Wiederentdeckung der kleinen Wesen hatte Marcia sie schätzen gelernt. Daher hatte sie nicht lange gezögert, als sich drei ältere Trommlinge erboten, mit ihr in den Seefried zu ziehen. Sie waren ruhige, patente Geschöpfe, auf die Marcia sich verlassen konnte.

Fabius, Lucius und Claudius Trommling vermieden es, wenn irgend möglich, die oberen Etagen aufzusuchen. Ihr Reich lag unter der Erde, und sie waren vollauf damit zufrieden, den Wegeknoten zu bewachen und das Feuer in der Küche zu unterhalten. Daher war Marcia nicht wenig überrascht, als sie neben sich ein leises, entschuldigendes Hüsteln vernahm, aufschaute und ein paar rote Augenbrauen erblickte, unter denen die großen dunklen Augen von Fabius Trommling hervorschauten. Die breiten, mit Saugnäpfen versehenen Finger des Trommlings umklammerten die tiefe steinerne Fensterbank, und seine Miene unter dem langen, geflochtenen Bart wirkte nervös.

Marcia legte sofort das Buch beiseite. »Was gibt es, Fabius?«, fragte sie.

Fabius war kein Freund vieler Worte, denn wie die meisten Trommlinge verständigte er sich lieber per Zeichensprache. »Ärger«, sagte er.

Im Nu war Marcia von der Fensterbank herunter. Der Trommling huschte durch den Hauptraum, und Marcia eilte ihm nach, durch die Tür und auf die steinerne Wendeltreppe, die in die unteren Etagen führte. Fabius drehte sich um und legte einen Finger auf die Lippen, um ihr zu bedeuten, leise zu sein. Marcia war froh, dass sie ihre weichen lila Pelzstiefel anhatte, mit denen sie fast so leise auftreten konnte wie der Trommling – wenn auch nicht ganz so geräuschlos, wie es sich Fabius gewünscht hätte. Sie stiegen drei

Stockwerke hinab. Im ersten lag der Eingangsbereich, und sobald sie ihn passiert hatten und sich der Ebene darunter näherten, begann die Temperatur zu steigen. Hier befand sich die Feuerkammer, wie die Trommlinge den Raum nannten. Hinter der Bezeichnung verbarg sich eine ganz normale Küche, in der sie das Feuer unterhielten, einfache Mahlzeiten kochten und schliefen.

Marcia und Fabius eilten weiter die schmale, sanft geschwungene Treppe hinunter. Der modrige Geruch von feuchter Erde wurde immer stärker, je näher sie dem Knoten kamen.

Der Knoten selbst war verhältnismäßig klein. Im Unterbau des Turms waren die Wände extrem dick, und wie die Speichen eines Rades liefen hier strahlenförmig zwölf Gewölbegänge zusammen, die jeweils in einen Torbogen mündeten. Die Bogen waren von eins bis zwölf mit FährtenFinderziffern durchnummeriert. Die dazugehörigen Gänge schienen nicht lang zu sein – höchstens sieben, acht Meter –, denn jeder endete in einem seltsam weißen Nebelwirbel, den Marwick als Fluchtpunkt bezeichnet hatte.

Als Marcia im Knoten ankam, fand sie dort die beiden anderen Trommlinge vor, in der Hand ihre berüchtigten Schnappmesser, deren scharfe Klingen sich blitzschnell ausklappen ließen.

Was ist los?, fragte Marcia in der Zeichensprache der Trommlinge, die sie allerdings nicht so gut beherrschte, wie sie es sich gewünscht hätte. Jedenfalls amüsierten sich die Trommlinge oft köstlich über ihre Bemühungen.

Garmins aus Weg II, antwortete Claudius und deutete auf den Torbogen hinter ihm mit der Zahl *II* oben auf dem Schlussstein.

In Weg VII, fügte Lucius hinzu und deutete überflüssigerweise auf Bogen Nummer *VII,* der ziemlich genau gegenüber lag.

Leider, schloss Fabius.

Marcia war entsetzt. Zu aufgeregt, um die Zeichensprache zu benutzen, flüsterte sie: »Garmins? Sind Sie sicher?«

Die drei Trommlinge nickten einhellig.

Pst, gab Fabius zu verstehen. *Sie kommen.*

Auf welchem Weg?, fragte Marcia, jetzt wieder per Zeichensprache.

Sieben.

Sie atmete auf. Wenn die Garmins so rasch wieder aus dem Zaubererturm zurückkamen, durften sie kaum genug Zeit gehabt haben, um etwas Schlimmes anzurichten. Doch ihre Erleichterung währte nicht lange. Im nächsten Moment schoss etwas Weißes aus Weg VII hervor. Marcia stockte der Atem. Die Kreaturen – furchterregende weißhäutige Ungetüme, halb Reptil, halb Mensch – waren viel größer, als sie erwartet hatte. Sie flitzten durch den Knoten, ohne die Anwesenden zu beachten, und verschwanden in dem dunklen Gang von Weg II.

Marcia war schockiert. Sie stürzte zum Eingang von Weg II und verschloss ihn unter Aufbietung all ihrer Kraft mit einem lila schimmernden magischen Siegel, um jedes weitere böswillige Eindringen zu verhindern. Gerade wollte sie den nächsten Eingang versiegeln – denn sie hatte keine Ahnung, was sonst noch kommen mochte und aus welcher Richtung –, da ließ sie ein Schrei der Trommlinge herumfahren. Aus Weg VII tauchte ein weiterer Garmin auf, aber er war in keiner guten Verfassung. Er humpelte, und von seinem geöffneten Maul, aus dem schlaff die flache, gespaltene Zunge heraushing, troff der Geifer. Mühsam schleppte er sich zum Eingang von Weg II, stieß gegen das Siegel und prallte verdutzt zurück. Marcia und die Trommlinge erstarrten, ihre Haut kribbelte vor Ekel, während die Kreatur mit hängendem Kopf im Kreis torkelte und dann auf der Treppe verschwand.

Drei Trommling-Schnappmesser schnappten auf. »Den packen wir uns«, flüsterte Fabius.

Fassungslos sah Marcia zu, wie die Trommlinge die Verfolgung aufnahmen und die Treppe hinaufstürmten. Sie holte tief Luft und versuchte, sich zu beruhigen und ihre Hände am Zittern zu hindern. Sie musste die anderen Wege versiegeln, und zwar schnell. Als sie sich gerade wieder Weg III zuwandte, vernahm sie ein dumpfes Dröhnen, das aus Weg VII drang – Schritte. Die Schritte eines Menschen. Eilige, panische Schritte.

Im nächsten Augenblick stürzte Dandra Draa aus dem Gang, in den Armen einen großen, silbrig glänzenden Kokon. »Alice!«, schrie Dandra.

»Was?«, fragte Marcia.

»*Alice*. Äh, ich meine, Todi. Sie ist hier drin – in diesem Garmin-Kokon. Ach, Marcia, ich habe Cassi versprochen, dass ich auf sie aufpassen würde, und jetzt das! Bitte, helfen Sie mir. *Bitte!*«

»Nach oben«, befahl Marcia energisch. »Wir brauchen Wärme, ein Feuer. Rasch, wir müssen uns beeilen.« Sie war bereits auf dem Weg zur Treppe, da fiel ihr der verletzte Garmin ein, der jetzt irgendwo dort oben herumstrich. Unschlüssig blieb sie stehen, und im selben Moment kam etwas Großes und Weißes die Treppe heruntergeflogen, direkt auf sie zu. Marcia konnte gerade noch zur Seite springen. Die Kreatur schlug krachend auf den Steinplatten auf und blieb reglos liegen. Dann polterten schwere Schritte die Treppe hinunter, und zu Marcias Erstaunen erschien, einen dicken Stock schwingend, ein Mann, der wie ein Pirat aussah. »Milo!«, rief sie.

»Marcia!«, stieß Milo hervor.

Marcia betrachtete den Garmin, aus dessen Körper eine dicke schwarze Flüssigkeit auf die weißen Steinplatten sickerte. »Ist er tot?«, fragte sie.

Milo stieß die Kreatur mit dem Fuß an. »Ja.«

»Gut«, sagte Marcia. »Kommen Sie, Dandra. Die Zeit drängt.«

Dandra schenkte Milo ein angestrengtes Lächeln, als er irritiert zur Seite trat, um sie vorbeizulassen. Milo brauchte ein paar Sekunden, ehe er sich wieder gefasst hatte, dann brüllte er: »Marcia! Was geht hier vor?«

»Keine Zeit«, rief Marcia zurück. »Ich erkläre es dir später.«

Vom Fuß der Treppe aus sah Milo zu, wie die Frau, mit der er auf den Tag genau ein Jahr verheiratet war, hinter der ersten Biegung der Treppe verschwand. Fassungslos schüttelte er den Kopf. Er hatte gehofft, das Leben hier würde einfacher werden, aber jetzt begriff er, wie töricht dieser Gedanke gewesen war. Bei Marcia war nichts einfach.

Der Kokon

Der silberne Kokon lag auf dem Teppich vor dem imposanten Kamin im großen Saal. Dank Milo loderten die Flammen jetzt hoch in den steinernen Rauchfang und verströmten die von Marcia erwünschte Hitze.

»Kaum zu glauben, dass da ein Mensch drin ist«, sagte Milo mit düsterem Blick auf den Kokon. »Er ist so klein.«

»Er ist mit einem Zauber verdichtet«, erklärte Marcia. »Ein

Schwarzkünstlertrick ohne jede Achtung vor dem menschlichen Leben. Du würdest staunen, wie klein ein Menschenkörper werden kann.«

»Und er bleibt trotzdem am Leben?«, fragte Dandra ängstlich.

»Eine gewisse Zeit.« Marcia strich mit den Händen über die zähe Hülle des Kokons und suchte nach einer Schwachstelle, die sich nicht so hart und widerstandsfähig anfühlte wie Stahl. »Milo, würdest du mir bitte mal dein Taschenmesser borgen?«

Milo zückte ein kleines Messer mit Ebenholzgriff und reichte es ihr. Sie klappte es auf, blies über die Klinge und murmelte *»Löse, was verbunden ist, scheide, was verschlungen ist«*. Dann stieß sie das Messer – das rasierklingenscharf war wie alle Messer Milos – in die Stelle, wo sie die Naht der Membran wähnte. Zu ihrer Erleichterung hatte sie richtig vermutet. Sie zwängte die Hand in den Spalt und spürte den Körper eines kleinen Menschen darunter. »Milo. Dandra. Fasst hier hinein und zieht das grässliche Zeug auseinander, damit es nicht wieder zusammenklebt.«

Milo und Dandra griffen in das widerlich klebrige Material und zogen. Es bewegte sich nicht, aber so leicht gaben die beiden nicht auf. Sie zerrten mit aller Kraft, und schließlich weitete sich der Spalt in der Membran. Marcia begann, wie wild mit dem Messer an einer Kante herumzusäbeln. Plötzlich löste sich die Spannung, die auf der Membran gelegen hatte, wie bei einer Sprungfeder, und der Kokon fiel auseinander.

Darin lag zusammengekrümmt die Gestalt eines Mädchens, Arme und Beine angezogen wie – so schoss es Marcia durch den Kopf – bei einer servierfertigen gebratenen Gans.

»Gütiger Himmel«, sagte Milo.

»Oh, *Alice!*«, stieß Dandra hervor.

Milo hatte Marcia noch nie »bei der Arbeit« gesehen, wie er es nannte. Und so schaute er jetzt ehrfürchtig zu, wie sie Todis schlaff herunterhängenden Kopf hochhob und die feuchten, verfilzten Haare aus dem bläulich weißen Gesicht strich. Dann holte Marcia tief Luft und hörte gar nicht mehr damit auf, bis Milo glaubte, sie würde gleich platzen. Schließlich beugte sie sich vor und blies ihren warmen, magischen Atem, der in der Nachtluft eine blassrosa Farbe annahm, in einem sanften, gleichmäßigen Strom über das Gesicht des Mädchens.

Während Marcia ausatmete, merkte Milo, dass er dasselbe tat. Aber ihm ging bald die Puste aus. Der lange, dünne Strom, der Marcias Mund entwich und über Todis bleiche, feuchte Haut strich, wollte hingegen kein Ende nehmen. Und gerade als Milo dachte, dass Marcia nun wirklich keine Sekunde länger ausatmen könnte, sah er, dass Todis Lider zuckten. Mit einem Schlag standen ihre dunkelgrauen Augen weit offen und sahen ihn direkt an.

»Du bist in Sicherheit«, murmelte Marcia. »Schlaf jetzt.«

»Oh«, seufzte Dandra. »Dem Himmel sei Dank.«

Todi nahm einen tiefen, langen Atemzug. Die Luft schmeckte süß und rauchig und war herrlich warm. Von dem kalten Reptilienschleim war sie ganz durchgefroren, und die plötzliche Wärme ließ sie zittern. Gern hätte sie gefragt, wo sie war und was geschehen war, aber ihre Zähne klapperten zu heftig. Irgendwer legte ihr eine Decke um die Schultern, und sie zog sie enger um den Körper. Sie hatte das Gefühl, als würde ihr nie wieder warm werden.

»Alice … ach, *Alice.*« Jemand anderes nahm sie in die Arme, und sie spürte einen warmen Atem im Gesicht. Dann wurde sie sanft auf weiche Kissen und Decken gebettet. Langsam fühlte sich Todi wieder wie ein Mensch. Sie schaute auf. Drei blasse Gesichter lächelten besorgt auf sie herab. Sie genoss die Gegenwart von Menschen – ihre warmen Körper, ihre ausdrucksvollen Gesichter. Jemand breitete noch eine Decke über sie, dann schloss sie die Augen, denn sie wusste, dass sie in Sicherheit war.

Dandra erhob sich zitternd. »Sie schläft jetzt«, flüsterte sie und schaute auf Todi hinab, die unter den Decken immer noch sehr klein und dünn aussah. Glücklich umarmte sie Marcia. »Ich danke Ihnen – oh, wie sehr ich Ihnen danke«, sagte sie. »Aber jetzt muss ich gehen. Ich habe im Krankenrevier einen Patienten, mit dem es wohl zu Ende geht. Ich musste den Lehrling dort allein lassen. Ach, wie gern würde ich bleiben, aber ich muss fort.«

»Beruhigen Sie sich, Dandra«, sagte Marcia. »Wie werden uns um Alice kümmern und die ganze Nacht bei ihr wachen, keine Sorge.« Sie trat einen Schritt zurück und musterte ihre Freundin. »Sie könnten selbst etwas Schlaf gebrauchen. Du meine Güte, was haben Sie denn da an der Hand?« Dandra Draas Fingerknöchel waren ganz blutig.

Dandra betrachtete sie überrascht. »Das muss passiert sein, als ich dem Garmin eins auf die Nase gegeben habe.«

»Sie haben einen Garmin geschlagen?« Marcia staunte.

»Na ja, irgendwie musste ich ihm ja Alice entreißen. Mir ist nichts Besseres eingefallen.«

»Ach, Dandra, Sie sind großartig«, sagte Marcia und legte der Freundin den Arm um die Schultern. »Milo wird auf Todi aufpassen. Ich bringe Sie nach Hause.«

»Bleib nicht zu lange«, sagte Milo.

Unten im Knoten, am Fuß der Treppe, stiegen Dandra und Marcia über den toten Garmin, der wie eine zerquetschte Riesenspinne in einer schwarzen Lache lag. Sie erschauderten. »Milo wird das morgen früh wegräumen«, sagte Marcia energisch.

Bevor sie den Knoten verließ, versiegelte sie alle Wege bis auf Nummer VII. Und als sie später aus dem Zaubererturm, wohin sie Dandra begleitet hatte, zurückkehrte, versiegelte sie auch Weg VII.

Oben im großen Saal wartete Milo neben der schlafenden Todi im Schein des Kaminfeuers.

»Wie geht es ihr?«, flüsterte Marcia.

»Gut«, antwortete Milo. »Sie schläft tief und fest.«

»Ich werde die ganze Nacht bei ihr wachen«, sagte Marcia. »Sicher ist sicher.«

»Die ganze Nacht?«, fragte Milo bestürzt. »Aber, Marcia, ich bin extra zurückgekommen ...«

Marcia ergriff seine Hand. »Und darüber freue ich mich auch sehr. Ich dachte, du hättest es nicht geschafft. Der Nebel zog so schnell auf.«

»Ich habe mit der *Cerys* am Außenkai angelegt und bin hergerudert«, erzählte Milo. »Ich bin dem Nebel gefolgt. Ich musste einfach kommen.«

Marcia lächelte glücklich. »Nun, wir können die Nacht hier am Kamin verbringen. Ich werde Lucius bitten, uns etwas zu essen zu machen.«

Milo blickte bekümmert drein. Kochen gehörte nicht zu den Stärken der Trommlinge. »Dann hast du noch immer keinen Koch?«

»Ich möchte nicht, dass es in meinem Turm von Leuten wimmelt«, entgegnete Marcia, »schon gar nicht von Köchen. Die machen nur

Ärger. Außerdem wird Lucius immer besser. Er macht vorzügliche Omeletts. Und leckeren Stachelbeerenauflauf.«

»Dann also Omelett und Stachelbeerenauflauf«, meinte Milo tapfer. »Ich gehe und sage ihm Bescheid.« Er stand auf.

Erst später, als er in die Feuerkammer hinunterging, um das Essen zu holen, erkannte er, dass er sich unklar ausgedrückt hatte. In einer großen Schüssel lag ein Omelett und darum herum ein Haufen Stachelbeeren, die mit Käsebrotkrumen bestreut waren. »Gut, dass ich vom Handelsposten Pralinen mitgebracht habe«, sagte Milo und reichte Marcia eine lange, samtbezogene Schachtel mit einer großen goldenen Schleife. »Alles Gute zum Hochzeitstag.«

Der Grula-Grula

Am nächsten Morgen ging es Todi schon wieder viel besser. Sie wollte in den Zaubererturm zurück, aber Marcia befühlte ihre Stirn und schüttelte den Kopf.

»Du bist immer noch leicht unterkühlt, Alice«, sagte sie. »Du musst erst wieder durch und durch warm werden. Komm, setz dich in die Sonne. Es gibt nichts Besseres, um die restliche schwarzmagische Kälte loszuwerden.«

Und so verbrachte Todi den Vormittag in Marcias Erker, tankte Sonne und sah zu, wie Milos Schiff, die *Cerys,* mit der Flut einlief. In der Hand hielt sie ein schönes, mit magischen Symbolen verziertes silbernes Pfeifchen, das ihr Marcia überlassen hatte.

»Der Knoten ist gesichert, und die Trommlinge werden gut auf dich aufpassen«, hatte Marcia gesagt. »Trotzdem möchte ich dir dies hier geben. Wenn du Hilfe brauchst, bläst du einfach hinein. Ich werde es hören.«

»Aber wie denn?«, fragte Todi. »Wollten Sie nicht in den Zaubererturm?«

Marcia deutete auf ein Gegenstück der Pfeife, das sie um den Hals trug. »Das ist ein netter, kleiner Zauber«, erklärte sie. »Wenn du in deine Pfeife bläst, fängt die hier an zu pfeifen. Lass es uns ausprobieren. Ich gehe da hinüber, und dann pfeifst du.« Marcia durchschritt den Raum bis zur Treppe. »Fertig?«

Todi stieß in ihre Pfeife. Es kam kein Ton heraus, aber vom anderen Ende des Raums ertönte ein angenehmes Trillern. Marcia schmunzelte. »Ich werde nicht lange wegbleiben.« Und damit verschwand sie.

Todi lauschte dem Trippeln der lila Pythonschuhe, die sich entfernten. Dann drehte sie sich wieder in die Sonne und beobachtete, die silberne Pfeife in der Hand, zufrieden das geschäftige Treiben, das die Rückkehr der *Cerys* in ihren Heimathafen ausgelöst hatte.

Marcia entsiegelte Weg VII und eilte zum Zaubererturm, um mit Septimus zu sprechen. Aber sie kam zu spät. Er war bereits fort. Und da Dandra noch im Krankenrevier zu tun hatte, setzte Marcia sich in die Große Halle und wartete auf Septimus' Rückkehr.

Septimus stand vor Botts Zauberermantelladen, neben ihm Beetle, der Obermagieschreiber, dem es bislang noch nicht gelungen war, den Grula-Grula zu entfernen. Es war Beetles zweiter Tag in Botts Laden, aber diesmal hatte er Verstärkung mitgebracht: den Außergewöhnlichen Zauberer und zwei weitere Heap-Brüder, die Zwillinge und Oberlehrlinge Edd und Erik.

Sie wurden von Miranda Bott empfangen, einer wohlbeleibten, leicht reizbaren Frau, die den Laden unlängst geerbt hatte. Miranda führte das Familienunternehmen zwar pflichtbewusst fort und verkaufte weiter Zauberermäntel (gebrauchte wie auch solche, die es erst werden sollten), aber auf Zauberer war sie nicht sonderlich gut zu sprechen.

Beetles Bemühungen am Vortag hatten leider nur dazu geführt, dass der Grula-Grula einen gewaltigen Wutanfall bekommen und die letzten von Mirandas kostbaren alten Mänteln ruiniert hatte. Schließlich, als ihre besten Stücke in Fetzen lagen und der Gestank von altem Käse den Laden gänzlich erfüllte, hatte sie eingewilligt, die Bewohner des Zaubererturms hinzuzuziehen. »Aber wohlgemerkt, ich will keinen alten Zauberer hier sehen«, hatte sie zu Beetle gesagt. »Holen Sie den Außergewöhnlichen, oder wir vergessen die Sache.«

Jetzt schnaubte Miranda verächtlich beim Anblick des Außergewöhnlichen Zauberers in seiner stattlichen lila Robe und seiner beiden Begleiter, die sie für Leibwächter hielt. Edd und Erik waren kräftig gebaut und hatten nach den Jahren, die sie im Wald gelebt hatten, etwas Wildes an sich. Miranda war von ihnen gar nicht angetan. »Die können Sie draußen lassen«, sagte sie.

Aber Septimus dachte gar nicht daran, Edd und Erik vor der Tür stehen zu lassen, denn seit seinem Amtsantritt als Außergewöhnlicher Zauberer hatte er viel über die hohe Kunst der Diplomatie gelernt. »Miss Bott«, sagte er, »es wäre mir eine große Freude, Sie mit meinen Brüdern Edd und Erik Heap bekannt zu machen.«

»Wie geht es Ihnen, Miss Bott«, murmelten Edd und Erik höflich.

»Hm«, brummte Miranda.

»Und den Obermagieschreiber, Mr. Beetle, kennen Sie ja bereits.«

Miranda Bott ließ sie nicht besänftigen. »Und ob ich ihn kenne. Er hat mich gestern ja regelrecht überrumpelt. Und hat dabei herzlich wenig zustande gebracht. Ich kann nur hoffen, dass Sie Ihre Sache besser machen, Außergewöhnlicher.«

»Wir arbeiten Hand in Hand«, erwiderte Septimus geschmeidig. »Der Obermagieschreiber hat gestern nur Phase eins der Räumung durchgeführt, und alles ist planmäßig verlaufen.«

Beetle blickte überrascht auf, hatte sich aber gleich wieder im Griff. Manchmal konnte er über den neuen Außergewöhnlichen Zauberer Septimus nur staunen. Sein alter Freund hatte sich als politisches Naturtalent entpuppt.

Miranda Bott war weniger beeindruckt. »Blödsinn!«, erklärte sie.

»Und nun, in Phase zwei, Miss Bott«, fuhr Septimus unbeirrt fort, »müssen wir uns *alle* mit Ihrem ungebetenen Gast befassen. Und ich verspreche Ihnen, dass wir unser Bestes tun werden.«

Der aufrichtige Ausdruck in seinen klaren grünen Augen und seine unaufgeregte Art zeigten allmählich Wirkung, und Miranda Botts strapazierte Nerven beruhigten sich etwas. Sie lächelte sogar und sagte: »Danke, Außergewöhnlicher, ich glaube Ihnen, dass Sie Ihr Bestes tun werden. Bitte einzutreten.«

Der Grula-Grula-Räumungstrupp kam der Aufforderung nach, und Miranda verriegelte die Tür hinter ihm. Der Gestank war grauenhaft. Selbst Erik und Edd, die aus dem Wald allerlei Gerüche gewohnt waren, rümpften angewidert die Nasen.

»Das ist die widerlichste Kreatur, die mir je untergekommen ist«, erklärte Miranda. »Körperpflege ist für ihn als Grula-Grula ein Fremdwort. Bitte folgen Sie mir.« Sie ging an Tischen vorbei, auf denen sich sauber zusammengelegte Mäntel in verschiedenen

Blau- und Grüntönen stapelten, und durchquerte den Laden. Die Besucher, denen immer flauer im Magen wurde, folgten ihr durch mehrere weitere Räume, in denen die teureren Stücke ausgestellt waren – ein wahrer Wald von grünen, blauen und sehr vereinzelten lila Mänteln, die von Stangen an der Decke hingen.

Als sie hinter dem letzten Mantel hervortraten, stand Miranda Bott vor einer Tür mit der Aufschrift *Antike Sammlung*. »Er ist da drin«, sagte sie. »Er hat sie ruiniert. All die wunderbaren Ausstellungsstücke – sie sind hinüber.« Miranda schniefte dramatisch auf, und Beetle fragte sich, wie sie es schaffte, diesen Gestank so tief einzuatmen.

»Wenigstens hat er nicht noch mehr Schaden angerichtet«, bemerkte Septimus. »Sagen Sie, Miss Bott, welche Gestalt hat er heute angenommen?«

»Heute?«, fragte Miranda verdutzt. »Keine Ahnung, ich habe nicht nachgesehen. Als er in den Laden kam, war er ein reizender, freundlicher Herr. Zuerst probierte er ewig lange die interessantesten Mäntel an und war sehr charmant. Er übergab mir sogar einen Fünf-Kronen-Schein, den er in einer Manteltasche gefunden hatte.« Sie seufzte. »Solche Kunden sind selten.«

»Zum Glück«, erwiderte Septimus in einem energischen Ton, der ihn selbst an Marcia erinnerte.

»Und als er fragte, ob er sich die Antikensammlung ansehen dürfe, dachte ich, ich könne ihm trauen, wo er doch ein so ehrlicher Mann war. Ich ließ ihn hinein, aber da kam ein anderer Kunde in den Laden, und ich musste nach vorn, um ihn zu bedienen. Und dann …« Sie erschauderte. »Und dann, als ich wiederkam und ganz freundlich den Kopf zur Tür hineinstreckte, um nachzusehen, ob er sich zurechtfand, saß da dieses orangerote, behaarte Riesenknäuel auf einem

Haufen kostbarster Mäntel. Ich muss geschrien haben – ja, ich weiß, dass ich geschrien habe, denn mein Nachbar kam herüber und pochte gegen die Tür, um festzustellen, ob mit mir alles in Ordnung war.«

»Warum sind Sie nicht unverzüglich zu uns in den Zaubererturm gekommen?«, fragte Septimus.

»Na ja, ich war so schockiert«, antwortete Miranda. »Ich konnte es nicht glauben. Ich habe bis zehn gezählt und dann noch einmal einen Blick in die Kammer geworfen. Da war von dem Riesenknäuel nichts mehr zu sehen. Also dachte ich, ich hätte mir alles nur eingebildet.«

»Der Grula-Grula hatte sich in etwas anderes verwandelt«, sagte Septimus. »Wahrscheinlich in eine Maus oder etwas Ähnliches, was Sie nicht bemerken würden.«

»Wollen Sie damit sagen, dass ich Mäuse habe?«, fragte Miranda aufgebracht.

»Nicht Sie persönlich, Miss Bott«, erwiderte Septimus. »Wie Sie sicherlich wissen, gibt es zwei Möglichkeiten, einen ungebetenen Grula-Grula-Besucher wieder loszuwerden. Die erste ist etwas radikal und kann periphere Schäden verursachen.«

»Was für Schäden?«, fragte Miranda.

»Die Umgebung könnte Schaden nehmen«, erklärte Septimus.

»Meine Umgebung hat schon genug Schaden genommen, besten Dank«, sagte Miranda entrüstet.

»Dann schlage ich die zweite Möglichkeit vor. Wir werden den Grula-Grula dazu bringen, dass er aus freien Stücken geht.«

»Wie aus freien Stücken?«

»Dass er von sich aus geht«, antwortete Septimus.

Miranda Bott sah ihn erbost an. »Aber das will er doch nicht, oder? Das ist ja das Problem.«

»Haben Sie ihn denn gefragt?«, erkundigte sich Septimus.

»Nein, zum Donnerwetter, natürlich habe ich ihn nicht gefragt. Er ist ein großes, fettes, stinkendes Monster und sitzt da drin und kackt mir seit Tagen meine kostbarsten Mäntel voll. Warum sollte ich zu ihm gehen und mit ihm *reden*? So ein Quatsch!« Miranda Bott warf Beetle einen verzweifelten, hilfesuchenden Blick zu. Aber Beetle reagierte nicht. Er ließ sich nicht auf ihre Seite ziehen.

»Dann schlage ich vor, wir fragen ihn«, sagte Septimus. »Ganz freundlich.« Er zog einen beschriebenen Zettel aus der Tasche und überflog ihn kurz, um sich zu vergewissern, dass er noch jede Zeile auswendig konnte. Das Grula-Grula-Sonett wirkte nur, wenn beim Vortragen der Blickkontakt mit der Kreatur nicht unterbrochen wurde. »Der Obermagieschreiber und ich werden jetzt mit dem Sonett hineingehen«, erklärte Septimus. »In zwei bis drei Minuten werde ich mit dem Grula wieder herauskommen. Bitte sorgen Sie dafür, dass der Ausgang frei ist, Miss Bott.«

Septimus stieß die Tür zur Antikensammlung auf und trat, Edd und Erik als Wachen zurücklassend, mit Beetle ein. Ein drei Meter großes, ziemlich dreieckiges orangefarbenes Fellknäuel ohne sonstige hervorstechende Merkmale – abgesehen von zwei rosa Punkten an der Spitze des Dreiecks oben, bei denen es sich vermutlich um Augen handelte – saß in der Mitte des mittlerweile fast leeren Raums. Wie es schien, hatte das Knäuel den größten Teil der Mäntel und Möbel gefressen, sich dann die Wände vorgenommen und sich an manchen Stellen bereits bis auf die Backsteine durchgenagt. Septimus und Beetle traten vorsichtig näher, wobei sie tunlichst darauf achteten, nicht in den Schleimpfützen auszurutschen, die den Fußboden bedeckten.

Der Grula-Grula beäugte sie misstrauisch. Er hatte noch die Warnung seiner Mutter im Ohr, er solle niemals etwas Lilafarbenes ansehen, wusste aber nicht mehr, warum. Doch kaum hatte Septimus Blickkontakt zu den zwei tränenden rosa Punkten oben an seinem spitz zulaufenden Kopf hergestellt, fiel es ihm wieder ein – aber da war es bereits zu spät. Der Grula-Grula stimmte ein jämmerliches Heulen an. Septimus begann sofort mit dem Sonett.

Aus welchem Stoff, oh Grula, schuf dich die Natur,
dass Millionen Schatten, holder Grula, dich umschweben?

Der Grula-Grula verstummte und blickte wie gebannt auf Septimus, der mit leiser, monotoner Stimme das Sonett vortrug. Dann tauchten von irgendwo unter dem Fell zwei kleine rosa Hände auf und patschten vor Vergnügen. Als Septimus zum Ende kam, stimmte der Grula-Grula mit ein und sang mit einer schrillen Stimme, die in den Ohren schmerzte, leise mit.

Wir kennen dich, oh Grula, in jeder Wohlgestalt.
Dir ward ein Teil von jeder äußern Zier,
an Treu' nur gleichst du keinem, holder Grula – keiner dir!

Beetle sah verwundert zu, wie die Kreatur in tiefer Verehrung auf Septimus herabsah. Die Patschhände wanderten hinauf zur Spitze des Kopfes und kratzten einen sauberen Scheitel in das fettige Haar, sodass ein Gesichtchen zum Vorschein kam, das wie ein kleiner rosa Teller aussah.

Septimus verbeugte sich und sagte: »Schöner Grula, kommt mit mir, ich bitte dich.« Und als er sich zur Tür wandte, trat Beetle klugerweise beiseite, sonst wäre er von einem verzückten orangefarbenen Riesenknäuel niedergewalzt worden.

Sie traten hinaus in den Sonnenschein und die gute Luft der Zaubererallee, während Miranda Bott im Laden blieb, um die Schweinerei zu beseitigen. Septimus spähte verstohlen zum Himmel, um festzustellen, ob Feuerspei vielleicht zurückgekehrt war – was der Außergewöhnliche neuerdings jedes Mal tat, wenn er nach draußen ging. Doch am Himmel zeigte sich weder eine Wolke noch ein Drache.

Langsam, denn der Grula-Grula machte sehr kleine Schritte, gingen sie in Richtung Turm, zur Freude vieler Schaulustiger. »Was hast du mit ihm vor?«, fragte Beetle.

»Fremdenkammer«, antwortete Septimus und fügte für den Fall, dass der Grula zuhörte, hinzu: »Für unseren Ehrengast ist nur das Beste gut genug.«

Septimus war schon lange fasziniert von diesen Kreaturen, die nur äußerst selten und auf unerklärliche Weise in der Burg auftauchten. Die letzte bestätigte Sichtung eines Grula-Grulas lag schon Jahrhunderte zurück (allerdings kursierte das Gerücht, dass unlängst einer im Burggraben ertrunken sei), und Septimus war fest entschlossen, diesen hier nicht gehen zu lassen. Grula-Grulas waren erstklassige Gestaltwandler und daher für ihn von großem Interesse. Er wollte mehr über sie herausfinden.

Flankiert von seiner Eskorte, zog der Grula-Grula in den Hof des Zaubererturms ein, wo ihm ein Empfang zuteil wurde, der ihn in höchstem Maße erfreute. Im Zaubererturm, einer Brutstätte des Klatsches, hatte die Neuigkeit schnell die Runde gemacht, und so wartete oben auf der Treppe bereits eine ansehnliche Schar von Zauberern und Lehrlingen, um sich die Prozession anzusehen. Der Grula-Grula war tief beeindruckt, besonders als er über die Schwelle trat und vom Fußboden mit WILLKOMMEN, HOLDER GRULA, DU SCHÖNSTER VON ALLEN begrüßt wurde. Weniger beeindruckt war er, als plötzlich eine Gestalt vor ihm stand, die einen bunten Mantel und spitze lila Schuhe trug, die nach Schlange rochen.

»Du liebe Zeit!«, rief die Gestalt mit den Schlangenschuhen. »Was ist denn das für ein hässliches Monstrum?«

»Marcia«, blaffte der lila Begleiter des Grula-Grulas, »bitte sei still.«

Marcia war empört über diesen Ton. Aber dann fiel ihr ein, dass sie nicht mehr Außergewöhnliche Zauberin war und nur hier sein durfte, weil Septimus es ihr erlaubte, und das konnte sich sehr schnell ändern, wenn sie nicht aufpasste.

»Es ist uns eine Freude und eine Ehre, einen so erlauchten Gast bei uns begrüßen zu dürfen«, sagte Septimus so laut, dass es der Grula-Grula auch ganz bestimmt hörte.

Marcia warf ihm einen erstaunten Blick zu, während der Grula-Grula weiterging und dabei mit seinen kleinen rosa Augen – die irgendwie kurzsichtig wirkten – hinter seinen Haaren, die wie fettige Vorhänge an ihm herunterhingen, hervorspähte. Im Gehen hinterließ er eine Spur ausgefallener Fellbüschel, die an dem weichen, sandartigen Boden der Großen Halle haften blieben. Schließlich hatte das drei Meter große Dreieck die Fremdenkammer erreicht, warf einen Blick in den trügerisch schönen Raum – und begann mit einer eindrucksvollen Gestaltwandlung.

Ein anerkennendes Murmeln lief durch die Reihen der Zauberer, die sich als Schaulustige eingefunden hatten. Das Riesenknäuel aus Fell und Fleisch fing an zu schimmern und an den Rändern zu verschwimmen. Ein magischer Nebel stieg auf, dann ein lautes Zischen, und die Zuschauer sprangen überrascht zurück. Vor ihnen stand ein kleiner, adretter Herr in einem dunklen Anzug. Er trug eine Brille mit dicken runden Gläsern, hinter denen rosa Schweinsäuglein funkelten, und sein hellorangefarbenes, fettiges Haar war in der Mitte gescheitelt. Er verbeugte sich, fuhr elegant auf dem Absatz herum und trat in die Fremdenkammer.

Marcia wartete, während Septimus die vielen Fragen beantwortete, mit denen ein Außergewöhnlicher Zauberer in solchen Fällen immer bestürmt wird. Als sich die Menge schließlich verlaufen hatte, rauschte sie zu ihm hinüber. »Septimus!«

Septimus sah erschöpft aus. »Marcia«, entgegnete er ohne Begeisterung.

Marcia fühlte mit ihm. Sie wusste noch sehr gut, wie oft sie sich als Außergewöhnliche Zauberin danach gesehnt hatte, in Ruhe gelassen zu werden. Aber diese Sache konnte nicht warten. »Septimus, es tut mir sehr leid.«

Die Müdigkeit in seinen Augen wich Erschrockenheit – was war geschehen? Marcia entschuldigte sich sonst nie. Doch bevor er sie fragen konnte, redete sie schon drauflos.

»Septimus, du hast recht gehabt.«

Er blickte verdutzt. »Ich? Recht? Womit?«

Marcia seufzte. »Dandra hat dir doch bestimmt erzählt, was letzte Nacht geschehen ist.«

»Dandra? Ich habe sie seit gestern nicht gesehen. Im Krankenrevier herrscht anscheinend Hochbetrieb.« Er blickte auf seine Uhr.

»Hör mal, Marcia, ich muss los. Ich habe in ein paar Minuten eine Planungssitzung zum Thema Lehrlingsrotation.«

»Dann weißt du es also nicht?«, fragte Marcia.

»Was?«

»Ach, Septimus. Es tut mir so leid. Aber wir hatten böswillige Eindringlinge. Wir müssen darüber … *oh!*« Plötzlich drang ein dünnes hohes Trillern aus der silbernen Pfeife, die sie um den Hals trug. »Du meine Güte!« Sie legte Septimus eine Hand auf den Arm. »Ich muss weg. Da stimmt etwas nicht. Septimus, komm mit. *Bitte.*«

Septimus wusste sofort, dass die Sache ernst war. Er hinterließ bei dem Zauberer, der den Türdienst versah, eine Nachricht, dann eilte er Marcia hinterher, die bereits die Treppe hinunterrannte. Vor Weg VII holte er sie ein. Zu seiner Überraschung konnte er ihn sehen. Und dann begriff er, warum. Aus dem nebligen Innern kam eine vertraute schmächtige Gestalt auf ihn zugerannt. Und als Todi in die helle Morgensonne herausstürzte, sah er, dass sie Schnee an den Schuhen hatte.

»Schneesturm!«, stieß sie hervor. »Pferd! Verrücktes Mädchen. Schnell!«

Schneekugel

Als Todi, Septimus und Marcia aus Weg VII in den Knoten hineinrannten, fanden sie sich unversehens in einem Schneesturm wieder. Angsterfülltes Wiehern und gellende Schreie in den Ohren, taumelten sie weiter, bis Marcia plötzlich direkt in das Gebiss eines Pferdes blickte. Sie schreckte zurück, das Pferd bäumte sich auf, und

Septimus sprang rasch vor und griff nach dem Zaumzeug. Durch das Schneegestöber hindurch erspähte er blaue Zügel und eine weiß glänzende weibliche Gestalt auf dem Rücken des Tiers.

Da drang ein lauter Ruf durch den Lärm: »Ein Garmin! Ein Garmin!«

Septimus fuhr herum und sah, wie die unverwechselbare Gestalt eines Garmins in den Knoten gesprungen kam, dann stehen blieb und sich, verwirrt durch den wirbelnden Schnee, duckte. Gleich darauf tauchte ein zweiter aus dem Bogen auf und dann noch einer. In dem Moment wirbelte eine Schneewolke vor Septimus' Augen und raubte ihm die Sicht.

Also tat er das Einzige, was ihm jetzt blieb. Auf Marcias Reaktionsschnelligkeit vertrauend, riss er die Hände hoch und brüllte: *»Schnellgefrierzauber!«* Ein Strahl bläulich weißer Kristalle schoss aus seinen offenen Handflächen, wirbelte um Pferd und Reiterin herum und sauste dann kreuz und quer durch den restlichen Knoten.

Irgendwo in dem Schneegestöber hörte Marcia, wie Septimus den Gefrierzauber brüllte. Sofort packte sie Todi, zog sie dicht zu sich heran und murmelte einen Gegengefrierzauber. Todi sah den knisternden Eisstrom, der sich auf sie zuwälzte, und spürte die Kälte, die von ihm ausging, dann tat der Gegengefrierzauber seine Wirkung. Wärme durchflutete sie, und die Eiswelle rollte, ohne ihr etwas anzuhaben, vorbei.

Kaum waren Pferd und Reiterin festgefroren, ließ das Schneetreiben nach, und Todi erspähte auf der anderen Seite des Knotens die drei Garmins, die wegen ihrer weißen Haut im Schnee nur schwer auszumachen waren. Gleichzeitig entdeckten die Garmins sie. In einem scheinbar endlos langen Augenblick preschten die Garmins auf sie los, setzten dann zum Sprung an und wurden mitten in der Luft vom Eisstrom erfasst und eingefroren. Einer schlug sofort der Länge nach hin. Ein ohrenbetäubendes Klirren wie von Glas ertönte, als er in tausend kristallene Splitter zersprang, die im Fackelschein des Knotens wie Diamanten funkelten. Der zweite Garmin stand noch auf einem Hinterbein, das in dem Eis, das den Schnee bedeckte, festgefroren war. Doch im nächsten Moment gab das Eis unter seinem Gewicht nach, weshalb auch er umfiel und zu einem Splitterregen zersprang. Der dritte lag in sprungbereiter Haltung tiefgefroren am Boden.

»Schnellgefrierzauber aus!«, befahl Septimus, und seine Stimme hallte durch den Knoten. Er ließ die Hände sinken, das Licht von seinen Handflächen erlosch, und die Eiskristallwelle, die gerade zu einer zweiten Runde durch den Knoten ansetzte, verebbte.

»Du meine Güte, Septimus – das war ein wenig dramatisch«, rief Marcia mit lauter Stimme, um das Knacken des Eises zu übertönen.

»Aber nötig«, erwiderte Septimus.

»Oh ... ja, absolut«, schob Marcia eilends hinterher, damit Septimus nicht auf den Gedanken kam, sie würde ihn kritisieren wollen.

Ein Schnellgefrierzauber war ein Reflexzauber, der zwar sehr wirkungsvoll, aber nicht gezielt steuerbar war. Deshalb verachteten ihn viele Weißmagier. Doch nicht Marcia. Sie wusste, dass ein solcher Zauber ein lebenswichtiges Hilfsmittel war, wenn mehrere Gefahrenquellen gleichzeitig ausgeschaltet werden mussten. Aber wie alle schnellen Lösungen hat auch ein Schnellgefrierzauber seine Nachteile – er lässt jedes Lebewesen in seinem Wirkungsbereich gefrieren und kann für diejenigen, die er einfriert, gefährlich werden.

Das Knirschen und Knacken der Eiskristalle verklang, bis nur noch da und dort ein vereinzeltes Knistern zu hören war. Todi, Septimus und Marcia standen knietief in gefrorenem Schnee und betrachteten die seltsame Szenerie um sie herum.

Todi hatte einmal eine Schneekugel besessen – und genau wie in so einer Glaskugel fühlte sie sich jetzt. Fasziniert sah sie zu, wie rings um den tiefgefrorenen Schimmel, der im Aufbäumen erstarrt war, und seine Reiterin, die sich im Sattel weit vorgebeugt hatte, um nicht herunterzufallen, sanft der Schnee zu Boden rieselte. Die Reiterin bot ein beeindruckendes Bild – ein Mädchen, nicht sehr viel älter als Todi selbst, bekleidet mit einer weißen Felljacke und einer dicken Wollpluderhose. Besonders fiel Todi das reinweiße Haar auf, das zu Dutzenden dünner Zöpfe geflochten und zu einem Pferdeschwanz gebunden war, der dem Mädchen auf den Rücken herabhing und mit blauen Bändern geschmückt war. Ihre blauen Augen waren vor Entsetzen weit aufgerissen und starrten blicklos durch die dünne Schicht aus Eis, die sie und ihr Pferd bedeckte.

Während Septimus überlegte, wie sich Pferd und Reiterin am besten entfrosten ließen, stapfte Marcia durch den Schnee zu Weg XI. Wie zerfetztes Papier hing das zerstörte Siegel vom Torbogen herab. Marcia knüllte die Fetzen mit den Händen zusammen, hielt sie sich an die Nase und roch die Reste einer wilden, ungeschulten Magie und starker Gefühle – Angst und Wut. Rasch erneuerte Marcia das Siegel, fügte diesmal aber mehr als nur eine Prise schwarze Magie hinzu. Das war einer der Vorteile, wenn man nicht mehr Außergewöhnliche Zauberin war: Man konnte nach Belieben schwarze Magie verwenden, ohne die weiße Magie des Zaubererturms zu verunreinigen.

Auf ihrem Weg zurück zu Septimus und Todi versetzte sie dem dritten Garmin einen wohlgezielten Tritt.

Der Garmin zerbarst in tausend Eissplitter, und das erinnerte Todi an etwas. Sie schlug die Hand vor den Mund. »Oh weh! Die Trommlinge! Sie waren hier. Sie haben geschrien – das war das Erste, was ich gehört habe. Bevor das Pferd gewiehert hat. Oh nein … sind sie jetzt auch tiefgefroren?«

Marcia suchte mit den Augen den Schnee ab. »Ich glaube, da ist einer«, sagte sie und kniete neben einem Haufen nieder, der entfernt die Form eines Trommlings hatte. Vorsichtig durchstieß sie die Eiskruste, die den Schnee überzog, und hatte bald einen geflochtenen Trommlingbart freigelegt, der beinhart gefroren war und weiß glitzerte.

»Ist das Schmelzen leicht?«, fragte Todi im Flüsterton, weil sie fürchtete, der Trommling könnte bei einem lauten Geräusch ebenso in tausend Eissplitter zerspringen wie der Garmin eben.

»Du meinst wohl *entfrosten*«, korrigierte Septimus. »Einen Entfrostungszauber durchzuführen ist an sich einfach. Nur muss man aufpassen, dass dem Gefrorenen dabei nichts passiert. Eine Entfrostung kann für den Betroffenen nämlich sehr gefährlich werden. Man kann die Gefahr aber mindern, wenn man den Namen des Betroffenen benutzt. Wer ist das hier, Marcia?«

Vorsichtig wischte Marcia den Schnee von dem Trommling, bis zwei rotbraune Augenbrauen zum Vorschein kamen. »Das ist Fabius«, sagte sie. »Hmm … das wird schwierig, Septimus. Er ist mitten im Gehen erstarrt. Er steht nur auf einem Bein. Da könnte er verflixt leicht umkippen.«

Septimus ging neben Marcia in die Hocke. Dann hielt er Fabius mit beiden Händen fest und flüsterte: »Fabius Trommling. Entfroste dich.«

Todi sah, wie seinen Händen ein warmes rötliches Glühen entströmte, und spürte die magische Wärme in der Luft, während sich ein orangeroter Dunstschleier um Fabius legte. Ein leises Knistern erklang wie auf einem zugefrorenen See, wenn die Sonne darauf scheint, dann tat Fabius einen Seufzer und fiel in den Schnee. Todi wartete darauf, dass er in Stücke zerspringen würde.

»Du kannst die Augen wieder aufmachen, Todi«, sagte Septimus mit einem Lächeln in der Stimme. »Siehst du die Pfütze unter ihm? Er ist entfrostet.«

Fabius Trommling stöhnte und begann zu schlottern. »Ich bringe ihn nach oben in die Feuerkammer«, erbot sich Todi.

»Gute Idee«, entgegnete Septimus und beäugte einen weiteren trommlingförmigen Schneehaufen in der Nähe. »Und mit etwas Glück folgt gleich der nächste.«

Wenig später saßen drei entfrostete Trommlinge, in Decken gehüllt, an ihrem Kochfeuer, während Todi wieder nach unten in den Knoten eilte, um zuzusehen, wie Pferd und Reiterin entfrostet wurden.

Septimus stand vor einer schwierigen Aufgabe. Er musste beide gleichzeitig entfrosten, weil das Pferd in einem labilen Gleichgewicht auf den Hinterläufen balancierte und die Reiterin obendrein so aussah, als würde sie jeden Moment herunterpurzeln. Und sobald sie entfrostet waren, musste sich Septimus schleunigst mit einem Sprung in Sicherheit bringen.

Todi stapfte durch den Schneematsch zu den beiden Zauberern, die nachdenklich zu der Reiterin aufschauten, als Septimus plötzlich sagte: »Sie ist es. Sie muss es sein.«

»Wen meinst du?«, fragte Marcia.

»Die Schneeprinzessin, die Jenna und ich im Sommer mit dem Drachenboot nach Hause gebracht haben. Die, über die Jenna noch heute ständig lästert.«

»Ach so, *diese* Schneeprinzessin«, sagte Marcia schmunzelnd, denn ihre neue Stieftochter hatte ihr von der Prinzessin erzählt. »Wie eigenartig.«

»Allerdings.« Septimus schaute stirnrunzelnd zu der Reiterin hinauf und versuchte, die Gesichtszüge unter der Eisschicht zu erkennen.

»Bist du sicher, dass sie es ist?«, fragte Marcia. »Denn wenn wir einen falschen Namen benutzen …«

»Ich weiß, ich weiß«, erwiderte Septimus gereizt. »Mit einem falschen Namen wird es noch gefährlicher. Aber ich bin mir zu neunundneunzig Prozent sicher.« Er sah Marcia an. »Das Risiko kann man eingehen.«

»Es ist deine Entscheidung, Septimus«, sagte Marcia.

»Ja, ich weiß. Ich werde ihren Namen benutzen. Sie ist es. Dieser Ausdruck in ihrem Gesicht – irgendwie verärgert und trotzdem charmant … Tun wir es gemeinsam?«

Marcia nickte.

Septimus legte seine Hände auf die in der Luft erstarrten Vorderhufe des Pferdes. Marcia legte ihre der Reiterin auf den Rücken, damit sie nicht herunterfiel. Dann sah Todi fasziniert zu, wie die Augen der beiden Zauberer glasig wurden und ihr Blick sich nach innen kehrte. In völligem Gleichklang holten sie lange und tief Luft und atmeten langsam wieder aus. Ein warmes Glühen entströmte ihren Händen, strich über das Eis und brachte es zum Schmelzen.

Die feuchte Pelzjacke der Reiterin kam zum Vorschein, ebenso das Horn der Pferdehufe. Das Eis begann zu knistern, bröckelte ab, und plötzlich kippte die Reiterin vom Pferd und landete mit einem lauten Platschen unten im Schneematsch. Im Nu war sie auf den Beinen. Sie wirbelte herum, erblickte Marcia, die sie verdutzt ansah, und zog einen kurzen, blau schimmernden Stab aus einer Tasche an ihrem Gürtel.

Septimus konnte nichts dagegen tun – er war noch tief in seinem Zauber versunken und mit der Entfrostung des Pferdes beschäftigt.

»Haii, magus! Haii, haii«, schrie das Mädchen und stürzte sich auf Marcia, wobei sie mit dem Stab wie mit einem Messer zustach. Marcia wich zurück, aber der Stab traf sie an der Schulter. Ein Zischen war zu hören, und es roch nach verbrannter Wolle. Marcia taumelte. Aber es widerstrebte ihr, mit Magie gegen jemanden vorzugehen, der gerade erst entfrostet worden war. Also hob sie die Hände und rief in beschwichtigendem Ton: »Denna! Denna, Driffa. *Denna.*«

Überrascht, mit ihrem Namen und in ihrer Sprache angesprochen zu werden, hielt das Mädchen inne und starrte Marcia an. Da sah Todi ihre Chance. Sie sprang vor und entriss der Prinzessin den Stab. Zu ihrem Schrecken war er glühend heiß. Sie warf ihn von sich, und er fiel zischend in den Matsch.

Prinzessin Driffa war nicht erfreut. Sie hob den Stab auf, griff mit einem lauten »Haii! Haii!« wieder an, diesmal allerdings Todi, und stach mit dem Stab nach ihrem Gesicht. Todi duckte sich und hechtete nach Driffas weißen Stiefeln. Der Angriff gelang. Im selben Moment, als Prinzessin Driffa mit dem Gesicht voran in einen Haufen Matsch fiel, hatte Septimus das Pferd vollends entfrostet.

Ein wildes Wiehern erfüllte den Knoten, zwei große Pferdehufe schlugen dröhnend auf dem Boden auf und bespritzten alle mit eiskaltem Wasser.

Da erschallte vom Fuß der Treppe ein Ruf. »Was zum …?« Milo Banda blickte entgeistert auf die Szene vor ihm. »Marcia«, protestierte er, »dich kann man keine fünf Minuten allein lassen!«

Schneeprinzessin Driffa, die Allererhabenste und Allergütigste

Oben im großen Saal des Seefrieds saß Prinzessin Driffa, in Decken eingewickelt, vor dem lodernden Kaminfeuer. Sie zitterte heftig – eine Nachwirkung des Schnellgefrierzaubers. Ihre durchscheinende weiße Haut hatte einen bläulichen Ton angenommen, und ihre strahlend blauen Augen waren das Einzige an ihrem Gesicht, was noch seine natürliche Farbe hatte. Die blauen Bänder, die in ihren weißen Pferdeschwanz geflochten waren, hingen nass und schlaff herab, aber ihre glitzernden blauen Fingernägel guckten unter den Decken hervor, die sie an sich drückte.

Driffas Gegenwart erinnerte Marcia an ihre Kindheit. Als Tochter fahrender Zauberer hatte sie mehrere Jahre in den Östlichen Schnee-Ebenen gelebt, als Gast dreier Prinzessinnen, die einander verblüffend ähnlich gesehen hatten.

Todi betrachtete Driffa mit Bewunderung. Sie hatte noch nie jemanden gesehen, der so blau und so weiß war. Und jetzt, wo sie wusste, dass Driffa zwei ganze Tage auf dem Drachenboot verbracht hatte, war sie obendrein beeindruckt. Sie reichte Driffa einen Becher mit heißer Schokolade. »Tut mir leid, dass ich Sie zu Boden gestoßen habe«, sagte sie.

Prinzessin Driffa erwiderte nichts. Sie hatte diese Verletzung ihrer Würde noch nicht verwunden. Argwöhnisch schnupperte sie an der heißen Schokolade.

»Trinken Sie«, sagte Septimus. »Das wird Sie aufwärmen.«

Driffa schenkte Septimus ein müdes Lächeln und nippte an der Schokolade. Sie schmeckte gut. Das heiße Getränk tat seine Wirkung, und bald hatte sich Driffas Zittern gelegt.

In Erinnerung daran, dass man in den Östlichen Schnee-Ebenen auf Förmlichkeiten großen Wert legte, sagte Marcia: »Willkommen, Schneeprinzessin der Östlichen Ebenen. Ich bin Marcia Overstrand, und Sie sind Ehrengast in meinem Haus. Mögen Sie es viele Tage bleiben.«

Prinzessin Driffa verstand sich auf Förmlichkeiten. Sie neigte kurz den Kopf und antwortete: »Ich, Schneeprinzessin Driffa, die Allererhabenste und Allergütigste, danke Ihnen, oh weise Zauberin.« Dann blickte sie zu Septimus, der, wie Marcia aufgefallen war, den Blick nicht von der Prinzessin wenden konnte. »Außergewöhnlicher Zauberer, Septimus Heap. Ich danke Ihnen, dass Sie mein Pferd von diesem schmählichen Zauber befreit haben.«

Leicht verlegen beugte Septimus den Kopf. Offensichtlich ahnte Driffa nicht, dass es sein eigener schmählicher Zauber gewesen war, der ihr Pferd eingefroren hatte – und er hatte nicht die Absicht, es ihr zu sagen.

Hochmütig gab Driffa Todi den leeren Becher. Dann wandte sie sich an Marcia und sagte: »Bitte schicken Sie den Dienstbotenjungen weg. Ich habe eine wichtige Angelegenheit mit Ihnen zu besprechen.«

Marcia sah sie verwirrt an. Sie hatte keinen Dienstbotenjungen. Aber Todi verstand.

»Ich bin kein Junge«, erklärte sie entrüstet. »Und ein Dienstbote bin ich auch nicht.«

»Ach.« Marcia bekam ein schlechtes Gewissen. Sie hätte Todi vorstellen sollen, wie es sich gehörte. Eilends holte sie das Versäumte nach: »Allererhabenste und Allergütigste Schneeprinzessin Driffa, darf ich Ihnen Alice TodHunter Moon vorstellen. Auch sie ist Ehrengast in meinem Haus.«

Driffa neigte kaum merklich den Kopf in Todis Richtung und wandte sich gleich wieder ab. Todi fand das extrem unhöflich. Sie saß da, schlang fröstelnd die Arme um die Knie und fühlte sich einsam. Wie sehr sehnte sie sich nach zu Hause, wo sie niemandem vorgestellt werden musste. Sie ergriff ihren eigenen Becher mit heißer Schokolade und blickte mit steinerner Miene hinein. Nein, sie würde jetzt nicht weinen. Auf keinen Fall.

Während sich Todi in ihr Schneckenhaus zurückzog, begann die Schneeprinzessin zu sprechen, wobei ihre schmalen weißen Hände mit den glitzernden blauen Fingernägeln aufgeregt flatterten wie Vogelflügel. Zunächst schenkte ihr Todi nur wenig Aufmerksamkeit, doch dann stellte sie fest, dass sie mit wachsendem Interesse zuhörte.

»Ich, Driffa, bin die Tochter des Kaisers der Großen Östlichen Schnee-Ebenen. Wir bewohnen das Hügelland, das die größte Schnee-Ebene umgibt. Unser Volk lebt vom Handel mit dem kostbaren blauen Stein, den wir aus unserer zaubermächtigen Blauen Zinne gewinnen.«

Ein Lächeln huschte über Marcias Gesicht. Sie erinnerte sich an

Schlittenfahrten bei Mondschein zu dem geheimnisvollen kegelförmigen Lapislazuli-Berg, der, obwohl er inmitten einer Schnee-Ebene lag, stets schneefrei gewesen war.

Driffa hob die Hände und zeigte ihnen ihre mit funkelnden blauen Steinen besetzten Silberarmbänder und ihren Ring, dessen polierter Lapislazuli so groß war wie Todis farbbespritzter Kieselstein. »Das ist der Stein, den uns die Große Orm zum Dank dafür gegeben hat, dass wir ihr kostbares Ei gehütet haben. Wir sind friedliebende Menschen. Unsere Freude ist es, Schneetürme zu bauen und Steine zu polieren. Und unsere Pflicht ist es, das Ei der Orm zu hüten.« Die Prinzessin biss sich auf die Lippe, und ihre Stimme zitterte. »Was … was wir leider nicht gut genug getan haben.«

Todi schaute auf. Die Schneeprinzessin war auch nur ein Mensch, dachte sie.

Driffa fuhr fort. »Dem Ei der Orm verdanken wir den Zauber, der unser Land das ganze Jahr über mit schönem Schnee bedeckt und uns erlaubt, in Eistürmen zu wohnen. Tief unter der Blauen Zinne liegt die Kammer mit dem Ei der Orm. Mitten in dieser Kammer befindet sich das Orm-Nest, und auf dem Boden des Orm-Nests liegt das Ei. Die Eikammer der Orm ist ein geweihter Ort. Um diesen Ort der Stille und Ruhe führt der heilige Eispfad herum, den wir benutzen, wenn wir das Ei betrachten und ihm für seinen Zauber danken wollen. Oder vielmehr, den wir benutzt haben.« Die Schneeprinzessin blinzelte eine Träne weg, zückte ein weißes Taschentuch und schnäuzte sich laut. »Aber jetzt, …«, fuhr sie zornig fort, »jetzt ist alles entweiht. Durch einen Unhold namens Oraton-Marr.«

Todi empfand Mitleid mit Driffa. Wie es schien, hatte auch sie ihr Dorf verloren.

»In unserer Familie«, erzählte Driffa weiter, »gibt es eine Zeitreisende. Sie ist meine Ur-ur-ur-Großmutter. An meinem sechzehnten Geburtstag erhielt ich einen Brief von ihr. Er enthielt eine Einladung, mich im Foryx-Haus mit ihr zu treffen.«

Marcia schnappte erschrocken nach Luft.

»Kennen Sie dieses Haus?«, fragte die Schneeprinzessin.

»Allerdings«, antwortete Marcia. »Und es ist kein Haus, in das ich eine Enkelin einladen würde.«

»Ich verstehe, was Sie meinen, aber damals wusste ich das noch nicht. Ich dachte, es wäre das Haus, in dem meine Ur-und-so-weiter-Großmutter wohnte. Als ich hinkam, saß sie in dem Schachbrettraum auf einem geschnitzten Stuhl, der die Form eines Drachen hatte. Sie erkannte mich sofort. Aber ich hätte sie nie erkannt, denn sie war jung, höchstens zehn Jahre älter als ich. Sie führte mich in einen kleinen Raum hoch oben in einem der achteckigen Türme und eröffnete mir etwas Schreckliches. Sie sagte, dass ein böser Zauberer kommen und das Ei der Orm stehlen würde. Ich fragte sie, woher sie das wisse, und sie antwortete, sie habe es gesehen.«

»Wenn das stimmt«, meinte Septimus, »ist es nicht zu ändern.«

Die Prinzessin machte ein unglückliches Gesicht. »Das habe ich mir auch gedacht. Ich habe sie gefragt, warum sie mich mit einer so schrecklichen Nachricht quält, aber sie hat darauf nur geantwortet, dass gewisse Dinge verhindert werden könnten. Was genau, sagte sie nicht. Nur dass sie verhindern werden müssten, weil wir im Mittelpunkt der Welt lebten, wo alle Wege zusammenliefen und das Böse nicht weiterreisen dürfe. Ich musste lachen, denn wir leben in einer Sackgasse. Es gibt nur einen Pass, der durch die Hügel zu unserer Schnee-Ebene heraufführt, sodass nur selten Reisende zu uns kommen. Und wenn, haben sie sich gewöhnlich verirrt. Sie wandern in den Hügeln umher und suchen einen Weg auf die andere Seite, aber es gibt keinen. Wir sind gastfreundliche Menschen, bieten ihnen Unterkunft und gutes Essen und führen sie auf den Weg zurück, den sie gekommen sind. Aber der Mittelpunkt der Welt sind wir wohl kaum.

Meine Großmutter ärgerte sich über mein Lachen und schickte mich aus dem Raum. Ich sollte auf dem Drachenstuhl sitzen und auf einen gut aussehenden, jungen Außergewöhnlichen Zauberer warten – sie beschrieb ihn sehr genau –, der eine neue Amtstracht trage und im Besitz eines magischen schwarzen Steins sei. Mit ihm sollte ich das Foryx-Haus verlassen, denn er kehre in die richtige Zeit zurück, sagte sie. Doch als ich vor Kurzem nach Hause kam, waren meine drei jüngeren Schwestern alte Frauen, meine Eltern tot und unsere Eistürme verlassen. Fast alle Leute waren geflohen.

Und Oraton-Marr war bereits da. Meine Schwestern – die als Prinzessinnen tapfer ausgeharrt hatten und nicht weggelaufen waren – hatten die Ankunft des Zauberers beobachtet. Er kam nicht zu Fuß über die Hügel wie die anderen, er kam geradewegs über die Ebene zu unserer zaubermächtigen Blauen Zinne und schlug dort sein Lager auf. Er raffte Schnee zusammen, sodass die nackte Erde zum Vorschein kam, und baute damit Iglus – große, runde Häuser.« Driffa wandte sich lächelnd an Todi und Marcia. »Wenn wir Kinder sind, tun wir das auch. Wir bauen uns ein Schneehaus, das macht Spaß, und dort, wo wir den Schnee weggenommen haben, scheint der nackte Fels hervor. Dann sehen wir zu, wie der Zauber den Schnee erneuert. Das ist noch lustiger: zuzusehen, wie der Schnee zurückkommt.« Sie schüttelte traurig den Kopf. »Aber der Schnee kam nicht zurück, und das machte meinen Schwestern Angst. Denn es konnte nur bedeuten, dass Oraton-Marr unseren Zauber zerstörte.

Meine Schwestern schickten unsere mächtigste Zauberin zu dem bösen Zauberer, um ihm zu sagen, dass er fortgehen solle, aber sie kam nicht wieder. Dann entsandten sie den zweitmächtigsten Zauberer, doch auch er kam nicht wieder. Der drittmächtigste Zauberer flehte darum, nicht entsandt zu werden, und meine Schwestern sagten mir, dass es ihnen sinnlos erschien, auch ihn zu verlieren, obwohl sie sich sehr über ihn ärgerten. Sie bedauerten, dass sie ihn nicht als Ersten entsandt hatten.

Hilflos mussten meine Schwestern zusehen, wie Oraton-Marr ein Loch in das Eis neben unserer Blauen Zinne grub. Und nach ein paar Monaten waren plötzlich Menschen da. Woher sie gekommen waren, hatte niemand gesehen. Das war sehr sonderbar. Diese bedauernswerten Menschen waren Sklaven, die zum Arbeiten gezwungen wurden.

Rasch wuchsen Haufen aus schwarzer Erde und schmutzigem Eis, und wir begriffen, dass Oraton-Marr bald bis zur heiligen Eikammer der Orm vorgestoßen sein würde. Ich musste etwas unternehmen – eine Prinzessin kann nicht ein Leben lang nur in ihrem Eisturm sitzen und ihre blauen Steine zählen. Also stieg ich eines Morgens, bevor es hell wurde, auf mein bestes Pferd, die schöne Nona, und machte mich auf, den bösen Zauberer herauszufordern.

Ich beherrsche ein paar Schneezauber – genug, um einfältigen Leuten vorzugaukeln, ich wäre nur eine Schneeböe. Mir war natürlich klar, dass ich Oraton-Marr damit nicht täuschen konnte, aber ich hoffte, wenigstens seine Wachen zu überlisten und in seine Nähe zu gelangen. Der Zauber deckte die Spuren, die Nona hinterließ, mit frischem Schnee zu, und wir verursachten keine Geräusche, doch als wir näher kamen, machte sich der Einfluss des bösen Zauberers bemerkbar. Mein Zauber wurde schwächer, und Nona Spuren blieben bald sichtbar. Dennoch erreichten wir unbemerkt die Stelle, wo die nackte Erde zu sehen war, und mithilfe meiner bescheidenen magischen Kräfte trieben wir wie eine Akkilokipok-Böe über die Erdhaufen – so heißt der weiche Schnee, der dicht und in großen Flocken fällt. Der tarnt besser als Kanevvluk, der feine Schnee, der kälter ist und weniger Deckung bietet.

Aus dem Innern unserer Schneeböe sahen Nona und ich, dass eine große Grube in den Boden gegraben worden war, und zwar in Richtung der Eikammer der Orm. Wachleute mit Spitzen auf den Helmen patrouillierten entlang des Grubenrands. Jeder führte einen Garmin an der Leine, und sie beaufsichtigten Hunderte von Menschen, die dort arbeiteten. Die einen schoben mit Erde gefüllte Schubkarren über steile Pfade aus der Grube heraus. Andere hackten weiter unten in den Fels und das Eis. Menschen aller Art schufteten da, sogar kleine Kinder. Und alle waren schmutzig und sahen elend und verfroren aus. Es war ein schrecklicher Anblick.

Es gab einen Weg in die Grube, der von den Arbeitern nicht benutzt wurde. Den wollte ich mir genauer ansehen. Er war sehr steil und führte innen an der Grubenwand entlang. Nona ist ein braves Pferd. Tapfer folgte sie dem Weg hinab in die Dunkelheit. Aber plötzlich trafen wir auf Oraton-Marr. Ich stellte ihn zur Rede und fragte, was er hier tue. Er lachte nur und antwortete, er sei beim ›Eiersammeln‹.« Driffa verzog empört das Gesicht. »Er sagte es ohne jeden Respekt – als wäre das kostbare Ei der Orm ein Hühnerei. Ich tat so, als wüsste ich nicht, was er meinte, und erklärte ihm, dass er hier nichts verloren habe und dass er verschwinden und seine armen Sklaven freilassen solle. Aber er hetzte seine Wachen auf uns, und zu meiner Schande muss ich gestehen, dass Nona und ich die Flucht ergriffen. Da uns die Wachen den Rückweg versperrten, blieb uns nur der Weg nach unten. Wir gelangten in einen vereisten Lapislazuli-Tunnel, der im Kreis herum führte. Ich rechnete damit, dass sie uns bald erwischen würden, wollte es ihnen aber nicht leicht machen. Und dann galoppierte Nona zu meinem Erstaunen zu dem herrlichsten Ort, den ich je gesehen habe: Ein gewaltiger, von Kerzen beleuchteter blauer Saal mit zwölf silbernen Bogen und einer großen blauen Spirale als Decke.«

Ein erstauntes Luftschnappen unterbrach sie. »Das Herz der Wege«, flüsterte Marcia. »Das muss es sein.«

»Nein«, sagte Driffa. »Es war die längst verloren geglaubte Kammer der Großen Orm. Hierher war die Große Orm zum Sterben gekommen, nachdem sie ihr letztes Ei gelegt hatte – unser Ei. Aber ich hatte keine Zeit, mich umzusehen. Unter einem Bogen in der Kammer lauerten Wachen, also galoppierten wir in den nächsten Gang, der zu den seltsamsten Orten führte.«

»Hat euch der Zauberer verfolgt?«, fragte Marcia.

»Nein, aber drei Garmins. Nona und ich kamen durch viele merkwürdige Räume. In einigen war es heiß, in anderen kalt. In einigen war es Nacht, in anderen Tag. Aber alle hatten zwölf Bogen, und die drei Garmins blieben uns auf den Fersen. Nona hielt sich wacker und war schnell. Sie galoppierte ihnen davon – und dann kamen wir hierher, wo sie ein Hufeisen verlor. Ich benutzte ein Schneegestöber, um uns vor den Garmins zu verbergen – und vor euren drei Kreaturen mit ihren Messern.«

»Es tut mir leid«, sagte Marcia. »Aber die Trommlinge wollten Ihnen nichts Böses.«

»Ich verstehe«, entgegnete Driffa und blickte Marcia an. »Ich wollte Ihnen auch nichts Böses, aber ich sah, dass Sie eine Zauberin waren. Ja, Sie sahen sogar ein wenig aus wie Oraton-Marr.«

»Was?«

»Nur ein bisschen. Sie sind größer und haben längere Haare. Aber Ihre grünen Augen sind ähnlich. Und auch die spitzen lila Schuhe aus Schlangenhaut.«

Marcia war bestürzt. »Es hat solche Schuhe wie ich? Also, das ist zu viel. Wir müssen ihm das Handwerk legen.« Sie lächelte Todi an. »Hier trägt nur eine Person solche Schuhe. Und das bin ich.«

Nona

Es war spät am Abend. Septimus war in den Zaubererturm zurückgekehrt, die Trommlinge schliefen in der Feuerkammer, und Milo machte sich unten im Knoten geräuschvoll mit Eimer und Schaufel zu schaffen.

Das lila Licht der Siegel erfüllte den Knoten, und es sah zwar sehr hübsch aus, wie Milo fand, machte aber die Suche nach Pferdeäpfeln nicht leichter. Am Fuß der Treppe hatte er gerade die, wie er hoffte, letzte Schaufel voll entdeckt, als er das Klackern von Marcias Pythonschuhen vernahm. Sie hatte es offenbar eilig.

Mit wehendem Mantel kam Marcia um die letzte Kurve der Wendeltreppe und prallte direkt gegen Milo. »Du meine Güte, Milo, was tust du denn hier?«

»Ich beseitige den Fluch des lautlosen Schritts.«

»Den Fluch des lautlosen Schritts?«, fragte Marcia verwirrt, ehe ihr ein Hauch von Pferdemist in die Nase wehte. »Ach so«, sagte sie. »Danke, Milo.«

Milo stellte den Eimer ab und lehnte die Schaufel an die Wand. Er machte ein ernstes Gesicht. »Marcia, ich weiß, wir haben vereinbart, uns nicht in die Arbeit des anderen einzumischen, aber bitte sag mir – was um alles in der Welt habt ihr vor?«

Marcia ergriff seine Hände. »Todi und ich werden die Schneeprinzessin in den Zaubererturm bringen. Septimus will herausfinden, wer Oraton-Marr ist. Er ist vorausgegangen, um ein paar Dinge nachzuschlagen und mit den älteren Zauberern zu reden. Ich habe versprochen, dass wir nachkommen.«

Milo seufzte. »Ist das wirklich so wichtig, Marcia? Alle diese Dinge geschehen am anderen Ende der Welt. Warum sollen wir uns darum kümmern?«

»Weil dieser Oraton-Marr jeden Augenblick hier auftauchen kann.« Marcia spähte nervös zu den Siegeln.

Milo hatte großes Vertrauen in Marcias Fähigkeiten als Zauberin. »Aber du hast doch alle Bogen versiegelt. Und ich bin nicht auf den Kopf gefallen, Marcia. Ich weiß, dass du jede Menge schwarzer Magie draufgepackt hast. Da kommt jetzt keiner mehr durch.«

Marcia schüttelte den Kopf. »Keine Magie hält ewig, Milo. Und keine Magie ist unfehlbar. Wenn Oraton-Marr tatsächlich so mächtig wird, wie er es sich offenbar vorgenommen hat, wird er, wenn er will, irgendwann hier stehen, wo wir jetzt stehen. In diesem Knoten. Und dann genügt ein kurzer Abstecher in Weg VII, und schon ist er im Zaubererturm. Das müssen wir verhindern.«

Milo war nicht überzeugt. »Marcia, du machst dir zu viele Gedanken. Für mich ist dieser Zauberer übergeschnappt. Er ist besessen von irgendeinem mythischen Ei. Bald wird er feststellen, dass sein kostbares Ei gar nicht existiert, dann gibt er auf und geht woandershin. Ich kann mir nicht vorstellen, dass er sich die Mühe macht hierherzukommen. Wozu denn?«

Marcia lächelte. »Vielleicht um den mächtigsten magischen Ort auf der ganzen Welt in seine Gewalt zu bringen?« Sie schüttelte den Kopf. »Außerdem halte ich es durchaus für möglich, dass dieses Ei tatsächlich existiert. Marwick hat mir die Legende der Orm erzählt. Es soll sich um einen Riesenwurm gehandelt haben, der die Alten Wege erschaffen hat. Es heißt, er habe sich durch Fels gefressen und Lapislazuli hinterlassen.«

Milo lachte. »Der junge Marwick hatte so manche guten Geschichten auf Lager. Einige waren sogar besser als meine, wie ich zugeben muss. Aber das heißt nicht, dass sie wahr sind.«

»Es heißt aber auch nicht, dass sie unwahr sind«, entgegnete Marcia und fasste nach der Silberpfeife, die sie um den Hals trug. Vor nicht allzu langer Zeit hatte dort noch das Echnaton-Amulett gehangen. Dieses Amulett, eine magische Quelle der Macht aller Außergewöhnlichen Zauberer, war aus Lapislazuli gefertigt, der nach der Legende aus dem Bauch der Orm stammte.

Marcia ging zu Weg VII hinüber – demjenigen, der zum Zaubererturm führte –, zog aus einer Ritze ein kleines Stück hellblauen Lapislazuli und gab es Milo. »Siehst du? Er ist hier überall verstreut. Und in jedem Gang gibt es noch viel mehr. Kleine Lapislazuli-Teile, die im Gestein eingeschlossen sind. Das ist sehr merkwürdig.«

Milo schaufelte den letzten Pferdeapfel in den Eimer und knallte den Deckel darauf. »Hm«, brummte er. »Aber selbst wenn es dieses Ei gäbe, warum will es der Zauberer haben?«

Marcia wusste ganz genau, warum. »Wegen des Lapislazuli. Er bündelt Magie wie nichts anderes. Der Zaubererturm steht auf einem Riesenberg von dem Zeug. Und denk an das Drachenhaus. Es ist damit ausgekleidet. Ganz zu schweigen von dem Labyrinth, das zur Großen Alchimiekammer führt. Deshalb ist die Burg so ein magischer Ort. Mithilfe einer ausreichenden Menge Lapislazuli kann sogar ein unbedeutender Zauberer große Macht erlangen. Unter den richtigen Bedingungen ließe sich ein Orm-Ei sogar ausbrüten, und die junge Orm würde schon bald genug Lapislazuli produzieren, um aus einem mittelmäßigen Zauberer einen ernst zu nehmenden Gegner zu machen. Gar nicht zu reden von einem Schwarzkünstler, der halbwegs etwas taugt.« Marcia schüttelte sich. »Der Gedanke ist mir unerträglich.«

Milo seufzte. »Es sieht ganz so aus.«

Da waren Schritte auf der Treppe zu hören. »Ach, da kommen sie«, sagte Marcia.

Todi und Driffa traten in den Knoten. Driffa blinzelte im lila Licht und beschirmte die Augen mit den Händen. »Sie haben eine mächtige Magie«, stellte sie fest.

»Ich hoffe es«, erwiderte Marcia ernst. »So, dann wollen wir mal.«

Milo hob den Eimer auf. »Und was ist mit dem Pferd?«, fragte er.

Die Schneeprinzessin sah ihn aus großen blauen Augen an. »Nona würde gern bei Ihnen bleiben«, erklärte sie.

»Nona?«, fragte Milo, ein wenig zu verträumt für Marcias Geschmack. Offensichtlich dachte er, Nona wäre der Name der Schneeprinzessin.

»Das Pferd, Milo«, schnaubte Marcia.

»Natürlich, das Pferd«, sagte Milo, sich wieder fassend. »Wer ... ich meine, was denn sonst?«

Marcia zog die Augenbrauen hoch. »Ich habe keine Ahnung, Milo.« Sie blickte zu Driffa. »Lassen Sie uns gehen ... und Ihrem gut aussehenden Außergewöhnlichen Zauberer einen Besuch abstatten.«

Driffa errötete sichtlich unter ihrem blau-weißen Haar. »Ach, er ist nicht mein Zauberer«, sagte sie. »Er gehört einer anderen Prinzessin. Einer griesgrämigen mit dunklen Haaren.«

Marcia stutzte, entgegnete aber nichts. Septimus' Privatleben ging sie nichts an.

»Wiedersehen«, sagte Milo etwas traurig. »Passt auf euch auf.«

»Du auch.« Marcia umarmte ihn rasch, hakte sich bei Todi und Driffa unter und eilte mit ihnen zu Weg VII.

Eimer und Schaufel in der Hand, sah Milo zu, wie die drei in den Gang traten und gleich darauf in den seltsamen weißen Nebel eintauchten. Ihre dunklen Gestalten verblassten, als sie den Fluchtpunkt passierten. Dann waren sie verschwunden.

Tief im Innern des Tunnels umschloss Todis Hand die kleine Lapislazuli-Schatulle. Sie spürte, wie der FährtenFinder darin gegen die Seitenwände klopfte, als wollte er herausgelassen werden.

~ TEIL 8 ~

Oskar und Ferdie

Früher an diesem Tag, als Todi durch Schnee stapfte, war Oskar zornig durch Asche gestapft.

Drei Nächte waren vergangen, seit Todi fortgesegelt war, und langsam dämmerte es Oskar, dass sie nicht zurückkommen würde und er nicht einmal eine Ahnung hatte, wohin sie gefahren war. Der Zaubererturm konnte überall auf der Welt sein – Oskar wusste nur, dass er irgendwo jenseits des Meeres lag. Todi war genauso verschwunden, wie Ferdie zuvor verschwunden war. Nur mit dem Unterschied, dachte Oskar erbost, dass Todi freiwillig gegangen war.

Er und Ferdie hatten geholfen, die verkohlten Trümmer ihres Hauses wegzuräumen, und kehrten jetzt in das Haus zurück, in dem sie vorläufig untergekommen waren. Sie wohnten bei älteren Verwandten, ihrer Cousine Marni und ihrem Cousin Dergal Sarn. Da deren Zuhause etwas abseits des Hauptdorfs halb versteckt hinter einer Düne lag, war es von der Feuersbrunst verschont geblieben. In Todis Haus wollte keiner wohnen, denn die Einrichtung war demoliert, und es roch immer noch nach Garmin.

Bei einer kargen Mahlzeit versuchte Marni zum wiederholten Mal, Ferdie zu trösten. »Ferdie, Liebes, deine Eltern wollten eigentlich nicht gehen, aber sie mussten an den kleinen Torr denken. Alle Leute mit kleinen Kindern sind fort.«

»Aber warum haben sie dieser ›weisen Frau‹ vertraut?«, fragte Ferdie. »Sie kannten sie doch gar nicht.«

Marni schüttelte den Kopf. »Aus Panik, vermute ich. Sie hätten wie viele andere die Nacht im Freien verbringen müssen und befürchteten, diese grässlichen Garmins könnten zurückkommen … Was würdest du denn tun, wenn jemand – besonders eine dicke, mütterlich wirkende Frau – dir anbietet, dich in Sicherheit zu bringen? Ich hätte jedenfalls dasselbe getan, wenn ich auf einen kleinen Jungen hätte Rücksicht nehmen müssen.«

Ferdie runzelte die Stirn. »Marni, hast du diese weise Frau gesehen?«, fragte sie.

Marni schüttelte den Kopf. Sie streckte ihren dick verbundenen Fuß unter dem Tisch hervor und sah ihn wütend an. »Ich habe mit dem blöden Fuß hier festgesessen, und da unser Haus in einer Senke zwischen den Dünen steht, habe ich nichts gesehen, nur die schrecklichen Flammen, die in den Himmel schlugen. Aber Dergal hat sie gesehen. Dergal!«, rief sie. »Dergal!«

Dergal Sarns Kopf erschien oben auf der Leiter. »Was gibt's?«, erkundigte er sich.

»Dergal, du hast doch die Frau aus dem Wald kommen sehen, nicht wahr?«, fragte Marni.

Dergal stemmte sich vollends die Leiter herauf, kam an den Tisch und ließ sich auf einen Stuhl plumpsen. »Mir persönlich war sie nicht sympathisch«, sagte er.

»Wie hat sie denn ausgesehen?«, fragte Ferdie.

»Tja …« Dergal, kein Mann der schnellen Worte, dachte nach. »Das Ganze war sehr eigenartig. Im ersten Moment habe ich meinen Augen nicht getraut. Ich sah ein Licht aus dem Fernwald kommen, und dann tauchte eine höchst sonderbare Frau auf. Sie trug eine Laterne und machte ganz den Eindruck, als könnte nichts auf der Welt sie schrecken. Ich meine, da brannte ein ganzes Dorf, Flammen schlugen zehn Meter hoch, aber sie wirkte überhaupt nicht bestürzt. Mir fiel sogar auf, dass sie irgendwie selbstgefällig grinste. Das war nicht die feine Art.« Dergal schüttelte den Kopf. »Nein, sie war mir nicht sympathisch. Kein bisschen.«

»Aber wie hat sie ausgesehen?«, wiederholte Ferdie.

»Nun ja, sie war dick, so viel steht fest. Aber was merkwürdig war: Sie sah aus, als käme sie gerade von einem Kostümfest.« Dergal überlegte kurz, dann fuhr er fort: »Sie trug ein hellblaues wallendes Kleid, ganz glänzend, aus Seide, würde ich sagen – und sie hatte ein goldenes Tuch um den Kopf gewickelt. Sehr ausgefallen«, fügte Dergal in missbilligendem Ton hinzu.

»Ferdie!«, rief Marni da. »Ferdie, was hast du denn?«

Alle Farbe war aus Ferdies Gesicht gewichen, das jetzt ganz grau wirkte.

»Sie ist es«, stieß sie hervor.

»Wer, Kleines?«, fragte Marni. »Dergal, hol Ferdie ein Glas Wasser, sie sieht schrecklich aus – oh, dieser verflixte Fuß.«

»Es ist die Lady«, flüsterte Ferdie. »Von dem Schiff. Deren Gefangene ich war. Sie ist es!«

Marni blickte sie entsetzt an. »Aber … aber das kann doch nicht sein.«

»Doch, sie ist es«, wiederholte Ferdie. »Ich weiß es.«

»Unmöglich«, erwiderte Marni. »Es muss irgendeine andere Frau in einem Festkostüm gewesen sein.«

»Marni«, stöhnte Dergal mit verzweifelter Miene. »Wie viele

Frauen in einem blauen Festkostüm laufen deiner Meinung nach da draußen im Fernwald herum?«

»Davon gibt es nur eine«, sagte Ferdie mit tonloser Stimme. »Erst hat sie mich geholt. Und jetzt hat sie Mum, Dad und den kleinen Torr geholt.«

Diebe in der Nacht

In dieser Nacht schlief Todi wieder friedlich im Mädchenschlafsaal für Junglehrlinge. Aber in weiter Ferne, jenseits des Meeres, lagen Oskar und Ferdie hellwach in ihren Betten. Sie teilten sich ein Zimmer wie früher, bevor Torr geboren worden war, und wie immer redeten sie bis spät in die Nacht. Aber sie sprachen nicht wie sonst über Oskars Pläne für »Apparate«, wie er sie nannte, oder einen neuen Drachen, den Ferdie nähen wollte. Es war ein ernstes Gespräch, denn sie hatten beschlossen, sich auf die Suche nach der Lady zu machen.

Als die anderen alle zu Bett gegangen waren, schlich Ferdie die Treppe hinunter. Sie verstaute in ihrem Rucksack so viel Wegzehrung, wie sie für angemessen hielt, füllte den Wassersack und nahm zwei Leuchtstäbe aus dem Schrank. Ihr war nicht wohl dabei, Marnis und Dergals Vorratsschrank zu plündern. Sie kam sich wie ein Dieb in der Nacht vor. Aber sie hoffte, die beiden würden es verstehen.

Unterdessen schrieb Oskar einen Brief, aber er tat sich damit schwer. Als Ferdie mit dem Rucksack wiederkam, zeigte er ihn ihr.

Liebe Marni, lieber Dergal, lieber Jerra und liebe Annar,
Ferdie und ich gehen in den Fernwald, um Mum, Dad und Torr zu suchen. Und die anderen. Ich weiß, dass Ihr Euch Sorgen machen werdet, aber uns wird schon nichts passieren.

Liebe Grüße von Oskar und

Ferdie las den Brief. Er war typisch für Oskar, kurz und bündig, aber sie glaubte nicht, dass sie ihn besser hinbekommen würde. Also setzte sie ihren Namen neben seinen.

Dann schliefen sie ein paar Stunden. Oskar erwachte kurz vor Tagesanbruch und rüttelte Ferdie wach. Minuten später schlüpften sie zur Haustür hinaus und kletterten leise die Leiter hinunter. Als sie den Fernwald betraten, krochen die ersten Sonnenstrahlen über die Dünen.

In weiter Ferne, jenseits des Meeres, schlief Todi im Zaubererturm weiter. Am Fußende ihres Bettes lag ordentlich zusammengefaltet die Fischerweste ihres Vaters. Und unter ihrem Kopfkissen steckte die Lapislazuli-Schatulle mit dem FährtenFinder, der jetzt ebenfalls schlief. Doch im Gegensatz zu Todi schlief der FährtenFinder ruhig. Er hatte keine Albträume von dunklen Wäldern und Gefängniszellen.

Im Fernwald

Die Morgensonne schien durch die blassgrünen Blätter der Buchen, unter denen Oskar und Ferdie zügig dahinmarschierten. Es kam ihnen so vor, als wären sie auf dem Weg zu einem Familienpicknick, wie sie im Lauf der Jahre viele im Fernwald gemacht hatten, und keiner von beiden konnte so recht daran glauben, dass dieser Ausflug einem ganz anderen Zweck diente.

Sie hatten keine Mühe, dem Pfad zu folgen, den die Leute aus dem Dorf genommen hatten. Oskar war ganz in seinem Element. »Schau, Ferdie«, sagte er. »Man kann die vielen abgeknickten Zweige sehen, die abgerissenen Blätter, die auf den Boden gefallen sind, das zertretene Gras. Daran erkennt man, dass jede Menge Leute hier entlanggegangen sind. Es ist ein Kinderspiel, ihnen zu folgen.«

Nach einem mehrstündigen Marsch erreichten sie den gewohnten Picknickplatz der Sarns – eine helle Lichtung mit einem kleinen Bach, der in Richtung Meer gluckerte. Oskar schritt die Lichtung ab und suchte nach Spuren. Er hatte das Gefühl, er müsste nur sorgfältig genug suchen, dann würde er schon Hinweise auf seine Eltern und seinen kleinen Bruder finden. Tatsächlich entdeckte er Beweise dafür, dass Kinder hier gewesen waren. Neben dem Bach waren ein paar kleine Fußstapfen im Schlamm, aber von wem sie stammten, konnte er unmöglich sagen. Doch als er langsam am Bach entlangwanderte, machte er eine unliebsame Entdeckung.

»Ferd!« Er klang so aufgeregt, dass Ferdie sofort zu ihm eilte.

»Was gibt's, Oskar?«

»Das hier.«

Ferdie besah sich die schlammige Stelle, neben der Oskar kniete. »Was?«, fragte sie ängstlich.

»Ein Garmin.«

»Ein Garmin? Aber … woher willst du das wissen?«

Oskar deutete auf einen Abdruck im Schlamm, der aussah, als stammte er von einer großen Hundepfote.

Ferdie wollte es nicht glauben. »Der könnte von allen möglichen Tieren sein.«

Oskar schüttelte den Kopf. »Nein, schau hier – siehst du das? Das ist die Vorderpfote. Wie die Hand eines Affen. Er hat sich vorgebeugt, um zu trinken.« Er blickte zu seiner Schwester hoch. »Es war ein Garmin, Ferd. Das ist eindeutig.«

Ferdie hob einen Stein auf und schleuderte ihn wütend in den Bach. »Ich hasse diese Frau«, rief sie. *»Ich hasse sie.«*

Oskar wusste genau, wen Ferdie meinte. »Ja«, sagte er nur.

»Mum, Dad und Torr. Sie müssen schreckliche Angst ausgestanden haben.«

»Ja«, bestätigte Oskar wieder.

Ferdie zertrampelte angewidert die Garmin-Spuren. Dann sah sie Oskar an und sagte: »Wir werden diese Frau kriegen, Oskie. Sie wird es noch bereuen, dass sie sich mit uns angelegt hat.«

»Ja«, entgegnete Oskar wieder, aber er klang nicht sehr überzeugt.

Sie setzten sich traurig in das niedergetretene Gras am Ufer, und Ferdie zog zwei große Kekse, eine Handvoll Rosinen und einen Apfel hervor. »Frühstück«, sagte sie.

»Ich habe keinen Hunger«, brummte Oskar.

»Iss was, Oskie«, befahl Ferdie ihm. »Wir müssen bei Kräften bleiben.«

Sie verfielen in Schweigen und knabberten ab und zu eine Rosine, bis Ferdie plötzlich fragte: »Was Todi jetzt wohl gerade macht?«

»Wen juckt das?«, knurrte Oskar, hob einen Stein auf und warf ihn in den Bach. »Aber du kannst darauf wetten, dass sie nicht an uns denkt. So viel ist sicher.«

Aber genau das tat Todi in diesem Augenblick, sie dachte an Ferdie und Oskar. Sie saß in dem muffigen Besprechungsraum des Zauberturms und lauschte einem langwierigen, komplizierten Gespräch über die Alten Wege, bei dem immer wieder magische Fachausdrücke fielen, die sie nicht verstand. Sehnsüchtig blickte sie aus dem trüben lila Fenster. Wie gern wäre sie jetzt draußen in der Sonne. Wie schön wäre es, wieder einmal das Meer zu riechen und Sand unter den nackten Füßen zu spüren. Und Ferdie und Oskar wiederzusehen. Todi sehnte sich so sehr nach den beiden, dass es wehtat. Während die Besprechung sich dahinschleppte und die Zeiger der Uhr im Schneckentempo vorankrochen, fasste sie einen Entschluss. Sobald wie möglich wollte sie Nicko und Snorri auf der *Abenteurer* besuchen. Und die beiden darum bitten, sie nach Hause zu bringen. Sie konnte es nicht ertragen, auch nur eine Sekunde länger von Ferdie und Oskar getrennt zu sein.

»Autsch!«, schrie Ferdie und riss Oskar aus seinen trübsinnigen Gedanken. Sie sprang auf, trampelte wild auf dem Laub herum und rief: »Hau ab!«

Auf einem Bein hüpfend, hielt sie sich den Knöchel, und Oskar beobachtete, wie ein kleines pelziges Tier in Deckung flitzte. »Eine Waldmaus!«, rief er. »Mann, die erste, die ich sehe. War sie nicht süß?«

»Süß? Sie hat mich gebissen«, rief Ferdie und rieb sich den Knöchel. »Du hast vielleicht eine komische Vorstellung von süß, Oskar Sarn.«

Zehn Minuten später hatten sie Waldmaus und Todi aus ihren Gedanken verbannt und brachen wieder auf. Sie folgten weiter dem

Pfad, auf dem die Bewohner des FährtenFinderdorfs durch den Wald getrieben worden waren. Jetzt stießen sie in unbekanntes Gebiet vor. Bald stellten sie fest, dass der Wald dichter und dunkler wurde. Gegen Mittag wurde es schließlich kalt. Aber sie marschierten den ganzen Nachmittag über, immer dem Pfad nach.

»Es ist sehr weit«, sagte Ferdie. »Torr muss sehr müde gewesen sein. Und ängstlich …«

Oskar antwortete nicht. Er wollte nicht daran denken.

Der Fernwald wurde noch dichter, und Oskar las aus den Spuren, dass die Leute sich in kleinere Gruppen aufgeteilt hatten, um zwischen den Bäumen besser gehen zu können. Er stellte sich vor, wie die Lady mit ihrer Lampe vorausmarschierte und die verängstigten Dorfbewohner hinter ihr hertaumelten, angetrieben von den Garmins, deren gelbe Augen im Dunkeln funkelten. Vielleicht hatten einige einen Fluchtversuch unternommen. Vielleicht waren ein paar sogar entkommen und irrten jetzt durch den Fernwald. Vielleicht war der kleine Torr darunter und lief jetzt allein und hilflos … Oskar schüttelte den Gedanken ab. Er musste sich konzentrieren. Er musste der Spur folgen.

Am späten Nachmittag waren sie sehr erschöpft. Das Licht war so trüb, dass Oskar einen Leuchtstab brauchte, um die Spur weiterhin zu erkennen. Die Bäume standen derart dicht beisammen, dass Ferdie und Oskar ganz beklommen zumute wurde. Es kam ihnen so vor, als beugten sich die Baumkronen über sie und beobachteten sie. Und dann hörten sie ein seltsames Heulen und Brüllen, das nur von Tieren stammen konnte, die viel größer als Waldmäuse waren.

»Oskie, wir sollten besser haltmachen, bevor es vollends dunkel wird«, sagte Ferdie flüsternd.

Sie hatten geplant, die Nacht auf einem Baum zu verbringen, falls sie bei Sonnenuntergang noch im Wald sein würden. Oskar hatte sich auf diesen Fall vorbereitet und ein Springseil mitgebracht, das man über einen Ast werfen und als Kletterseil benutzen konnte, um auf einen Baum zu gelangen. Außerdem hatte er eine Hängematte für sie beide dabei und eine dicke Decke. Nicht vorbereitet hingegen war er auf die Geräusche großer Tiere, die sich durch die Baumkronen bewegten. Ein plötzliches Knacken, dann ein Krachen, als würde etwas Schweres von Baum zu Baum springen, ließen sie erstarren.

»Was war das?«, flüsterte Ferdie.

»Etwas Großes«, wisperte Oskar und spähte nach oben in das dunkelgrüne Blätterdach, doch er sah nur einen schwankenden Ast und ein paar zu Boden schwebende Blätter. Jetzt hatte er nicht mehr das Gefühl, dass sie auf einem Baum sicher sein würden.

»Vielleicht sollten wir weitergehen«, schlug Ferdie vor.

»Ja«, sagte Oskar, »vielleicht.«

Der Pfad wurde immer unübersichtlicher. Er führte im Zickzack zwischen den Bäumen hindurch, und Oskar konnte erkennen, wo Leute sich hingesetzt hatten oder gestolpert waren. Dann entdeckte er Spuren eines Kampfes. Es sah ganz so aus, als hätten sich einige zur Wehr gesetzt. Was wohl aus ihnen geworden war?

Ungefähr zehn Minuten später blieb Oskar stehen. »Ich kann die Spur nicht mehr erkennen, Ferd. Es ist zu dunkel.«

Ferdie antwortete nicht.

»Ferd?«, fragte Oskar.

Ferdie starrte angestrengt geradeaus. »Pst«, zischte sie.

»Was ist?«, flüsterte Oskar.

»Da.« Sie deutete zwischen die Bäume. »Lichter. Da vorn sind Lichter.«

Oskar, der die ganze Zeit mit dem Leuchtstab auf den Weg geleuchtet hatte, musste ein paar Sekunden warten, bis sich seine Augen an die Dunkelheit gewöhnt hatten. Dann sah er sie auch: kleine weiße Lichtpunkte in der Ferne, die sich nicht bewegten und eine Art Muster bildeten, außerdem das gelegentliche Aufblitzen eines sehr hellen roten Lichts, das sich bewegte.

»Das muss eine Art Gebäude sein«, flüsterte Ferdie.

»Ja«, stimmte Oskar zu. »Ein großes.«

Ferdie blickte ihn an. Ihre Haut und ihre langen roten Haare schimmerten im Dunkeln, und ihre Augen funkelten vor Erregung. »Dort müssen sie sein, Oskar. Ganz bestimmt. Dort müssen sie sein.«

»Aber ich kann die Spur nicht sehen, Ferd«, sagte Oskar. »Wir wissen es nicht sicher.«

»Ich weiß es sicher«, entgegnete Ferdie. »Ich spüre es. Los weiter, Oskie, wir werden sie finden!«

Die Fernwald-Festung

Oskar ging voraus. »Bleib dicht hinter mir und mach alles genau so wie ich«, flüsterte er Ferdie zu. »Dann wird uns niemand kommen sehen. Alles klar?«

Sie zogen ihre Nachthandschuhe an und setzten die Kapuzen auf, dann schlich Oskar weiter, so geräuschlos und geschmeidig wie eine Schlange. Ferdie folgte nicht ganz so geräuschlos, gab sich aber größte Mühe. Sie kamen den Lichtern immer näher, und bald standen sie unter den letzten Bäumen am Waldrand. Vor ihnen lag eine Grasfläche, in deren Mitte ein niedriger runder Turm stand, bekrönt von Zinnen, auf denen sich ein heller roter Lichtpunkt bewegte. Scheinwerfer strahlten von oben auf die Lichtung herab. Unter den Zinnen war eine einzelne Reihe hell erleuchteter Schlitzfenster zu erkennen. Auf beiden Seiten hatte man einstöckige Flügel an den Turm angebaut, die wie blasse Arme in die Lichtung hinausragten und offenbar überhaupt keine Fenster hatten.

»Sieht aus wie eine Festung«, flüsterte Oskar.

»Sieht grausig aus«, antwortete Ferdie.

»Da sind Wachen«, flüsterte Oskar. »Da oben, auf den Zinnen.« Er deutete auf eine große Gestalt mit einer langen Lanze, die einen dünnen roten Lichtstrahl in den Himmel sandte.

»Wir müssen da rein, Oskie.« Ferdie klang verzweifelt. »Sie sind da drin, ich fühle es.«

Oskar runzelte die Stirn. »Wie kannst du das fühlen, Ferd? Du kannst es dir wünschen. Du kannst dir denken, dass sie wahrscheinlich da drinnen sind, aber du kannst es nicht fühlen.«

Ferdie erwiderte Oskars Stirnrunzeln mit einem grimmigen Blick. »Ich kann es, und damit basta.«

»Ha, ha«, sagte Oskar unbeeindruckt. Ferdie stand auf. »Setz dich«, zischte er. »Sonst sehen sie dich noch.«

»Nein«, schnauzte Ferdie und spähte über das Gras zu dem langen Seitenflügel der Festung, der sich in ihre Richtung erstreckte. »Oskie«, stieß sie aufgeregt hervor. »Ich sehe eine Tür dort am Ende. Durch die kommen wir hinein!«

Oskar ließ einen kundigen Blick über die breite Grasfläche schweifen. Das sanft gewellte Gelände lag im Scheinwerferlicht und war schrecklich offen und gut einsehbar. Aber die Scheinwerfer auf dem Turm waren schlecht angeordnet, sodass es zwischen den Lichtkegeln da und dort dunkle, schattige Stellen gab. Auch einige Bodenvertiefungen konnten vielleicht etwas Deckung bieten. Dennoch war es ein großes Risiko, und Oskar schätzte ihre Chancen, unbemerkt zum Gebäude zu gelangen, als sehr gering ein. »Ferd«, sagte er, »du bist verrückt. Angenommen, die Spur endet gar nicht hier. Angenommen, sie führt weiter durch den Wald – was dann? Wir brechen da ein, werden geschnappt, und das war's. Dann werden wir Mum, Dad und Torr niemals finden.«

»Sei nicht albern, Oskie«, entgegnete Ferdie. »Sie sind da drin. Alle aus dem Dorf sind da drin. Wie gesagt. Ich *fühle* es.«

Oskar konnte sich nur mit Mühe beherrschen. »Hör zu, Ferd«, sagte er. »Fühlen ist nichts weiter als Wunschdenken. Aber sobald es morgen hell wird und ich die Spur wieder sehen kann, haben wir Gewissheit.«

»So hell, dass uns die Wachen da oben entdecken, meinst du?«

Oskar und Ferdie waren einem ernsthaften Streit gefährlich nahe. Deshalb tat Oskar, was er an diesem Punkt immer tat: Er sagte gar nichts mehr. Und auch Ferdie tat, was sie immer tat: Sie überspannte den Bogen.

»Oskar Sarn«, fauchte sie, »du bist ein Feigling!«

Nun konnte sich Oskar doch nicht zurückhalten: »Und du bist eine blöde Gans. He, Ferd. *Komm zurück!*«

Aber Ferdie war auf und davon, und Oskar sah entsetzt zu, wie sie in Richtung Festung rannte, von Schatten zu Schatten sprang und dabei Haken schlug wie ein Hase, dem ein Fuchs auf den Fersen war.

Oskar gab seine Deckung auf. Zwischen den Schatten hin und her huschend, folgte er Ferdie über die freie Fläche.

Bum!

Ein Schuss hallte vom Turm über die Lichtung. Eine Schar großer Vögel stieg flatternd aus den Bäumen in den Himmel auf, und aus dem Waldesinnern ertönte der Warnruf eines Tieres. Ferdie warf sich in eine Bodenmulde, und eine Sekunde später landete Oskar neben ihr.

Bum! Bum!

Äste krachten, als würde etwas Schweres von einem Baum fallen, dann folgte ein dumpfer Schlag, und vom Turm rief eine dröhnende Stimme triumphierend: »Hab ihn erwischt!«

»Sie haben auf etwas geschossen«, flüsterte Ferdie überflüssigerweise.

Dann erklang wieder die dröhnende Stimme: »Geh und hol ihn, Mondgesicht. Das gibt einen leckeren Braten.«

»Du hast ihn erlegt«, lautete die Antwort. »Dann hol du ihn auch.«

Von den Zinnen her ertönte ein lautes Klatschen.

»Aua! Das tut weh!«

»Recht so. Jetzt tu, was dir gesagt wurde.«

»Ist ja gut. Bin schon unterwegs.«

Eine Weile herrschte Stille, und Oskar und Ferdie vermuteten, dass einer der Wachleute von seinem Posten herunterkam.

»Beeilung«, flüsterte Oskar. »Bevor er unten ist.«

So schnell und gewandt wie ein Python krochen sie durchs Gras. Genau in dem Moment, als das Geräusch von Stiefeln erklang, die auf etwas Hohles traten, waren sie an der Tür. Sie duckten sich in den Schatten und beobachteten, wie der Wachmann in Richtung der Bäume stapfte, unter denen sie vor Sekunden noch versteckt gewesen waren.

»Siehst du?«, flüsterte Ferdie. »Wie gut, dass wir nicht dort geblieben sind.«

»Ja, ja«, maulte Oskar, immer noch sauer.

»Kriegst du die auf?« Ferdie deutete auf die Tür.

Aus der Nähe sah sie Furcht einflößend aus – eine mit Nieten beschlagene, dicke Eisentür, aber das Eisen würde es Oskar leichter machen, beim Knacken das verräterische Klicken der Riegel im Innern des Schlosses zu erlauschen.

»Ja«, flüsterte er, »ich glaub schon.« Er schob die rostige Abdeckklappe zur Seite und spähte in das Schlüsselloch. Dann zückte er seinen Satz Dietriche, wählte einen großen mit einer gebogenen Spitze aus und machte sich, während Ferdie die Umgebung im Auge behielt, an die Arbeit.

Plötzlich ertönte von den Bäumen ein Schrei. »He!«

Oskar erstarrte – *sie waren entdeckt.*

»He, Dickwanst«, brüllte die Stimme. »Ja, du da oben. Wenn du heute Nacht Baumleopardenbraten willst, dann komm gefälligst runter und pack mit an. Ich will mir nicht das Kreuz verrenken.«

Vom Turm kam ein sehr unflätiger Ausdruck als Antwort.

Oskar legte wieder das Ohr an die Tür. Er drehte den Dietrich scharf herum, und als das zweite Stiefelpaar stampfend näher kam, spürte er, wie das Schloss nachgab, und drückte gegen die Tür. Sie öffnete sich lautlos, und in der nächsten Sekunde waren sie in der Festung.

Ferdie und Oskar erkannten sofort, dass sie in einen Zellenblock geraten waren. Ein breiter gerader Korridor erstreckte sich vor ihnen, der in eine zweite Eisentür mündete. Zischende Laternen baumelten von der Decke, und links und rechts reihte sich eine Zellentür an die andere, alle mit kleinen vergitterten Fenstern auf Augenhöhe.

»In diesen Zellen sind sie gewesen«, flüsterte Ferdie.

»Aber jetzt nicht mehr«, sagte Oskar.

Ferdie konzentrierte sich angestrengt. »Nein. Aber sie sind noch hier irgendwo.«

»Gut. Dann suchen wir sie.« Der Anblick der Zellen hatte Oskar schockiert. Allmählich nahm er Ferdie ernst.

Sie schlichen den Korridor entlang. Oskar spähte in mehrere Zellen, erblickte aber nur leere Schlafpritschen. Dann war er an der Eisentür am anderen Ende des Korridors und schob vorsichtig die Klappe über dem Schlüsselloch zur Seite. Da bewegte sich die Tür. »Sie ist offen«, flüsterte er.

Sie schlüpften durch den Spalt und liefen direkt in etwas Rosafarbenes und Weiches hinein.

Myladys Gemach

Zwei, drei Schritte hinter der Tür stand ein riesiges Sofa, das mit rosa Samt bezogen, üppig gepolstert und mit kleinen blauen Seidenkissen übersät war. Es dauerte ein paar Sekunden, bis sie begriffen, dass sie sich in einem Schlafzimmer befanden. Es war ein sehr großer, runder Raum mit dunklen Holztäfelungen, die mit leuchtend blauen und rosa Streifen bemalt waren. Eine Reihe kleiner Fenster war so weit oben in die Wand eingelassen, dass man nicht hinaussehen konnte. Gegenüber dem Sofa thronte ein großes

Himmelbett mit einem Baldachin aus glänzender blauer Seide. Links und rechts davon standen zwei breite, bemalte Kleiderschränke, der Rest des Zimmers wurde von kleinen Stühlen eingenommen, deren gebogene Beine mit Blattgold verziert waren. Ferdie erschauderte. Sie hatte nicht den geringsten Zweifel, wem dieses Zimmer gehörte.

Oskar nahm von der Einrichtung kaum Notiz – für ihn war es nur ein muffiges, altes Zimmer voll komischer Möbel. Sehr wohl Notiz nahm er dagegen von der Eisentür, die auf der anderen Seite aus dem Raum hinausführte. Sie sah genauso aus wie die, durch die sie gerade gekommen waren. Bestimmt lag dahinter ein weiterer Zellenblock. Gerade wollte er nachsehen, als Ferdie ihn packte und hinter das Sofa zog. *»Da kommt jemand«*, zischte sie.

Mit einem scharfen Klacken öffnete sich eine Geheimtür in der Holzvertäfelung neben dem Bett, und was Ferdie dann hörte, ließ ihr das Blut in den Adern gefrieren – es war die trällernde Stimme, die ihr in den zwei Monaten auf der *Tristan* so verhasst gewesen war.

»Wie viele will er denn noch, um Himmels willen?«, fragte die Lady.

Seide raschelte, als sie durchs Zimmer ging. Hinter ihr ertönten hastige Schritte, und eine Stimme sagte: »Mylady, er hat zwanzig verlangt.«

Die Stimme klang für Oskar schockierend vertraut. *Tante Mitza.* Er sah Ferdie an und formte den Namen mit den Lippen.

Ferdie riss erstaunt die Augen auf.

»Und wir schicken ihm jetzt fünfunddreißig«, erwiderte die Lady. »Was ist also sein Problem?«

Tante Mitza klang ungewohnt unterwürfig. »Mylady, wie Sie wissen, sind diese fünfunddreißig keine normalen Arbeiter. Sie haben andere … äh … Qualitäten. Jedenfalls drei oder vier von ihnen – wenn wir Glück haben.«

»Dann soll er eben die anderen einunddreißig als Arbeiter einsetzen.« Jetzt war das Knistern von Seide zu hören, danach das Ächzen dicker Polster, und Oskar und Ferdie spürten, wie die Beschläge des Sofas sich durchbogen. Die Lady hatte darauf Platz genommen. Widerlich süßer Pudergeruch versetzte Ferdie auf die *Tristan* zurück, und Panik stieg in ihr auf. Oskar sah sie erschrocken an. Ihm war klar, dass seine Schwester am liebsten weglaufen würde. Er machte mit der linken Hand das FährtenFinderzeichen für *Alles in Ordnung?* Sie antwortete mit einem angestrengten Lächeln und erwiderte das Zeichen mit der rechten Hand.

Tante Mitza war wie ausgewechselt. Ihr scharfer, unduldsamer Ton war schmeichlerischem Geflöte gewichen. »Aber, Mylady«, sagte sie, »bis wir festgestellt haben, welche drei oder vier zu gebrauchen sind, dürften die anderen einunddreißig nicht mehr besonders … äh … *arbeitsfähig* sein. Haha.«

»Hm.« Oskar und Ferdie spürten, dass die Lady gereizt auf dem Sofa herumrutschte. »Dann schicken Sie die Kreaturen los, um mehr zu beschaffen. Auf der anderen Seite des Fernwaldes gibt es Siedlungen.«

»Jetzt, wo der Mond zunimmt, wird es von Nacht zu Nacht heller, Mylady«, gab Tante Mitza zu bedenken.

»Ich weiß, was der Mond tut«, lautete die unwirsche Antwort.

»Wie wahr, Mylady. Sie sind die perfekte Himmelsbeobachterin. Aber es ist nicht ratsam, Garmins nach Halbmond noch einzusetzen. Ihre helle Haut verrät sie.«

Eine plötzliche Bewegung ließ die Sofapolster vor Erleichterung aufstöhnen. Die Lady war wieder aufgestanden. »Sagen Sie mir etwas, was ich *nicht* weiß, Mitza«, bellte sie.

»Äh … das kann ich nicht, Mylady. Ihr gewaltiges Wissen übersteigt meine bescheidenen Kenntnisse bei Weitem.« Oskar sah Ferdie an und verdrehte sie Augen. *Was für eine Kriecherin*, formte er mit den Lippen.

Die Lady seufzte. »Ach, wie ich bedauere, dass mir mein kleiner Liebling weggelaufen ist.«

»Ihr kleiner Liebling, Mylady? Hatten Sie einen Hund?«

»Nein, Mitza. Das Mädchen aus dem Dorf, mit dessen Bewohnern wir jetzt diesen Versuch unternehmen. Sie hat so hübsch genäht und war viel zu schade, um in diese grässliche Grube geschickt zu werden. Und sie hat nie ein Blatt vor den Mund genommen. Sie hat mir offen in die Augen gesehen. Im Unterschied zu Ihnen, Mitza. Und überhaupt allen anderen. Ich bin von lauter Schranzen und Dilettanten umgeben.«

Tante Mitza wusste weder, was das eine noch das andere war, vermutete aber, dass Dilettanten etwas mit Elefanten zu tun hatten. »Wir geben unser Bestes, Mylady«, murmelte sie. »Und wie diese willensstarken grauen Dickhäuter werden auch wir am Ende unser Ziel erreichen.«

»Was Sie für dummes Zeug zusammenreden, Mitza. Ich sollte *Sie* mitschicken, damit wir auf die gewünschte Zahl kommen.«

»Nicht doch, Mylady! Ich flehe Sie an.«

»Verschonen Sie mich, vorläufig sind Sie ja sicher.« Die Lady seufzte wehmütig. »Aber mein kleiner Liebling hätte mich trotzig angesehen und gesagt: ›Sie trauen sich ja doch nicht!‹ So mutig war sie. Sie hat mir nicht einmal ihren Namen verraten.«

In dem Moment hörten Oskar und Ferdie eilige Schritte nahen. Sie tauschten einen panischen Blick aus – wenn jemand durch die Tür kam, musste er sie sofort entdecken. Vorsichtig krochen sie zum Ende des Sofas und duckten sich hinter die pralle Armlehne. Die Tür zum Zellenblock flog auf, und herein stürmte eine junge Frau mit zwei langen braunen Zöpfen, die an ihrem Rücken zusammengebunden waren. Sie trug ein abgenutztes Kleid, an dessen Ärmelaufschlägen die Überreste einiger Bänder flatterten, und ein Paar abgewetzte, aber feste braune Stiefel. Ihr Gesicht war schmal, und dunkle Ringe umschatteten ihre Augen. Ferdie fand, dass sie gequält aussah.

Die junge Frau machte einen Knicks. »In Block eins ist so weit alles in Ordnung, Mylady«, sagte sie, »aber die in Block zwei machen Ärger. Die Wachen bitten um die Erlaubnis, Verstärkung aus dem Turm anzufordern.«

»Nichts da. Die Sicherheit des Turms muss gewährleistet bleiben. Ärger? Die werde ich lehren, Ärger zu machen. Ich komme gleich runter.«

»Ja, Mylady.« Die junge Frau rührte sich nicht vom Fleck.

»Nun gehen Sie schon, Mädchen. Sagen Sie ihnen Bescheid.«

»Äh, Mylady …«

»Was ist denn noch?«

»Es … ist so grausam, ein ganzes Dorf zu schicken. Die Kleinen sind ganz durcheinander. Könnten Sie nicht wenigstens die Kinder freilassen?«

Wieder tauschten Ferdie und Oskar einen Blick. Die Antwort der Lady überraschte sie nicht.

»Nein.«

»Aber …«

»Madam, Sie vergessen sich. Wir haben eine Abmachung. Wenn Sie Ihren Jungen zurückhaben wollen, tun Sie, was Ihnen gesagt wird.«

»Aber ich konnte ja nicht ahnen, dass ich so etwas machen soll.«

Die Lady lachte. »Was haben Sie denn erwartet? Dass Sie Törtchen backen sollen? Wachen Sie auf, Mädchen. Kommen Sie, Mitza, wir gehen runter und sondern die Unruhestifter aus.«

Oskar und Ferdie hielten die Luft an. Die Lady rauschte zur Tür hinaus, und Tante Mitza hastete hinterher. Die junge Frau sah den beiden nach und brach in Tränen aus.

»Madam!«, brüllte die Lady.

Die junge Frau wischte sich die Tränen aus dem Gesicht und eilte zur Tür. Sie hatte den Raum schon fast verlassen, da fiel ihr etwas ins Auge. Entgeistert blieb sie stehen. Ferdie und Oskar erstarrten. Sie waren entdeckt.

Madam

Wie seid ihr ausgebrochen?«, zischte die junge Frau, wobei sie sich ängstlich im Raum umsah.

Ferdie sah sie prüfend an. Sie hatte freundliche braune Augen und drehte nervös einen ihrer langen Zöpfe zwischen ihren Fingern, an denen die Nägel abgekaut waren. Ferdie mochte sie.

»Wir sind nicht ausgebrochen«, flüsterte Ferdie. »Wir sind eingebrochen. Wir suchen unsere Eltern und unseren kleinen Bruder. Bitte verraten Sie uns nicht.«

Die junge Frau seufzte. »Keine Sorge, ich werde euch nicht verraten. Aber wenn ich euch einen Rat geben darf: Verschwindet von hier, solange ihr noch könnt. Sonst erwischt sie auch euch. So wie sie alle erwischt.«

»Aber wir müssen sie finden«, erwiderte Ferdie stur.

Die junge Frau zuckte resigniert mit den Schultern. »Also gut. Wenn sie aus diesem Glanzhaar-Dorf stammen, dann sind sie hier.«

Oskar machte große Augen. »Wirklich?«

»Sie sind unten. Dort, wo ich jetzt hinmuss.« Damit eilte die junge Frau hinaus.

Ferdie und Oskar flitzten ihr nach und sahen gerade noch, wie sie links eine Tür aufstieß und verschwand. Sie folgten ihr und gelangten auf den Absatz einer Wendeltreppe, die in trübes rotes Laternenlicht getaucht war. Auf halber Höhe bemerkte die junge Frau, dass sie ihr nachkamen.

Sie wartete, bis Oskar und Ferdie sie erreicht hatten. »Ihr seid verrückt«, flüsterte sie mit beschwörender Stimme. »Ihr könnt ihnen nicht helfen, verstanden? Verschwindet. Macht, dass ihr fortkommt.«

»Madam! Wo bleiben Sie denn?«, drang die Stimme der Lady vorwurfsvoll die Treppe herauf.

»Ich komme, Mylady!« Die junge Frau eilte weiter nach unten und machte dabei scheuchende Handbewegungen in Richtung Oskar und Ferdie.

Aber so kurz vor dem Ziel wollten die beiden nicht aufgeben. Auf Zehenspitzen schlichen sie die Treppe hinunter. Die Luft wurde kühler und feuchter und roch jetzt nach Angst. Wachen brüllten Befehle: *»Bewegt euch! Los, schneller!«* Dann ertönte ein Schrei, danach das Schluchzen einer Frau, das Wimmern eines Kindes. Oskar sah Ferdie bestürzt an. Das Kind klang jünger als Torr, aber die schluchzende Frau hätte ohne Weiteres ihre Mutter sein können.

Sie erreichten die letzte Windung der Wendeltreppe. Ein weißer Lichtstrahl drang von unten herauf. Rasch schlangen sie die Nachtmäntel enger um sich, zogen die Kapuzen tiefer ins Gesicht und spähten vorsichtig um die letzte Ecke. Vor ihnen lag ein großer, runder Raum, von dem zwölf Torbogen abgingen. Wächter mit Stahlspitzen an Helmen und Ellbogen waren gerade dabei, unter Zuhilfenahme langer Stöcke, die an den Spitzen rot waren, FährtenFinder in einen der Gänge zu treiben.

Ferdie beugte sich weiter vor. Hinter den breiten Rücken dreier Wächter erblickte sie Menschen aus ihrem Dorf, die nacheinander in dem Gang verschwanden. Sie kannte jeden Einzelnen mit Namen, aber ihre Eltern und der kleine Torr waren nicht darunter. Da packte sie Verzweiflung – *sie kamen zu spät*. Plötzlich trat ein Wächter, der ihr die Sicht versperrt hatte, zur Seite, und Ferdie entdeckte ihre Mutter.

Jetzt war ihr alles egal. Sie sprang die letzten Stufen hinunter und schrie: »Mum, ich bin's, Ferdie. Mir geht es gut. Mum, Mum! Ich liebe dich, Mum!«

Rosie Sarn wirbelte herum, und Ferdie sah, dass sie Torr in den Armen hielt. *»Ferdieeeee!«*, schrie Rosie.

Oskar kam sich vor wie in einem Albtraum. Er schlich ein paar Stufen tiefer und verfolgte mit Entsetzen, was sich vor ihm abspielte.

»Mum!« Ferdie war jetzt mitten im Knoten und rannte geradewegs auf die Wachen zu, die über ihr plötzliches Erscheinen so verdutzt waren, dass sie ungehindert in das Gedränge eintauchen konnte.

Gleichzeitig versuchte Rosie Sarn verzweifelt, sich einen Weg zu ihrer Tochter zu bahnen.

Ein Schrei gellte aus dem Schatten am anderen Ende des Knotens. »Mein kleiner Liebling!«

Oskar sah etwas Blaues aufblitzen, und wie ein riesiger Eisvogel, der nach einem Fisch taucht, stürzte sich die Lady auf Ferdie.

Ein wildes Durcheinander entstand. Die Wächter wussten nicht, was sie tun sollten. Ohne Befehl wollten sie nicht eingreifen, und ihre Kommandantin schien Amok zu laufen. Der Raum hallte von unterschiedlichsten Schreien wider.

»Mum, Mum!«

»Mein kleiner Liebling! Mein kleiner Liebling!«

»Ferdie, Ferdie!«

Und dann plötzlich waren sie vereint – Ferdie, Torr und Rosie Sarn hielten einander so eng umschlungen, als würde gleich die Welt untergehen. Und das tat sie dann auch beinahe. Zwei weiche weiße Hände packten Ferdie mit eisernem Griff und rissen sie aus der Umarmung, woraufhin ihre Mutter der Lady einen Faustschlag auf die Nase gab und Torr zu brüllen begann.

Aber die Lady brüllte noch lauter. »Wache! Wache! Schafft mir die Frau vom Leib!«

Die Wächter stürzten sich in das Gewühl. Die Dorfbewohner wichen vor ihren gefürchteten Stöcken zurück. Einige flüchteten sogar freiwillig in den Gang, andere wurden gestoßen. Die langen Fingernägel der Lady gruben sich unterdessen in Ferdies Arme. Gleichzeitig wurden ihre Mutter und ihr kleiner Bruder durch den Torbogen getrieben, und plötzlich, als wäre ein Schalter umgelegt worden, verstummte Torrs Gebrüll.

Ferdie, die sich geschworen hatte, nie vor der Lady zu weinen, biss sich auf die Lippe. Sie schielte kurz zur Treppe, sah aber nur die junge Frau mit den verblassten Bändern an den Ärmeln. Sie stand auf der untersten Stufe, hatte die Hände vors Gesicht geschlagen und spähte entsetzt zwischen den Fingern hervor.

Die Lady ließ die Wächter wegtreten und wandte sich der neuen Gefangenen zu. »Du hast mich verlassen«, sagte sie zu Ferdie. »Das war sehr unartig von dir.« Ihr Gesicht legte sich in zornige Falten, und ihre weißen Wurstfinger verstärkten den Griff um Ferdies Arme.

Ferdie überlegte fieberhaft. Die Tränen in den Augen der Lady verrieten ihr, dass noch nicht alles verloren war. Wenn nur Oskar klug genug war, von hier zu verschwinden, würde sie die Lady schon irgendwie besänftigen. Sie musste es nur richtig anstellen. Ferdie log nur sehr ungern, aber jetzt musste es sein. »Es tut mir wirklich sehr leid«, sagte sie. »Ich bin zurückgekommen, weil … weil ich Sie vermisst habe.«

Die Miene der Lady wurde milder. Sie ließ Ferdies Handgelenk los. »Wirklich?«, fragte sie, wurde aber im nächsten Moment von einer Bewegung auf der Treppe abgelenkt, sodass Ferdie eine Antwort erspart blieb. »Sie, Madam!«, rief die Lady. »Kommen Sie her!«

Widerwillig wie ein Hund, der an einer unsichtbaren Leine durch den Raum gezogen wurde, kam die junge Frau näher. Sie sah Ferdie kurz in die Augen, und sie tauschten einen Blick der Sympathie.

»Ja, Mylady?«

Die Lady ließ eine Schimpfkanonade los. »Sie sind ein aufgeblasenes Nichts, eine eingeschnappte kleine Madam und zu nichts zu gebrauchen. Sie sollten diese Leute schon vor Stunden fortgeschafft haben, und stattdessen werde ich hier in gemeine Handgreiflichkeiten verwickelt.« Sie drückte sich ein Taschentuch an die schmerzende Nase. »Das ist unerhört!«

Angst leuchtete in den Augen der jungen Frau auf. »Ich … ich habe mein Bestes getan, Mylady«, stammelte sie.

»Ihr Bestes ist nicht gut genug, Madam. Ich gebe Ihnen eine letzte Bewährungschance, danach können Sie Ihren geliebten Sohn abschreiben. Verstanden?«

Die junge Frau presste die Lippen zusammen und rang um Fassung.

»Eine letzte Chance«, tobte die Lady weiter. »Wir haben diesen Monat zwanzig Leute zu wenig. Und Sie, Madam, werden diese fehlenden Leute beibringen.«

Die junge Frau blickte die Lady entsetzt an. *»Ich?«*

»Sie, Madam. Sie leben doch in einer dicht besiedelten Burg, nicht wahr? Dort wird man zwanzig Narren bestimmt nicht vermissen.«

»Oh nein – bitte nicht!«

Die Lady zuckte mit den Schultern, als würde sie das Gespräch langweilen. »Tja, Madam, wie ich höre, ist Ihr Junge noch am Leben. Doch ich kann nicht garantieren, dass er das auch bleiben wird.«

Die junge Frau wurde weiß wie ein Blatt Papier. »Ich … ich werde es tun«, flüsterte sie. »Ich muss mir nur überlegen, wie … wie ich es anstellen soll.«

»Bis morgen um diese Zeit sind die Leute hier.«

»Nein!«, stieß die junge Frau hervor.

»Doch. Wenn sie bis dahin nicht eingetroffen sind, werden Sie Ihren Sohn nie wiedersehen, das verspreche ich Ihnen.« Die Lady lächelte. »Denn es wird nichts von ihm übrig bleiben, was man noch sehen könnte, Madam.«

Jetzt wurde die junge Frau ganz grau im Gesicht.

»Sie haben die Wahl«, fuhr die Lady kühl fort. »Es liegt also bei Ihnen.« In dem Moment nahm die Lady aus dem Augenwinkel eine Bewegung auf der Treppe wahr. »Ein Junge! Da ist ein Junge zurückgeblieben!«

Ferdie blickte erschrocken zur Treppe hinüber. Oskar war, ohne dass er es bemerkt hatte, die Kapuze nach hinten gerutscht, sodass sein rotes Haar jetzt im Halbdunkel auf der Treppe schimmerte. Und seine Augen leuchteten aus seinem blassen Gesicht wie die eines Kaninchens, das der Strahl eines Scheinwerfers erfasst hat. *»Lauf, Oskie. Lauf«*, stieß Ferdie leise zwischen den Zähnen hervor.

Aber Oskar brachte es nicht über sich, seine Schwester im Stich zu lassen. Er tat das Einzige, was er tun konnte: Er rannte geradewegs zu ihr und war im nächsten Moment an ihrer Seite. Die Lady wollte ihn packen, doch Oskar, ganz der Sohn seiner Mutter, versetzte ihr ebenfalls einen Fausthieb.

Die Lady fasste sich an die Nase. Blut tropfte zwischen ihren Fingern hervor auf ihr Seidenkleid und verursachte hässliche dunkle Flecken. Oskar war schockiert – er hatte noch nie jemanden geboxt.

»Schnell! Da lang«, raunte die junge Frau Ferdie und Oskar zu, wirbelte herum und rannte in den Bogengang, über dem die Zahl VII eingemeißelt war. Ferdie packte Oskar an der Hand und stürzte ihr nach.

»Hiergeblieben!«, schrie die Lady hinter ihrem Taschentuch hervor, das sich schnell rot färbte. »Hiergeblieben!«

Doch Ferdie und Oskar rannten weiter hinter der jungen Frau

her, einem schimmernden weißen Nebel entgegen. Und als sie darin verschwand, folgten sie ihr, ohne einen Gedanken daran zu verschwenden, was sie wohl dahinter erwarten würde. Was auch immer es war, es konnte nur besser sein.

Befehle

Die Lady starrte in Weg VII hinein. Sie traute sich nicht, die Verfolgung aufzunehmen. Denn beim letzten Mal, als sie den Nebel passiert hatte, war sie in einen Abgrund gestürzt und um ein Haar ertrunken. Sie hoffte nur, dass jetzt die kleine Madam in den Abgrund stürzte. Fluchend riss sie an einem Klingelzug.

In ihrem winzigen Zimmer – unter dem Namen Zwinger bekannt – am hinteren Ende der Garmin-Käfige in Zellenblock zwei wurde Mitza Draddenmora Draa durch das Schrillen einer Glocke aufgeschreckt. Ein paar Minuten später stürzte sie atemlos in den Knoten, wo sie eine Lady vorfand, die sich ein blutiges Taschentuch an die Nase drückte.

»Sie haben geläutet, Mylady?« Mitzas Stimme zitterte.

»Schicken Sie Garmins in Weg VII«, brüllte die Lady hinter ihrem tropfenden Taschentuch hervor.

»Wie viele, Mylady?«, fragte Mitza nervös. Die Garmins machten ihr Angst.

»Alle.«

»Alle?«, wiederholte Mitza mit schwacher Stimme.

»Alle. Dieser Madam und ihrer geliebten Burg werde ich es zeigen. Das wird ihnen noch leidtun.«

~ TEIL 9 ~

Der Außenpfad

Auf der hohen alten Burgmauer ungefähr sieben Meter über dem dunklen Burggraben erschienen in einem matten lila Licht die Umrisse eines Torbogens. Hätte jemand auf der anderen Seite des Burggrabens gestanden, so hätte sich ihm der gespenstische Anblick geboten, wie aus scheinbar festem Stein ein Torbogen hervortrat, in dessen Innerem ein sonderbarer weißer Nebel wirbelte. Doch es war später Abend, die Zugbrücke der Burg war hochgezogen, und niemand war so töricht, bei Nacht am Waldrand spazieren zu gehen.

Plötzlich kam aus dem Nebel eine junge Frau herausgerannt und hielt sich im allerletzten Moment, ehe sie kopfüber in den Burggraben unter ihr stürzte, am Rand des Bogens fest. Sie drehte sich um und rief in warnendem Ton: »Langsam! Hier ist ein steiler Abgrund!« Zwei kleinere Gestalten tauchten aus dem Gang auf. Sie blieben abrupt stehen – atemlos und verwirrt.

»Hier ist es sehr schmal«, flüsterte die junge Frau. »Ich rutsche ein Stück weiter. Ihr müsst euch an die Mauer drücken, klar?«

»Klar«, sagte Ferdie. Es war ihr egal, wie schmal es war. Hauptsache, sie war der Lady wieder entwischt. Tief sog sie die fremde, feuchte Luft ein. Über ihr wölbte sich ein mit Sternen übersäter Nachthimmel, vor ihr lag ein dunkler Wald, und tief unter ihr glitzerte träge dahinfließendes Wasser. Sie rückte etwas zur Seite, um für Oskar Platz zu machen.

Oskar roch den erdigen Geruch von Land, den feuchten von nassen Bäumen und den herben von Wasser – aber es war kein Meerwasser. Es war Süßwasser, aber schlammiges. Er wusste sofort, dass sie weit weg von zu Hause waren.

»Los, ihr beiden, gehen wir«, sagte die junge Frau. »Aber seid vorsichtig. Das ist nur ein schmaler Sims, und die Steine sind locker. Haltet euch an der Mauer fest, klar?«

»Klar.«

»Klar.«

»Und seht nicht nach unten. Übrigens, ich heiße Lucy. Lucy Heap.«

»Ferdie«, sagte Ferdie.

»Oskar«, sagte Oskar.

»Sarn«, sagten beide zusammen.

Der Pfad war gefährlich. An manchen Stellen war er so schmal, dass sie seitwärts gehen mussten. An anderen war er breiter, dafür aber mit schlüpfrigem Kies bedeckt. Oskar bildete das Schlusslicht und spähte immer wieder nach hinten, um festzustellen, ob ihnen jemand – oder etwas – folgte. Zu seiner Erleichterung sah und hörte er nichts. Er ging hinter Ferdie und Lucy Heap im schwachen Licht des Mondes, der langsam hinter den Baumwipfeln auf der anderen Seite des Wassers versank.

Nach einem besonders schmalen und gefährlichen Wegstück tauchte vor ihnen ein Licht auf. Sofort beschleunigte Lucy ihre Schritte, und bald stiegen sie eine gefährliche Treppe hinab, die an einer Helling endete, an die schwarz das Wasser schwappte. Hier brannte das Licht, das sie gesehen hatten – eine Laterne, die ein Schild beleuchtete mit der Aufschrift: *Ruperts Paddelbootverleih*.

Lucy warf nervös einen Blick über die Schulter. »Es ist nicht mehr weit«, flüsterte sie und eilte dann die Helling hinauf.

Die Helling führte auf eine Straße mit hohen, schmalen Häusern auf der linken und niedrigeren, kleineren Häusern auf der rechten Seite. Nach der Dunkelheit auf dem Pfad war es hier angenehm hell – viele Häuser hatten Lichter in den Fenstern stehen, und bei einem brannte in jedem Fenster sogar ein ganzer Strauß von Kerzen. Lucy steuerte auf das kleine Haus direkt gegenüber zu. Sie öffnete die Tür, und Oskar und Ferdie folgten ihr in einen schmalen Flur, der mit Kisten und Taschen vollgestopft war.

»Simon«, rief Lucy leise. »Bist du da?«

Am anderen Ende ging eine Tür auf, und heraus trat ein junger, schwarz gekleideter Mann. Ferdie fand, dass er zugleich ängstlich und erleichtert aussah.

»Lucy!«, rief er und stürzte ihr entgegen, blieb aber gleich wieder stehen, als er Ferdies und Oskars schimmernde Haare bemerkte. »Wer ist das?«, fragte er argwöhnisch.

»Ach, Simon …« Lucy flog in seine Arme. »Es ist schrecklich. Einfach schrecklich.«

William

Oskar und Ferdie saßen in einem kleinen, mit Büchern übersäten Vorderzimmer am Kamin. Während Simon Becher mit einem heißen Getränk auf den Tisch vor ihnen stellte und Lucy mit zitternden Händen einen Teller Kekse brachte, sah sich Ferdie die Büchersammlung an. Sie bildete eine sonderbare Mischung aus Zaubererschriften, Strick- und Bauanleitungen sowie alchimistischen Werken. Die unteren Regalfächer quollen von bunten Kinderbüchern und ramponierten Spielsachen über.

In den Bechern war Kräutertee, der nach altem Stroh roch, aber Ferdie und Oskar waren froh, dass sie etwas Warmes bekamen. Sie hielten die Becher mit beiden Händen und lauschten Simon und Lucy Heap, die berichteten, wie die Lady in ihr Leben eingedrungen war.

Lucy begann: »Vor zwei Monaten ist unser kleiner Sohn William verschwunden.«

Ferdie und Oskar tauschten einen Blick aus – es hatte also auch andere getroffen.

»William war … ich meine, er ist erst sechs.« Lucy hielt kurz inne, holte tief Luft und fuhr dann fort: »William ließ gern sein Spielzeugboot auf dem Burggraben schwimmen. Eines Tages nach der Schule habe ich ihm erlaubt, mit seinen Freunden zur Helling zu gehen. Sie wollten dort mit ihren Booten spielen. Es war ein schöner, warmer Spätnachmittag. Und er war dort gut aufgehoben – so dachte ich jedenfalls –, denn sein Onkel, mein Bruder Rupert, der dort ein Bootshaus hat, arbeitete im Freien und behielt die Kinder im Auge. Na ja … ach, alles war meine Schuld … ich habe einfach nicht bemerkt, wie spät es schon war. Ich arbeitete an einem Entwurf für so einen blöden Turm. Plötzlich stellte ich fest, dass es dunkel wurde und William noch nicht zu Hause war. Ich rannte aus dem Haus, aber am Ende der Helling war niemand – keine kleinen Jungs, kein Rupert. Keine Menschenseele. Ich lief hinunter ans Wasser und rief nach William. Da kam Rupert aus dem Haus und sagte, er hätte gedacht, William wäre nach Hause gegangen wie alle seine Freunde auch. Ich schrie ihn an, wie er so unvernünftig sein könne, und dann entdeckte ich oben auf dem Außenpfad – das ist der Weg, auf dem wir hergekommen sind – Williams Lieblingsspielzeug, eine kleines weißes Schaf, das ihm seine Oma gehäkelt hat.« Lucy schluckte. »Da wusste ich, dass etwas Furchtbares geschehen war. Ich rannte so schnell den Außenpfad entlang wie noch nie in meinem Leben. Er verläuft in einem Bogen parallel zur Burgmauer, sodass man nie sehr weit sehen kann, und mittlerweile war es stockdunkel, denn es war eine mondlose Nacht. Doch als ich um eine Biegung kam, erblickte ich etwas.« Sie erschauderte. »Es war ein riesiges Tier, weiß und hässlich, mit einem Kopf wie von einer Schlange. Das Vieh stand auf den Hinterbeinen. *Und plötzlich ging es durch die Mauer.*«

Simon seufzte. Er sah elend aus und tat Ferdie leid. Sie spürte, dass er Lucy nicht glaubte. Aber sie glaubte Lucy natürlich. Und Oskar auch.

Lucy erzählte weiter. »Ich lief zu der Stelle, wo das weiße Ungetüm verschwunden war, aber da war nichts. Die Mauer war … na ja, nur eine Mauer.«

»Wir haben die ganze Nacht über gesucht«, sagte Simon leise.

Lucy nickte niedergeschlagen. »Die Leute waren großartig. So viele haben uns geholfen. Am nächsten Tag fand Rupert Williams Spielzeugboot. Es trieb auf dem Burggraben. Da dachten alle, er wäre ins Wasser gefallen und ertrunken. Sie fuhren hinaus und suchten nach … nach ihm, aber ich wusste, dass er nicht ertrunken war. *Ich wusste es einfach.* Am nächsten Tag haben Simon und ich den Außenpfad nach Spuren abgesucht. Aber wir haben nichts gefunden.« Lucy senkte den Blick auf den mit Krümeln übersäten Teppich vor dem Kamin. »Simon, da ist etwas, was ich dir verschwiegen habe.«

Simon beugte sich vor, die grünen Augen auf Lucy gerichtet. »Was hast du mir verschwiegen, Lucy?«

»Also … tja … jeden Tag, wenn du bei der Arbeit warst …« Lucy unterbrach sich und sagte stolz zu Ferdie und Oskar: »Simon ist nämlich der stellvertretende Burgalchimist, müsst ihr wissen.« Dann fuhr sie fort: »Ich ging also jeden Tag den Außenpfad entlang bis zu der Stelle, wo ich das weiße Ungetüm gesehen hatte, und starrte stundenlang die Mauer an – ich war mir so sicher, dass da etwas sein musste. Und dann, eines Tages, sah ich es: die Umrisse eines zugemauerten Torbogens, in dessen Schlussstein die Zahl IV gemeißelt war. Ich war so aufgeregt – ich hatte die Lösung gefunden! Der Garmin muss William da hineingeschleppt haben.«

»Garmin?«, fragte Simon abfällig. »Das ist ein Fabeltier. Garmins gibt es nicht.«

Ferdie holte tief Luft. Sie fürchtete sich ein wenig vor Simon, aber sie musste widersprechen. »Garmins gibt es sehr wohl. Und sie entführen wirklich Menschen. Menschen wie mich. Und William.«

Lucy sah sie überrascht an.

Ferdie fühlte den bohrenden Blick von Simons grünen Augen, als sie sagte: »Sie haben mich in einer Dunkelmondnacht geholt. Direkt aus unserem Haus entführt.«

Jetzt holte Lucy tief Luft. »Simon, Garmins haben William entführt. Und ich habe versucht, ihn zurückzuholen.«

»Was?« Simon war wie vor den Kopf geschlagen.

»Weißt du noch, wie ich einen Monat nach Williams Verschwinden mal weg war?«

»Die ganze Nacht«, sagte Simon. »Wie könnte ich das vergessen, Lucy?«

»Nun, ich dachte mir, vielleicht hat es etwas zu bedeuten, dass William bei Dunkelmond verschwunden ist. Ich dachte, vielleicht entdecke ich etwas, wenn ich beim nächsten Dunkelmond zu der Stelle zurückkehre. Ich habe nicht mit dir darüber gesprochen, weil ich befürchtete, du würdest mich für verrückt halten. Aber ich habe es getan. Ich bin zu dem zugemauerten Torbogen zurückgekehrt.«

»Du bist bei Dunkelmond den Außenpfad entlanggegangen?« Simon war entsetzt. »Warum hast du denn nichts gesagt?«

»Weil du mich davon abgehalten hättest. Oder mir eingeredet hättest, dass ich spinne. Was weiß ich. Jedenfalls hatte ich den Torbogen mit weißer Kreide markiert, damit ich ihn im Dunkeln leicht finden konnte. Ich lehnte mich mit dem Rücken gegen die Steine und wartete.« Lucy erschauderte. »Ich hatte schreckliche Angst. Und dann … und dann ist es passiert.« Sie hielt inne. Die anderen starrten sie gespannt an.

»Plötzlich war da nichts mehr hinter mir, und ich fiel in einen leeren Raum. Ich rappelte mich auf und sah, dass ich in einem Gang war – in einem Gang, der mich zu William führen würde. Ich rannte los, und plötzlich hatte ich das Gefühl zu fallen, immer tiefer und tiefer. Es kam mir endlos vor, und ich dachte: Jetzt weiß ich wenigstens, was mit William geschehen ist. Er ist in ein Loch gefallen, so wie ich jetzt. Und im selben Moment, als mir klar wurde, dass ich gar nicht fiel – es fühlte sich nur so an, aber in Wahrheit wurde ich von etwas gezogen –, da sauste ich plötzlich in einen großen, runden Keller mit vielen weiteren Bogen und prallte gegen etwas Großes, Blaues und Weiches.«

»Die Lady!«, rief Ferdie.

»Ja. Und ich habe mich so gefreut, sie zu sehen! Versteht ihr? Ich dachte, sie würde sich um unseren William kümmern. Ich dachte, er wäre auch in diesen Keller gefallen und ich würde ihn nun wiedersehen und könnte ihn mit nach Hause nehmen und …« Sie unterdrückte einen Schluchzer. »Wie konnte ich nur so dumm sein?«, seufzte sie bitter.

Simon sah sie verwundert an. »Warum?«, fragte er. »Was ist daran denn dumm?«

»Weil es diese bösartige, hinterhältige, herzlose Person war, die unseren William geraubt hat, so wie sie auch andere entführt hat. Sie benutzt Kinder, um die Eltern in ihre Gewalt zu bekommen, manchmal ganze Dörfer. Mithilfe der Garmins fängt sie Menschen und schickt sie zu einem Tyrannen, für den sie dann an irgendeinem grausigen Ort arbeiten müssen, wo genau, weiß ich nicht. Andere Menschen sind ihr völlig gleichgültig.« Lucy wandte sich an Ferdie. »Nur dich scheint sie ziemlich zu mögen.«

»Ich hasse sie«, knurrte Ferdie, um dem Eindruck vorzubeugen, sie hätte etwas mit der Lady zu schaffen.

Simon stand auf. »Bring mich zu dem Torbogen, Lucy. Ich werde ihr zeigen, dass mit uns nicht zu spaßen ist. Ich werde …«

»Setz dich wieder hin, Simon. Ganz so einfach ist es nicht.«

Simon setzte sich, und Lucy erzählte weiter.

»Jetzt kommt der Teil, auf den ich alles andere als stolz bin, Simon. Die Lady sagte, ich würde William wiederbekommen, wenn … wenn ich ihr helfen würde.«

»Helfen? Wobei denn?« Simon sah so aus, als fürchtete er sich vor der Antwort.

»Nun ja … äh … der Keller, in den ich gefallen bin, ist eine Art Durchgangsstelle. Sie nennt ihn Knoten. Er liegt irgendwo in einer

Festung mitten in einem Wald. Ich habe keine Ahnung, wo genau. Mithilfe der Garmins entführt die Lady Menschen, die an abgelegenen Orten wohnen, sodass es nicht sofort auffällt, wenn sie fort sind. Dann verschickt sie diese Menschen durch diesen Torbogen. Es ist schrecklich.«

Simon sah sie bestürzt an. »Und dabei hilfst du ihr?«

»Ich will es ja nicht, Simon. Ich habe auch einigen Menschen zur Flucht verholfen, aber ja, ich habe ihr wohl geholfen. Ich musste, Simon. Es war unsere einzige Hoffnung, William wiederzusehen.« Lucy vergrub das Gesicht in den Händen, und ihre Stimme zitterte. Als sie wieder aufschaute, standen ihr Tränen in den Augen. »Letzte Nacht hat die Lady ein ganzes Dorf verschickt – *ein ganzes Dorf*, Simon. Aber selbst das hat ihr nicht genügt. Sie brauche noch zwanzig mehr, hat sie gesagt, und ich soll sie ihr besorgen. Von hier, aus der Burg. Und wenn ich es nicht tue, wird William …« Lucy konnte den Satz nicht zu Ende bringen.

»Was hast du geantwortet?«, fragte Simon ruhig.

»Ich habe geantwortet, dass ich es tun würde, dass ich aber mehr Zeit bräuchte«, antwortete Lucy mit leiser Stimme. »Aber die wollte sie mir nicht geben.«

»Wie viel Zeit hast du?«, fragte Simon.

»Einen Tag.« Jetzt brach Lucy endgültig in Tränen aus. »Einen armseligen Tag.«

Schlaflos

Oben in der Dachkammer von Lucys und Simons Haus lagen Ferdie und Oskar wach auf den Betten. Sie konnten nicht schlafen und blickten stattdessen aus dem kleinen Fenster in die Nacht hinaus und bestaunten den Ort, an den es sie verschlagen hatte. Herbstnebel war aufgezogen, doch sie konnten noch die Lücke in der alten Burgmauer sehen, wo die Helling zum Burggraben hinabführte und still und breit in der Dunkelheit dalag. Auf der anderen Straßenseite reihten sich hohe schmale Häuser, und das Haus direkt gegenüber erstrahlte noch immer im Lichterglanz der Kerzen. Die Dächer der Gebäude dahinter verschwanden bereits im Nebel, aber da und dort sahen Ferdie und Oskar noch ein erleuchtetes Fenster in der Dunkelheit.

Sie waren fasziniert. Noch nie hatten sie so viele Häuser gesehen, und sie hätten nicht gedacht, dass sie so dicht beieinanderstehen konnten. Sie beobachteten die Lichter, die im nächtlichen Nebel schimmerten, und versuchten sich die vielen Tausend Menschen vorzustellen, die hier auf engstem Raum lebten. Was sie sich aber nicht im Traum hätten vorstellen können: Keinen Kilometer entfernt lag Todi in ihrer Koje auf der *Abenteurer* und fand ebenfalls keinen Schlaf – denn Nicko und Snorri würden mit der Flut am Morgen in See stechen und sie mit der *Abenteurer* nach Hause bringen.

Der Nebel wurde dichter, und die Kälte kroch durch das Fenster. Ferdie und Oskar wollten gerade wieder in die Betten, die Lucy für sie gemacht hatte, und unter die warmen Decken schlüpfen, als sie hörten, wie auf dem Treppenabsatz unter ihnen ein Tür auf- und wieder zuging und schwere Schritte die Treppe hinunterstapften. Sekunden später wackelten die Fensterscheiben, als mit einem dumpfen Knall die Haustür in Schloss fiel. Die beiden spähten auf die Straße. Draußen stand Simon Heap, eingehüllt in einen schwachen lila Lichtschein.

»Schau doch, Oskar«, flüsterte Ferdie aufgeregt. »Er wirkt einen Zauber.« Doch bevor Oskar etwas sehen konnte, eilte Simon, in seinen kurzen dunklen Mantel gewickelt, mit ausgreifenden Schritten die Straße hinauf, bis ihn der Nebel verschluckte.

Ferdie und Oskar lagen wieder unter den Decken, als zehn Minuten später mehrere Garmins mit großen Sätzen die Helling heraufkamen und die flachen Köpfe hin und her drehten. Daher hörten sie das *Klick-klicker-klick* nicht, als die Kreaturen geradewegs auf Simons und Lucys Haustür zusteuerten. Sie sahen nicht, wie sie stehen blieben und schnupperten und ihre gelben Augen im Kerzenschein des Hauses gegenüber flackerten. Und sie merkten nicht, wie sie der Haustür einen Stoß versetzten und erschrocken zurücktaumelten, als Simons bewehrter Riegelzauber eine Schockwelle durch ihre Leiber jagte.

Als die Garmins ins Innere der Burg davonpreschten, hörten Oskar und Ferdie irgendwo im Haus Lucy Heap leise schluchzen.

Die Rattenzentrale

Eines der Lichter, die Oskar und Ferdie hinter den Dächern gesehen hatten, gehörte zum Wachturm am Osttor, der den burgeigenen Botenrattendienst beherbergte. Hinter der schmuddeligen Holztür, an der ein Messingschild mit der Aufschrift AMTLICHE

VERTRAUENSRATTENZENTRALE prangte, saßen drei Ratten, von denen zwei trotz der späten Stunde noch arbeiteten, während die dritte im Hintergrund schnarchte. Eine Ratte schrieb eine Liste von Nachrichten ab, die am nächsten Tag übermittelt werden mussten. Bei den meisten handelte es sich um Geburtstagsgrüße und Jubiläumsglückwünsche, was die Ratte extrem langweilig fand. Sie kopierte die allerletzte Nachricht – *Alles Gute zum Geburtstag, Binkielein, schon wieder 21, haha, rat mal von wem* – und knallte sie auf einen Stapel grüner Nachrichtenkarten, wobei die Farbe Grün für Zustellungen innerhalb der Burg stand.

»Fertig!«, sagte sie.

Mo – oder Morris, wie die andere Ratte mit vollständigem Namen hieß – legte erleichtert seinen Stift weg. Er hatte die heutigen Einnahmen addiert, eine Arbeit, die er hasste. »Was für ein Tag, Flo«, sagte er.

»Florence«, korrigierte ihn die andere Ratte streng. »Bei der Arbeit bin ich Florence.«

»Aber wir arbeiten ja nicht mehr«, hielt ihr Morris entgegen. »Du hast doch gerade gesagt, dass wir fertig sind.«

»Aber wir sind noch im Büro, Morris, und das bedeutet, wir sind noch im Dienst.«

Ein lautes Schnauben kam von der dritten Ratte im Büro, einer rundlichen, älteren, die in einem Schaukelstuhl schlummerte. »Siehst du?«, sagte Florence. »Dad stimmt mir zu.« Sie hob die Stimme. »Nicht wahr, Dad?«

Ein neuerliches Schnauben kam als Antwort. Florence und Morris kicherten und betrachteten die ältere Ratte voller Zuneigung. Sie lag in ihrem Schaukelstuhl, die Hände über dem Bäuchlein gefaltet und den offenen Mund zu einem O gespitzt, sodass die beiden langen Schneidezähne, die leicht die Unterlippe berührten, zu sehen waren.

»Es wäre eine Schande, ihn jetzt zu wecken«, sagte Florence.

Morris nickte. »Ja. Ich hole ihm seine Decke.«

»Und sein Lieblingskissen«, ergänzte Florence.

Sie packten die alte Ratte warm ein, schoben ihr das Kopfkissen unter und gingen zur Treppe, die in den Wohnbereich über dem Büro führte.

Klingeling! Klingeling! Klingeling!

»Mist!«, rief Florence und blickte ärgerlich zu der Reihe von Glöckchen hinter dem Schreibtisch, von denen eines aufgeregt hin und her schwang.

»Oje«, stöhnte Morris, als er das Feld über dem Glöckchen aufleuchten sah. »Das ist der Palast.«

Klingeling! Klingeling! Klingelingelingeling!

»Wassnlos?« Die alte Ratte fuhr aus dem Schaukelstuhl hoch, sah sich verwirrt um und warf, als sie nach ein paar Sekunden wieder wusste, wo sie war, die Decke ab. »Antworte, Florence«, sagte sie. »Eildepesche. Wir dürfen Ihre Majestät nicht warten lassen.«

»Ja, Dad.« Florence eilte zu dem Schaltfeld mit den verschiedenfarbigen Knöpfen unter den Glöckchen und drückte auf den grünen. Unter dem Knopf leuchtete ein Feld auf. Darauf war zu lesen: *Nachricht erhalten. Sofort Ratte entsandt. Voraussichtliche Ankunft in drei Minuten.*

»Gut«, sagte die alte Ratte. »Ich gehe.«

Florence und Morris wechselten einen verzweifelten Blick. »Aber was ist mit deinem Sohlengeschwür?«, fragte Morris.

»Zum Kuckuck mit dem Sohlengeschwür«, erwiderte die alte Ratte. »Florence, drück den Zwanzig-Minuten-Knopf.«

Florence betätigte einen orangefarbigen Knopf. Auf dem Feld darunter leuchtete eine Nachricht auf: *Entschuldigung. Ratte verspätet sich aufgrund unvorhergesehener Umstände. Voraussichtliche Ankunft in zwanzig Minuten.*

Aus dem kleinen Fenster im Zimmer über dem Büro beobachteten Florence und Morris, wie ihr Adoptivvater Stanley davoneilte.

»Vielleicht sollte ich ihm nachgehen«, überlegte Morris. »Sicherheitshalber.«

»Gute Idee«, sagte Florence.

Morris huschte in die neblige Nacht hinaus, und bald sah er die wohlbeleibte Gestalt der alten Ratte, die vor ihm dahintrottete. Stanley litt an einem beidfüßigen Sohlengeschwür, und nach einem flotten Start, der die beiden Beobachter im Fenster beeindrucken sollte, hatte er, sobald er sich außer Sicht glaubte, seine Schritte gedrosselt und war in ein gequältes Humpeln verfallen. Morris passte sich seinem Tempo an und heftete sich an seine Fersen. Er wollte sich nur davon überzeugen, dass Stanley sicher in den Palast und wieder nach Hause kam.

Stanley nahm den Pfad oben auf der Burgmauer, der für Ratten – und jeden anderen, der schwindelfrei war – der schnellste Weg in den Palast war, und bald erreichte er die Treppe, die zur Schlangenhelling hinabführte. Morris wartete, bis sein Vater sich nach unten gequält hatte, dann folgte er rasch. Stanley umkurvte die Paddelboote, die umgedreht vor Rupert Gringes Bootswerft lagen, und humpelte die Schlangenhelling hinauf in die hell erleuchtete Straße dahinter.

Und hier beschlich Morris, der eine sensible Ratte war, ein Unbehagen. Der bewehrte, lila leuchtende Riegelzauber an der Haustür des stellvertretenden Alchimisten beunruhigte ihn, aber das war nicht der einzige Grund. Außerdem stieg ihm ein unangenehmer Geruch in die Nase – eine eklige Mischung aus Schlange, Schleim und totem Hund, die bei ihm einen Brechreiz verursachte.

Stanley hingegen, der sein Riechvermögen fast komplett verloren hatte, ging achtlos weiter. Er steuerte auf den Eingang zum Rattenschleichweg zu, einem alten Abflussrohr, das unter dem Palastgarten hindurch direkt in den Palast führte. Als er fast am Ziel war, sah Morris vor ihm drei Wesen aus der Dunkelheit auftauchen, die einem Albtraum entsprungen schienen: weiß und groß, größer noch als Menschen, mit langen, pferdeähnlichen Hinterbeinen, auf denen sie fast aufrecht gingen, und mit breiten weißen Schlangenköpfen. Morris' kleines Rattenherz pochte noch schneller als sonst, denn Stanley hatte sie offensichtlich nicht bemerkt und humpelte direkt auf sie zu. Wenn er doch nur einen Zahn zulegen würde, dachte Morris. Wenn er erst im Schleichweg war, konnte ihm nichts mehr passieren.

Der vorderste Garmin blieb stehen und schaute auf Stanley herab. Morris hielt den Atem an – eine fette, alte Ratte, die durch die Straßen ging, war doch nicht der Beachtung wert, oder? Die Kreatur folgte dem wankenden Stanley mit leuchtend gelben Augen und legte den Kopf auf die Seite, als würde sie überlegen, was sie tun sollte.

Morris konnte nicht länger zusehen. Er stürzte aus seiner Deckung hervor und rannte über die Straße zu Stanley. Die gelben Augen der drei Garmins richteten sich auf ihn. »Lauf, Dad, *lauf!*«, quiekte Morris hoch und schrill auf Rattenart. Stanley fuhr erschrocken herum. Er sah Morris auf sich zurennen, und dann endlich bemerkte er die furchterregenden weißen Gestalten über ihm, den Schlangenkopf des ihm am nächsten stehenden Garmin, das klaffende rote Maul, aus dem eine schwarze Zunge hervorschnellte, den zähen Sabber, der auf Morris' glänzendes Fell tropfte. Und dann schoss der Kopf nach unten, um das Opfer zu packen.

Die Geschwüre an seinen Sohlen waren vergessen, vergessen auch die knackenden Gelenke, der schmerzende Rücken. Stanley machte einen Satz in die Luft, quiekte, biss, schlug und trat mit allen vier Pfoten gegen den riesigen Schlangenkopf, der seinem Sohn Böses wollte. Und er machte seine Sache gut. Seine geballte Pfote traf den blassen Fleck zwischen den schlitzartigen Nüstern des Garmins, und die Kreatur zuckte vor Schmerz zurück. Stanley packte Morris am Nackenfell, schob ihn in die Mündung des Abflussrohrs und zog ihn vom Eingang weg (wobei ihm der Schleim auf seinem Fell eine große Hilfe war), bis er sicher sein konnte, dass sie außer Reichweite stochernder Klauen und züngelnder Schlangenzungen waren.

Dann lagen sie erschöpft und schlotternd in dem Abflussrohr. Nach ein paar Minuten krächzte Morris: »Danke, Dad.«

»Keine Ursache, mein Sohn«, murmelte Stanley und richtete sich stöhnend auf. »So!«, sagte er. »Lass uns weitergehen. Wir dürfen Ihre Majestät nicht warten lassen. Wie pflege ich immer zu sagen?«

»Keine Ahnung … reich mir mal die Kekse?«

»Nein, mein Sohn. *Nichts kann eine Botenratte aufhalten.*«

Nachricht empfangen

Stanley und Morris tauchten unter dem Waschbecken in einer Palasttoilette im Langgang auf. Nur unter großen Schwierigkeiten quetschte sich Stanley durch das Loch, das unten in die Tür genagt war, während Morris mühelos hindurchschlüpfte. Auf dem Weg durch den Langgang bestaunte die junge Ratte mit großen Augen die zahlreichen Schätze in den von dicken Kerzen beleuchteten Wandnischen. Morris hatte den Palast noch nie von innen gesehen und war ziemlich überwältigt. Schließlich bog Stanley nach links ab in eine hohe Eingangshalle mit einer herrschaftlichen Treppe, die sich zu einer Galerie hinaufschwang. Zur Linken, neben dem alten Holzportal des Palastes, reihten sich rote und goldene Stühle entlang der Wand. Stanley humpelte darauf zu. Über dem Stuhl direkt neben dem Portal hing ein Messingschild mit der Aufschrift: *Reserviert für Botenratte.* Daneben stand ein kleiner Stufentritt. Stanley schleppte sich hinauf und ließ sich erschöpft auf den Stuhl plumpsen.

»Klingele, Morris«, sagte er und deutete auf einen langen roten Klingelzug neben dem Stuhl. »Damit Ihre Majestät weiß, dass wir da sind.«

Wenig später kam die Königin mit wehender roter Robe um die Ecke gerauscht. Bei ihr war ein junger Mann, in dem Morris den stellvertretenden Burgalchimisten Simon Heap erkannte. Morris verkroch sich unter dem Stuhl und beobachtete von dort, wie die zweckmäßigen braunen Stiefel der Königin über den schachbrettartigen Boden hasteten und direkt vor ihm stehen blieben, sodass der schwere Goldsaum ihrer Robe seinen Schwanz streifte.

Oben auf dem Stuhl setzte sich Stanley mühsam auf. »Botenratte meldet sich zum Einsatz, Majestät«, keuchte er.

»Wird aber auch Zeit, Stanley«, erwiderte Jenna ungehalten. »Wo waren Sie denn so lange?«

»Ich bin untröstlich, Majestät«, antwortete Stanley schlapp. »Ich bin aufgehalten worden.«

Jennas Miene wurde milder. »Stanley, Sie sehen nicht gut aus«, sagte sie. »Gar nicht gut.«

»Schon möglich«, räumte Stanley ein. Jetzt, wo er am Ziel war, fühlte er sich wie ein nasser Lappen.

Morris unter dem Stuhl war schockiert, wie kraftlos sich sein Vater anhörte. Er wusste, was er zu tun hatte. Rasch flitzte er den Stufentritt hinauf und hüpfte, sehr zu Jennas Überraschung, auf den Botenrattenstuhl.

Dann stellte er sich auf die Hinterpfoten, holte tief Luft und quiekte: »Eure Majestät, ich bin die stellvertretende Botenratte bei diesem Einsatz. Als amtlich zugelassene Vertrauensratte stehe ich Ihnen zu Diensten. Bitte nennen Sie mir Ihre Nachricht, Zielort und Empfänger.«

Jenna und Simon sahen die junge Ratte forschend an. Trotz ihres befremdlichen Aussehens – in ihrem Fell klebten dicke Fäden einer weißlichen Substanz – hatten sie das Gefühl, dass sie mit ihrem Gequieke einen bestimmten Zweck verfolgte.

»Sprich die Zauberformel«, sagte Simon.

Jenna nickte. Sie sah Morris in die Augen und sagte: »Sprich, Rattus Rattus.«

Beim Klang der Zauberformel überlief Morris ein kalter Schauer, und seine Nackenhaare sträubten sich. Er nahm abermals einen tiefen Atemzug und wiederholte sein Gequieke von eben. Diesmal verstand ihn die Königin.

»Zielort der Nachricht ist der Zaubererturm«, antwortete sie, »der Empfänger ist der Außergewöhnliche Zauberer, Septimus Heap. Die Nachricht lautet wie folgt: Septimus, löse Burgalarm aus. Höchste Gefahr. Bitte komm morgen früh um sechs zur Krisensitzung des Kronrats in den Palast. Jenna.«

Morris fiel die Kinnlade herunter. Aber er klappte sie gleich wieder hoch, als er Stanleys missbilligenden Blick sah – eine Botenratte durfte nicht die geringste Anteilnahme an der Nachricht zeigen, gleich welchen Inhalts sie war. Er wartete, bis er sicher war, dass die Königin geendet hatte, und sagte dann: »Nachricht empfangen und verstanden, Eure Majestät.«

Stanley sah zu, wie Morris vom Stuhl hüpfte und in den Langgang flitzte. Er war stolz auf sein Rättlein – hatte aber auch Angst um den Kleinen. Schwerfällig erhob er sich auf seine schmerzenden Füße, und ehe er sich's versah, wurde er hochgehoben und lag in den Armen der Königin. »Aber Sie«, sagte sie energisch, »gehen mir nirgendwo hin. Ich werde Ihnen oben am Kamin ein Bett herrichten.« Stanley schloss wonnig die Augen. Wenn er jetzt sterben müsste, dachte er, würde er glücklich sterben.

»Ich muss fort«, sagte Simon.

»Draußen ist es gefährlich«, entgegnete Jenna mit besorgter Stimme. »Bleib über Nacht hier.«

»Danke, Jenna, aber ich muss zu Lucy zurück.« Simon senkte die Stimme. »Mach dir keine Sorgen, mir passiert schon nichts. Ich habe ein paar schwarzmagische Tricks auf Lager.«

»Simon!«, rief Jenna schockiert.

»Was sein muss, muss sein«, sagte Simon und umarmte sie, wobei er darauf achtete, die Ratte nicht zu zerquetschen.

»Grüß Lucy von mir«, bat Jenna. »Sag ihr, dass wir William zurückholen werden.«

»Wird gemacht.« Simon eilte zum Portal, wo der Geist eines einarmigen Ritters, der die Tür bewachte, schneidig salutierte. »Viel Glück, Heap«, sagte er.

»Danke, Sir Hereward«, erwiderte Simon und trat in die Nacht hinaus. »Ich kann es gebrauchen.«

Morris

Von den vier jungen Pflegeratten Stanleys kannte sich Morris in der Burg am besten aus. Sobald die Rättlein alt genug gewesen waren, um allein aus dem Haus zu gehen, hatte er jedem eine Karte gegeben und sie aufgefordert, die Burg so lange zu erkunden, bis sie sich mit geschlossenen Augen darin zurechtfanden. Morris war der Einzige, der die Aufforderung wörtlich genommen hatte. Das hatte ihm etliche Beulen und blaue Flecken eingebracht, aber jetzt machte sich seine Mühe bezahlt. Auf dem Weg zum Zaubererturm flitzte er durch Rohre, über Dächer, auf Mauern entlang und sogar eine Spielplatzrutsche hinunter. Die Rattenschleichwege boten ihm Deckung, waren aber nicht lückenlos miteinander verbunden, sodass er von Zeit zu Zeit auch Strecken im Freien zurücklegen musste. Gerade kam er am Maserweg vorbei, der wie alle Gassen, die von der Zaubererallee abgingen, am Eingang von zwei großen Laternen beleuchtet war, und huschte durch den Lichtkegel, als ihm wieder dieser Geruch von Schlange und totem Hund in die Nase stieg.

Morris bekam einen solchen Schreck, dass er fast über die eigenen Füße stolperte. Vor ihm tauchte eine riesige weiße Gestalt aus dem Nebel auf. Ein flacher Schlangenkopf schoss zu ihm herab, und als er in ein weit aufgerissenes Maul blickte, stieß er einen schrillen Rattenschrei aus. Der Garmin zuckte zusammen – die Kreaturen hatten empfindliche Ohren –, sein Maul klappte zu, und Morris verspürte einen furchtbaren Schmerz. Aber dann war er frei, rannte und rannte und rannte durch die Gasse und schlüpfte in das Rohr in der Mauer, das bis zum Hof des Zaubererturms führte. Ihm wurde ganz schwummrig vor Erleichterung, als er begriff, dass er noch einmal davongekommen war. Jetzt konnte er seine erste und wahrscheinlich auch wichtigste Botschaft aller Zeiten überbringen. Er gelangte an einen der vielen Pfeiler des Zaubererturms und kroch in das Rattenrohr. Das Rohr führte steil und gewunden nach oben, und noch während er kletterte, überkam ihn plötzlich eine sonderbare Müdigkeit. Er biss die Zähne zusammen, stieß die Rattenklappe auf und fiel hinaus in die blendende Nachtbeleuchtung der Großen Halle. Morris war zu benommen, um die auf dem Fußboden des Zaubererturms blinkende Nachricht *BOTENRATTE! BOTENRATTE! BOTENRATTE!* zu bemerken. Er rappelte sich auf und lehnte sich an die Wand. Alles in seinem Kopf drehte sich.

In einiger Entfernung sah er verschwommene blaue Gestalten auftauchen. Dann hörte er eine Stimme sagen: »Igitt – sieh dir das Blut an.«

Eine andere rief: »Schnell, nimm sie hoch und lass dir die Nachricht vortragen, bevor es zu spät ist.«

»Nimm du sie hoch«, lautete die Antwort.

Jemand packte ihn mit Daumen und Zeigefinger im Genick und hob ihn schwindelerregend hoch in ein grelles Licht, das ihm in den Augen wehtat. Ein Gesicht, das sich nicht die Mühe machte, seinen Ekel zu verbergen, beugte sich über ihn, und eine Stimme donnerte: »Sprich, Rattus Rattus.«

Morris sprach, aber nur unter größter Anstrengung. »Zunächst muss ich Sie fragen: Sind Sie Septimus Heap, Außergewöhnlicher Zauberer?«

Die Person, die ihn hielt, drehte sich um, und Morris hatte das Gefühl, als würde seine ganze Welt durcheinandergewirbelt. »Hol den Außergewöhnlichen!«, dröhnte es in seinen Ohren. »Schnell, bevor die Ratte den Löffel abgibt.«

Morris schwebte. Funkelnde Lichter schwirrten in seinem Kopf herum, dumpfe Geräusche drangen an seine Ohren, und dann – es kam ihm vor, als wären Stunden vergangen – füllte etwas Lilafarbenes den Raum vor ihm aus.

Aus weiter, weiter Ferne sagte eine Stimme: »Ich bin Septimus Heap, Außergewöhnlicher Zauberer. Wie lautet die Nachricht?«

Unter Aufbietung seiner allerletzten Kräfte übermittelte Morris die Nachricht und sackte dann zusammen.

In der Rattenzentrale standen drei junge Ratten am Fenster und starrten in die Nacht hinaus. Von fern drang der blecherne Glockenschlag der Turmuhr im Tuchhändlerhof durch die nächtliche Stille. *Bim … Bim … Bim …*

»Irgendetwas Schreckliches ist passiert«, sagte Florence. »Ich fühle es.«

Florence

Todi erwachte kurz vor Tagesanbruch, als eine Ratte aufgeregt draußen ans Bullauge pochte. Sie glaubte noch zu träumen, aber Nickos Stimme belehrte sie eines Besseren.

»Morgen, Todi!«, sagte er. »Willkommen in der Welt unseres burgeigenen Nachrichtenwesens. Hier ist eine Botenratte für dich. Komm rauf an Deck.«

Todi taumelte aus ihrer Koje und erklomm die Leiter. Eine kleine braune Ratte saß an Deck und schielte zitternd zu NachtUllr, der im Bug Wache hielt.

»Du musst ›Sprich, Rattus Rattus‹ sagen«, erklärte ihr Nicko. »Dann wird sie dir die Nachricht mitteilen.«

»Sie kann sprechen?«, fragte Todi erstaunt.

»Botenratten schon. Und manche Botenratten hören gar nicht mehr auf, wenn sie erst einmal angefangen haben«, sagte Nicko schmunzelnd.

Todi war fasziniert. »Sprich, Rattus Rattus«, sagte sie.

Die Ratte sprach mit einer dünnen, hohen Stimme. »Zunächst muss ich fragen: Sind Sie Alice TodHunter Moon?«

»Ja, die bin ich.«

»Jetzt musst du sie fragen, wie die Nachricht lautet«, erklärte Nicko.

»Wie lautet die Nachricht, bitte?«, fragte Todi.

»Die Nachricht lautet: Alice, heute Morgen sechs Uhr hält der Kronrat im Palast eine Krisensitzung ab. Ich weiß, dass du nach Hause fahren möchtest, aber aufgrund deiner Erfahrungen mit Garmins wünscht die Königin deine Anwesenheit. Alice, bitte komm.

Und bitte Nicko und Snorri, dich herzubringen. Ach, und Todi, ich würde mich sehr freuen, wenn du deine Entscheidung abzureisen, noch einmal überdenken würdest. Dein Heimweh wird vergehen, und die Burg hat dir viel zu bieten. Du besitzt hervorragende magische Anlagen. Und ich würde dich sehr vermissen. Liebe Grüße, Dandra. Nachricht beendet.«

Todi war über die Nachricht mehr als nur ein wenig erleichtert. Nach dem schweren Anfall von Heimweh am Vortag im Zaubererturm war sie überrascht gewesen, als Nicko und Snorri sich sofort bereiterklärt hatten, sie nach Hause zu bringen. Sie hatte dann den Abend auf der *Abenteurer* verbracht, doch der Gedanke, Dandra Draa zu verlassen, hatte sie traurig gestimmt. Sie hatte sich so elend gefühlt, dass sie kaum geschlafen hatte. Wie es schien, würde sie überall Menschen vermissen, die sie mochte, gleichgültig, wo sie lebte. In den frühen Morgenstunden war ihr klar geworden, dass sie bei Dandra bleiben wollte – jetzt, wo sie wusste, dass sie jederzeit wieder nach Hause konnte, wenn sie es wünschte.

»Verzeihung«, quiekte es. »Ich hoffe, es macht Ihnen nichts aus. Dies gehört nicht zur Nachricht, und ich weiß, dass ich eigentlich nicht über etwas anderes sprechen soll, aber … *oh weh.«* Die Ratte setzte sich auf ihr kleines Hinterteil und schlug sich die Pfoten vors Gesicht.

Todi kniete neben ihr nieder. »Was ist denn los?«, fragte sie.

»Meinem Bruder ist etwas Schreckliches zugestoßen. Und meinem Dad auch. Sie mussten letzte Nacht eine Nachricht in den Palast bringen und sind nicht zurückgekommen. Bitte, bitte, könnten Sie im Palast nachfragen, ob man dort weiß, was geschehen ist?«

»Aber selbstverständlich«, versprach Todi.

»Oh, vielen Dank«, sagte die Ratte. »Vielen, vielen Dank. Ich bin Florence. Wenn Sie etwas erfahren, schicken Sie bitte eine Nachricht an die Rattenzentrale. Ich … oh, ich wäre Ihnen so dankbar.« Damit hüpfte die Ratte vom Boot, und Todi sah ihr nach, wie sie durch die Bootswerft davonhuschte.

Während die Sonne über den Dächern der Burg aufging, verwandelte sich im Bug der *Abenteurer* NachtUllr in TagUllr. Ein paar Minuten später gingen Todi, Nicko, Snorri und eine kleine rote Katze auf der Zaubererallee in Richtung Palast. Am Eingang zum Maserweg blieb Todi stehen. Sie hatte den Garmin-Geruch nach totem Hund wahrgenommen.

»Was ist, Todi?«, fragte Snorri.

»Garmins«, antwortete Todi. »Sie waren hier.«

»Hier?« Nicko machte ein bestürztes Gesicht.

Als sie ihren Weg in Richtung Palast fortsetzten, der in das rosige Licht der aufgehenden Sonne getaucht war, wirkte alles ganz ruhig und friedlich. Aber Todi dachte an die schwelenden Überreste ihres Dorfes, ihr verwüstetes, nach Garmins stinkendes Haus, und plötzlich bekam sie Angst. Was, wenn *sie* die Garmins in die Burg geführt hatte?

~ TEIL 10 ~

Wieder vereint

Todi war die Erste, die zur Krisensitzung des Kronrats im Palast erschien. Königin Jenna setzte sich mit ihr in eine ruhige Ecke des Ballsaals und forderte sie auf, ihr alles, was sie über die Alten Wege und die Garmins wusste, zu erzählen. Über die Wege wusste Todi wenig, und über die Garmins sprach sie nur ungern. Die Königin machte sich die ganze Zeit Notizen, doch als Todi auf die Geschehnisse in ihrem Dorf zu sprechen kam, fiel ihr auf, dass die Königin nicht mehr mitschrieb und unablässig zur Tür schielte. Bald darauf entschuldigte sie sich, und während Todi getoastete süße Palastbrötchen aß, sprach Jenna an der Tür mit dem Obermagieschreiber – der in seiner dunkelblauen und goldenen Robe eine blendende Figur machte – und wartete auf die anderen Teilnehmer.

Das Licht der Morgensonne flutete durch die hohen Ballsaalfenster mit ihren bunten Glaseinlagen und sprenkelte das gebohnerte Parkett mit farbigen Quadraten. Durch die alten gewellten Scheiben konnte Todi den taubenetzten Rasen draußen sehen, der sich bis zum nebelverhangenen Fluss erstreckte. Die Schönheit des Morgens ließ sie die Angst vor der Garmins vergessen, und sie war froh, dass sie jetzt nicht auf dem Weg nach Hause war. Sie betrachtete die prunkvolle Umgebung – die lange, weiß gedeckte Tafel, die überhäuft war mit allem, was man sich zum Frühstück nur wünschen konnte, die zierlichen roten und weißen Stühlchen, die gruppenweise im Saal verteilt standen, die luxuriösen samtroten Sessel – und freute sich an dieser Welt, die so ganz anders war als ihr FährtenFinderdorf. Ein Hochgefühl überkam sie, das jedoch rasch einem schlechten Gewissen wich – wie es Oskar und Ferdie wohl ging? Mit Sicherheit nicht so gut wie ihr. Sie hatte ihre Freunde verlassen, als sie sie am meisten gebraucht hätten. Wie hatte ihr Vater Menschen, die sich so verhielten, immer genannt? Ach ja: »Schönwetterfreunde«. Das süße Palastbrötchen schmeckte mit einem Mal bitter, und Todi schob den Teller weg. Sie fühlte sich elend.

Da traten Marcia und Alther ein. Sie wechselten ein paar Worte mit Jenna und setzten sich dann zu ihr an den Tisch, begannen zu ihrer Erleichterung aber kein Gespräch mit ihr. Sie plauderten miteinander wie alte Freunde, die sie ja waren, und überließen Todi ihren Gedanken. Von Zeit zu Zeit schielte sie zu Alther hinüber, nur um zu sehen, wie er ein paar Zentimeter über der Stuhllehne schwebte. Einmal fing sein Blick den ihren auf, und er zwinkerte ihr zu.

Wieder wurde die weiß-goldene Flügeltür des Ballsaals geöffnet, und der Außergewöhnliche Zauberer kam herein, mit der Schneeprinzessin am Arm und einem properen, kleinen Mann mit orangefarbenem Haar und dicker Brille im Schlepptau. Die Königin begrüßte sie.

»So sieht man sich wieder«, sagte Jenna und streckte der Schneeprinzessin die Hand hin, die diese kühl und schlaff drückte.

»Allerdings«, erwiderte Prinzessin Driffa, löste ihren Blick von Jenna und ließ ihn durch den Saal schweifen. »Ein hübscher, kleiner Palast, den Sie da haben, Königin Jenna. Klein, aber doch entzückend. Auf seine Art.«

Ganz Königin rang sich Jenna zähneknirschend ein Lächeln ab. »Wie freundlich«, erwiderte sie und begrüßte Septimus mit einem förmlichen »Guten Morgen, Außergewöhnlicher Zauberer«.

Septimus erwiderte den Gruß in gleicher Weise. »Guten Morgen, Euer Gnaden. Guten Morgen, Obermagieschreiber. Darf ich Ihnen Mr. Benhira-Benhara Grula-Grula vorstellen?«

Jenna hob die Augenbrauen. »Ach?«, sagte sie.

»Ich werde es dir später erklären«, meinte Septimus entschuldigend.

Mr. Benhira-Benhara Grula-Grula streckte Jenna die Hand hin. Sie nahm sie anmutig entgegen, nur um dann festzustellen, dass der Grula-Grula sie partout nicht mehr loslassen wollte. Schließlich, nach einem schier endlosen Austausch von Höflichkeiten, entschuldigte sie sich und überließ Beetle die Fortführung des Gesprächs. Sie brauchte weitere fünf Minuten, um sich auf der Toilette das klebrige Zeug von den Fingern zu schrubben.

Anschließend befragte sie wieder Leute und machte sich Notizen. Von Zeit zu Zeit blickte sie gereizt zu der riesigen blau-goldenen Uhr am anderen Ende des Ballsaals, die seit Menschengedenken liebevoll die Kürbisuhr genannt wurde. Dank der von ihr angeordneten Renovierungs- und Reparaturmaßnahmen im Palast zeigte die Uhr inzwischen nicht mehr immer nur zwölf Uhr an, sondern die korrekte Zeit. Um 6.27 Uhr begann Jenna, ungeduldig auf und ab zu gehen.

»Worauf Jenna wohl wartet?«, raunte Alther Marcia zu.

»Mich dürfen Sie nicht fragen, Alther«, knurrte Marcia. »Mir sagt ja keiner mehr etwas. Allerdings ist das nichts Neues. Aha, das muss der Betreffende sein.«

Die weiß-goldene Flügeltür ging auf.

»Donnerwetter«, staunte Marcia. »Was hat denn Lucy Heap mit alldem zu tun? Und Simon. Und wer sind die Kinder – Todi, was hast du denn?«

Todi war mit einem Schrei aufgesprungen, und bevor Marcia sie daran hindern konnte – denn es gehörte sich nicht, die Königin zu stören, wenn sie Besucher begrüßte –, war Todi losgerannt und schrie: »Oskie! Ferdie! Was macht ihr denn hier!« Und einen Augenblick später lagen sich ein paar junge FährtenFinder in den Armen und hopsten herum, als hätten sie Sprungfedern unter den Füßen.

Der Kronrat

Der Kronrat tagte in einem kleinen, dunkel getäfelten Raum im Obergeschoss neben dem Thronsaal. Darin stand ein alter runder Tisch mit zwölf alten Eichenhockern, die, unbequem, wie sie waren, schnelle Entscheidungen beförderten. Alle Hocker waren besetzt, und als Königin Jenna schließlich Platz nahm, ließ sie den Blick über diese bunt gemischte Versammlung wandern, die aus Menschen, einem Geist und einem Gestaltwandler bestand. Zu ihrer Rechten saß der Außergewöhnliche Zauberer und neben ihm die nervtötende Schneeprinzessin, die ihre langen blauen Fingernägel inspizierte und schon jetzt einen gelangweilten Eindruck machte. Neben ihr wiederum saß der klebrige Mr. Grula-Grula. Dann kamen Simon und Lucy, beide hohläugig und blass, die beiden jungen FährtenFinder, die zusammen mit ihnen erschienen waren, dann Todi, Marcia, Alther und schließlich Beetle, der unmittelbar zu ihrer Linken saß.

Jenna war nervös. Obwohl seit sieben Jahren Königin, hatte sie noch nie etwas wirklich Wichtiges zu tun gehabt. Aber jetzt war die Burg in Gefahr, und sie stand vor ihrer ersten Bewährungsprobe. Sie durfte nicht versagen.

Sie hüstelte nervös und ergriff das Wort: »Ich heiße Sie alle willkommen. Letzte Nacht suchte mich mein Bruder Simon auf und berichtete mir von schockierenden Vorfällen. Die Burg ist einer ernsten Bedrohung ausgesetzt, und einer der Unseren, William Heap, befindet sich in unmittelbarer Gefahr. Wie aus den Gesprächen, die ich letzte Nacht und heute Morgen geführt habe, hervorgeht, ist der Urheber unserer Probleme ein Zauberer namens Oraton-Marr.« Sie blickte zu Marcia. »So heißt er doch?«

»Ganz recht«, bestätigte Marcia.

»Vor vielen Monaten«, fuhr Jenna fort, »kam dieser Oraton-Marr in Prinzessin Driffas Heimat, die Östlichen Schnee-Ebenen, und entweihte eine heilige Stätte, indem er dort, wie Prinzessin Driffa glaubt, nach einem … äh … Ei zu graben begann.«

Am Tisch wurden amüsierte Blicke ausgetauscht.

»Nach dem heiligen, mythischen Ei eines mythischen Wurms, der Lapislazuli produziert.«

»Das Ei der Orm ist nicht mythisch«, protestierte Driffa ungehalten. »Es existiert wirklich.«

»Prinzessin Driffa«, erwiderte Jenna frostig, »bitte gedulden Sie sich mit Ihren Kommentaren, bis ich fertig bin.« Prinzessin Driffa zog ärgerlich die zierlichen weißen Augenbrauen hoch, und Jenna fuhr fort: »Mythisch oder nicht, jedenfalls hat Oraton-Marr Menschen und bisweilen die Einwohnerschaft ganzer Dörfer entführt und setzt sie als Arbeitskräfte bei den Grabungen nach dem Ei ein.

Wir wären davon nicht betroffen, wäre unsere Burg nicht über ein Netz von Alten Wegen genau mit dem Ort verbunden, an dem er gräbt. Wie ich letzte Nacht erfahren habe, ist William Heap, den wir ertrunken glaubten, von den Helfershelfern dieses Oraton-Marr entführt worden. Des Weiteren habe ich erfahren, dass vor zwei Nächten Garmins unseren Gast Alice TodHunter Moon vom Hof des Zaubererturms verschleppten.«

»Nein!«, stieß Ferdie hervor. Alle Augen richteten sich auf Todi, die wie versteinert auf den Tisch starrte. Sie wollte nicht an diese Nacht erinnert werden.

»Zum Glück konnten die Garmins abgefangen werden«, sagte Jenna und blickte missbilligend zu Septimus. »Allerdings hat mich niemand davon in Kenntnis gesetzt, Außergewöhnlicher Zauberer.«

Septimus erwiderte ihren Blick gereizt. Auch ihm hatte niemand Bescheid gesagt, nur wollte er es nicht zugeben. »Das war Sache des Zaubererturms, Jenna. Ich meine, Königin Jenna. Was im Zaubererturm geschieht, geht nur den Zaubererturm etwas an.«

»Nicht, wenn das Wohl der Burg auf dem Spiel steht«, entgegnete Jenna streng und wandte sich an Lucy. »Leider ist der Außergewöhnliche Zauberer nicht die einzige anwesende Person, die eine für die Burg bedrohliche Entwicklung verschwiegen hat. Nicht wahr, Lucy Heap?«

»Ich hatte keine Wahl«, antwortete Lucy mit zitternder Stimme.

»Man hat immer eine Wahl«, sagte Jenna. »Du hättest zu mir kommen und mir berichten können, was geschehen war, aber du hast es vorgezogen, es nicht zu tun. Stattdessen hast du uns alle getäuscht – deinen Mann eingeschlossen – und bist weggelaufen, um dieser Komplizin Oraton-Marrs zu helfen.«

Alle sahen Lucy schockiert an.

»Nein!«, rief Lucy entgeistert. »Nein, so war das nicht. Bitte, so war das nicht.«

»Das reicht jetzt, Jenna«, sagte Simon und stand erbost auf.

»Setz dich, Simon«, befahl Jenna. »Ich wünsche, nicht unterbrochen zu werden. Unsere ehemalige Außergewöhnliche Zauberin, Madam Marcia Overstrand, hat Zugang zu den unlängst entdeckten Alten Wegen. *Sie* hat mich jederzeit über alles auf dem Laufenden gehalten.« Jenna schenkte ihrer neuen Stiefmutter ein Lächeln – Marcia war im zurückliegenden Jahr unerwartet zuvorkommend gewesen.

»Nun sagt mir Lucy, diese Komplizin Oraton-Marrs habe sie vor die Wahl gestellt: Entweder sie schafft zwanzig Burgbewohner für diese Grabungsarbeiten herbei, oder ihr Sohn wird sterben.«

Lucy brach in Schluchzen aus.

»Es tut mir leid, dass ich so deutlich werde«, sagte Jenna. »Aber ich muss Klarheit schaffen. Wie viel Zeit bleibt uns noch, bis die Drohung wahr gemacht wird?«

»Siebzehn Stunden«, antwortete Lucy.

»Also.« Jenna hielt inne und blickte in die Runde. »Ich glaube, wir haben nur eine einzige Chance, William zu retten und die Burg vor künftigen Überfällen der Garmins und etwaiger anderer Kreaturen, über die Oraton-Marr verfügt, zu schützen: Wir müssen uns in die Höhle des Löwen wagen. Wir müssen in das Netz der Alten Wege eindringen und diesen Mann mithilfe unserer tüchtigen Zauberer … äh … beseitigen. Ich sehe keine andere Möglichkeit. Wir müssen unverzüglich handeln. Heute. Wenn nicht, wird William sterben.«

Simon drückte Lucys Hand so fest, dass seine Fingerknöchel weiß hervortraten.

»Wenn wir es nicht tun«, sagte Jenna düster, »werden auch wir zu Sklaven dieses bösen Zauberers. Wir haben keine Wahl. Ist jemand anderer Meinung?«

Keiner am Tisch sagte etwas. Keiner war anderer Meinung.

»Irgendwelche Fragen?«

»Da wäre noch ein großes Problem«, warf Marcia ein. »Wir wissen, dass sich Oraton-Marr im Herzen der Alten Wege aufhält, aber wir wissen nicht, wie man dort hinkommt. Wir könnten überall auf der Welt landen.«

»Marcia, vergeben Sie mir, dass ich diesen Punkt bis zuletzt aufgespart habe«, sagte Jenna. »Ich wollte sichergehen, dass mir alle Fakten vorliegen, bevor ich Mr. Grula-Grula bitte, das Wort zu ergreifen.« Sie wandte sich an den kleinen Mann mit Brille, der sie bewundernd ansah. »Holder Grula-Grula, bitte lassen Sie uns an Ihrem Wissen teilhaben.«

Der Grula-Grula hüstelte entschuldigend und begann mit monotoner Fistelstimme: »Ich, Benhira-Benhara Grula-Grula, grüße Sie. Ich wünsche Ihnen nur das Beste, meine Freunde, denn Sie haben mich mit der größten Hochachtung behandelt. Ich habe mich in Ihre großartige Burg geflüchtet, als Garmins unser Herz der Wege überrannten. Dies war ein schwarzer Tag für alle Grulas, denn die Garmins jagten uns zu ihrem reinen Vergnügen und töteten viele. Wir Grulas kennen die Alten Wege. Wir wissen, wo man die Richtung wechseln, wie man sich drehen und wenden, wo man sich ducken und bücken muss. Wir kennen die Wege der Welt. Und so bin ich unbeschadet in Ihre schöne Burg gelangt. Ich fand mich auf einem gefährlichen Felssims an einem Wasser wieder und fiel hinein. Aber ich konnte mich noch rechtzeitig in eine kleine Ente verwandeln. Nachdem ich eine Weile geschwommen war, juckten mich meine Federn, und ich ging an Land und nahm Menschengestalt an. In dieser Verkleidung betrat ich ein Geschäft, das Mäntel verkaufte. Bedauerlicherweise steckte in einem alten Mantel noch ein verborgener alter Zauber. Er schlug mich in seinen Bann und machte mich völlig hilflos. So lag ich zwischen den alten Mänteln und geriet in immer tiefere Verzweiflung, bis Mr. O. Beetle ...« – hier neigte er den Kopf in Beetles Richtung, der die Achtungsbezeigung erwiderte – »... versuchte, mich aus meiner misslichen Lage zu befreien. Doch nicht einmal sein Geschick half gegen den alten Zauber, in den ich mich verstrickt hatte. Doch als dieser Außergewöhnlichste aller Zauberer ...« – hier verbeugte er sich in Richtung Septimus und der in seine – »... sich meiner annahm, konnte der Zauber bezwungen und ich in die Lage versetzt werden, wieder die von mir gewünschte Gestalt anzunehmen. Ich wurde mit ausgesuchter Gastfreundschaft und Höflichkeit behandelt. Daher ist es mir ein großes Vergnügen, Ihnen in dieser Zeit der Wirren meine Dienste als Führer durch die Wege zur Verfügung zu stellen. Ich, Benhira-Benhara Grula-Grula, werde Sie zu dem Zauberer Oraton-Marr bringen.« Auf eine seltsam mechanische Weise klappte der kleine Mann nun den Mund fest zu und senkte den Kopf.

»Benhira-Benhara Grula-Grula, wir danken Ihnen und nehmen Ihr überaus wohlwollendes und großzügiges Angebot an.« Jenna wandte sich an die übrigen am Tisch. »Ich danke auch allen anderen. Möchte jemand noch etwas hinzufügen?«

Marcia ergriff das Wort. »Ich schlage vor, wir begeben uns alle unverzüglich zu meinem Seefried. Wir müssen einen detaillierten Plan ausarbeiten, wie wir gegen Oraton-Marr vorgehen wollen.

Außerdem wären da noch einige magische Fragen, die ich gerne klären würde, bevor Mr. Grula-Grula uns freundlicherweise ins Herz der Wege führen wird.«

»Danke, Marcia«, sagte Jenna und stand auf. »Die Sitzung ist beendet. Wir haben keine Sekunde zu verlieren.«

Alle erhoben sich und verließen den Raum. Nur Todi, Ferdie und Oskar blieben am Tisch sitzen.

»Niemand hat auch nur ein Wort zu unserem Dorf gesagt«, beklagte sich Ferdie mit leiser Stimme.

»Es ging immer nur um diese Burg«, sagte Oskar. »Immer nur um sie selbst.«

»Ich glaube, das war nicht so gemeint«, erwiderte Todi.

»Woher willst du das wissen?«, fragte Oskar.

»Na ja … ich glaube, das hat sich nur so angehört. Die Leute hier sind wirklich nett.« Todi verstummte, denn sie merkte, dass sie damit weder Ferdie noch Oskar überzeugen konnte.

»Zu Lucy war die Königin nicht sehr nett«, entgegnete Ferdie.

Todi spürte, dass sich eine Kluft zwischen ihnen aufgetan hatte, und das stimmte sie traurig. »Ich bin mir sicher, dass sie sich auch um unser Dorf kümmern werden.«

»Ach ja?«, fragte Oskar. »Und was macht dich da so sicher?«

Darauf hatte Todi keine Antwort.

Ullr

Nicko und Snorri warteten in der Eingangshalle des Palastes auf Todi. Alle anderen waren schon heruntergekommen, als sie endlich oben auf der Treppe erschien. Zwei vertraute Gestalten waren bei ihr. »Das sind ja Ferdie und Oskar!«, stieß Snorri hervor.

»Das gibt's doch nicht«, rief Nicko und dann: »Beim Neptun, sie sind es wirklich! Wie kommen die denn hierher?«

Während die Teilnehmer des Kronrates – ohne Alther und die Königin selbst – die Zaubereralle hinuntereilten, blieben Todi, Ferdie und Oskar zusammen mit Nicko und Snorri weit hinter ihnen zurück. Ferdie und Oskar bestaunten die breite gepflasterte Straße mit den silbernen Fackelpfählen, die in der Morgensonne glänzten. Sie hatten noch nie so viele verschiedene Läden gesehen und waren von jedem einzelnen begeistert. Doch jedes Mal, wenn sie stehen blieben, trieb Todi sie zu ihrem großen Verdruss zur Eile an. Als Todi die beiden wieder einmal von einem Schaufenster weggezogen und mit ihnen zu Nicko und Snorri aufgeschlossen hatte, fragte Nicko schmunzelnd: »Dann willst du heute also nicht nach Hause segeln?«

Todi grinste verlegen. »Ach, Nicko, Snorri. Danke. Es hat so gutgetan zu wissen, dass ich jederzeit nach Hause kann, wenn ich will. Aber jetzt, wo Ferdie und Oskar hier sind, ist alles anders. Außerdem müssen wir die Menschen vor diesem grausamen Zauberer retten.«

Snorri hatte nicht den Eindruck, dass Todi den »grausamen Zauberer« ernst genug nahm. »Todi«, sagte sie, »das ist ein gefährliches Unternehmen. Ich wundere mich, dass Septimus dich überhaupt mitkommen lässt.«

»Aber wir müssen mit«, erwiderte Todi. »Der Kerl hat unser Dorf entführt.« Sie bemerkte, dass Oskar in ein Schaufenster mit mechanischen Spielsachen starrte. »'Tschuldigung«, sagte sie und lief los, um den widerspenstigen Oskar zu holen.

Snorri und Nicko tauschten einen besorgten Blick. »Sie sind dafür zu jung«, sagte Snorri. »Das wird sehr gefährlich.«

»Ja«, stimmte ihr Nicko zu. »Aber ich glaube, du kannst unbesorgt sein. Todi hat nicht behauptet, dass Septimus ihnen erlaubt hat mitzugehen. Ehrlich gesagt kann ich mir nicht vorstellen, dass er sie einer solchen Gefahr aussetzen würde. Septimus ist erstaunlich vernünftig, seit er Außergewöhnlicher Zauberer ist.«

Snorri grinste. »Septimus war schon immer vernünftig, Nicko. Im Gegensatz zu dir.«

»Was? Ich bin von allen hier so ziemlich der Vernünftigste«, erwiderte Nicko und legte einen Arm um Snorri. »Abgesehen von dir, versteht sich.«

Todi war die Letzte, die durch Weg VII gehen sollte. Während sie mit Nicko und Snorri wartete, fiel ihr plötzlich Florence wieder ein.

»Snorri, könntest du dieser kleinen Ratte bitte etwas ausrichten? Ich habe mich bei Königin Jenna erkundigt. Florence' Vater ist wohlbehalten im Palast angekommen, aber ihr Bruder wurde verletzt – er hat einen Arm verloren. Oder vielmehr eine Vorderpfote, wie das wohl bei einer Ratte heißt. Na, jedenfalls wird er im Krankenrevier des Zaubererturms behandelt.«

Snorri hob Ullr hoch und kraulte ihn hinter den Ohren. Ullr schnurrte. »Bevor ich in die Rattenzentrale gehe«, sagte sie, »bringe ich Ullr besser aufs Boot zurück. Das dürfte uns eine Menge Aufregung ersparen.«

Weg VII begann, lila zu schimmern, und Marcia kam mit großen Schritten heraus, um Todi zu holen. Die war traurig, dass sie Snorri und Nicko verlassen musste. »Wiedersehen«, sagte sie. »Und danke … für alles.«

Snorri schluckte. Das klang nach einem endgültigen Abschied. Dabei hatte sie Todi sehr lieb gewonnen, denn das Mädchen erinnerte sie daran, wie sie selbst in diesem Alter gewesen war. »Todi! Warte noch einen Moment.« Sie eilte zu ihr und drückte ihr die kleine rote Katze in die Arme. »Nimm Ullr. Er wird auf dich aufpassen. Wenn du ›Komm, Ullr‹ zu ihm sagst, folgt er dir überallhin.«

»Oh!« Todi verschlug es die Sprache. »Oh … ich … danke!«, stammelte sie. Dann drehte sie sich um und rannte in Weg VII.

»Todi!«, rief Marcia und eilte ihr nach. »So warte doch auf mich!«

Das lila Schimmern verblasste, und der Bogen von Weg VII verschmolz wieder mit dem weißen Marmor. Nicko sah Snorri an. »Du hast ihr Ullr gegeben«, sagte er verwundert.

»Ich musste ihr irgendwie helfen, Nicko«, erwiderte Snorri. »Ich glaube nämlich, dass sie auf jeden Fall versuchen wird, ihre Leute zu retten, egal, was Septimus sagt.«

»Da könntest du recht haben«, sagte Nicko, hakte sich bei ihr unter, und gemeinsam machten sie sich auf den Weg zur Rattenzentrale.

Auf eigene Faust

Eine Stunde später saß Todi, eine kleine rote Katze im Arm, auf einem hohen Stuhl in einem kleinen, mit Büchern vollgestopften Raum, den Marcia in ihrem Seefried als Arbeitszimmer nutzte. Sie wunderte sich, dass sie eingeladen worden war, bei einer so ernsten Besprechung über magische Fragen zuzuhören. Septimus und Marcia führten eine letzte Strategiediskussion. Es war ein rasantes Gespräch unter Zauberern, atemberaubend für jeden Zuhörer. Und zu jedem anderen Zeitpunkt wäre Todi auch begeistert darüber gewesen, dabei sein zu dürfen. Aber jetzt konnte sie sich nicht freuen, denn sie hatte Oskars Gesicht gesehen, als sie hinter Marcia und Septimus die schmale Treppe ins Arbeitszimmer hinaufgestiegen war. Und sie wusste genau, was seine Miene zu bedeuten hatte: *Du bist zur anderen Seite übergelaufen, Todi.*

Marcia und Septimus sprachen gerade über mögliche Schwächen des Oraton-Marr – wovon es anscheinend sehr wenige gab. Marcia seufzte. »Wir könnten Althers Hilfe gebrauchen.« Sie blickte auf ihre Uhr. »Er müsste längst hier sein. Bei seinem Flugtempo benötigt er nur ungefähr eine halbe Stunde. Ich habe noch nie einen Geist so dahinflitzen sehen.« Sie wandte sich Todi zu und fragte: »Würde es dir etwas ausmachen, hinunterzugehen und auf Alther zu warten? Bring ihn herauf, sobald er kommt, ja?«

Todi klemmte sich Ullr unter den Arm, schlüpfte aus dem Raum und eilte die Treppe hinunter in den Großen Saal. Ferdie und Oskar saßen am Kamin. Sie lächelte die beiden an. Ferdie lächelte zurück, aber Oskar drehte den Kopf weg.

Im selben Moment drang von unten aus der Feuerkammer eine

wütende Stimme herauf. »Selbstverständlich komme ich mit«, schrie Lucy. »Ich bin seine Mutter, um Himmels willen!«

Dann waren zwei tiefe, brummelnde Stimmen zu vernehmen – offenkundig Milo und Simon, die beschwichtigend auf sie einredeten. Woraufhin Lucy wieder schrie: »Auf keinen Fall!«

Weitere Beruhigungsversuche folgten, und dann brüllte Lucy: »Wehe, ihr versucht mich aufzuhalten! Wehe!«

Stiefel polterten die Treppe herauf, und Lucy erschien in der Tür, das Gesicht tränenüberströmt, die Augen zornentbrannt. Ferdie drängte sich an Todi vorbei und eilte zu ihr.

»Wollen sie dich bei der Suche nach William nicht dabeihaben?«, fragte sie.

»Die sind ja so was von doof!«, rief Lucy wütend. »Milo und Simon sagen, dass nur Männer mitkommen. Sie planen eine Art Schlacht. Das ist doch lächerlich.«

»Aber Marcia geht doch auch mit«, sagte Todi.

»Na klar, Marcia darf natürlich mit«, entgegnete Lucy, »wegen ihrer Zauberkünste. Aber das ist ein ›ernstes Vorhaben‹, bei dem sie ihre Schuhe nicht tragen darf.«

»Also, so weit wird es nicht kommen«, sagte Todi.

»Die tun so, als hätten sie über alles zu bestimmen«, entrüstete sich Lucy. »Und sie reden und reden und reden. Über Strategie und Ausrüstung. Und jede Minute ist vertane Zeit, die uns William nicht zurückbringt. Aber Marcia ist genauso schlimm. Sie ist mit Septimus oben und tut bestimmt dasselbe, möchte ich wetten: *reden, reden, reden.*« Lucy warf sich auf einen der Sessel am Kamin. »Ach«, jammerte sie, »ich weiß nicht, was ich tun soll.«

»Ich wüsste schon was«, sagte Ferdie.

Lucy schaute überrascht auf. Ferdie klang so selbstsicher. So ruhig.

»Wir gehen trotzdem«, erklärte Ferdie. »Und zwar jetzt sofort. Wir machen uns auf die Suche nach William, Mum, Dad und Torr und all unseren Freunden.«

Oskar grinste. »Und ich wette, wir bringen sie zurück, bevor die anderen überhaupt merken, dass wir weg gewesen sind.«

»Ach, Ferdie, Oskar«, sagte Lucy traurig. »So einfach ist das nicht. Das ist es nie, glaubt mir.«

Jetzt schaltete sich Todi ein: »Es spielt keine Rolle, ob es einfach ist. Manchmal muss man einfach tun, was man für richtig hält.« Sie sah Ferdie und Oskar an. »Selbst wenn es kein anderer versteht.«

Oskar blickte sie überrascht an.

Lucy runzelte die Stirn und dachte angestrengt nach. »Die Sache hat nur einen großen Haken«, sagte sie. »Wie sollen wir an den richtigen Ort kommen?«

»Mit dem Grula-Grula«, antwortete Oskar. »Er kennt den Weg. Wir müssen ihn nur höflich bitten.«

»Aber er sitzt unten bei Simon und Milo«, entgegnete Lucy bedrückt. »Und er ist ganz begeistert von ihnen.«

Todi erinnerte sich, wie der FährtenFinder in der Lapislazuli-Schatulle gegen die Seitenwand geklopft hatte, als sie durch Weg VII gegangen war. Und dann fiel ihr ein, was ihr Vater im Mittsommerkreis gesagt hatte. Und plötzlich ging ihr ein Licht auf. »Ich kann den Weg finden«, sagte sie.

»Wie denn?«, fragten Lucy und Ferdie gleichzeitig.

Sie zog die Schatulle aus der Tasche, öffnete sie und nahm den FährtenFinder heraus. »Damit.«

Lucy machte ein skeptisches Gesicht. Der Pfeil sah mehr aus wie ein Schmuckstück als wie ein Kompass. »Bist du sicher?«

»Ja«, antwortete Todi. »Ganz sicher.«

Von ihrem festen Blick ließ sich Lucy umstimmen. »Also gut«, sagte sie. »Gehen wir.«

Auf dem Weg nach unten machte Lucy vor der Küche, in der sich der Grula-Grula gerade genüsslich durch einen Berg zuckerglasierter Törtchen futterte, kurz halt und schnappte sich eine Pelzjacke. William sollte keine Sekunde länger frieren als nötig.

»He, Lucy!«, protestierte Simon.

Lucy blies ihm einen Kuss zu. »Tut mir leid!«, sagte sie mit belegter Stimme, drehte sich um und lief die Treppe hinunter in den Knoten.

Simon und Milo sahen einander verdutzt an, dann zuckte Simon mit den Schultern. »Es geht ihr um William. Die Sache nimmt sie sehr mit. Arme Lucy.« Er blickte auf die Gepäckstücke, die sie an der Wand aufgereiht hatten und aus denen Säbel, Messer, Bogen, Pfeile und nicht wenige Kochtöpfe herausragten. »Milo«, fragte er, »glaubst du, das können wir alles tragen?«

»Wir packen es auf das Pferd der Prinzessin«, antwortete Milo. »Es wird Zeit, dass der Gaul etwas tut für sein Futter.«

Das Pferd der Prinzessin war kein Pferd, auf das jeder x-Beliebige sein Gepäck packen konnte. Strahlend weiß und mit boshaften blauen Augen, hatte es gewisse Grundsätze. Es war ein königliches Pferd und erwartete, als solches behandelt zu werden. Pferde seines Standes ließ man nicht tagelang ununterbrochen in einem stinkenden Keller bei einem Knecht, der sich darüber zu beschweren erdreistete, dass er ausmisten sollte. Für ein königliches Pferd die Schaufel zu schwingen war eine Ehre. Für das Pferd stand fest: Es war unter niedriges Volk geraten. Und seine Besitzerin, die gerade dabei war, das königliche Pferd zu striegeln, sah es genauso. Prinzessin Driffa hatte erwartet, im Palast mit großem Pomp empfangen zu werden, doch stattdessen hatte es nur ein Frühstücksbüfett mit ein paar einfachen Leuten gegeben, dazu eine langweilige Besprechung und einige abfällige Bemerkungen von Seiten der Königin. Selbst der gut aussehende Außergewöhnliche Zauberer hatte sich als eine gelinde Enttäuschung entpuppt, dachte sie, während sie kräftig die Mähne des königlichen Pferdes bürstete. Sie hatte erwartet, zu der Besprechung auf höchster Ebene eingeladen zu werden, die in diesem Moment im Arbeitszimmer stattfand, war dann aber weggeschickt worden wie ein störendes Kind.

Ihre zornig geführte Bürste verfing sich in einem Knoten in der reinweißen Mähne des königlichen Pferdes, und das königliche Pferd warf heftig den Kopf zurück. Driffa wurde in das Stroh geschleudert, das der Knecht des königlichen Pferdes am Morgen zu erneuern versäumt hatte.

Lucy kam gerade rechtzeitig in den Knoten, um Driffa auf die Beine zu helfen und das Stroh von ihrer jetzt nicht mehr ganz so sauberen weißen Pluderhose zu klopfen. »So«, sagte sie besänftigend, »das Schlimmste wäre beseitigt. Aber ein Bad könnten Sie trotzdem noch gebrauchen.«

Die Prinzessin blickte sie empört an. So sprach niemand mit ihr. *Niemand.* Gerade wollte sie Lucy sagen, dass sie sich gefälligst um ihren eigenen Kram kümmern sollte, als sie merkte, dass ihr gar keiner zuhörte. Lucy hatte sich mit Ferdie und Oskar um Todi geschart. Anscheinend sahen sie sich etwas an. Driffa konnte es nicht leiden, wenn man Geheimnisse vor ihr hatte, und das hier sah verdächtig danach aus. Sie stieß Oskar beiseite und erkannte, dass Todi einen FährtenFinderpfeil in der Hand hielt, der sich langsam auf seiner Halbkugel drehte.

»Ein FährtenFinderkompass!«, rief sie. »Wo hast du den gestohlen?«

Todi funkelte sie zornig an. »Der gehört mir. Das ist ein Erbstück. Ich habe ihn von meinem Vater. Und davor hat er seinem Vater gehört.« Sie dachte darüber nach, was ihr Vater im Mittsommerkreis gesagt hatte, und kam zu dem Schluss, dass sie einen kleinen Teil des Geheimnisses preisgeben musste. Aber natürlich nicht die Sache mit den Kiemen – die würde sie niemals verraten. »Meine Leute«, erklärte sie, »waren hochbefähigte Wegkundige, die auf den Alten Wegen, wie man sie nannte, reisten. Dafür wurden sie verehrt und FährtenFinder genannt.«

Prinzessin Driffa trat erstaunt einen Schritt zurück. »Du bist vom sagenhaften Stamm der FährtenFinder?«

»Ich bin eine FährtenFinderin«, erwiderte Todi kühl. »Aber sagenhaft sind wir nicht.« Sie wandte sich von Driffa ab und den anderen zu. »Bereit?«, fragte sie.

Ferdie und Oskar waren wie vor den Kopf geschlagen – woher wusste Todi das über ihre Vorfahren?

»Bereit, Todi«, sagten sie laut, »wir sind der Bund der Drei!«

Lucy schüttelte nur den Kopf. »Todi, woher weißt du eigentlich, wohin wir müssen?«

»Der hier wird es uns zeigen«, antwortete Todi.

»Gut, so weit habe ich es verstanden. Aber was ich meine: Weiß dieses Ding auch, dass du in die Östlichen Schnee-Ebenen willst?«

Todis Zuversicht löste sich in Luft auf. Daran hatte sie überhaupt nicht gedacht. Sie wollte gerade resigniert aufgeben, da schaltete sich Prinzessin Driffa ein.

»Das«, fuhr sie Lucy an, »ist eine sehr dumme Frage. Natürlich weiß er es nicht. Man muss ihm zeigen, wohin man will.«

»Und wie?«, erwiderte Lucy und hätte am liebsten *Pluderhosenprinzessin Neunmalklug* hinzugesetzt, was sie sich aber verkniff.

Todi hatte das Gefühl, dass Driffa etwas Nützliches über den FährtenFinder wusste. »Prinzessin Driffa«, sagte sie daher rasch, bevor Lucy sie noch mehr verärgern konnte, »bitte, wissen Sie, wie man dem FährtenFinder zeigt, wohin man will?«

Driffa kehrte Lucy den Rücken zu und wandte sich an Todi. »Allerdings. Ich weiß es, weil wir einen solchen FährtenFinder in meinem Palast haben, im Raum für antike Artefakte. Er ist so wertvoll, dass er unter einer Glasglocke liegt und niemand ihn anfassen darf. Wir lernen diese alten magischen Charms schon als Kinder kennen. Man hat uns beigebracht, dass man den FährtenFinder mit einem Gegenstand berühren muss, der aus der Erde des Ortes stammt, zu dem man reisen will.«

Todi sah sie verzweifelt an. »Aber ich habe nichts.«

Prinzessin Driffa lächelte. »Aber ich.« Sie hielt ihr die Hand hin, an der der Ring mit dem großen blauen Stein steckte. »Das ist ein Lapislazuli aus unserer magischen Blauen Zinne. Er wird euch ins Herz der Wege führen.«

Beim Anblick des schönen, mit Gold durchsetzten Lapislazuli wusste Todi sofort, dass Driffa die Wahrheit sprach. »Danke«, sagte sie.

Die Prinzessin versteckte die Hände hinter dem Rücken. »Aber nur, wenn ich mitkommen darf.«

Todi begriff, dass sie keine andere Wahl hatte. »In Ordnung«, sagte sie.

»Und mein Pferd«, verlangte Driffa.

Todi seufzte. »Meinetwegen. Und das Pferd.«

Prinzessin Driffa zog den Ring ab und gab ihn Todi, die ihn an die Spitze des FährtenFinderpfeils hielt. Sofort schwang der Pfeil herum und zeigte auf den Torbogen, in dessen Schlussstein XI gemeißelt war.

»So weit stimmt es«, sagte Todi, die sich erinnerte, dass das zerfetzte Siegel, durch das Driffa geprescht war, am Eingang zu Weg XI gehangen hatte. Sie wandte sich an Ferdie, Oskar und Lucy. »Wir sollten uns an der Hand nehmen«, erklärte sie, »damit wir zusammenbleiben.«

Sie bildeten eine Kette, und Driffa nahm das königliche Pferd am Zügel. Todi wusste, dass sie auf das vertrauen musste, was Snorri zu ihr gesagt hatte – dass Ullr ihr überallhin folgen würde. Sie setzte die kleine Katze auf den Boden und sagte: »Komm, Ullr.« Dann holte sie, den FährtenFinder in ihren Rechten und Oskars Hand in ihrer Linken, tief Luft und trat in Weg XI.

XI

~ TEIL 11 ~

Auf verschlungenen Wegen

Als Lucy unter den Torbogen XI trat, fiel ihr ein, dass ein Band Todi und Oskar zu Ferdie geführt hatte. Sie ließ Ferdies Hand kurz los, zog ein Band aus dem Ärmel und ließ es am Eingang fallen. Simon sollte sehen können, welchen Weg sie genommen hatte.

»Alles klar?«, rief Todi von vorn.

»Ja. Tut mir leid!«, antwortete Lucy und ergriff wieder Ferdies Hand. Dann tauchten sie in den Gang ein.

Todi ging voran und zog die anderen hinter sich her. Noch nie war sie für so viele Menschen verantwortlich gewesen – doch es war ein gutes Gefühl. Die engen Erdhöhlen unter ihrem Dorf konnte sie nicht ausstehen, aber in diesen schönen Tunneln mit ihren blau und golden geäderten Steinen fühlte sie sich wie zu Hause. Voller Zuversicht hielt sie den FährtenFinder vor sich und näherte sich langsam dem wirbelnden, weißen Nebel. Kurz davor blieb sie noch einmal stehen und blickte hinter sich zu der Kette aus Menschen – und einem Pferd. »Bereit?«, fragte sie.

Als Antwort bekam sie ein nervöses beifälliges Gemurmel und ein Schnauben des königlichen Pferds.

»Dann los.« Sie holte erneut tief Luft und trat in den Nebel. So plötzlich, dass sie zusammenzuckte, schoss ein Lichtstrahl aus dem FährtenFinder hervor. Er hüllte sie in eine silbrige Blase, die auch jeden anderen umschloss, der hinter ihr in den Nebel ging. Noch ein

Schritt … dann noch einer. Todi drang immer tiefer in den Nebel vor, der außen um die silbrige Lichthülle herumwirbelte. Sie fragte sich, woran sie merken sollte, dass alle in den Nebel getreten waren, aber sie wagte es nicht, sich umzusehen – ihre Augen waren auf den FährtenFinder geheftet, der ruhig auf seiner Lapislazuli-Kugel lag und geradeaus zeigte.

Doch es war unverkennbar, als sich die Lichtblase hinter der Schwanzspitze des königlichen Pferdes geschlossen hatte und alle umhüllt waren. Denn urplötzlich hatte Todi das Gefühl, in halsbrecherischem Tempo zu reisen. Sie schritt immer noch langsam und gleichmäßig aus, aber die Welt schien an ihr vorbeizufliegen. Es war vollkommen anders als bei den vergleichsweise kurzen Reisen mit Marcia durch Weg VII – ihr wurde ganz schwummrig im Kopf. Sie konzentrierte sich fest auf den FährtenFinder. Die Lapislazuli-Kugel schimmerte im Licht, und der silberne Pfeil bewegte sich ruhig in seiner Aufhängung: auf und ab, ein wenig nach links, ein wenig nach rechts – so wie der Weg verlief.

Bald tauchten die dunklen Umrisse eines Torbogens vor ihnen auf. Einen Augenblick später durchschritt Todi den Bogen, und die silbrige Blase blieb zurück. Als zuletzt das königliche Pferd aus dem Nebel auftauchte, verschwand die Blase mit einem leisen *Plopp*, und es wurde stockdunkel.

»Iiiih«, kreischte Lucy.

Todi wusste, das sie ruhig bleiben musste. »Oskie«, sagte sie, »hast du einen Leuchtstab?«

»Ja«, flüsterte Oskar. »Kann ich deine Hand loslassen?«

»Ja, wir sind draußen.«

Oskar aktivierte seinen letzten Leuchtstab. In dessen Schein erkannten sie den Torbogen vor ihnen und traten durch ihn in einen Knoten hinaus, der in grünem Schummerlicht lag.

»Oh nein!«, rief Lucy. »So dürfte es hier nicht aussehen!« Lucy war mit den Nerven am Ende, sie konnte keine Rückschläge mehr verkraften. »Du hast uns in den falschen Knoten geführt!«, fuhr sie Todi an. »Was sollen wir jetzt nur tun?«

Lucy war so fest davon überzeugt, dass sie einen falschen Weg eingeschlagen hatten, dass Todi ganz unsicher wurde. Wieder kam ihr Driffa zu Hilfe.

»Lucy Gringe«, sagte sie streng, »Schluss mit dem Theater. Um ins Herz der Wege zu gelangen, müssen wir viele verschiedene Knoten passieren. Ihr müsst dem FährtenFinder vertrauen.«

Da sagte Lucy nichts mehr und sah sich nur bestürzt in dem Knoten um – je mehr Knoten sie passieren mussten, desto länger würde es dauern, bis sie bei William waren.

Der Knoten war genauso groß wie jener, aus dem sie kamen, aber völlig verwahrlost. Wo bei Marcia eine blank gescheuerte weiße Treppe gewesen war, türmte sich hier ein Schutthaufen. Rinnsale wanden sich über den Lehmboden, auf dem kleine Tierskelette verstreut lagen, wahrscheinlich von Ratten. Die Decke war halb eingestürzt und wurde nur noch von dicken Ranken einer dunkelgrünen Kletterpflanze zusammengehalten, die auch große Teile der Wände bedeckte. Es roch nach Feuchtigkeit und Tod. Lucy kam sich vor wie in einer Gruft.

Der FährtenFinder schwang herum und zeigte auf einen zugewucherten Torbogen. Während die anderen die Ranken vom Eingang rissen und die Nummer II freilegten, sah Oskar nach der Nummer des Bogens, aus dem sie soeben gekommen waren – eine VII – und prägte sie sich ein. Er wollte sichergehen, dass sie wieder nach Hause finden würden, mit oder ohne FährtenFinder.

Beim Betreten des nächsten Weges zog Lucy wieder ein Band aus dem Ärmel und ließ es am Eingang fallen. Erneut hüllte sie das silbrige Licht ein, und ab ging es in der Tempoblase.

Der nächste Knoten sah wieder ganz anders aus. Ein Hitzeschwall empfing sie, und als sie sich dem merkwürdig kleinen, aber hell leuchtenden Torbogen am Ende des Tunnels näherten, knirschte Sand unter ihren Füßen. Am Bogen angekommen, erkannten sie, warum er so klein wirkte – er war halb von Sand zugeweht.

Ullr sprang leichtfüßig durch die Lücke oben und miaute aufmunternd, aber sie brauchten eine geschlagene halbe Stunde, bis sie sich den Weg frei gebuddelt hatten – was vor allem daran lag, dass das königliche Pferd ein besonders großes Loch benötigte. Als sie endlich hindurch waren – verschwitzt und alle mit Ausnahme von Driffa sauer auf das Pferd –, traf sie die Hitze wie ein Hammerschlag. Sie taumelten in den Knoten hinaus und fanden sich unter einem strahlend blauen Himmel wieder, von dem eine sengende Sonne brannte. Die ausgebleichten Steine des Knotens verstärkten das Licht und die Hitze derart, dass es kaum zu ertragen war. Durch Sandverwehungen stapfend, folgten sie dem FährtenFinder zum nächsten Weg. Oskar drehte sich zu dem Bogen um, aus dem sie gekommen waren, und notierte sich im Kopf eine XI. Dann half er den anderen, den Eingang zum nächsten Tunnel frei zu buddeln, in dem sie eine willkommene Kühle empfing.

Die Alten Wege weckten in Todi ein Gefühl der Ehrfurcht. Langsam begriff sie, dass sie Oskar, Ferdie, Lucy und Driffa – ganz zu schweigen von Ullr und Nona – auf eine lange und komplizierte

Reise führte. Sie war ein wahrer FährtenFinder. Die Geschwindigkeit, die sie in der silbrigen Blase spürte, war berauschend, und mit jedem Knoten betraten sie eine andere Welt.

Einer wimmelte von kleinen, sich windenden grünen Schlangen, ein anderer lag tief im Innern einer Höhle, wieder ein anderer war mit Eis und Schnee bedeckt. Einer diente als Voliere für exotische Vögel, der nächste war, wie sie mit Schrecken feststellten, ein belebter Markt. Jeder war anders. Und sie rochen auch verschieden: würzig oder ranzig, angenehm oder erdig. Auch die Geräuschkulisse veränderte sich. Mal vernahmen sie zischelndes Geflüster, mal fernes Geschrei oder heisere Vogelrufe und einmal, gar nicht weit entfernt, sogar den Lärm einer Schlacht. Unerträgliche Hitze und Schwüle wechselten sich mit schneidender, trockener Kälte ab. Mal war es hell, dann wieder dunkel, aber in jedem Knoten hatte Todi das erregende Gefühl, wieder einen Riesenschritt durch die Welt gemacht zu haben. Seltsamerweise waren alle Knoten menschenleer, bis auf den mit dem Markt und den letzten, in dem eine einsame Frau beim Stricken saß und mit großen blinden Augen dem Klappern der Hufe lauschte. Sie grüßten die Frau im Vorübergehen und folgten dem FährtenFinder in den nächsten Torbogen. Ein paar Minuten später traten Todi und eine kleine rote Katze in das Herz der Wege.

Das Herz der Wege

Fackeln flammten auf, als Todi und Ullr das Ziel der Reise erreicht hatten. Mensch und Katze blieben stehen und staunten.
Das Herz der Wege war überwältigend.

Es war unverkennbar ein Knoten – ein runder Raum mit zwölf Torbogen –, aber riesig, nach Todis Schätzung ungefähr zwölfmal so groß wie ein normaler Knoten. Und er stellte alle anderen Knoten, die sie bisher gesehen hatten, in den Schatten, in jeder Beziehung. Der ganze Raum war aus tiefblauem Lapislazuli gehauen, den leuchtend goldene Streifen durchzogen. Die Torbogen, die zu den Wegen führten, waren aus großen, in Silber gefassten hellblauen Lapislazuli-Blöcken errichtet. Die in die Schlusssteine gemeißelten Nummern waren mit Gold ausgelegt, und in jedem Weg leuchtete eine Fackel, die in einem silbernen Halter steckte. Diese Fackeln begannen auf magische Weise zu brennen, wenn ein FährtenFinderkompass ins Herz der Wege getragen wurde.

Während Todi den FährtenFinder behutsam in die Schatulle zurücklegte und sich leise bei ihm dafür bedankte, dass er sie wohlbehalten ans Ziel gebracht hatte, vernahm sie hinter sich die *Ooohs* und *Aaahs* der anderen. Hufgeklapper verriet ihr, dass auch das königliche Pferd inzwischen eingetroffen war. Sie gab Driffa den Ring zurück. »Danke«, sagte sie, und ihre Stimme hallte gespenstisch von den Wänden wider.

Lucy sah sich nervös um. »Und wie kommen wir hier raus?«, zischte sie.

Driffa seufzte. »Lucy Gringe, Sie geben keine Ruhe.«

Lucy funkelte sie wütend an. »Mein William hat …« – sie blickte auf ihre Uhr – »… nur noch drei Stunden zu leben. Deshalb gebe ich keine Ruhe.«

Driffa lief rot an. »Verzeihen Sie mir, Lucy Gringe.«

Lucy nickte höflich und kämpfte mit den Tränen.

»Die Gefangenen arbeiten sich von oben nach unten in die Kammer der Großen Orm vor«, erklärte Driffa. »Weit über uns.« Sie deutete zur Decke, die aus dicken, an zusammengerollte Schlangen erinnernde Lapislazuli-Spiralen bestand, und schnappte vor Überraschung nach Luft. »Oh! Das muss der Palimpsest der Großen Orm sein!«, stieß sie hervor. »Ich hätte mir nie träumen lassen, dass ich ihn eines Tages zu sehen bekommen würde.«

»Doch, sehr hübsch«, sagte Lucy ungeduldig. »Aber könnten wir jetzt weitergehen?«

Driffa führte das Pferd zu einem kreisrunden Loch in der Lapislazuli-Wand zwischen Weg I und Weg XII. Oskar lief ihr nach und fragte: »Was ist ein Palimpsest?«

Die Freude über ihre Heimkehr machte Driffa gesprächig. »Das ist ein Abdruck der Orm – wie ein Fossil. Die Große Orm erschuf das Herz der Wege und kam dann hinauf zu unserer Schnee-Ebene. Dort blieb sie eine Weile, fraß sich anschließend durch den Fels wieder nach unten, verwandelte ihn dabei in Lapislazuli und hinterließ uns die magische Blaue Zinne. Sie höhlte eine große Kammer aus, grub sich dann noch tiefer und schuf das Orm-Nest. Am Boden des Orm-Nests legte die Große Orm ihr Ei ab, dann rollte sie sich daneben zusammen und starb. Der Lapislazuli in ihrem Innern wurde das Dach des Herzens der Wege.«

Jetzt verstand Oskar. So ähnliche Würmer hatten sie auch zu Hause im Sand. »Wurmkacke«, sagte er.

»Oskar, sei nicht so ordinär«, schalt ihn Ferdie, doch zu ihrer Überraschung stimmte Driffa ihm zu.

»Ja. Es ist der letzte Haufen der Orm. Er ist sehr kostbar.«

»Wo sind die Knochen?«, wollte Oskar wissen.

»Eine Orm hat keine Knochen«, antwortete Driffa. »Eine Orm ist nicht mehr als ein empfindlicher goldener Schlauch, der sich einen Weg durch Gestein nagt. Die kleinen goldenen Flecken in dem Blau sind alles, was von ihr geblieben ist.«

Beim Durchqueren des Raums blickte auch Lucy zu den Spiralen der Orm hinauf. Aber nur Ferdie begriff, was ihr dabei durch den Kopf ging. »Sie sind jetzt so nah«, flüsterte sie.

»Und doch so weit weg«, erwiderte Lucy.

Kaum waren sie in der Mitte angekommen, da ließ ein tiefes, anhaltendes Rumpeln die Wände erzittern. Ein Riss schlängelte sich rasend schnell durch die Spiralen an der Decke und ließ blauen Staub von oben herabrieseln.

»Lauft!«, rief Driffa. Todi schnappte sich Ullr, und als sie losrannten, um Deckung zu suchen, blickten vom Kopf der Orm zwei tote goldene Augen auf sie herab.

Sie erreichten den Haufen aus blauem Schutt und rannten in den Gang, in den Driffa am Tag zuvor geflüchtet war. Als wieder alle zusammen waren, flüsterte Driffa: »So hat die Große Orm das Herz der Wege verlassen – durch diesen schönen, gewundenen Gang.« Sie hielt inne. Angst blitzte in ihren Augen auf. »Da kommt jemand.«

Keiner machte einen Mucks – bis auf das königliche Pferd, das plötzlich scheute. Es scharrte mit den Hufen und zerrte an der Zügeln. Driffa wurde sehr, sehr blass. »Das ist *er.* Das ist Oraton-Marr. Ich erkenne ihn an seinen Pling-plong-Schritten.«

»Pling-plong?«, flüsterte Todi.

»Ja. Das ist das Geräusch der Sprungfedern, die er unten an seinen albernen Schuhen trägt. Wir müssen hier raus. *Beweg dich, du dummes Pferd.*« Driffa gab Nona einen Schubs, aber das Tier rührte sich nicht vom Fleck.

»Mein William ist da oben«, flüsterte Lucy. »Ich gehe nirgendwo hin.«

»Wir auch nicht«, bekräftigte Ferdie.

Das seltsame metallische Geräusch kam immer näher: *pling-plong, pling-plong.*

Mit einem lauten Wiehern schlug Driffas Pferd aus und galoppierte in den Knoten.

»Nona!«, schrie Driffa. »Komm zurück.«

Aber das königliche Pferd kam nicht zurück. Driffa drehte sich um und wollte ihm nach, da ertönte ein lautes Klirren, und ein Eisengitter sauste vor ihr herab und zerquetschte ihr beinahe die Zehen. Kreischend sprang sie zurück.

Der Weg in den Knoten war ihnen versperrt. Es gab kein Entrinnen mehr.

Pling-plong, pling-plong.

»Na schön«, flüsterte Lucy. »Wir gehen auf ihn los und hauen ihn aus den Latschen. Oder vielmehr von seinen Sprungfedern.«

»Er wird nicht allein sein«, gab Driffa zu bedenken.

»Na und?«, zischte Lucy. »Hat jemand eine bessere Idee?«

Pling-plong, pling-plong.

»Tun wir es«, flüsterte Todi. »Alle zusammen. Eins … zwei … drei!«

Sie rannten den sanft geschwungenen, ansteigenden Gang hinauf. Doch als sie um die erste Windung der Spirale gebogen waren, prallten sie gegen ein zweites Gitter. Sie saßen wie Ratten in der Falle.

Pling-plong, pling-plong.

Ermintrude

Helles Licht durchflutete die Lapislazuli-Röhre, durch die Oraton-Marr langsam auf sie zukam. Eine Armlänge vor dem Gitter blieb er stehen und betrachtete mit zufriedener Miene seinen Fang, wobei er sich auf zwei lange schwarze Knüppel stützte. Oraton-Marr war ein schmächtiger Mann und nicht größer als Lucy, aber er überragte seine Gefangenen, was an den beiden langen Sprungfedern lag, die an den Sohlen seiner spitzen lila Schuhe befestigt waren. Er war in prächtige Seide und einen blau schimmernden, mit weißem Pelz gefütterten Mantel gekleidet, der bis zum Boden wallte und die Federn an seinen Schuhen verbarg. Sein stahlgraues Haar war kurz geschnitten, und seine grünen Augen musterten die Gefangenen amüsiert.

Hinter dem Zauberer stand sein Schwertträger, ein dünner, kahlköpfiger Mann in Schwarz mit einer weißen Diener-Halskrause, die ihm das Aussehen eines Geiers verlieh. Er hatte die Aufgabe, Oraton-Marrs Schwert zu tragen und über seine Witze zu lachen.

»Sieh mal einer an, was für Fische sind uns denn da ins Netz gegangen«, sagte Oraton-Marr mit hoher Stimme und einem merkwürdigen Akzent. »Wenn mich das Schimmern ihrer Haare nicht trügt, wird es sich lohnen, die Kleinen ins Wasser zu werfen. Haha.«

Der Schwertträger lachte. »Kleiner Fisch fängt den Wurm«, sagte er und schloss sofort erschrocken den Mund. Er war zu vorlaut gewesen.

Oraton-Marrs Augen verengten sich. Jede Silbe betonend, sagte er: »Gib … mir … mein … Schwert, Drone.«

Zitternd zog der Diener das Schwert aus der Scheide und hielt seinem Herrn mit einer kleinen Verbeugung den Griff hin. Oraton-Marr ließ seine Knüppel los – die frei in der Luft schwebten – und ergriff das Schwert. Drone nahm Habachtstellung an und schloss die Augen. Was jetzt kam, war nichts Gutes, das wusste er.

»Aufhören!«, rief Driffa mit fester, gebieterischer Stimme.

Oraton-Marr stutzte. »Aufhören? Womit?«, erkundigte er sich.

»Ihrem Diener Angst zu machen«, sagte Driffa.

Der Zauberer schmunzelte wie über ein amüsantes Kind. »Aber sind Diener nicht genau dafür da?«

Drone, erstaunt, dass er noch heil war, öffnete vorsichtig ein Auge und sah, dass die Aufmerksamkeit seines Herrn jetzt der umwerfend weißhaarigen Gefangenen galt, die ihm die Meinung gesagt hatte. Drone gestattete sich, wieder zu atmen.

»Ich kenne Sie«, sagte Oraton-Marr jetzt. »Sie sind die Schneeprinzessin mit dem Pferd. Und Sie sind gekommen, um sich zu ergeben. Schön, schön, ich nehme Ihre Kapitulation an.«

Driffa machte ein empörtes Gesicht. »Ich bin nicht gekommen, um mich zu ergeben.«

»Warum sind Sie dann gekommen? Sie haben kalte Füße bekommen, was sonst kann man von einer Schneeprinzessin erwarten? Haha.«

»Oh, haha! Oh, hahahaha! Hahahahaha!«, lachte Drone in dem verzweifelten Bemühen, seinen Fehler von vorhin wieder auszubügeln.

»Halt den Mund, Drone«, schnauzte ihn Oraton-Marr an, ohne den Blick von Driffa zu wenden. »Wie ich mich schon darauf freue, Ihren reizenden Schneepalast zu beziehen und auf den sagenumwobenen Laternenwegen aus Eis zu wandeln. Wirklich eine weise Entscheidung von Ihnen. Eine Kapitulation erspart es uns, den schönen Schnee mit Blut zu besudeln, meinen Sie nicht auch?«

Driffa sah den Zauberer bestürzt an.

Mit einem Quietschen der Sprungfedern drehte sich Oraton-Marr unvermittelt um und warf Drone das Schwert zu. Der Diener fing es ungeschickt auf und schnitt sich in die Hand. Er unterdrückte einen Schrei, ballte die Faust, um die Blutung zu stoppen, und steckte das Schwert in die Scheide zurück. Dabei hoffte er inständig, dass kein Blutstropfen die Klinge befleckt haben mochte.

Oraton-Marr ergriff wieder seine Knüppel. »Öffne das Tor, Drone«, befahl er.

Drone sperrte eine kleine Tür in dem Gitter auf.

»Prinzessin Driffa«, sagte Oraton-Marr, »wir müssen die Bedingungen Ihrer Kapitulation aushandeln. Hätten Sie die Güte, mich zu begleiten? Nein? Nun, dann kann ich Sie vielleicht mit einer kleinen Vorführung, die ich vorbereitet habe, dazu bewegen? Alles lässt sich trefflich an. Soeben ist die Decke Ihrer Orm-Kammer eingestürzt.«

»Nein!«, rief Driffa.

»Doch«, feixte der Zauberer. »Sie war sehr entgegenkommend, aber natürlich haben wir ein wenig nachgeholfen. Die Leibeigenen räumen gerade den Schutt weg, damit die Vorstellung bald beginnen kann. Kommen Sie.« Oraton-Marr bot Driffa seinen Arm an, aber sie spuckte auf den Boden.

Seine amüsierte, duldsame Miene bekam einen boshaften Zug. »Sie gehen jetzt gefälligst mit mir. Sie dürfen auch Ihre Dienerin mitnehmen.«

Driffa blickte ihn verwirrt an, aber Lucy verstand, was er meinte. Sie brannte darauf, aus diesem Käfig herauszukommen, denn nur dann hatte sie eine Chance, William zu finden, und wenn es sein musste, dann eben als Dienerin. Sie machte vor Driffa einen Knicks und erntete dafür einen verdutzten Blick.

»Madam, es wäre mir eine Ehre, Sie zu begleiten, Eure … äh … Erhabenheit«, murmelte Lucy.

»Was?«, fragte Driffa.

»Bitte vergeben Sie mir die Bemerkung, Madam, denn ich bin nur eine *Dienerin*, aber wir haben keine andere Wahl. Wir *müssen gehen«*, sagte Lucy in der Hoffnung, dass Driffa sie verstand.

Da ging Driffa ein Licht auf. »Ach so! Sehr schön … äh … Ermintrude«, sagte sie.

Lucy öffnete den Mund, um *Ermintrude? Soll das ein Witz sein?* zu rufen, aber Todi verpasste ihr einen kräftigen Knuff.

»Was ist denn?«, fragte Lucy ärgerlich.

Todi legte den Finger auf die Lippen. Sie wusste, dass Driffa Lucy nur schützen wollte. Denn wenn man einen Schwarzkünstler den richtigen Namen einer Person wissen ließ, verlieh man ihm damit ungeheure Macht über sie.

»Komm, Ermintrude«, sagte Driffa.

Drone verbeugte sich vor Driffa, als sie hinaustrat.

»Das ist unnötig«, herrschte Oraton-Marr ihn an. »Sie ist jetzt ein Niemand.«

Lucy folgte, wobei sie sich alle Mühe gab, wie eine brave Dienerin auszusehen. Leicht fiel es ihr nicht.

»Schließ den Käfig wieder, Drone«, befahl Oraton-Marr. »Sag den Wachen, dass sie die Fische einsammeln sollen. Und ihre Katze.« Der Zauberer runzelte die Stirn. Fische … Katze … Das ergab irgendeinen Witz, doch er kam jetzt nicht darauf.

Drone lachte trotzdem, nur um auf der sicheren Seite zu sein. »Die Katze! Und ihre Fische! Also wirklich. Hahaha!« Mit blutender Hand fummelte er an dem Schloss herum, bis es endlich zuschnappte.

Mit den Händen die Gitterstäbe umklammernd, sahen Todi, Oskar und Ferdie zu, wie die anderen den Gang hinaufstapften – Oraton-Marr mit Driffa vorneweg, dahinter Lucy und dann Drone, der hellrote Blutflecken im festgetretenen Schnee hinterließ. Schließlich verschwand das lila Licht hinter der nächsten Biegung, und sie waren fort.

Ullr wurde unruhig. Er schlüpfte durch das Gitter und miaute.

»Ullr«, flüsterte Todi, »komm zurück.« Die kleine Katze miaute ein zweites Mal und hockte sich hin. Da begriff Todi. Weit über ihnen ging die Sonne unter, und Ullr verwandelte sich.

Dreißig Sekunden später lag ein geschmeidiger schwarzer Panther auf der anderen Seite des Käfiggitters, und Todi hatte eine Idee. »Ullr, sagte sie, »such William Heap. Pass auf ihn auf.«

Ullrs grüne Augen sahen Todi an, aber sie wusste nicht, ob er sie verstanden hatte und ob er tun konnte, was sie von ihm verlangte. Und als er gleich darauf entlang der Blutspur den Gang hinauftapste, fragte sich, ob sie vielleicht gerade ihren einzigen Beschützer fortgeschickt hatte.

Hinter Gittern

Mann«, schimpfte Oskar. »Hör endlich auf, mich zu löchern. Ich muss mich konzentrieren.«

Oskar kniete vor dem Schloss, stocherte mit einem Dietrich darin herum, lauschte auf das vielsagende Klicken und versuchte zu ertasten, ob sich im Mechanismus etwas bewegte. Das Schloss war kompliziert. Er musste sich nacheinander durch mehrere Riegel arbeiten und dabei die vorherigen alle offen halten – es war die härteste Nuss, die er jemals zu knacken hatte. Ferdie leuchtete ihm zwar hilfreich mit einem Leuchtstab, blies ihm aber auch immer wieder ihren Atem ins Ohr und erkundigte sich ständig, wie er vorankam.

»Ich brauche kein Licht«, raunzte er sie an. »Und ich brauche auch niemanden, der mir ständig ins Ohr pustet.«

Beleidigt zog sich Ferdie zurück.

Schnapp!

»Juhu!« Oskar sprang auf. »Geschafft.«

»He, Oskie, toll«, sagte Todi.

Probeweise gab Oskar der Tür einen Stoß. Sie schwang auf.

»Cool gemacht«, lobte Ferdie, die ihm sein Gemotze bereits verziehen hatte.

»Puh!«, stöhnte Oskar. »Ich dachte schon, das wird nichts mehr.«

So leise wie möglich liefen sie den Gang hinauf und folgten der Blutspur. Hinter jeder Biegung wurde es kälter, und bald bedeckte Eis die Lapislazuli-Wände. Immer höher ging es im Kreis herum, und ständig mussten sie befürchten, Wachen in die Arme zu laufen, die von oben herunterkamen, um sie zu holen. Nach mehr Biegungen, als sie hatten zählen können, bog die Blutspur plötzlich nach links ab und führte ein paar Stufen hinauf, die ins Eis gehauen waren.

Sie blieben stehen, unschlüssig, welche Richtung sie einschlagen sollten.

Tapp-tapp … tapp-tapp.

Schwere Stiefeltritte, die sich von oben näherten, nahmen ihnen die Entscheidung ab. Todi, Oskar und Ferdie flitzten die Stufen hinauf, dann einen kurzen Gang entlang, der durchs Eis getrieben war, und gelangten in einen kleinen, runden Raum. Dies war der Vorraum, in dem sich die Leute ausruhten, bevor sie die Kammer der Großen Orm besuchten. Der Eisgang dorthin ging von der gegenüberliegenden Seite der Kammer ab, doch die Blutspur verschwand hinter einem Vorhang zu ihrer Linken, der einen Durchgang verhüllte. Dies war früher der Eingang des Tunnels zum Schneepalast gewesen, aber Driffas Schwestern hatten ihn abgeriegelt, als Oraton-Marr aufgetaucht war. Er war jetzt nur noch ein toter Gang, in dem der Zauberer sein unterirdisches Hauptquartier eingerichtet hatte. In einiger Entfernung hinter dem Vorhang konnten sie gedämpft Driffas zornige Stimme hören.

Der kleine Vorraum war früher einmal sehr schön gewesen. Die Eiswände schmückten eingeritzte und mit Gold und Silber ausgelegte Wirbelmuster, und an der hohen, kegelförmigen Decke prangte ein Mosaik aus blauen und goldenen Steinen. In die Wände waren Ebenholzbänke für die Besucher eingelassen, und Lapislazuli-Haken waren ins Eis getrieben worden. An ihnen hingen zwei Pelzmäntel. Zu ihrer Rechten war ein langer blauer Seidenvorhang befestigt, hinter dem das Rumpeln von Steinen und dumpfes Stöhnen hervordrangen.

Ferdie starrte auf den Vorhang – sie spürte, dass dahinter etwas Schreckliches im Gange war. Vor Angst bekam sie ganz weiche Knie. »Sie sind hier«, flüsterte sie und hob die Hand. »Da, hinter dem Vorhang. Ich kann es fühlen.«

Nachdem sie in der Fernwald-Festung mit ihren Gefühlen richtig gelegen hatte, kritisierte Oskar sie jetzt nicht wieder. Er spürte ihre Angst, und Todi bemerkte, dass er schneeweiß im Gesicht wurde.

Aber irgendjemand musste dahintersehen, und so schob Todi den Vorhang ganz vorsichtig auf – nur ein kleines Stück. »Oh!«, entfuhr es ihr.

Der Vorhang verbarg ein Loch, das in die Wand geschlagen war. Dahinter war ein primitiver Balkon, von dem man in eine riesige Höhle blickte, die keine Decke mehr hatte und nun vom Nachthimmel überspannt wurde. Eine magische Leuchtkugel, die mitten in der Luft schwebte, tauchte die Höhle in helles Licht, brachte Staubwolken zum Flimmern und beschien den Boden darunter. Dort waren Männer, Frauen und Kinder, alle zerlumpt, schmutzig und sichtlich erschöpft, damit beschäftigt, die Trümmer der eingestürzten Lapislazuli-Decke wegzuräumen. Langsam und mühevoll türmten sie den Schutt an den Rändern der Höhle zu großen Haufen auf. In der Mitte hatten sie bereits einen Kreis frei geräumt, den nun ein Wächter im Kettenhemd sauber fegte. Todi suchte das Gewusel der Arbeiter nach schimmerndem FährtenFinderhaar ab, entdeckte aber keines. Dann bemerkte sie im Schatten ein leichtes Glitzern. Gitterstäbe. Ganz hinten in der Höhle, dem Balkon direkt gegenüber, stand ein riesiger Käfig. In dem Käfig waren Menschen zusammengepfercht, und einige hatte schimmernde Haare. Todi stockte der Atem. Ganz vorn an den Stäben, von kleinen, am Käfig angebrachten Lampen angestrahlt, standen Rosie und Jonas Sarn und starrten mit entsetzten Gesichtern heraus.

Todi ließ den Vorhang wieder zufallen. »Ferdie, du hast recht«, flüsterte sie. »Sie sind da unten. In einem Käfig.«

»Oh!«, stieß Ferdie hervor und wollte nachsehen, aber Oskar, der befürchtete, sie könnte wieder losschreien, hielt sie zurück. »Nicht, Ferd. Sie könnten uns sehen.«

»Wir müssen sie befreien«, flüsterte Todi. »Sie wissen, dass etwas Schreckliches mit ihnen geschehen wird. Ich sehe es in ihren Gesichtern.«

Plötzlich vernahmen sie Driffas zornentbrannte Stimme. Dann das Klatschen einer Ohrfeige und einen Schrei. Danach Stille.

»Gehen wir«, sagte Todi.

Eis und Schutt

Todi ging voraus. Sie verließen den kleinen Vorraum, stiegen eine kurze Treppe hinab und gelangten auf eine breite Galerie, die in die Eiswand gehauen war. Todi vermutete, dass dies der heilige Eisgang war, von dem Driffa erzählt hatte.

Langsam folgten sie dem sanft geschwungenen Gang, der an der Wand der Großen Kammer der Orm entlangführte. Trotz der Zerstörung und der Schreie der Wächter, die von unten heraufdrangen – *»Bewegt euch!«* –, verströmte der heilige Eisgang immer noch eine friedvolle Atmosphäre. Ungefähr alle zehn Meter war eine Ebenholzbank in die Wand eingelassen, und direkt gegenüber befand sich eine kleine runde Öffnung, durch die man in die einst so schöne Kammer der Großen Orm mit ihrem magisch vereisten Orm-Nest hinabschauen konnte. Todi konnte sich gut vorstellen, wie Driffas Leute still und andächtig hier gesessen hatten.

Vor der sechsten Öffnung blieb sie stehen. Nach ihrem Gefühl mussten sie sich jetzt direkt über dem Käfig mit den FährtenFindern befinden. Oskar konnte der Versuchung nicht widerstehen und lugte durch die Öffnung.

»Vorsichtig, Oskar«, zischte Todi und zog ihn zurück. »Man wird dich sehen.«

»Nein«, erwiderte Oskar. »Wir sind hier im Schatten. Außerdem sind alle zu sehr damit beschäftigt, Steine wegzuräumen. Sieh doch.«

Vorsichtig spähte Todi nach unten. Durch den Staub sah sie ein Gewimmel von Menschen. Wachen trieben Gefangene zum Rand der Höhle, andere fegten den Staub zusammen, sodass der Eiskreis im Lichtschein der oben schwebenden Leuchtkugel funkelte und glitzerte. Todi hatte das ungute Gefühl, dass ihnen die Zeit davonlief.

»Bewegt euch!«, brüllte es wieder von unten.

»Ich werde runterklettern und den Käfig aufsperren«, sagte Oskar. »Da ist ein Schutthaufen, der fast bis hier heraufreicht.«

»Nein, Oskie«, flüsterte Ferdie. »Das ist gefährlich.«

Oskar sah sie ärgerlich an. »Natürlich ist es gefährlich«, sagte er. »Hier ist alles gefährlich. Oder hat jemand eine bessere Idee?«

»Nein«, antwortete Todi. »Aber dann gehen wir alle. Einverstanden?«

Einer nach dem anderen schlüpften sie durch die Öffnung und ließen sich auf den Schutthaufen hinab. Eine paar Steine polterten auf den Boden, aber in dem Treiben unten in der Höhle blieb es unbemerkt. Vorsichtig kletterten Todi, Oskar und Ferdie den Schutthaufen hinunter, der vollständig im Schatten lag, weil die helle Leuchtkugel oben genau auf den Eiskreis über dem Orm-Nest gerichtet war.

Am Fuß des Schutthaufens wurde es jedoch gefährlich. Sie gerieten mitten in eine Schar von Arbeitern, die ein Wächter mit seinem langen Stock wie Vieh zur Höhlenwand trieb. Ihnen blieb nichts anderes übrig, als mit den Leuten mitzulaufen, bis sie ganz an der Rand der Kammer gedrängt worden waren und eingeklemmt hinter Menschen standen, die zu erschöpft waren, um sie zu beachten. Oskar fingerte sich durch seine Dietriche. »Ich mache jetzt den Käfig auf«, flüsterte er.

Eine plötzliche Bewegung hinter dem Balkonvorhang lenkte Todi kurz ab, und als sie wieder zu Oskar sah, war er fort. Wie eine Sandschlange schlüpfte er davon und verschmolz mit den Schatten.

In diesem Augenblick geschah etwas, woran sich Ferdie ihr Leben lang erinnern sollte – sie fühlte, wie sich eine kleine, warme, sandige Hand in ihre schob. Ferdie schaute nach unten und blickte in ein schmutzverkrustetes Gesicht, in das sich rosa Tränenspuren gegraben hatten. Und aus dem sie die großen blauen Augen ihres kleinen Bruders Torr anstrahlten. Sie riss ihn hoch und drückte ihn so fest an sich, dass er kaum noch Luft bekam.

»Sieh mal«, flüsterte sie Todi zu. »Sieh mal, wen ich gefunden habe.«

Torr

Torr waren so viele merkwürdige Dinge zugestoßen, dass ihn das Wiedersehen mit Ferdie überhaupt nicht überraschte. »Ma und Pa sind in einem Käfig«, flüsterte er.

»Ich weiß, mein Schatz«, flüsterte Ferdie zurück. »Aber Oskie holt sie heraus.«

»Mach schnell, Oskie«, sagte Torr, und ihm stiegen Tränen in die Augen. »Bevor sie hineinspringen müssen.«

Ferdie erschrak. »Wo hineinspringen?«

»Ins Eis«, antwortete Torr zwischen leisen Schluchzern. »In diesen komischen Teich. Er ist ganz, ganz tief. Sie bringen das Eis zum Schmelzen, und dann müssen Leute aus unserem Dorf hineinspringen.«

Ferdie und Todi tauschten einen entsetzten Blick.

»Wozu?«, fragte Ferdie.

»Sie sollen auf dem Grund etwas suchen«, antwortete Torr.

»Wie sollen sie da denn etwas finden?«, sagte Ferdie zu Todi. »Der Teich ist mindestens fünfzehn Meter tief. Sie werden ertrinken. Ich versteh das nicht.«

Aber Todi verstand mit einem Mal. Sie verstand, warum Tante Mitza sie beim Mittsommerkreis belauscht hatte. Und sie erkannte, dass ihnen das FährtenFindergeheimnis jetzt, wo es bekannt war, zum Verhängnis werden konnte. Die Wächter würden einen FährtenFinder nach dem anderen ins Wasser werfen, bis sie einen mit Kiemen gefunden hatten. Und selbst wenn sie neun umsonst hineinwerfen mussten, ehe sie einen fanden, der unter Wasser atmen konnte, was spielte das für eine Rolle? Sie hatten ja mehr als genug.

Aber Ferdie, die das Geheimnis nicht kannte, weil sie noch nie am Mittsommerkreis teilgenommen hatte, hatte es noch immer nicht begriffen. »Torr«, fragte sie, »bist du dir wirklich sicher?«

»Ja«, antwortete Torr. »Ich und mein Freund haben die Wachen belauscht. Sie konnten uns nicht sehen. Wir haben uns da oben versteckt.« Er deutete auf eine Kuhle in dem Schutthaufen hinter ihnen, in der ein schmutziger kleiner Junge mit langen blonden Locken kauerte wie ein Affe. Todi und Ferdie tauschten aufgeregt einen Blick – der Arm des Jungen lag über den breiten Schultern eines großen schwarzen Panthers.

»Das ist William«, flüsterte Torr, und William Heap lächelte sie strahlend an. »William hat mir Dreck in die Haare und ins Gesicht geschmiert, damit sie nicht merken, dass ich eigentlich in den Käfig gehöre. Und jetzt hat er einen Panther gefunden. Ich möchte auch einen. Wenn wir viele Panther hätten, könnten wir die Wachen angreifen und … oh, seht mal da!« Torr deutete zum Balkon hinauf.

Links und rechts waren zwei Fackeln aufgelodert.

Lucy

Seit dem Verschwinden ihres William, kam sich Lucy wie in einem nicht enden wollenden Albtraum vor – und der war jetzt an der Stelle angelangt, wo man normalerweise schreiend aufwachte. Aber Lucy wusste, dass sie nicht aufwachen würde.

Als sie zu Oraton-Marrs Hauptquartier durch den langen Eisgang marschiert waren, hatte die Lady dort am Ende an einem silbernen Tisch gesessen. Sie hatte gelassen auf ihre Uhr geschaut und zu ihr gesagt: »So, Madam. Die Zeit für Ihren Jungen ist fast abgelaufen.«

Lucy war so flau geworden, dass Driffa sie stützen musste. »Es wird alles gut«, hatte sie ihr zugeraunt. »Keine Angst.«

Aber Lucy hatte Angst. Und als sie nun mit Driffa hinter Oraton-Marr und der Lady auf den langen blauen Seidenvorhang in dem kleinen vergoldeten Raum zuschritt, ging ihr unablässig der Befehl durch den Kopf, den die Lady Drone gegeben hatte: »Suchen Sie den Jungen namens William Heap. Bringen Sie ihn zum Orm-Nest. Wir wollen sehen, wie er schwimmt.«

Als der Vorhang zurückgezogen wurde und Oraton-Marr und die Lady auf den Balkon hinaustraten, da wusste Lucy, dass ihr etwas Schreckliches bevorstand, vor dem es kein Entrinnen gab.

Die Eisschmelze

Der blaue Vorhang hinter dem Balkon oben wurde plötzlich geöffnet, und Oraton-Marr sprang dahinter hervor wie ein Schachtelteufel. Ein unterdrückter Aufschrei ging durch die Kammer der Orm, dann herrschte angstvolle Stille. Alle Augen richteten sich auf den Balkon, auf den jetzt die Lady schwungvoll heraustrat, dicht gefolgt von zwei jungen Frauen, die, wie es aussah, von einem übereifrigen Wächter durch den Vorhang gestoßen wurden.

Todi und Ferdie sahen, wie Lucy und Driffa ins Licht blinzelten und Lucy dann den Blick durch die Höhle wandern ließ. Sie wussten, wen sie suchte, und hätten ihr am liebsten zugerufen, dass William bei ihnen war. Und dass es ihm gut ging – oder jedenfalls nicht schlechter als allen anderen.

Lucy konnte vom Balkon aus sehr wenig erkennen. Staub hing in der Luft wie feiner Nebel, und die grelle Leuchtkugel beschien nur die Mitte der Höhle, sodass die Ränder, wo dicht gedrängt Menschen standen, im Schatten blieben. Nur den blanken weißen Eiskreis über dem Orm-Nest konnte sie scharf sehen, und der starrte ihr nahezu entgegen.

Aber William Heap hatte dieses Problem nicht. Der Balkon war in helles Licht getaucht, sodass er alle Personen darauf klar und deutlich erkennen konnte. Und eine dieser Personen war *seine Mutter*. Er sprang auf, begriff aber im nächsten Moment, dass er einen Fehler gemacht hatte, und erstarrte. Doch es war zu spät. Die Lady hatte ihn bemerkt. Sie wandte sich an den Wächter hinter ihr. »Da ist ein Junge auf dem Schutthaufen. Holt ihn.«

Oraton-Marr ärgerte sich. Die Lady, die seine jüngere und unendlich nervtötende Schwester war, versuchte ständig, sich in den Vordergrund zu drängen. »Lasst den Jungen«, knurrte er. »Wir haben jetzt Wichtigeres zu tun.«

Die hinter der Lady stehende Lucy sah ihren William in diesem Moment das erste Mal seit zwei langen Monaten. Es gelang ihr, einen Schrei zu unterdrücken, aber ihr Herz klopfte so laut, dass sie befürchtete, die Lady könnte es hören und erraten, wer der Junge war. Lucy überlegte fieberhaft. Wie konnte sie zu ihm gelangen? Sehnsüchtig blickte sie zu ihm hinüber, sah seine blonden Haare, die von der dunklen Wand abstachen, und dann entdeckte sie im Halbdunkel Williams Begleiter. Da durchzuckte sie neue Hoffnung. Todi und Ferdie waren aus dem Käfig ausgebrochen und hatten William gefunden! Lucy wandte kein Auge mehr von ihrem Sohn, und wann immer William Heap den Mut dazu fand, hob er kurz den Kopf, nur um nachzusehen, ob seine Mutter noch da war. Und das war sie. Jetzt fühlte er sich sicher. Denn im Unterschied zu Torr, der gesehen hatte, wie hilflos seine Eltern waren, vertraute er voll und ganz darauf, dass seine Mutter alles in Ordnung bringen würde.

Begleitet von einem *Pling-plong* trat Oraton-Marr an den Rand des Balkons vor und klatschte in die Hände. Eine dunkle Funkengarbe schoss zwischen seinen Handflächen hervor, wirbelte im Kreis herum und ballte sich zu einer kleinen schwarzen Kugel zusammen. Oraton-Marr ergriff die Kugel und schleuderte sie von sich. Alle

Augen – bis auf die Lucys – verfolgten, wie die Kugel durch die Kammer schwirrte wie eine wild gewordene schwarze Hornisse und schließlich ein paar Meter über dem Eiskreis in der Orm-Kammer zum Stillstand kam.

Oraton-Marr hob die Hände, brachte die Zeigefinger auf Augenhöhe und richtete sie auf die schwebende Kugel, worauf in deren Innerem ein dunkelorangefarbenes Licht zu glimmen begann, das in weniger als zehn Sekunden so hell wurde, dass die Kugel wie eine Miniatursonne in einem weiß glühenden Licht erstrahlte. Wer ganz vorn stand, konnte die Hitzewellen spüren, die von ihr ausgingen. Der Zauberer beugte die Finger nach unten, und die weiß glühende Kugel senkte sich zischend aufs Eis und begann, in einem engen Kreis zu wirbeln, immer schneller und schneller. Unter anhaltendem Zischen schmolz das Eis zu Wasser, und bald war nur noch eine blendende Lichtspur zu erkennen, aus der Dampfwolken aufstiegen.

Da ertönte vom Balkon ein verzweifelter Schrei.

»Aufhören! Bitte, aufhören!« Driffas Stimme hallte verloren durch die Kammer der Großen Orm und verklang. Jetzt war nichts mehr aufzuhalten.

Die obere Region des Orm-Nests bestand jetzt aus Wasser, aber unablässig stiegen Eisbrocken an die Oberfläche und warfen Wellen, die über den Lapislazuli-Boden und die Füße der Gefangenen im Käfig schwappten.

Das Wasser sprudelte und brodelte und bildete einen bläulichen Schaum, während die Kugel sich durch die Säule aus Eis im Innern des Orm-Nests brannte. Es dauerte zehn Minuten, bis das Eis vollständig geschmolzen war, und als der letzte Splitter zischend verdampfte, ließ Oraton-Marr die Kugel frei und schleuderte sie in den Nachthimmel zu den Sternen hinauf.

Dann beugte sich der Zauberer über den Balkon und spähte ein paar Sekunden lang neugierig in das Orm-Nest. Schließlich wandte er sich dem Käfig mit den FährtenFindern zu, die mit bleichen, angstvollen Gesichtern zu ihm heraufblickten, und lächelte.

»Die Tauchprobe möge beginnen.«

Die Tauchprobe

Oskar suchte immer noch das Schloss. Er war unbemerkt hinter den Wachen vorbeigeschlichen, nur um dann festzustellen, dass der Käfig gar keine Tür hatte. Er war hinten offen und führte direkt in einen Felstunnel, den dornenbewehrte Wachleute bewachten, wie er sie aus der Fernwald-Festung kannte. Als er sich in den Schatten kauerte und überlegte, was er nun tun sollte, hallte Oraton-Marrs Befehl durch die Kammer der Orm. Oskar spürte, wie die Gitterstäbe erzitterten, und vernahm ein scharfes Klirren – dann wurde der ganze vordere Teil des Käfigs hochgezogen. Aus dem Dunkeln hinter dem Käfig begann jemand, sich nach vorn zu drängen.

Schließlich war das Gitter oben und der Käfig vorn offen. Auf beiden Seiten loderten Fackeln auf und beleuchteten eine Gruppe Menschen, die dicht aneinandergedrängt dastand und angsterfüllt auf das Wasser blickte, wohl wissend, dass das, was ihr bevorstand, nicht gut ausgehen konnte. Entsetzte Stille trat ein.

Oraton-Marr lehnte sich wieder über den Balkon und rief den FährtenFindern zu: »Vor euch seht ihr die letzte Höhle, welche die magische Große Orm gegraben hat. Irregeleitete hatten sie mit einem Gefrierzauber belegt …« Hinter ihm entstand ein Handgemenge. Drone packte Driffa, die sich auf Oraton-Marr stürzen wollte, mitten im Sprung und bog ihr die Arme auf den Rücken.

»Bitte, lassen Sie sie los«, flehte Lucy. »Meine Herrin ist verzweifelt. Ich sorge dafür, dass sie das nicht wieder tut.«

Drone, dem das, was hier geschah, ebenso wenig gefiel wie Lucy, nickte und gab Driffa frei.

Oraton-Marr fuhr mit seiner Ansprache fort: »Auf dem Grund des Orm-Nests liegt das Lapislazuli-Ei der Großen Orm. Meine Magie hat es nun von seinem Eispanzer befreit, und bald wird es in der Lage sein, seine Bestimmung zu erfüllen und eine schöne Orm zu werden. Zuvor aber muss sie geborgen werden.«

Oraton-Marr blickte auf die zusammengepferchten FährtenFinder hinab. Seine Stimme nahm einen drohenden Ton an. »Das Orm-Nest ist ungefähr fünfzehn Meter tief. Ihr werdet einer nach dem anderen bis zum Grund hinabtauchen. Und habt keine Angst, haha …« – er kicherte, denn was jetzt kam, hielt er für einen guten Scherz –, »… habt keine Angst, dass das schwierig werden könnte. Ihr werdet den Grund ohne Mühe erreichen, denn jeder von euch bekommt einen Bleigürtel um die Hüfte geschnallt. Und ihr werdet reihum die Chance erhalten, das Ei der Orm zu finden und an die Oberfläche zu bringen. Jeder, der ohne das Ei wieder auftaucht, wird so lange wieder hineingeworfen, bis er es bringt. Oder nicht mehr auftaucht. Ihr habt die Wahl.«

Jetzt wusste Ferdie, dass Torr tatsächlich die Wahrheit gesagt hatte. Entsetzt blickte sie zu Todi. »Niemand kann so tief tauchen und am Leben bleiben. Niemand.«

»Manche schon«, flüsterte Todi.

Ferdie starrte sie an, als hätte die Freundin den Verstand verloren. »Nein, niemand«, sagte sie bestimmt.

Todi schüttelte den Kopf. »Manche schon«, wiederholte sie. »Aber die meisten nicht.«

»Schickt den Ersten hinunter!«, brüllte Oraton-Marr.

Ein Wächter stieß Jonas Sarn nach vorn, aber Rosie hielt die Hand ihres Mannes umklammert und kam mit. Der Wächter begriff, dass sie zusammen mit ihrem Mann hineinspringen wollte, und hielt sie nicht zurück. Er wünschte, seine Frau würde in so einer Lage dasselbe tun – aber er bezweifelte es. Während er Jonas den Bleigürtel umschnallte, murmelte er eine Entschuldigung. Dann hakte er eine der Lampen los, die am Käfig baumelten, und drückte sie Jonas in die Hand.

Während sich Jonas und Rosie in die Augen schauten und voneinander Abschied nahmen, ertönte aus dem Käfig ein Ruf.

»Halt! Ich werde springen. Ich bringe Ihnen, was Sie wollen.«

Todis Herz tat einen Sprung, und ihr Atem setzte aus. Eine großgewachsene Gestalt zwängte sich nach vorn, und Todi war sich nicht mehr sicher, ob sie wach war oder träumte. Er war hier. Er lebte. Ihr Vater. Dan Moon.

Dan strahlte eine solche natürliche Autorität aus, dass der Wächter nicht einschritt, als er Jonas den Bleigürtel abschnallte und sich selbst um den Leib legte. Jonas stand sprachlos da, als Dan ihm auch noch seelenruhig die Lampe aus der Hand nahm. Und dann, noch bevor Todi etwas rufen konnte, war ihr Vater mit einem tadellosen Kopfsprung ins Wasser getaucht.

Zu spät fand Todi ihre Stimme wieder. »Nein!« Ihr Schrei durchschnitt das Geräusch des sauberen Platschers. *»Nein!«*

»Wer ist die Göre?«, fragte Oraton-Marr und spähte in das Halbdunkel hinunter.

»Da unten ist ein ganzes Nest«, knurrte die Lady. »Hab ich dir doch gesagt. Wie die Ratten.«

»Dad!«, schrie Todi. »Dad! Dad!« Sie drängte sich vor, und die Leute traten beiseite und machten ihr Platz. Dann stand sie am Rand des Orm-Nests und starrte in die dunkle Tiefe. Von ihrem Vater und der Lampe war nichts mehr zu sehen.

»Schafft mir die Göre aus den Augen«, brüllte Oraton-Marr. »Stoßt sie hinein.«

Aber das war gar nicht nötig. Todi streckte die Arme über den Kopf und tauchte mit einem eleganten Kopfsprung wie ihr Vater hinab ins tiefe, dunkle Blau.

Kiemen

Die Kälte war wie ein Schock. Eisiges Wasser schoss Todi in Nase und Mund. Sie hustete und prustete, und ein stechender Schmerz fuhr ihr in die Augen. Dieser Schmerz, den das eiskalte Wasser verursachte, als es in ihre Nasennebenhöhlen eindrang, erweckte ihre Kiemen zum Leben. Todi hustete noch einmal, schnappte wieder nach Luft und bekam noch mehr Wasser in den Mund. Ihr Rachen schloss sich, und sie spuckte das Wasser wieder aus. Sie spürte, wie das Wasser in ihre Nebenhöhlen wirbelte, ihren Kopf füllte und ihn schwer werden ließ. Ihr Gesicht wurde ganz taub von der Kälte, und instinktiv schloss sie den Mund und nahm einen tiefen Atemzug durch die Nase. Der Kälteschmerz blieb, aber ihr Kopf wurde klar.

Sie spürte, wie Wasser ihn durchströmte. Sie atmete aus, presste die kostbare Wärme in die Kälte hinaus und sog noch einmal eisiges Wasser ein. Es schmerzte hinter den Augen, am Kiefer, aber das war ihr egal – sie konnte unter Wasser atmen. *Sie hatte Kiemen!*

Gleichmäßig atmend tauchte Todi in die Tiefe. Sie glitt so schnell wie irgend möglich an der glatten Felswand entlang und hielt nach der Lampe ihres Vaters Ausschau. Aber der Bleigürtel hatte ihn rasch nach unten gezogen, und sie sah nur Finsternis.

Plötzlich drang ein dumpfes Klacken von unten herauf. Etwas hatte auf dem Grund aufgeschlagen. Todi tauchte schneller, und bald erspähte sie weit unten ein mattes weißes Glimmen und die dunklen Umrisse einer Gestalt, die auf dem Grund des Nests lag.

Sie schwamm in den Lichtkegel der Lampe, und ihr Vater hob den Kopf. Die Augen in seinem bläulich weißen Gesicht starrten sie an wie einen Geist. Er streckte die Hände nach ihr aus, die Finger lang und weiß wie Ranken einer Wasserpflanze, aber er scheute sich, sie zu berühren.

Dad!, formte sie mit den Lippen. *Dad!* Und dann schlang sie die Arme um ihn.

Plötzlich hatte die Zeichensprache der FährtenFinder einen Sinn. *Alles in Ordnung?*, gestikulierte ihr Vater.

Alles in Ordnung, antwortete Tod. Und dann: *Was tun wir?*

Trotz der optischen Verzerrung unter Wasser konnte Todi die Wut in seinen Augen sehen. *Das Ei hochbringen*, signalisierte er ihr. *Zauberer abschießen wie Kokosnuss. Mit Ei.*

Wo Ei?, fragte Todi.

Dan zeigte nach unten, und Todi sah unter seinem Fuß etwas großes Ovales.

Groß, signalisierte sie. *Schwer?*

Er nickte und lächelte dann. *Zu zweit machbar.*

Und sehr gut, erwiderte Todi, *um Kokosnuss abzuschießen.*

Ihr Vater lachte, und Luftblasen quollen aus seinem Mund wie silberne Fischchen. Er legte Zeigefinger und Daumen zusammen – das FährtenFinderzeichen für *In Ordnung*.

Todi grinste. *In Ordnung*.

~ TEIL 12 ~

Lapislazuli

Nur ein paar Meter unter Todi und Dan lag das Herz der Wege. Während Dan den Bleigürtel abnahm und zusammen mit Todi versuchte, das eiskalte, schlüpfrige Ei aufzunehmen, gingen im Herz der Wege wieder die Fackeln an.

Wie eine Flaschenbürste aus einer Flasche tauchte Benhira-Benhara Grula-Grula aus Weg VI auf. Hinter ihm kamen Marcia, Septimus und Simon. Milo war zu seiner Empörung samt Waffenarsenal zurückgelassen worden, um Marcias Knoten zu bewachen.

»Willkommen in meiner Heimat«, sagte der Grula-Grula, der aufrecht und stolz dastand, das orangerote Fell mit blauem Lapislazuli-Staub bepudert. Seine rosa Augen strahlten vor Freude darüber, so bedeutende Zauberer durch die Alten Wege geführt zu haben, die alle Grula-Grulas als die »ihren« betrachteten.

Marcia und Simon sahen sich erstaunt um, aber Septimus erinnerte sich seiner guten Manieren. »Wir danken Ihnen, dass Sie uns hierhergeführt haben, oh weiser Grula.«

Benhira-Benhara Grula-Grula verbeugte sich, und blauer Staub rieselte aus seinem Pelz.

Marcia war in Ehrfurcht erstarrt. Lapislazuli war ein magischer Stein, und die Burg stand im Ruf, die größte Menge Lapislazuli auf der Welt zu besitzen, aber selbst sie hatte noch nie so viel Lapislazuli auf einmal gesehen. Allem Anschein nach war Driffas Geschichte vom Ei der Orm wahr. Das stimmte Marcia sehr besorgt. Falls es Oraton-Marr tatsächlich gelingen sollte, sich in den Besitz des Eis zu bringen – und es auszubrüten –, dann konnte er gewaltige Mengen Lapislazuli produzieren. Und die Burg könnte bald selbst in die Knechtschaft eines sehr mächtigen Zauberers geraten.

Auch Septimus war tief beeindruckt. »Das ist ein machtvoller Ort«, sagte er, und noch während seine Stimme durch die leere Kammer hallte, fiel ein eiskalter Wassertropfen in sein Haar und rann seinen Nacken hinunter. »Holder Grula«, sagte er, »bitte verraten Sie uns: Wo befindet sich das Ei der Orm?«

Der Grula-Grula begann, mit hoher Stimme eine Melodie zu summen, was er häufig tat, wenn er sich Sorgen machte, dann hob er einen langen, pelzigen Arm und deutete zu der Lapislazuli-Decke. »Es liegt da oben«, sagte er. »Umhüllt von Eis, damit es schlafen kann.« Ein Wasserschwall traf den Grula und durchnässte sein Fell.

»Sieht so aus, als wäre es kein Eis mehr«, knurrte Marcia.

Simon, der eine Handvoll von Lucys Bändern umklammert hielt, pfiff auf das Ei der Orm. Er konnte jetzt nur an seine Frau und seinen Sohn denken. »Aber wo sind sie?«, murmelte er und sah sich um. »Wie kommen wir hier raus?«

Grula-Grulas neigen zur Kurzsichtigkeit, und Benhira-Benhara bildete da keine Ausnahme. Er kniff die Augen zusammen und spähte zu dem runden Loch zwischen Weg I und Weg XII, irritiert durch das glänzende Metall davor. »Da hinein«, sagte er. »Aber da ist jetzt ein Gitter.«

Ohne sich um die eisigen Tropfen zu kümmern, die jetzt immer schneller fielen, schritt Simon über den nass und rutschig gewordenen Lapislazuli-Boden. Direkt hinter dem Fallgitter entdeckte er das letzte Band von Lucy. »Sie waren hier«, rief er und rüttelte aufgeregt an den Stäben. Steinchen rieselten von der Decke.

»Hören Sie auf, Simon«, rief Marcia und eilte zu ihm. »Es gibt einen bequemeren Weg durch das Gitter. Ich bringe es mit einem Zauber zum Schmelzen.«

Wütend rüttelte Simon ein zweites Mal am Gitter. Ein Steinhagel prasselte herab und bedeckte sie mit blauem Sand. »Ich hab's geschafft«, schrie er. »Es gibt nach.« Doch es war nicht das Fallgitter, das nachgab, sondern das Gestein darüber. Mit einem donnernden Grollen stürzte die Decke des Durchgangs ein, versperrte ihnen den Weg und begrub Lucys Band unter Trümmern. Mit verzweifeltem Blick drehte sich Simon um. »Es ist mir egal, wie«, sagte er mit leiser Stimme. »Aber ich muss zu ihnen. Und zwar sofort.«

Marcia legte ihm eine Hand auf den Arm. »Simon, bitte. Wir müssen Ruhe bewahren und überlegen.«

Aber Simon brauchte nicht zu überlegen – er wusste, was er zu tun hatte. Er fiel auf die Knie und wühlte in den zertrümmerten Steinen, die jetzt den Boden bedeckten.

Marcia befürchtete, er hätte den Verstand verloren. »Bitte, Simon, hören Sie auf«, sagte sie. »Wir werden Lucy und William befreien, das verspreche ich Ihnen. Wir brauchen nur etwas Zeit zum Überlegen.«

»William hat keine Zeit mehr«, entgegnete Simon und tippte auf seine Uhr. Dann wühlte er weiter in dem Schutt, hob größere Gesteinsbrocken auf und warf sie ärgerlich wieder weg.

Septimus kannte seinen Bruder gut genug, um zu wissen, dass er einen ganz bestimmten Zweck verfolgte. Er kniete sich neben ihm hin und fragte ruhig: »Simon, was suchst du?«

»Lapislazuli«, antwortete der. »Ich brauche ein schönes, glattes Stück, das genau in meine Hand passt.«

Septimus war wie vor den Kopf geschlagen. Jetzt begriff er, was Simon vorhatte. »Du planst doch nicht etwa einen Blindtransportzauber?«

»Doch«, knurrte Simon.

»Aber das ist Selbstmord.«

Simon hob den Kopf, und Septimus sah die Entschlossenheit in seinen Augen. »Nicht unbedingt«, sagte sein Bruder. »Nicht, wenn ich einen Gleich-zu-Gleich dazu benutze. Nicht wenn ich einen passenden Lapislazuli finde.« Er fluchte. »Aber ich finde keinen.«

Simon war inzwischen zwar Alchimist, doch seine erste Liebe hatte der Magie gegolten, und einige seiner Zauberkünste hätten einem Außergewöhnlichen Zauberer im Zaubererturm zur Schande gereicht. Simon besaß nämlich auch eine gehörige Portion schwarzmagischer Fähigkeiten – er hatte einst den Knochen eines Schwarzkünstlers als Gehilfe gedient.

Septimus spürte, dass es seinem Bruder todernst war. Seine Hand wanderte zu dem magischen Lapislazuli-Amulett, das er, wie alle Außergewöhnlichen Zauberer vor ihm, um den Hals trug. Unter dem Namen Echnaton-Amulett bekannt, war es nicht nur von der Macht des Zaubererturms durchdrungen, sondern auch von seinen persönlichen Zauberkräften, die er, wie es Tradition war, bei der Amtsübernahme darauf übertragen hatte. Ohne das Echnaton-Amulett besaß er kaum mehr magische Kräfte als Miranda Bott. Dennoch wusste er, was er zu tun hatte. Er streifte sich die Kette des Amuletts über den Kopf und hielt es Simon hin.

»Nein!«, riefen Simon und Marcia wie mit einer Stimme.

»Doch«, erwiderte Septimus ruhig. »Das ist alter Orm-Lapislazuli. Das beste Gleich-zu-Gleich, das du bekommen kannst. Aber noch wichtiger ist, dass es dich beschützen wird. Nimm es, Simon. Bitte, nimm es.«

Simon starrte auf den schönen, tränenförmigen Stein, in den in feinen Linien ein Drache eingeritzt war. Niemals, nicht in seinen kühnsten Träumen hätte er sich vorstellen können, dass ihm sein jüngster (und einst verhasster) Bruder eines Tages das Echnaton-Amulett hinhalten würde mit der Bitte, es zu nehmen.

Marcia schwieg. Septimus war jetzt der Außergewöhnliche Zauberer. Wenn er das Risiko eingehen wollte, Simon das Symbol seines Amtes zu überlassen, dann sollte er es tun. Doch sie glaubte nicht, dass sie dasselbe machen würde.

»Danke«, murmelte Simon. »Du bekommst es wieder. Das verspreche ich dir, bei meinem Leben.«

Septimus legte ihm das Amulett in die Hand, und sofort überkam ihn ein Gefühl der Leere. Simon schloss die Hand um den warmen Lapislazuli und spürte, wie ihn die Macht von Tausenden Jahren Magie durchströmte. Wie berauscht lief er zur Mitte des Herzens der Wege und stellte sich genau unter den Kopf der Großen Orm. Er blickte zu den Spiralen an der Lapislazuli-Decke hinauf, hob die Arme wie ein Turmspringer und murmelte den Blindtransportzauber.

Septimus las ihm die schwarzmagische Formel von den Lippen ab: *mmin hcim, Nomis, iluzalsipal mi iluzalsipal.* Ein Blitz zuckte, den Septimus als schwarzmagisches Licht erkannte, und Simon Heap war mitsamt dem Echnaton-Amulett verschwunden, hinaufgezogen in das Gestein über ihnen. Gleich gesellte sich zu Gleich. Eiskaltes

Wasser schoss aus der Stelle, die Simon durchbohrt hatte, und durchnässte sie alle.

»Ein Schirmzauber gefällig?«, fragte Marcia.

»Ja, bitte«, antwortete Septimus mit matter Stimme.

»Schirm!«, befahl Marcia. Ein runder lila Schirm spannte sich über ihren Köpfen auf und schützte sie vor den Fluten. Der Grula-Grula, der jetzt aussah wie eine aufrecht stehende, triefnasse Riesenkatze – und ebenso mitleiderregend –, schlüpfte Entschuldigungen murmelnd unter den Schirm. Er roch nach Feuchtigkeit und sehr altem Hund.

Das Wasser prasselte so heftig auf den lila Schirm, dass Marcia Septimus unter einen Torbogen zog, wo sie sich unterstellten. Septimus sah blass und mitgenommen aus. Marcia nahm ihm die lila Wollmütze vom Kopf, die ihm Sarah gestrickt hatte und die er zu Marcias Missfallen häufig trug. Sie wrang die Mütze aus, wirkte rasch einen Trockenzauber und setzt sie Septimus wieder auf.

»So, Septimus«, sagte sie. »Gib mir deinen Drachenring.«

Septimus blickte auf den Ring, der an seinem rechten Zeigefinger steckte. Er bestand aus einem schönen goldenen Drachen mit einem Smaragdauge, der sich in den eigenen Schwanz biss. »Wozu?«, fragte er in einem Ton, als wäre er an der Antwort nicht im Geringsten interessiert.

Marcia legte ihm einen Arm um die Schultern. »Weißt du noch, wie ich vor vielen Jahren auf der *Vergeltung* gefangen gehalten wurde? Ich hatte damals mein Amulett nicht mehr und fühlte mich elend, weil ich meine Zauberkräfte verloren hatte. Erinnerst du dich?«

Septimus schenkte ihr ein schwaches Lächeln. Natürlich erinnerte er sich. Er war damals zehn Jahre alt gewesen. Ein Entbehrlicher der

Jungarmee namens Junge 412. Es kam ihm vor, als wäre es in einem anderen Leben gewesen.

»Septimus«, fuhr Marcia fort, »du hast mir damals diesen Drachenring gegeben, um mir zu helfen. Und er hat mir geholfen. Weißt du noch, wie?«

Septimus schüttelte den Kopf.

»Du hast schon damals natürliche magische Kräfte besessen, und ein Teil davon ist in den Ring geflossen. Und diese Magie ist auf mich übergegangen, als du mir den Ring gegeben hast. Daher weiß ich, dass der Ring Magie leiten kann. Wenn du ihn mir jetzt wiedergibst, nur für ein paar Minuten, werde ich so viel Magie auf ihn übertragen, wie ich kann. Und dann, wenn du wieder einsatzfähig bist, machen wir, dass wir hier herauskommen, und nehmen wieder Oraton-Marrs Spur auf. Ich habe einen Plan.«

»Tatsächlich?«

»Ja. Aber ich brauche ein paar Minuten, um mir die Zeit ins Gedächtnis zurückzurufen, die ich als Kind hier verbracht habe. Ich muss einen sicheren Ort für den Transportzauber visualisieren. Und dann teleportieren wir uns zusammen dorthin.«

Septimus schüttelte den Kopf. »Ein Transportzauber ist ein persönlicher Zauber, Marcia. Du kannst mich nicht mitnehmen.«

»Schon richtig«, erwiderte Marcia. »Aber wenn ich etwas Magie auf dich übertrage, kannst du meine Gedanken lesen, und ich werde dir die Stelle zeigen. Ich werde dir alles zeigen, was du wissen musst, um hinzukommen. Ich gebe zu, das wird nicht leicht, aber es ist etwas, das ich von meinem ehemaligen Lehrling erwarten kann. Jetzt gib mir den Ring.«

Septimus gehorchte. »Weißt du, Marcia«, sagte er nachdenklich,

»mir war immer klar, dass Außergewöhnlicher Zauberer zu sein etwas … na ja, Außergewöhnliches ist. Aber ich hätte nie gedacht, dass ich eines Tages Simon das Echnaton-Amulett geben und dabei in einer Höhle im Regen stehen würde, während mir ein triefender Fransenteppich auf die Zehen tritt – *würden Sie bitte runtergehen?«* Die letzten Worte galten dem Grula-Grula, der ihm dicht auf den Leib gerückt war.

Marcia blickte traurig auf ihre Schuhe, von denen die lila Schlangenhaut abpellte. »Tja, Septimus, wenn ich in meiner Zeit als Außergewöhnliche Zauberin etwas gelernt habe, dann das.«

»Was?«

»Dass man immer mit dem Unvorhergesehenen rechnen muss.«

Das Orm-Nest

Die Zeit verlangsamte sich für Simon, als der Zauber ihn durch den Lapislazuli und die darin eingeschlossenen Reste einer alten Kreatur nach oben trug. Eine steinerne Kälte kroch in seine Knochen, und ein stechender Schmerz fuhr in sein rechtes Auge, auf dem er vor langer Zeit nach einer schweren Verletzung eine schwarzmagische Klappe getragen hatte. Er hatte das Gefühl, als würde das Gestein in seine Augenhöhle eindringen, und tiefe Furcht befiel ihn, denn er wusste, dass sich sein ganzer Körper in Lapislazuli verwandeln konnte. Aber jetzt gab es kein Zurück mehr. Mühsam wie ein Wurm, der sich durch Felsgestein frisst, arbeitete sich Simon durch den Palimpsest der Großen Orm.

Auf dem Grund des Orm-Nests ließ Dan den Bleigürtel fallen und machte sich mit Todi an den Aufstieg. Mit schmerzenden Muskeln hielten sie das schwere, glatte Ei der Orm umklammert, in der ständigen Angst, es könnte ihnen entgleiten und wieder in die Tiefe sinken.

Dan riskierte ein kurzes Handzeichen. *Schneller. Sonst werfen sie den nächsten hinein.*

Doch plötzlich katapultierte sie eine von unten kommende Druckwelle nach oben.

Tief unten auf dem Grund des Orm-Nests war Simon soeben aus dem kalten Gestein geschlüpft. Kaum war er im dunklen Wasser, setzte sich automatisch die Schwarzkunst der Unterwassersuspendierung in Gang, die er früher oft geübt hatte, und obwohl er immer noch das Gefühl hatte, randvoll mit Steinen zu sein, zwang er sich, durch das eisige Wasser aufzusteigen.

Todi und Dan tauchten in einer Gischtfontäne aus dem blauen Wasser auf, in den Armen ein riesiges blaues Ei. Ein erstauntes Raunen ging durch die Kammer.

Der Wächter, der sich bei Jonas entschuldigt hatte, eilte sofort zu ihnen, um ihnen zu helfen. »Gratuliere«, murmelte er, nahm ihnen das schwere Ei aus den zitternden Armen und legte es vorsichtig auf den Lapislazuli-Boden.

Oraton-Marr starrte gierig auf das leuchtend blaue, mit goldenen Streifen durchzogene Ei der Orm. »Bringt es mir!«, schrie er vom Balkon herunter. »Bringt es mir! Es gehört mir. Ich will es auf der Stelle haben.«

»Nein!«, schrie Driffa zurück. »Das Ei ist heilig. Es gehört hierher. Es gehört zu uns!«

Ein zustimmendes Murren breitete sich in der Kammer der Orm aus.

Erschrocken über die Unmutsbekundungen stahlen sich einige Wächter aus der Kammer. Doch es gab immer noch welche, die sich bei ihrem Herrn lieb Kind machen wollten. Deshalb hoben zwei von ihnen das Ei der Orm auf und schleppten es in den heiligen Gang. Todi und Dan mussten hilflos zusehen, zu erschöpft, um auch nur zu protestieren.

Allmählich begriffen die FährtenFinder, dass sie nun außer Gefahr waren, und in der Kammer der Orm machte sich Jubelstimmung breit. Torr hüpfte herum und schrie: »Dad! Mum!«

Auch William machte Freudensprünge. »Mum!«, rief er und winkte ausgelassen.

Jetzt konnte auch Lucy sich nicht länger zurückhalten. »William! Ach, William!«, rief sie aus und schlug dann entsetzt die Hände vor den Mund. Zu spät erkannte sie, was sie getan hatte.

Die Lady begriff es sofort. »Der Bengel ist also Ihrer, Madam«, fauchte sie. »Ich habe nicht vergessen, dass Sie unsere Abmachung gebrochen haben. Und seine Zeit ist jetzt abgelaufen.« Sie beugte sich über den Balkon und deutete mit ihrem kurzen Wurstfinger auf William Heap. »Werft diesen Jungen hinein«, schrie sie den Wachen unten zu. »Werft ihn ins Wasser! Ja, den mit den blonden Haaren!«

Alle Augen richteten sich auf William. Vor Schreck verlor er den Halt und schlidderte den Schutthaufen herunter – genau in die Arme eines Wächters. Der Mann hob sein strampelndes und schreiendes Opfer triumphierend in die Höhe, um im nächsten Augenblick von einer großen schwarzen Katze, die aus dem Schatten hervorschnellte, zu Boden gestoßen zu werden. William riss sich los und ging hinter Ullr in Deckung, der sich Zähne fletschend und fauchend vor ihm aufbaute.

Zwei weitere Wächter näherten sich. Einer trug eine brennende Fackel, die er von der Wand genommen hatte. Ullr schreckte zurück – Feuer war das Einzige, wovor er sich fürchtete. Während er sich duckte und die Fackel anfauchte, trat der andere Wächter an William heran und packte ihn. Dann trug er den zappelnden Jungen zum Orm-Nest und warf ihn ins Wasser.

»Neiiiiiiiiin!«, schrie Lucy Heap wie von Sinnen.

Doch auf der Wasseroberfläche waren nur noch ein leichtes Kräuseln und ein Schmutzfleck zu sehen.

Lucy sprang auf die Lady zu und streckte sie mit einem kräftigen Faustschlag nieder. Der Balkon knackte unheilvoll, als die Lady auf dem Boden aufschlug. Drone sah ungerührt zu, und als Lucy und Driffa davonstürzten, trat er höflich beiseite und machte eine Verbeugung. Auch ihm gefiel nicht, was mit William Heap geschehen war.

Unten in der Orm-Kammer rappelten sich Dan und Todi mühsam auf, um William nachzuspringen. Doch ein heftiges Zittern hatte sie befallen und lähmte ihre Kräfte, und als Wächter sie grob wegstießen, taumelten sie hilflos rückwärts.

»Ullr!«, schrie Todi. »Ullr!« Doch der war nicht zu sehen.

Im FährtenFinderkäfig machte sich nun Wut breit. Diejenigen, die hinten standen, drängten nach vorn, und diejenigen, die vorn standen, wagten sich nach draußen. Den Wächtern wurde mulmig.

»Nichts wie weg«, zischte einer leise.

»Ja«, knurrte sein Nachbar. »Bevor sie uns kriegen.«

Sie traten aus der Reihe und rannten davon – und mehrere andere folgten ihnen. Auf dem Weg aus der Höhle kam ihnen Lucy entgegen. Die Wächter machten respektvoll Platz und ließen sie durch.

»Das war nicht richtig, was sie mit ihrem Jungen gemacht haben«, sagte einer.

»Wir hätten es verhindern müssen«, sagte der andere.

»Das hätte ich, wenn du es getan hättest«, erklärte sein Freund.

»Du hast nichts gesagt.«

»Du auch nicht.«

»Tja«, sagte ein anderer, »jetzt können wird alle nach Hause gehen.«

»Wenn wir noch ein Zuhause haben«, erwiderte sein Freund. »Wenn es der Zauberer nicht in Brand gesteckt hat, wie er es angedroht hat.«

Oraton-Marr war der Letzte, der noch auf dem Balkon stand. Verächtlich blickte er auf seine Schwester hinab, die wie ein hilfloser Käfer auf dem Rücken lag. Wirklich peinlich, dieses Benehmen. Er sah wieder nach unten. Der Unmut in der Orm-Kammer nahm zu. Wächter verließen ihre Posten, FährtenFinder drohten ihm mit dem Finger, schüttelten wütend die Fäuste. Und dann sah er, wie aus der Tiefe der Orm-Röhre ein dunkler Schatten in Richtung Oberfläche aufstieg, ein Schatten, der zu groß war für einen Jungen. Da überkam ihn Angst. Vielleicht war die Große Orm gar nicht tot. Vielleicht lebte die Orm ja noch, die sich im Herzen der Wege oben an der Decke zusammengerollt hatte. Und kam jetzt und forderte ihr Ei zurück. Mit einem Satz war Oraton-Marr durch den Vorhang, entriss den wartenden Wächtern das Ei und wickelte es in seinen Mantel. Dann schwang er es sich über die Schulter wie einen Sack Kartoffeln und eilte mit großen Sprüngen in Richtung Herz der Wege davon. Woraufhin sich die letzten Wächter unauffällig aus der Kammer der Orm stahlen.

Die Lady rappelte sich mühsam vom Balkonboden auf. Hohngeschrei schlug ihr von unten aus der Höhle entgegen. »Schnappt sie euch«, rief ein FährtenFinder, und andere nahmen den Ruf auf. »Schnappt sie euch! Schnappt sie euch.« Die Lady fuhr auf dem Absatz herum und ergriff, Triumphgebrüll in den Ohren, die Flucht.

Aber das Triumphgeheul galt nicht dem Abgang der Lady, sondern einem unerwarteten Neuzugang. In einer Kaskade aus dunklem Wasser tauchte Simon Heap aus dem Orm-Nest auf – und hielt seinen Sohn in den Armen.

Auf halber Strecke ins Herz der Wege stieß die Lady auf ihren Bruder, der hüpfend wieder auf dem Weg nach oben war. »Der Gang ist blockiert«, keuchte er. »Felssturz.«

»Oh nein!«, jammerte seine Schwester. »Was sollen wir denn jetzt tun, Orrie?«

»Die Platte putzen!«, fuhr Oraton-Marr sie an. »Wir sehen uns dann am Treffpunkt.«

Die Lady blickte ihrem Bruder nach, wie er davonhopste. Das war nicht gerecht, dachte sie. Immer musste sie die Drecksarbeit machen. Warum war er Zauberer und sie nicht? Jeder schien irgendeine besondere Fähigkeit zu haben, sogar diese ordinären FährtenFinder. Warum sie nicht? *Das war einfach nicht gerecht.*

Die Ex-Außergewöhnliche

Am Fuß eines hohen Lapislazuli-Kegels in der Schnee-Ebene darüber glomm ein lila Licht auf, und in diesem Licht materialisierten sich langsam zwei Gestalten – eine in einem lila Mantel mit farblich dazupassender Strickmütze, die andere in einem bunten Mantel und ziemlich verlotterten lila Pythonschuhen. Marcias und Septimus' Transportzauber hatte geklappt.

Das letzte lila Flimmern verflüchtigte sich, und sie sahen sich um. Über ihnen ragte, sich dunkel gegen den Sternenhimmel abhebend, die herrliche Blaue Zinne der Östlichen Schnee-Ebenen empor, aber um sie herum bot sich ein Bild der Verwüstung. Überall türmten sich riesige Schutthaufen im schmutzigen Schnee, und dazwischen klaffte ein tiefes Loch im Boden, aus dem eine Lichtsäule in den Himmel stieg. Sie hatten sich gerade wieder vollständig zusammengesetzt, da sahen sie eine hohe, bucklige Gestalt aus der Helligkeit auftauchen und mit weiten, federnden Sprüngen der Dunkelheit zustreben.

»Das ist *er*«, flüsterte Marcia. »Das ist Oraton-Marr. Sieh mal, wie er hüpft. Ich wusste gar nicht, dass er einen Buckel hat.«

»Das ist kein Buckel«, sagte Septimus, der bei Nacht besser sehen konnte als Marcia. »Das ist das Ei der Orm!«

»Aber wie …« Doch da erkannte sie, dass Septimus recht hatte.

»Er wird nicht damit entkommen«, sagte Septimus. »Ich nehme seine Verfolgung auf.«

Marcia hielt ihn zurück. »Nein, Septimus. Das ist zu gefährlich für dich. Du hast nicht mehr ausreichend Magie.«

Unten in der Kammer der Orm lag William Heap leblos in den Armen seiner Mutter. Verzweifelt versuchte Simon, seinen Sohn wiederzubeleben, aber Williams Lippen waren dunkelblau, und sein eiskaltes Gesicht begann zu erstarren. Alle schauten betroffen auf den kleinen Kerl. Man konnte nichts mehr für ihn tun.

In diesem Augenblick erinnerte sich Todi an die Pfeife, die Marcia ihr gegeben hatte. Sie vermutete zwar, dass Marcia noch in ihrem Seefried weilte, am anderen Ende der Welt, aber es konnte nicht schaden, sie zu rufen. Und so zog sie die Pfeife hervor und blies hinein.

Ein leiser Pfiff drang unter Marcias pelzgefüttertem Mantel hervor. Das erstaunte sie.

»Nein, *ich* gehe«, sagte Septimus gerade ungeduldig zu ihr. »Du hast dich erkältet. Hör doch, wie dein Atem pfeift. Ich werde ihn mir schon schnappen.« Damit war er auf und davon und rannte durch den Schnee, den langen schmalen Abdrücken der Sprungfedern hinterher. Wieder drang ein schwacher Ton unter Marcias Mantel hervor, und da endlich fiel ihr die silberne Pfeife ein. Mit Schrecken begriff sie, dass Todi irgendwo in Schwierigkeiten steckte. Aber wo? Sie schloss die Augen und versuchte, mit ihren magischen Kräften Todis Aufenthaltsort zu erspüren.

Und so kam es, dass Marcia nicht sah, wie Oraton-Marr stehen blieb und einen kleinen schwarzmagischen Pfeil aus einem Köcher an seinem Gürtel nahm. Und sie sah auch nicht, wie er die Hand hob und den jungen Mann in Lila, der auf ihn zurannte, ins Visier nahm. Oder dass Septimus daraufhin stehen blieb, weil er spürte, dass etwas Schwarzmagisches auf ihn zielte.

Wohl aber spürte Marcia, wie etwas an ihr Bein stupste. Sie riss die

Augen auf. Neben ihr hockte ein Panther, so schwarz wie die Nacht. Sie blickte tief in seine grünen Augen, und sie verstand.

»Ullr«, sagte sie. »Bring mich zu Todi.«

Unten in der Kammer der Orm flehte Lucy: »Simon, bitte … du musst etwas tun. Ganz egal, was. Meinetwegen auch etwas Schwarzmagisches. Aber bitte tu etwas.«

Simon war wie betäubt. Sein Kopf fühlte sich an, als wäre er mit Steinen gefüllt. Er konnte keinen klaren Gedanken fassen.

Todi drängte sich durch die Menge, die sich um William gebildet hatte. »Lucy! Marcia kann helfen.«

»Aber Marcia ist doch nicht hier, oder?«, erwiderte Lucy verbittert.

»Ganz im Gegenteil«, sagte eine vertraute Stimme. »Marcia *ist* hier. Und steckt in einem Haufen neugieriger Gaffer fest. Jetzt macht Platz und lasst mich durch.« Die Menge um William teilte sich, und Marcia eilte nach vorn. Sie kniete neben Lucy nieder, befühlte Williams Stirn und sagte ruhig: »Alles wird wieder gut.«

Lucy sah sie ungläubig an – William lag schwer und kalt in ihren Armen, als wäre er nicht mehr unter der Lebenden.

Aber Todi wusste, wozu Marcia imstande war. Und dann sah sie – wie alle anderen in der Kammer der Orm, in der es totenstill geworden war –, wie Marcia einen tiefen, endlos scheinenden Atemzug nahm, sich dann über Williams eisblaues Gesicht beugte und einen rosafarbenen Luftstrom ausatmete, der um William herumstrich und ihn wie mit einer weichen, warmen Decke umhüllte. Langsam, ganz langsam wich die bläuliche Blässe aus Williams Gesicht, seine starren Züge lösten sich, und urplötzlich setzte er sich auf. Er hustete, spie einen Mund voll Wasser aus und erbrach sich in Lucys Schoß.

Lucy schaute mit Tränen in den Augen zu Marcia auf. »Danke«, flüsterte sie. »Danke, Marcia. Das werde ich Ihnen nie vergessen.«

Marcia erhob sich. »Er ist außer Gefahr. Aber wenn Sie mich jetzt bitte entschuldigen würden. Ich muss wieder fort und Septimus helfen.«

Simon sprang auf. »Ist er in Schwierigkeiten?«, fragte er.

»Möglicherweise«, antwortete Marcia.

»Ich komme mit«, sagte Simon.

Ein Dunkelpfeil

Sie fanden Septimus mit ausgestreckten Armen im Schnee liegend. Ein roter Pfeil mit schwarzen Federn steckte in seiner rechten Hand – in der Kuhle zwischen Daumen und Zeigefinger. Die Hand war schwarz angelaufen und geschwollen, aber der Drachenring am Finger leuchtete hell und hielt die Dunkelkräfte, so gut er konnte, in Schach. Um das Handgelenk war ein lila Band gebunden, dort endete die schwarze Verfärbung – Septimus hatte sein altes Oberlehrlingsband zum Abbinden benutzt.

»Marcia«, flüsterte er, »das ist ein Dunkelpfeil. Zieh ihn heraus. Ich … ich selbst kann es nicht.«

Marcia betrachtete seine Hand mit Bestürzung – erste schwarze Streifen krochen unter dem lila Band hindurch und wanderten den Arm hinauf. Es war nicht leicht, einen Dunkelpfeil zu entfernen. Die Befiederung war rasierklingenscharf und die Spitze mit einem vergifteten Widerhaken versehen, der beim Herausziehen die Verletzung verschlimmern und eine noch stärkere Verteilung des Giftes im

Körper bewirken konnte. Aber Marcia wusste, dass Simon viel mehr von schwarzer Magie verstand als sie. »Simon«, sagte sie, »können Sie das tun?«

»Ja«, antwortete Simon, »ich glaube schon.« Er kniete neben Septimus nieder. »Sep«, sagte er, »du musst ganz still liegen. Verstanden?«

»Verstanden«, antwortete Septimus.

Simon zog einen winzigen Drahtschneider aus seinem Alchimiegürtel. »Marcia, Sie müssen den Pfeil für mich festhalten. Aber Vorsicht. Sie wissen, dass die Befiederung häufig mit Gift bestrichen ist?«

Das hatte Marcia nicht gewusst. Vorsichtig ergriff sie den Pfeilschaft ein gutes Stück unterhalb der Befiederung. Simon legte sich flach in den Schnee und besah sich die Hand. Ganz behutsam setzte er den Drahtschneider dort an die Pfeilspitze, wo sie in der Haut verschwand. Dann murmelte er etwas, was weder Marcia noch Septimus verstanden, und durchtrennte die Spitze. Marcia warf den Schaft in den Schnee. Wie ein schwarzer Stachel ragte die Dunkelpfeilspitze nun aus Septimus' Hand.

»Gut, Sep«, sagte Simon. »Ich werde jetzt mit dem Drahtschneider den Widerhaken festhalten, und Marcia wird ruckartig deine Hand hochreißen. Alles klar?«

»Ja«, sagte Septimus.

Hochkonzentriert packte Simon den vergifteten Widerhaken. Marcia ergriff Septimus' Hand.

»Jetzt!«, befahl Simon.

»Autsch!«

Es war geschafft. Die Dunkelpfeilspitze lag im Schnee, inmitten eines roten Flecks. Septimus setzte sich benommen auf und hielt sich die Hand. »Ich kann nichts mehr sehen«, stöhnte er.

»Dir ist die Strickmütze über die Augen gerutscht«, sagte Simon und zog sie sanft nach oben. »Und das da gehört dir, Brüderchen.« Er streifte Septimus das Echnaton-Amulett über den Kopf. »Danke, Sep. Das werde ich dir nie vergessen. Niemals.«

Septimus lächelte. »Und ich dir auch nicht«, sagte er. »Du hast mir gerade das Leben gerettet.«

Der Schneepalast

Als die Sonne zu einem neuen Tag aufging, nahm Schneeprinzessin Driffa, die Allererhabenste und Allergütigste, wieder ihren Schneepalast in Besitz. Sie fand ihre älteren Schwestern in einer Höhle, wo sie sich zusammen mit den letzten Palastdienern versteckt hatten – und von ihrem letzten verbliebenen Zauberer fast zum Wahnsinn getrieben worden waren.

Die vier Schwestern machten sich unverzüglich an die Arbeit. Bald verband die Blaue Zinne und den Palast eine Straße aus festgestampftem Schnee, auf der Driffas Silberschlittenflotte hin- und herfuhr und die erschöpften Gefangenen in sichere Unterkünfte brachte. Man versah die frierenden Menschen mit Pelzen, bereitete Betten in den Gästezimmern und entzündete Feuer in den Backsteinkaminen, deren Rauchabzüge sich auf der Rückseite des Palastes durch die Felsen nach oben schlängelten. Die Köche kamen aus ihren Verstecken und nahmen die Arbeit auf.

Ferdie, Oskar, Torr und William ließen Todi mit ihrem Vater

allein und brachen zu einer Erkundung des Schneepalastes auf. Stundenlang wanderten sie von Eisturm zu Eisturm und über die wackelig aussehenden – aber sehr stabilen – Brücken, die all die Türme miteinander verbanden. Es war ein Gefühl, als durchquerte man ein riesiges, funkelndes Spinnennetz, nur dass die Spinne, die am Rand gelauert hatte, nicht mehr da war.

Vor dem Palast gab es eine breite Promenade, begrenzt von einer Befestigungsmauer, die einen weiten Ausblick über die hundert Meter darunter liegende Schnee-Ebene bot. Über Feuerstellen hingen Kohlenpfannen mit brennenden Holzscheiten, an denen sich die Menschen wärmten und fröhlich miteinander plauderten. Und wenn sie sich aufgewärmt hatten, schlenderten sie auf der Mauer entlang und blickten hinaus auf die Ebene oder sahen den Schlitten zu, deren Kufen in der Sonne blitzten. Die Gefährte sausten unablässig hin und her und hatten mit der langwierigen Aufgabe begonnen, das Reich der Schnee-Ebene wieder in Ordnung zu bringen.

An einer dieser Feuerstellen trafen die Sarns und die Heaps auf Samuel Starr. Samuel war mit vielen anderen Gefangenen in einem Iglu gefangen gehalten worden, wusste aber über die Ereignisse in der Orm-Kammer schon ganz genau Bescheid. »Als ich hörte, dass die Lady geflohen ist, war mir klar, dass du etwas damit zu tun hast, Ferdie Sarn«, sagte er mit einem breiten Grinsen. »Ich war immer der Meinung, dass du ihr mehr als ebenbürtig bist.«

»Ich war es nicht allein«, entgegnete Ferdie.

»Alle waren dabei«, erklärte Rosie Sarn. »Aber keiner von uns wäre jetzt hier, Samuel, wenn Sie den Kindern nicht zur Flucht von diesem schrecklichen Schiff verholfen hätten. Wir können Ihnen gar nicht genug danken.«

Samuel verbeugte sich. »Es war mir ein Vergnügen.«

William, der brav die Felljacke trug, die ihm seine Mutter aus der Feuerkammer mitgebracht hatte, ging mit Torr auf Entdeckungsreise. »William! Sei vorsichtig!«, rief ihm Lucy ängstlich nach.

»Ihm wird schon nichts passieren«, beruhigte Simon sie.

Doch als Lucy sah, wie ihr Sohn über eine schmale, steile Brücke rannte, die sich zum höchsten Turm hinaufschwang, wurde ihr klar, dass sie sich von nun an immer Sorgen um William machen würde. Und plötzlich fühlte sie mit Sarah Heap, die sieben Söhne hatte, um die sie sich ängstigen musste. Hand in Hand schlenderte sie mit Simon über die Promenade, wobei sie immer wieder verstohlen zu den beiden kleinen Gestalten hinüberspähte, die auf der Brücke tollten. Verzückt von ihrer Umgebung blieben sie stehen und bewunderten die hohen schlanken Türme aus schillerndem Eis mit den Spitzdächern, die von eleganten, blauen und goldenen Kreuzblumen bekrönt waren. Und überall glitzerte die gefrorene Schneedecke in der Sonne, denn der Zauber, der den Schnee vor dem Tauen bewahrte, war nicht zerstört worden. Während Simon den Blick schweifen ließ, sah Lucy etwas Blaues in seinem rechten Auge aufblitzen.

»Simon«, sagte sie, »halt mal still. Du hast da was im Auge.«

Simon fasste sich an das Auge. Er hatte gehofft, Lucy würde es nicht bemerken – jedenfalls nicht, solange sie noch so nervös war. »Ich weiß«, antwortete er. »Das ist Lapislazuli. Vom Palimpsest der Orm.«

»Dann holen wir ihn heraus«, sagte Lucy.

Simon schüttelte den Kopf. »Nein, Lucy. Er ist jetzt Teil meines Auges. Die Iris ist reiner Lapislazuli.«

Da wurde Lucy erst richtig klar, was Simon Ungeheures geleistet hatte. »Kannst du … kannst du noch mit dem Auge sehen?«

»Nein. Aber das war es wert, Lucy. Wir haben unseren William wieder. Und ein Auge habe ich ja noch.« Er grinste, und Lucy sah ein goldenes Schimmern in seinem Lapislazuli-Auge. Es stand ihm gut. »Ach, Simon …«, sagte sie.

Später am Tag durchwanderten auch Todi und Dan, in Driffas beste Pelze eingemummelt, den riesigen Schneepalast. Immer noch fassungslos, dass ihr Vater noch lebte, genoss Todi die Schönheit der Umgebung. Vom heutigen Tag an würde sie beim Anblick von Schnee immer tiefes Glück empfinden.

Sie folgten funkelnden Lichterketten, die an den Hängebrücken aufgefädelt waren, erkundeten zierliche Eistürmchen, die in tiefblauem Schatten lagen, und stiegen Wendeltreppen in Lapislazuli-Höhlen hinab, in denen heiße Quellen blubberten und die Luft mit Dampf erfüllten. Im Gehen erzählte Dan von dem Tag, an dem er verschwunden war.

»Es war ein idealer Tag zum Fischen. Ich legte auf der anderen Seite der Halbinsel gerade Krabbenreusen aus, dort, wo der Bach aus dem Fernwald kommt, als ich plötzlich Mitza am Strand sah. Sie winkte und rief: ›Dan, komm schnell. Alice hat sich verletzt!‹ Ich setzte die Segel und wollte sofort nach Hause fahren, aber da wurde Mitza noch aufgeregter. ›Nein!‹, schrie sie. ›Sie ist hier. Im Fernwald!‹

Ich war so besorgt, dass ich überhaupt nicht nachdachte. Ich steuerte die *Wega* an den Strand, wo Mitza stand. Sie sah so aufgelöst aus, dass ich es mit der Angst zu tun bekam. Ich wollte von ihr wissen, was passiert war, aber sie nahm mich nur an der Hand und zog mich in den Fernwald.« Er schüttelte den Kopf. »Plötzlich war ich von Wächtern und furchterregenden Kreaturen umzingelt.«

»Garmins«, sagte Todi. »Oh, Dad.«

»Sie brachten mich in die Fernwald-Festung und später hierher. Mitza sagte mir, dass du die Nächste sein würdest. Es ging um irgendeinen alten Streit, den sie mit Cassi hatte – und sie fühlte sich jetzt als Siegerin. Todi, ich habe mir solche Sorgen um dich gemacht. Du mit dieser grässlichen Frau allein zu Hause. Und dann diese schaurigen Kreaturen, die dich holen sollten. Und ich konnte nichts tun. *Nichts.*« Er schüttelte den Kopf, und Todi sah, dass ihm Tränen in die Augen stiegen.

Sie hakte sich bei ihrem Vater unter, und sie gingen schweigend weiter, einfach nur glücklich, wieder zusammen zu sein. Nach einer Weile sagte Todi: »Dad … als du ins Wasser gesprungen bist, hast du da gewusst, dass du Kiemen hast?«

»Nein. Aber als Leiter des Mittsommerkreises hatte ich die Pflicht, es als Erster zu versuchen.«

Todi nickte. Das hatte sie sich schon gedacht.

Sie schlenderten über die Promenade und blieben bei einer Gruppe stehen, die nervös zur Blauen Zinne hinüberblickte. Über Nacht hatte sich die Zinne zur Seite geneigt und sah jetzt sehr wackelig aus. Von den Umstehenden waren Worte wie *Einsturz* und *jeden Augenblick* zu hören.

Tief unter ihnen fuhr gerade ein schöner, von vier Schimmeln gezogener silberblauer Schlitten los. Darin saßen der Außergewöhnliche Zauberer, der stellvertretende Burgalchimist, die ehemalige Außergewöhnliche Zauberin und die Schneeprinzessin.

Dan ließ den Blick über die Schnee-Ebene gleiten. Er war nervös – aber nicht wegen der Blauen Zinne. Er musste Todi etwas fragen. »Alice«, sagte er ziemlich förmlich. »Möchtest du wieder nach Hause kommen?«

Todi wusste nicht, was sie antworten sollte.

Aber Dan drängte sie nicht. Er stand ruhig neben seiner Tochter, die sich in den vergangenen zwei langen Monaten sehr verändert hatte, wie er fand. Und nicht allein deshalb, weil sie mindestens fünf Zentimeter gewachsen war. Sie war selbstbewusster geworden und erinnerte Dan sehr an ihre Mutter. Und auch ihre Augen begannen sich zu verändern – sie nahmen ein magisches Grün an. Dan beobachtete, wie Todis Blick dem Schlitten folgte, und er glaubte zu wissen, was sie ihm antworten würde.

Der Fünferzauber

Bei blauem Himmel und strahlendem Sonnenschein standen vier Gestalten – eine in Weiß, eine in Lila, eine in Schwarz und eine in einem schimmernden, bunten Mantel – neben der bedrohlich sich neigenden Blauen Zinne und blickten in die Grube vor ihnen. Weit unten sahen sie das Orm-Nest. Es war nun leer, denn durch die Risse, die Simon in den Fels gesprengt hatte, war das gesamte Wasser abgeflossen. Und ganz unten, auf dem Boden des Nests, befand sich, auch wenn sie von oben nicht zu sehen war, eine leere, ovale Mulde, in der viele Tausend Jahre lang das Ei der Orm gelegen hatte.

»Was für eine Schande«, schimpfte Marcia, »auf diese Weise die

Geburtsstätte eines magischen Geschöpfes zu plündern!« Sie schüttelte den Kopf. »Man muss sich schämen, Zauberer zu sein.«

Prinzessin Driffa machte ein trauriges Gesicht. »Dieser Ort ist verloren. Er hat keine Zukunft mehr. Es gibt nur noch eine einstürzende Zinne und eine tote Orm.«

»Nicht unbedingt«, sagte Septimus.

Die Prinzessin sah ihn an. Ihre Augen hatten die Farbe des Himmels. »Inwiefern?«, fragte sie.

»Weil wir die Erde und den Lapislazuli darunter in den alten Zustand zurückversetzen werden. Wir werden die Kammer der Orm wieder aufbauen. Wir werden die Blaue Zinne wieder gerade rücken und ihren Zauber erneuern.«

Driffa sah ihn ungläubig an. »So viel Macht hat niemand«, sagte sie.

»Ein Einzelner nicht«, pflichtete Septimus ihr bei. »Aber wir sind zu viert. Und jeder von uns besitzt ganz eigene Zauberkräfte. Allerdings glaube ich, dass fünf Personen nötig sein werden, damit ein solcher Zauber gelingt. Meinst du nicht auch, Marcia?«

Marcia antwortete nicht sofort. Der Fünferzauber war ein uralter Zauber und bestens geeignet für alles, was mit der Erde zu tun hatte. Allerdings enthielt er einen Schuss schwarze Magie und Hexerei, was Marcia ein wenig bedenklich stimmte, aber sie schob diese Bedenken gleich wieder beiseite. Nichts war so eindeutig und klar, wie sie es einmal geglaubt hatte. Sie lächelte Septimus an. »Du bist der Außergewöhnliche Zauberer«, entgegnete sie. »Und ich stimme dir zu. Ganz gleich, was du sagst.«

Septimus sah sie verwundert an.

Aber alte Gewohnheiten sind schwer abzulegen, und so konnte sich

Marcia einen kleinen Ratschlag doch nicht verkneifen. »Natürlich wäre es ideal, wenn der Fünfte ein Neuling wäre. Talentiert, aber noch unverdorben. Anfängerzauber sind mächtige Zauber.«

Sie blickten beide nach hinten zu den glitzernden Türmen des Schneepalastes. Marcia lächelte. »Soll ich sie holen gehen?«

Septimus, Simon und Driffa sahen zu, wie Marcia mit dem Schlitten zurückfuhr. Dabei stellte sie ihre Fahrkünste unter Beweis, die sie sich als siebenjähriges Mädchen angeeignet hatte, als sie ihre Eltern, die Wanderzauberer, in halsbrecherischem Tempo über die verzauberten Ebenen kutschiert hatte.

Simon schirmte seine Augen gegen das blendende Licht ab. In der Sonne fühlte sich der Lapislazuli-Splitter scharf und heiß an. Aber er schenkte dem keine große Beachtung. Sein Sohn war gerettet, und er wurde wegen seiner besonderen Zauberkräfte gebraucht. Was wollte er mehr?

Von der Promenade aus schaute Dan zu, wie seine Tochter ihren ersten Zauber wirkte. Sie stand barfuß auf der nackten Erde und trug ihren Teil zu einem spektakulären, machtvollen Fünferzauber erster Güte bei. Dan war ungemein stolz auf sie. Und als Todi, noch ganz aufgeregt, zu ihm zurückkehrte, sah er, dass ihre Augen ein leuchtendes Grün angenommen hatten. Da wusste er, dass der letzte Wunsch von Cassi TodHunter Draa in Erfüllung gegangen war. Alice TodHunter Moon wurde ein Teil der Welt der Magie.

Heimkehr

Aber trotz ihrer magischen Kräfte war Todi immer noch FährtenFinderin. Ein paar Tage später, als sich alle erholt hatten, begleitete Prinzessin Driffa Todi, Dan und die anderen FährtenFinder durch die unterirdischen Gänge, deren Zauber erneuert worden war. Mit dabei war ein neuer Dorfbewohner: Samuel Starr hatte beschlossen, in die Heimat seiner Vorfahren zurückzukehren.

Schweigend folgte die Gruppe Driffa durch den heiligen Eisgang. Dann stiegen sie die Treppe in die wunderschöne blaue Kammer der Orm hinab. Die wiederhergestellte Kammer besaß ein herrliches Echo. Das erstaunte Raunen der FährtenFinder lief so lange an den glatten Lapislazuli-Wänden entlang, bis ein fröhliches Summen die Luft erfüllte. Der Fünferzauber hatte den Berg wieder in seinen alten Zustand zurückversetzt.

Nur die Orm-Röhre war noch dunkel und leer.

»Die Zauberer der Burg werden uns das Ei der Orm zurückbringen«, sagte Driffa lächelnd und dachte dabei an ein Versprechen, das ihr der Außergewöhnliche Zauberer im Mondschein gegeben hatte.

Unter den beiden goldenen Augen des Palimpsests der Großen Orm wartete Todi, bis sich alle Dorfbewohner um sie versammelt hatten. Dann nahm sie den FährtenFinder aus der Schatulle und stülpte die hohle Lapislazuli-Halbkugel über die Onyx-Kugel, zog ihren Tierstein aus der Tasche und hielt die Spitze des FährtenFinders an seine Nase – jedenfalls hoffte sie, dass es seine Nase war. Der Pfeil schwang herum und zeigte auf Weg IX, der, wie Todi wusste, nur der erste von vielen war.

Ein paar Grula-Grulas hielten sich hier unten auf – so wie sie es immer getan hatten, bevor die Wege von den Garmins unsicher gemacht worden waren. Die Farbe ihrer Felle variierte von ockerbraun bis knallrot, aber alle besaßen kleine, rosa leuchtende Augen. Und diese rosa Augen begannen zu strahlen und tauschten beifällige Blicke, als die Dorfbewohner einander bei den Händen fassten und im Gänsemarsch hinter Todi durch den silber-blauen Torbogen verschwanden. Es war gut, dass die Alten Wege wieder benutzt wurden.

Als der letzte FährtenFinder fort war, verabschiedete sich ein orangefarbener Grula-Grula mit einer kunstvollen Verbeugung von seinen Gefährten und verschwand in Weg VI. Er hatte beschlossen, in die Burg zurückzukehren. Denn er wollte dem Mantelladen, den er in merkwürdig schöner Erinnerung hatte, einen weiteren Besuch abstatten.

Todi und die FährtenFinder reisten durch fünf Knoten, bevor sie in den Knoten der Fernwald-Festung traten. Rosie Sarn erkannte den schrecklichen Ort sofort wieder, zog Torr, Ferdie und Oskar an sich und wollte sie nicht mehr loslassen. Aber die Fernwald-Festung war verlassen. Die Lady und Tante Mitza waren fort, und von den Garmins waren nur vertrocknete weiße Skelette geblieben – Oraton-Marrs Zauber war auch von ihnen gewichen.

Oskar führte die FährtenFinder durch den Fernwald nach Hause. Als Marni Sarn sie unter den Bäumen auftauchen sah, glaubte sie zu träumen, aber Jerra lief ihnen lachend entgegen. »Ich hab's gewusst!«, rief er. »Ich hab gewusst, dass ihr zurückkommt.« Und dann hob er Torr hoch und wirbelte ihn so lange im Kreis herum, bis sie beide lachend zu Boden sanken.

Am späten Abend wollten sich die FährtenFinder unter der Glocke versammeln und über den Wiederaufbau ihres Dorfes beraten. Aber vorher musste Dan noch mit Oskar und Ferdie sprechen. »Ihr kennt jetzt das FährtenFindergeheimnis«, sagte er, »aber ich bitte euch, den Kleinen nichts davon zu erzählen. Es wäre für sie zu gefährlich, wenn sie es wüssten. Hat Torr verstanden, was geschehen ist?«

»Nein«, antwortete Ferdie. »Torr glaubt, dass alles Zauberei war.«

»Womit er in gewisser Weise sogar recht hat«, sagte Dan. »Was wir nicht verstehen, ist Zauberei.«

»Ferdie und ich werden auf jeden Fall alles vergessen, was mit dem Geheimnis zusammenhängt«, erklärte Oskar. »Wir wollen es nächstes Jahr im Mittsommerkreis von Ihnen hören, so wie es sich gehört.«

»Und das werdet ihr auch«, sagte Dan mit einem breiten Lächeln.

»Wird … wird Todi auch dabei sein?«, fragte Oskar.

Dans Lächeln erstarb. »Ich weiß nicht. Das wirst du sie schon selbst fragen müssen.«

Aber niemand fragte Todi, aus Angst, sie könnte Nein sagen.

Während des warmen Herbstes bauten die FährtenFinder ihr Dorf wieder auf, und Todi und Dan reparierten ihr Haus und befreiten es vom Geruch der Angst. In der Nacht der Tagundnachtgleiche versammelte sich das Dorf wieder unter der Glocke und lauschte der Geschichte von der Großen Flucht, wie sie mittlerweile genannt wurde. Und Todi begriff mit einem freudigen Schauer, dass man noch in Generationen über Alice TodHunter Moon sprechen würde.

Die FährtenFinder nahmen den Fernwald wieder in Beschlag. Sie legten einen breiten Weg zur Fernwald-Festung an und rissen dort die Zellenblöcke nieder, in denen sie und ihre Vorfahren gefangen gehalten worden waren. Todi, Ferdie und Oskar statteten der Burg häufig Besuche ab, wobei sie stets die Abkürzung durch Weg VII nahmen. Aber Ferdie und Oskar verbrachten auch mit Lucy, Simon und William schöne Tage, während Todi Dandra Draa und den Zaubererturm so gut kennenlernte, dass sie sich dort beinahe wie zu Hause fühlte – so wie es sich ihre Mutter erhofft hatte.

Als auf den Herbst der Winter folgte, musste sich Todi entscheiden, was sie tun wollte. Eines Tages brachte sie aus der Burg zwei Einladungen ins Dorf mit, eine für die Familie Sarn und eine für Dan. Darin stand:

Zaubererturm

Der Außergewöhnliche Zauberer, Septimus Heap,
lädt Sie zu dem Lehrlingsessen ein,
das am Mittwinterfesttag
zu Ehren seines Lehrlings
Alice TodHunter Moon
gegeben wird.

Bis zum Mittwinterfest waren alle FährtenFinderhäuser wieder aufgebaut. Doch es gab auch jemanden, der noch immer kein Zuhause hatte, in das er zurückkehren konnte. An einem leeren Kai auf einer fernen Insel stand ein Mann mit einem blauen Sack aus Seide auf dem Rücken. Während Schnee um ihn herumwirbelte, sah er zu, wie sich ein schönes Schiff, an dessen Bug der Name *Tristan* prangte, dem Ufer näherte. Hoch über ihm schwebte ein grüner Drache und beobachtete ihn, wie er es schon seit vielen Wochen tat. Oraton-Marr schaute nach oben. »Verschwinde endlich«, schrie er. *»Hau ab!«*

Doch so wenig der Drache auf eine junge Königin gehört hatte, als sie ihn rief, so wenig hörte er auf einen alten Zauberer und Schwarzkünstler. Der Drache hatte auf ein Orm-Ei aufzupassen. Orms gehörten zur Familie. Und die Familie war wichtig, ob man nun ein Drache, eine Orm oder nur ein komischer kleiner Mensch war.

Ich entschuldige mich bei Edward de Vere, dem 17. Earl von Oxford, für die Verunstaltung seines »53. Sonetts«.

Aus welchem Stoffe schuf Dich die Natur,
Daß Millionen Schatten Dich umschweben?
Hat Jeder sonst doch einen Schatten nur,
Und Du allein kannst Allen Schatten geben.

Malt man Adonis, kann sein Bild noch lange
Mit Dir, dem Urbild, nicht vergleichen sich -
Haucht Kunst ihr Schönstes auf Helenens Wange,
Sieht man in griechischem Gewande Dich!

Rühmt man den Frühling und des Jahres Fülle:
Sie sind die Schatten Deiner Schönheit bald
Und bald zugleich ihr Kern und ihre Hülle:
Wir kennen Dich in jeder Wohlgestalt.

Dir ward ein Theil von jeder äußern Zier,
An Treu' nur gleichst Du Keinem – Keiner Dir!

Edward de Vere (alias William Shakespeare)

Angie Sage

Wird es den Zauberern der Burg gelingen, das Ei
der Orm zu retten und an seinen Platz zurückzubringen?
Was für eine Rolle spielt dabei der Drache Feuerspei?
Und wie ergeht es Todi als Lehrling des
Außergewöhnlichen Zauberers?

TODIS ABENTEUER

gehen weiter!

Band 2
TodHunter Moon:
SANDREITER
erscheint im Juli 2017

Band 3
TodHunter Moon:
STERNENJÄGER
erscheint im September 2017

LESEPROBE AUS TODHUNTER MOON: SANDREITER

~ TEIL 1 ~

Die grüne Möwe

Ein grüner Drache flog tief über dem Meer. Wie eine riesige, lästige Möwe folgte der Drache einem schönen blau-goldenen Schiff namens *Tristan*. Obwohl vom Schiff allerlei Geschosse nach ihm geschleudert wurden – darunter auch eine stattliche Anzahl schwarzmagischer Feuerblitze –, hatte der Drache seine Beute keine Sekunde aus den Augen gelassen.

Nach langen Wochen auf See lief die *Tristan* in einen kleinen Hafen am Rande einer großen Wüste ein. Der Drache stieß herab und landete – sehr zum Schrecken des Hafenmeisters – auf dem Dach des größten Hauses am Kai. Obwohl er mit weiteren Wurfgeschossen attackiert wurde, diesmal vom Hafenmeister, rührte der Drache sich nicht mehr vom Fleck. Er hockte auf dem Dach der Hafenmeisterei und beobachtete die *Tristan* mit großem Interesse.

»Worauf lauert er denn?«, fragte der Hafenmeister jeden, der sich in die Nähe traute. Keiner wusste es. Später erzählte jemand dem Hafenmeister, dass man einen Drachen nur bei seinem Namen rufen müsste, dann würde er alles tun, was man von ihm verlangte. Darauf fragte der Hafenmeister: »Und wie heißt er?« Doch das wusste niemand.

Der Drache hieß Feuerspei und lauerte auf ein Orm-Ei. Genauer gesagt, auf das letzte Ei der mittlerweile toten Großen Orm. Und das war kein gewöhnliches Ei. Es war so groß, dass man es auf beiden

Armen tragen musste wie ein Baby, und so schwer, dass auch die stärksten Arme bald erlahmten. Außerdem war es in eine lederartige Haut gehüllt, die mit leuchtend blauem Lapislazuli durchzogen war. Im Inneren barg es einen Orm-Embryo. Er war der letzte seiner Art und vom Zauberer Oraton-Marr aus seinem Nest in den Östlichen Schnee-Ebenen gestohlen worden. Feuerspei wusste, dass sich das Orm-Ei an Bord der *Tristan* befand, und er war fest entschlossen, ihm überallhin zu folgen.

Im Moment lag das Orm-Ei auf einem weichen blauen Kissen in der besten Kabine der *Tristan*. Und auf dem Deck darüber ging Oraton-Marr, ein kleiner Mann mit kurzem eisengrauen Haar, unter Feuerspeis unerbittlichem Blick auf und ab. Bei ihm war seine Schwester, eine wohlbeleibte, in glänzende blaue Seide gekleidete Frau, die von allen nur »die Lady« genannt wurde und trotz ihrer stattlichen Körperfülle geschmeidig übers Deck glitt, als würde sie auf Rädern rollen. Ihr Haar war in ein blaues Tuch gehüllt, das sie viele Male um ihren Kopf geschlungen hatte, und auf ihrer Hand saß ein verängstigtes Vögelchen, dessen Bein mit einer dünnen Silberkette ans Handgelenk der Lady gefesselt war. Wie ein düsterer Schatten folgte der Lady eine rundliche Frau mit dem Watschelgang einer übergewichtigen Ente. Ihr Name war Mitza Draddenmora Draa. Sie wahrte respektvollen Abstand, aber ihren zusammengekniffenen Augen entging nichts.

Die Lady war größer als ihr Bruder, was diesen sehr ärgerte. Deshalb trug der Zauberer normalerweise Sprungfedern an den Füßen, mit denen er seine Schwester überragte. Doch nach mehreren peinlichen Stürzen hatte er sich gezwungen gesehen, an Bord des Schiffes darauf verzichten. Und so war es Oraton-Marr der Kürzere, der gerade mit der Lady darüber sprach, wie sie das Orm-Ei von Bord schaffen konnten, ohne dass Feuerspei es ihnen wegschnappte. Die Lady war in einen herrischen Ton verfallen – wie immer, wenn ihr Bruder in seiner natürlichen Größe vor ihr stand –, aber an diesem Nachmittag achtete der Zauberer nicht darauf. Er kniff seine dunkelgrünen Augen zusammen und spähte zu dem Drachen hinauf, der ihnen wie ein Schatten durch tosende Stürme, glühend heiße Tage und sternenklare Nächte gefolgt war. »Ich werde ihm eine Falle stellen«, sagte er. »Dieser Drache wird eine böse Überraschung erleben.«

Am nächsten Morgen, kurz vor Sonnenaufgang, schickte Oraton-Marr ein halbes Dutzend Matrosen mit dem Auftrag los, sich im Schatten des Schiffs auf der Kaimauer zu verstecken. Alle schwangen Netze und Feuerstäbe: lange, schwarzmagische Speere mit Widerhaken aus mattrotem Metall an den Spitzen – eine Waffe, die der Zauberer an Bord der *Tristan* perfektioniert hatte. Die Widerhaken der Feuerstäbe waren rasierklingenscharf und so konstruiert, dass sie durch Drachenhaut drangen wie ein heißes Messer durch Butter. Außerdem, und darauf war Oraton-Marr ganz besonders stolz, fingen ihre klebrigen schwarzen Spitzen sofort Feuer, wenn sie mit Drachenblut in Berührung kamen. Der Zauberer blickte zu Feuerspei hinauf und grinste. Der Drache würde von innen heraus in Brand gesetzt werden und in Flammen aufgehen. Darauf freute sich der Schwarzmagier schon jetzt.

Als die *Tristan* in der Morgensonne erstrahlte, erspähte der Drache vom Dach des Hafenmeisters aus – das sich jetzt bedenklich nach unten durchbog –, ein glänzendes lapislazuliblaues Ei, das zwei Matrosen in Gala-Uniform auf einem blauen Kissen an Deck brachten.

Feuerspeis scharfes Drachenauge bemerkte auch eine Bewegung im Schatten unter dem Schiff und das mattrote Schimmern von etwas Spitzem. Er legte den Kopf schief und beobachtete nachdenklich, wie das Kissen mitsamt seiner Fracht feierlich die Landungsbrücke heruntergetragen wurde. Feuerspei schnaubte verächtlich und richtete seinen Blick wieder auf die *Tristan*. Ein leeres Ei aus Pappmaschee interessierte ihn nicht.

Das falsche Ei wurde dreimal um den Kai herumgetragen, aber Feuerspei rührte sich nicht vom Fleck. Da erkannte Oraton-Marr, dass sein Plan fehlgeschlagen war. Er bekam einen Schreianfall und musste von seiner Schwester beruhigt werden. Das Kissen mit dem Ei wurde mitten auf dem Kai abgelegt und erfreute sich bei den Möwen bald großer Beliebtheit als Sitzplatz.

Ein paar Tage später, bei Dunkelmond, probierte es Oraton-Marr mit einem anderen Trick. Mitten in der Nacht trugen drei Matrosen ein zusammengerolltes Segel die Landungsbrücke hinunter. Feuerspei sah von seinem Ausguck aus gespannt zu – er witterte das Ei. Vor Aufregung machte er einen Hopser, und das Dach der Hafenmeisterei stürzte endgültig ein. Die drei Seeleute bekamen einen gehörigen Schrecken, als die Balken barsten und Dachziegel auf sie herunterprasselten. Sie ließen das Segel fallen und heraus kullerte, was Feuerspei vermutet hatte: das echte Orm-Ei.

Zum Entsetzen des Zollinspektors bezog Feuerspei nun auf dem Dach des Zollhauses Posten.

Oraton-Marr beschloss, diesmal keinen Schreianfall zu bekommen. Drache hin oder her, er wollte keine Sekunde mehr verlieren. Der Zauberer schickte nach einem Kamel und kurz vor Sonnenaufgang am nächsten Morgen stopfte er das Orm-Ei kurzerhand in einen Sack und den Sack in eine der beiden Satteltaschen des Kamels. In die andere Satteltasche verfrachtete er Subhan-Subhan, den Schiffsjungen. Dann erklomm er das Kamel, winkte seiner Schwester und ihrer plattfüßigen Begleiterin zum Abschied und ritt, gefolgt von seinem Diener Drone und drei mit Feuerstäben bewaffneten Matrosen, davon.

Zur großen Erleichterung des Zollinspektors hob Feuerspei von seinem Dach ab.

Oraton-Marr ritt aus dem Hafen hinaus. Aber er folgte nicht der langen geraden Straße zu der Roten Stadt, die schwach am Horizont zu erkennen war, sondern schlug den Weg in die Wildnis der großen Wüste der Singenden Sande ein. Sein Navigator zeigte den Weg zu einer kleinen Oase und einem sternenübersäten Zelt an, in dem eine Apothekerin mit ihren beiden Töchtern wohnte.

Feuerspei flog ihnen nach, hoch genug, um außer Reichweite der Feuerstäben zu sein, aber tief genug, um sie zu ärgern.

Als Oraton-Marr spät in der Nacht an dem sternenübersäten Zelt ankam, schmutzig und wund geritten, wollte er nie wieder einen Drachen oder ein Kamel sehen. Auch den quengelnden Schiffsjungen und das Ei konnte er nicht mehr sehen. Ebenso wenig die drei stöhnenden Matrosen. Oder Drone, diesen Jammerlappen. Aber er war nicht zum Spaß so weit geritten. Kurzerhand nahm er das Baby der Apothekerin als Geisel und erklärte der Apothekerin, was sie zu tun hatte, wenn sie das Kind wiedersehen wollte. Noch vor Sonnenaufgang ritt er wieder fort, ohne das Ei, den Schiffsjungen, die Seeleute und, wie er erleichtert feststellte, auch ohne den Drachen. Dafür hatte er zusätzlich zu Drone und dem Kamel jetzt einen brüllenden Säugling am Hals.

Feuerspei ließ sich auf einer langen Sanddüne nieder. Er befand sich oberhalb des sternenübersäten Zeltes und des kleinen Lagers, das darum herum entstanden war. Sobald Oraton-Marr außer Sicht war, ging der Drache zum Angriff über. Er sauste im Sturzflug zu den Zelten hinab, und als ihm Feuerstäbe entgegenflogen, spie er Feuer und setzte sie in Brand. Doch an das Ei heranzukommen war nicht so einfach. Subhan-Subhan war seinem Meister treu ergeben. Er warf sich über das Ei und benutzte seinen Körper als Schutzschild, sodass Feuerspei die Beute nicht packen konnte, ohne den Jungen zu verletzen.

Der Drache zog sich auf den Kamm der Düne zurück und wartete ab.

Noch am selben Abend, bei Sonnenuntergang, kam die Apothekerin die Düne heraufgeklettert und flehte den Drachen an, das Ei nicht zu holen. Der Zauberer wollte in zwölf Wochen wiederkommen. Und wenn bis dahin das Ei nicht ausgebrütet wäre – oder gar kein Ei mehr zum Ausbrüten vorhanden –, würde ihr Töchterchen sterben.

Geschlagen senkte Feuerspei den Kopf. Aber er harrte auf seinem Posten aus. Seine Stunde würde kommen.

Der Countdown beginnt

Oraton-Marr taumelte die Landungsbrücke der *Tristan* hinauf, mit Drone im Schlepptau, der das erschöpfte Baby trug. Er befahl dem Diener, die Geisel seiner Schwester zu übergeben, und ging unter Deck in seine Kabine. Dort sank er auf den Kapitänsstuhl und zog ein Perlmuttkästchen aus einer Schublade des Schreibtischs. Es enthielt allerlei Origami-Figuren: Vögel, Tiere, Schiffe und Sterne, alle hellblau. Lächelnd nahm er eine Papierblume heraus, faltete sie auseinander und strich das Papier glatt.

Bei einem seiner vielen Spaziergänge um den Hafenplatz, auf denen er darüber nachgedacht hatte, wie er den Drachen loswerden konnte, hatte er gesehen, wie hellblaue Papierbögen im Wind über die Pflastersteine flatterten. Er hatte sie eingesammelt, denn das Papier hatte die ideale Stärke für sein Origami-Hobby, und gutes Papier war schwer zu bekommen. Er hatte sich über die Qualität des schönen blauen Papiers sehr gefreut, aber noch mehr hatte er sich gefreut, als er gesehen hatte, was darauf geschrieben stand.

Zum wiederholten Male las Oraton-Marrs jetzt langsam die Worte und ließ sich jedes einzelne auf der Zunge zergehen:

Magisches Manuskriptorium und Zauberprüfstelle,
Zaubererallee 13, Burg.
Als führende Berater des berühmten Zaubererturms sind wir stolz
darauf, unsere Dienste nun weltweit anbieten zu können.
Wir verfügen über jahrtausendelange Erfahrung.
Wir können die meisten Bedarfsgegenstände beschaffen.
Wir bieten eine Riesenauswahl an Charms, Runen und
Zauberbüchern, können aber auch Ihre eigenen restaurieren.
Günstig gelegen am Alten Wegenetz und daher von überall
auf der Welt leicht zu erreichen.

Beim Gedanken an den »berühmten Zaubererturm« umspielte ein Lächeln Oraton-Marrs schmale Lippen. Er nahm seinen Almanach zur Hand, blätterte nach hinten zum Kartenteil und fuhr mit einem langen spitzen Finger die Wege entlang, die zum Zaubererturm führten. Oraton-Marr glaubte an Zeichen und war überzeugt, dass dieses schöne blaue Papier eben das Zeichen war, auf das er gewartet hatte – der Zaubererturm war seine Bestimmung.

Aber Oraton-Marr war kein geduldiger Mann. Mit den Fingern auf den Schreibtisch trommelnd, beschloss er, den Stein so bald wie möglich ins Rollen zu bringen. Was er dazu brauchte, war ein Lehrling aus dem Zaubererturm. Am besten einen Lehrling, der alle Geheimnisse und kniffligen Losungsworte des Turmes kannte. Der Zauberer schmunzelte. Es dauerte noch zwölf lange Wochen, bis das Orm-Ei ausgebrütet war, aber er würde diese Zeit nutzen. Er würde einen kleinen Ausflug in die Burg unternehmen und sich einen Lehrling schnappen, damit alles glattging, wenn er bereit war, dort die Macht zu übernehmen. Oraton-Marr seufzte. Er hatte schon genug Ärger gehabt. Sein Einzug in den Zaubererturm sollte möglichst reibungslos vonstattengehen.

Er schloss die Augen, und ein seltsamer Ausdruck kam ihm in den Sinn – *Außergewöhnlicher Zauberer*. Er setzte sich auf und war mit einem Mal hellwach. Genau. Das war der Titel des obersten Zauberers im Zaubererturm. Er lächelte. Der Titel passte zu ihm, keine Frage: Oraton-Marr, Außergewöhnlicher Zauberer. Ja, das gefiel ihm. Sein Gesicht verzog sich zu einer selbstgefälligen Grimasse.

Hätte die Lady – die vom Gebrüll ihrer kleinen Geisel mit den Nerven am Ende war – ihn nicht darauf aufmerksam gemacht, dass die Uhr auf Mitternacht zuging, hätte Oraton-Marr glatt die magische

Stunde verpasst. Fluchend eilte er nach oben an Deck und schoss eine leuchtend grüne Signalrakete in den Himmel.

Weit entfernt auf seiner Düne bemerkte Feuerspei ein grünes Leuchten am Horizont über dem Meer. Ebenfalls auf der Düne saß – in sicherer Entfernung zu dem Drachen, wie er hoffte – Subhan-Subhan, der Schiffsjunge. Feuerspei betrachtete die grüne Leuchtspur am Himmel teilnahmslos, doch der Junge sprang auf und rannte, Sand aufwirbelnd, nach unten ins Lager. Am Fuß der Düne angekommen, warf Subhan-Subhan das Orm-Ei in ein loderndes Feuer, um die Bebrütung einzuleiten. Sobald das Ei in den Flammen lag, zog er eine goldene Schatulle aus der Tasche und entnahm ihr eine kleine goldene Eieruhr, deren eine Hälfte mit winzigen Silberkörnern gefüllt war. Subhan-Subhan drückte mit dem Daumen oben auf die Eieruhr und sah zu, wie das erste Silberkörnchen nach unten fiel.

An Bord der *Tristan* setzte Oraton-Marr eine Eieruhr in Gang, die ganz genauso aussah. Der Countdown hatte begonnen.

~ TEIL 2 ~

Sechsundneunzig Stunden bis zum Schlüpfen

Drachenwache

Kurz vor Tagesanbruch wurde Feuerspei nervös. Der Drache wusste aus Erfahrung, dass dies die Zeit war, in der Menschen ihren dunklen Machenschaften nachgingen. Vom Kamm seiner Düne hatte er einen herrlichen Blick. Im Westen zog ein Dreiviertelmond über den nachtblauen Sternenhimmel und sank langsam zum Horizont hinab, dem weiß schimmernden Band des Ozeans entgegen. Davor war die gedrungene, eckige Silhouette des Hafens zu sehen, wo der Drache vor ungefähr zwölf Wochen an Land gegangen war.

Im Osten erstreckte sich die dunkle Weite der unbewohnten Wüste. Feuerspei wusste, dass gleich hinter dem Horizont eine große Stadt aus rotem Stein lag, denn er hatte sie auf seinem Flug zum Hafen gesehen. Von ihr stieg ein fahles Leuchten auf, das zu dieser nächtlichen Stunde leicht für den Sonnenaufgang gehalten werden konnte.

Aber Feuerspei saß nicht auf der Düne, um die Aussicht zu genießen. Er war hier, um über das Orm-Ei zu wachen – jenes Ei, bei dessen Verfolgung sein Drachenmeister Septimus Heap bedauerlicherweise von einem Dunkelpfeil niedergestreckt worden war. Feuerspei zweifelte nicht daran, dass Septimus die Verfolgung des Eis irgendwann wieder aufnehmen würde, und dann würde der Drache zur Stelle sein und ihn erwarten. In den langen Wochen des Beobachtens war Feuerspei allmählich in einen tranceähnlichen Zustand verfallen. Er bewegte sich nicht mehr, er aß und trank nicht mehr. Seine Schuppen waren so von der Sonne ausgetrocknet und so mit Sand verklebt, dass man unten im Lager inzwischen sogar glaubte, Oraton-Marr hätte ihn in Stein verwandelt. Aber das war Feuerspei nur recht. Er würde sich erst wieder rühren, wenn seine Stunde kam – und nicht früher. Es belustigte ihn, reglos dazusitzen, wenn sich gelegentlich ein Besucher zu ihm heraufwagte, ihn anglotzte oder sogar seine sandigen Schuppen betatschte. Weniger lustig hatte er es gefunden, als ein Matrose ihn mit einem Stock in den Bauch piekte, aber er hatte sich beherrscht. Nur seine rot umränderten smaragdgrünen Augen bewegten sich – und auch nur dann, wenn er sicher war, dass ihn niemand beobachtete.

Jetzt schweiften die smaragdgrünen Augen über das Lager, das am Fuß der Düne im Mondschatten lag. Seine Bewohnerschaft bestand aus ein paar guten Menschen, ein paar schlechten und einigen, die sich noch unschlüssig waren, was sie sein wollten. Sie schliefen in Zelten ganz unterschiedlicher Art. In der Mitte stand ein großes Rundzelt, dessen verblasstes Blau mit silbernen Sternen gesprenkelt war. Wie Planeten um eine Sonne scharten sich darum verschiedene kleinere Zelte, die alle dunkler gefärbt waren bis auf eines, das so weiß und rund war wie der Mond. Ein ausgetretener Pfad führte von den Zelten zu einem dunklen Teich, der von einer Quelle im Gestein tief darunter gespeist wurde und in dessen schwarzem Wasser sich die silbrig funkelnden Sterne spiegelten. An den Teich grenzten ein kleines Gemüsebeet, zwei Olivenbäume, wasserspeichernde Pflanzen und eine breite Felsplatte, auf der Wäsche zum Trocknen ausgebreitet war.

Feuerspeis Blick wanderte zu dem Mondzelt, in dem sich, wie er wusste, das Orm-Ei befand, bewacht von Mysor, dem Apothekerlehrling, und Subhan-Subhan, den alle nur den Eierjungen nannten. Tagsüber lag das Ei im heißen Sand und wurde jede Stunde von diesem Eierjungen gedreht. Nachts wurde das weiße Zelt über dem Ei errichtet, und Subhan-Subhan wickelte es in Felle und schlief daneben, damit es nicht auskühlte. Er wachte mit seinem Leben über das Ei – und mit Hilfe von Mysor, der ihn alle drei Stunden weckte, damit er es drehte, was er bis zum Schlüpftag tun musste. Wann dieser Tag sein würde, wussten nur der Eierjunge und Oraton-Marr dank ihrer genau aufeinander abgestimmten Eieruhren. Nicht einmal der Bewohner des Eies war sich ganz sicher, obwohl er bereits eine seltsame Unruhe verspürte.

In dieser Nacht hatte der Orm-Embryo nach dem Drehen um Mitternacht in seinem flachen kleinen Gehirn eine weitere Falte ausgebildet und spürte nun ein Jucken an der Spitze seiner Stummelschnauze, wo sich der Eizahn durch die Haut bohrte. Nun würde es nicht mehr lange dauern.

Draußen hielt die Wüstenluft den Atem an und Feuerspei setzte reglos, wie zu Stein erstarrt, die Beobachtung fort.

Kaznim Na-Draa

Im Innern des Sternenzeltes regte sich nichts bis auf das sanfte Auf und Ab des Fellhaufens, unter dem Karamander Draa, die Apothekerin, schlief. Die einzige andere Bewohnerin, Kaznim Na-Draa, die ältere Tochter der Apothekerin, lag hellwach da. Ihr Blick wanderte durch den friedlichen Raum, der ihr Zuhause war. Eine einzelne Kerze brannte in einem Teller mit parfümiertem Wasser, der mitten auf dem mit Teppichen ausgelegten Boden stand. Ihr sanftes Licht beschien Bücher, die sich an den Zeltwänden türmten, und Kissen, die um einen niedrigen Tisch herumlagen, der bereits mit einer Schüssel Datteln und einem Krug fürs Frühstück gedeckt war. Die blauen und grünen Medizinfläschchen, die in ordentlich gestapelten Kästen neben dem Eingang verwahrt waren, funkelten wie Edelsteine im Schein der gleichmäßigen Flamme und sahen genauso aus wie die Geleebonbons aus der Roten Stadt, die Kaznim so mochte. Sie lauschte noch eine Weile den ruhigen Atemzügen ihrer Mutter, vermied es aber, zu dem leeren Gitterbett zu blicken, das am Fußende des Betts ihrer Mutter stand. Wenn sie an ihre Halbschwester Bubba dachte, hatte sie immer das Gefühl, als hätte sie einen Kaktus verschluckt. Es tat sehr weh.

Nach ein paar Minuten nahm Kaznim ihren Mut zusammen, setzte sich auf und schlüpfte leise in ihre Kleider. Dabei schielte sie mehrmals zu ihrer Mutter hinüber, um sich zu vergewissern, dass sie noch schlief.

Gerade blinzelte eine orangerote Sonne über den fernen Horizont, da bemerkte Feuerspei eine Bewegung am Sternenzelt. Ein kleines, dunkelhaariges Mädchen in einem langen roten Mantel schlüpfte durch die Eingangsklappe und zog sich, immer auf einem Bein hüpfend, ein Paar Ledersandalen an. Dann huschte sie zum Eierzelt, blieb davor stehen und neigte nachdenklich den Kopf, ehe sie die Sandalen wieder auszog und zum Erstaunen des Drachen plötzlich verschwunden war. Feuerspei blinzelte und fragte sich, ob er nur geträumt hatte. Aber die Sandalen vor dem Zelt belehrten ihn eines Besseren.

Kaznim hielt den Unsichtbarkeits-Charm fest umklammert. Sie hatte ihn von dem Zauberer bekommen, der das Ei gebracht und ihre kleine Schwester gestohlen hatte. Es handelte sich um einen magischen Opalstein, der in einen schönen hellblauen Origami-Vogel eingepackt war, dessen dicken kleinen Bauch er bildete. Kaznim liebte den Vogel fast noch mehr als den Charm, obwohl sie wusste, dass der Zauberer ihn mit seinen langen dünnen Fingern und seinen scharfen spitzen Fingernägeln selbst gefaltet hatte. Und dass er ihr den Charm nur gegeben hatte, damit sie ihre Mutter bespitzelte. Aber natürlich würde sie so etwas niemals tun. Sie hatte den Charm nur angenommen, weil ihr der kleine blaue Vogel so gefiel. Der Zauberer hatte ihn ihr mit den Worten gegeben: »Für dich, mein Kind. Damit kannst du dich vor jedem verstecken – außer vor mir.« Sie hatte den Vogel genommen und tief in ihrer Tasche verschwinden lassen, wo ihn ihre Mutter niemals finden würde.

Jetzt war Kaznim auf der Suche nach ihrem Schildkröterich. Der Eierjunge hatte ihn gestohlen – davon war sie überzeugt. Sie machte sich zwar keine großen Hoffnungen, den Schildkröterich im Eizelt zu finden, aber nachsehen musste sie trotzdem. Unsichtbar stand sie im stillen Halbdunkel des Zeltes und lauschte dem Schnaufen des Eierjungen und dem ruhigen Atem des Apothekerlehrlings. Sie war noch nie im Eizelt gewesen. Subhan-Subhan hatte gespottet, dass Mädchen in einem Brutzelt nur Unglück brächten. Und ihre verängstigte Mutter hatte ihr ausdrücklich verboten, es zu betreten.

Jetzt, wo sie darin stand, verstand Kaznim nicht, was der ganze Wirbel sollte. Im Zelt war es heiß und stickig, damit das Ei auch in der kalten Wüstennacht warm blieb. Sehen konnte sie nur, dass es mit einem schwarzen Fell zugedeckt war und dass der Eierjunge wie eine weiße Made um das Ei herumlag. Mysor, der Lehrling ihrer Mutter – der die undankbare Aufgabe hatte, den Eierjungen alle drei Stunden zu wecken und vorn und hinten zu bedienen –, schlief unter einem Berg dicker Decken neben dem Eingang. Kaznim schlich auf Zehenspitzen an ihm vorbei und spähte zu dem Fell, das das Ei bedeckte. Wie gern sie es angehoben und die schöne, mit goldenen Streifen durchzogene blaue Lapislazulihaut des Eies betrachtet hätte, aber sie traute sich nicht. Außerdem war sie wegen ihres Schildkröterichs hier, wegen sonst nichts.

Sie ließ sich auf alle viere hinab, kroch über die Teppiche und tastete sie vorsichtig ab, um festzustellen, ob irgendwo eine schildkrötenförmige Ausbuchtung war. Aber sie fand keine, genau wie sie es erwartet hatte. Langsam stand sie wieder auf und schaute auf den schlafenden Eierjungen hinab. Niemand würde vermuten, wie gehässig er sein konnte, wenn er wach war. Als hätte er gespürt, dass er beobachtet wurde, regte sich der Junge und Kaznim trat erschrocken einen Schritt zurück – und spürte etwas Hartes. Beinahe hätte sie aufgeschrien – *sie war auf ihren Schildkröterich getreten.*

Mit einem Plumps fiel sie auf die Knie, und Subhan-Subhan schlug die Augen auf. Sie erstarrte. (…)

Ausführliche Informationen über
unsere Autoren und Bücher
www.dtv.de

Angie Sage in der *Reihe Hanser*
»Septimus Heap – Magyk« (62327)
»Septimus Heap – Flyte« (62371)
»Septimus Heap – Physic« (62431)
»Septimus Heap – Queste« (62471)
»Septimus Heap – Syren« (62540)
»Septimus Heap – Darke« (62550)
»Septimus Heap – Fyre« (62617)

MIX
Papier aus verantwortungsvollen Quellen
FSC® C019821

2018 dtv Verlagsgesellschaft mbH & Co. KG, München

Titel der Originalausgabe: TodHunter Moon, Book One: PathFinder
(Katherine Tegen Books, New York - Imprint of HarperCollins Publishers, New York)
Published by arrangement with HarperCollins Children's Books,
a divison of HarperCollins Publishers, Inc.

Gesamtherstellung: Druckerei C.H.Beck, Nördlingen
Gedruckt auf säurefreiem, chlorfrei gebleichtem Papier
Printed in Germany · ISBN 978-3-423-62687-3